Finalmente juntos

Josie Lloyd / Emlyn Rees

Finalmente juntos

Traducción de M.ª Antonia Menini

Círculo de Lectores

Para nuestras hermanas Catherine y Kirsti, con amor

1

Jack

El ideal

Supongamos que eres una chica. Supongamos que eres una chica y estás en una fiesta, o en un bar, o en un club. Supongamos que eres una chica y estás en una fiesta, o en un bar, o en un club, y yo me acerco a ti.

Supongamos que no me has visto en tu vida.

Ciertas cosas las averiguarás de inmediato. Verás que mido casi un metro ochenta de estatura y que soy de complexión corriente. Si nos estrechamos la mano, comprobarás que mi apretón es fuerte y que llevo las uñas limpias. Observarás que tengo unos ojos castaños que hacen juego con mi cabello castaño. Y verás que tengo una cicatriz en el centro de la ceja izquierda. Calcularás que tengo entre veinticinco y treinta años de edad.

Supongamos que lo que ves te gusta lo bastante para entablar conversación conmigo. Charlaremos y, si las cosas marchan bien entre nosotros, averiguarás otras cosas. Te diré que me llamo Jack Rossiter. Si me preguntas cómo me hice la cicatriz, te contaré que mi mejor amigo Matt Davies me pegó un tiro con una pistola de aire comprimido cuando yo tenía doce años. Te diré que tuve suerte de no perder el ojo y que mi madre se pasó un año sin querer ver a Matt por casa. Te diré que hoy en día Matt es menos impulsivo y yo me encuentro tan a gusto con la situación que hasta considero prudente vivir bajo el mismo techo que él. Te diré que él trabaja en un bufete de la City, pero no te diré que él es el propietario de la casa y que yo le pago un alquiler. Tú me preguntarás cómo es la casa y yo te diré que es un antiguo bar reformado como vivienda en la zona oeste de Londres y que, sí, hemos conservado la mesa de billar, la diana del juego de dardos y la barra, pero no, no hemos otorgado derecho de visita a los violentos alcohólicos que antaño se sentaban con expresión enfurruñada en un rincón. También te diré que el jardín es muy grande y está muy descuidado.

Tú me preguntarás en qué me gano la vida actualmente y yo te responderé que soy un artista, lo cual es cierto, y que me gano la vida con eso, lo cual no lo es. No te diré que trabajo tres días a la semana en una pequeña galería de arte de Mayfair para poder llegar a fin de mes. Echarás un vistazo a mi ropa, que probablemente será ropa de Matt, y supondrás erróneamente que soy rico. Puesto que, a lo largo de nuestra conversación, yo no mencionaré a ninguna novia, deducirás acertadamente que estoy libre. Yo no te preguntaré si tienes novio, aunque te miraré el dedo para ver si estás comprometida o casada.

Supongamos que acabamos yendo a tu casa o a la mía.

Nos acostaremos juntos. Si tenemos suerte, puede que incluso lo pasemos bien. Y si lo pasamos bien, puede que repitamos. Y después nos quedaremos dormidos. A la mañana siguiente, si estamos en tu casa, lo más seguro es que yo me vaya sigilosamente antes de que tú te despiertes. No dejaré ningún teléfono. Y si estamos en mi casa, tú harás lo mismo. No me darás un beso de despedida. Quienquiera que se quede en la cama, al final se despertará. Y descubrirá que está solo. Pero eso será bueno, porque será lo que quiere.

CONFESIONES: N.º 1. ANTICONCEPCIÓN

Lugar: el lavabo entre los vagones B y C del Intercity de las 2.45 de la tarde desde la estación de Parkway de Bristol a la estación de Paddington de Londres.

Hora: 3.45 de la tarde del 15 de mayo de 1988.

Al otro lado de la puerta del lavabo, un chico de diecisiete años se encontraba delante del espejo con los pantalones y los calzoncillos bajados hasta los tobillos, sosteniendo la última novedad, un preservativo con sabor a curry en una mano, y un pene (el suyo) en la otra.

En eso puedo ser exacto. No porque yo estuviera sentado en el vagón C, contemplando la indicación de OCUPADO de la puerta con la vejiga a punto de estallar, preguntándome qué clase de persona podía ser tan egoísta como para pasarse casi veinte minutos acaparando el retrete. Y tampoco porque las vibraciones de la vía cuando nos estábamos acercando a Reading fueran tan fuertes que me obligaran a acercarme con paso decidido a la puerta del lavabo, propinarle una buena patada y ver lo que estaba ocurriendo dentro. Sino porque aquel chico era yo.

Bueno, pues llegados a este punto, sería bastante lógico suponer que yo pudiera ser cualquiera o, posiblemente, todas las cosas siguientes:

a) Un pervertido.
b) Un amante del curry.
c) Un chalado.

Y sobre la base de la información que se ha facilitado hasta ahora, serían unas suposiciones bastante acertadas. Lo más probable es que cualquier jurado me declarara culpable de las tres cosas. Si bien, a propósito de la acusación de afición al curry, el hecho de que a duras penas pudiera tocarme la rodilla con la boca, y mucho menos cualquier otra parte de mi cuerpo, habría podido suscitar una duda razonable.

Bueno, pues que salga la defensa.

Los hombres de diecisiete años, tal como puede atestiguar cualquier hombre que haya superado con éxito, y sin duda con un suspiro de agradecimiento, esta edad, son unas criaturas extrañas. Tendida entre la adolescencia y la madurez, atiborrada de paletadas de hormonas, es la edad del descubrimiento de uno mismo, en la que se hacen preguntas, se buscan respuestas y se cede con frecuencia a la masturbación. En mi caso no fue distinto. Hacía las habituales preguntas. ¿Existe Dios? ¿Podrá alcanzarse alguna vez la paz mundial? ¿Por qué razón el vello del pubis tiene una longitud limitada y no permite por tanto posibilidad de recortarlo y darle formas artísticas, tal como se hace con los setos de los jardines? ¿Y no sería una ordinariez que la expresión «calentar en la misma bolsa» significara justo lo que dice? En vano esperaba las respuestas. Y mientras esperaba, me hacía una paja.

A conciencia.

Estoy seguro de que la producción de algunas vacas lecheras galardonadas con trofeos era inferior a la mía (aunque teniendo en cuenta que sólo las ordeñaban dos veces al día, no es tan sorprendente). Por término medio (es decir, cuando no había incendios, inundaciones, terremotos y otros actos divinos), me la meneaba tres veces al día. Pero el sabor lo daba la variedad. Me la cascaba sobre la taza del váter, me la pelaba en la parte de atrás del autobús, me la sacudía debajo del edredón. Me la machacaba durante *Songs of Praise*. Estiraba, soltaba chorretadas, me hacía una manuela, me hacía una pera y me revolvía en medio de la viscosidad. Pero a lo largo de todo aquel período de experiencias onanistas, hubo una cosa que jamás probé: la Gayola Del Rico.

Por si alguien no estuviera familiarizado con el término, la GDR consiste simplemente en llevar a cabo la masturbación con el preservativo puesto. No sé muy bien qué tiene eso que ver exactamente con los ricos. Supongo que debe de ser una costumbre de los que tienen demasiado tiempo entre manos (o demasiado lo que sea, en cualquier caso). Pero a mí, el 15 de mayo de 1988, en el poco erótico ambiente del lavabo de la British Rail, entre los vagones B y C, me sirvió para otra cosa. Lo que me interesaba era el preservativo propiamente dicho y no aquello contra lo que éste estaba destinado a hacer de barrera.

La triste realidad era que yo jamás me había puesto ninguno hasta el momento. Hasta entonces, mi contacto con ellos se había limitado a contemplar con admiración cómo mi compañero de escuela Keith Rawlings realizaba su a la sazón legendaria hazaña en las fiestas juveniles, consistente en estirar un preservativo y encasquetárselo en la cabeza, respirando por la nariz hasta que el preservativo se hinchaba como un zepelín y finalmente le ocurría lo que al *Hindenburg* y estallaba en medio de una atronadora salva de asombrados aplausos. No obstante, a pesar de comprender el impresionante efecto teatral de la hazaña, yo no pretendía aquel día causar el asombro de los asistentes a una fiesta juvenil. Sino el de Mary Rayner, una chica a la que había conocido en una fiesta juvenil en casa de los padres de Matt el fin de semana anterior, una chica que vivía en Londres y me había invitado a alojarme en su casa mientras sus padres se encontraban en Mallorca. En otras palabras, una chica que yo esperaba con toda mi alma que fuera lo bastante caritativa para librarme de mi virginidad. De ahí el preservativo aromatizado al curry. En el lavabo. En el tren.

En cuestión de menos de dos horas, cabía la posibilidad de que yo me viera obligado a utilizar uno de verdad. El momento para el que yo me había preparado mental y físicamente, desarrollando como consecuencia de ello una fuerza de la mano derecha tan poderosa como la de un luchador profesional, se me estaba echando encima. ¿Qué hice entonces? Hice lo que hacen todos los valerosos y confiados hombres de diecisiete años: me asusté. Pero a base de bien. Permanecí sentado en el vagón C, tamborileando con los dedos sobre el billetero mientras pensaba en los tres preservativos precintados que había comprado precipitadamente en la máquina automática de un bar. ¿Y si no encajaran? ¿Y si fueran demasiado pequeños o (dolorosa posibilidad) demasiado grandes? ¿Y si se rompieran o se me cayeran? Acabaría tendido al lado de Mary, deshaciéndome en disculpas, eso era lo que ocurriría. Y en caso de que ocurriera, lo más probable era que Mary no me diera otra oportunidad. Y yo me quedara virgen. Santo cielo, puede que incluso muriera virgen. Me agité en mi asiento, imaginándome mi epitafio: MURIÓ A LOS CIEN AÑOS SIN HABERSE COMIDO UNA ROSCA. DEV. DESCANSE EN VIRGINIDAD. Así pues, tomé el billetero y bajé a toda prisa por el pasillo hacia el lavabo para hacer un ensayo antes del gran acontecimiento.

Aquí concluye el alegato de la defensa.

Pero no así Mary, tengo el gusto de informar. No concluyó, quiero decir. A partir del momento en que llegamos a su dormitorio y avanzamos dando tumbos y nos dejamos caer en la cama, en lo que menos pensó ella fue en la conclusión. Aquélla fue mi primera experiencia de la sensación que más tarde di en llamar «En». Estaba En su casa. Estaba En la cama. Y no tardé en estar En ella. La sensación del En me inundó hasta el extremo de desbordarse.

El comienzo

Es un viernes por la mañana del mes de junio de 1998 y tengo un problema.

Peor todavía, no consigo recordar su nombre.

Ella suspira y murmura algo incomprensible en sueños, se da la vuelta de cara a mí, me rodea la cintura con el brazo y lo deja allí, sudando contra mi piel. Echo un vistazo a los números de mínimo común denominador del despertador de mi mesilla de noche: 07.31. Después la miro a ella: un tapiz de cabello castaño que lo oscurece todo excepto su nariz. Como nariz, no está del todo mal. Miro al techo, atrapado en un juego cruzado de pensamientos contradictorios.

Por una parte, no me encuentro en absoluto en una mala situación. Aquí estoy yo, heterosexual y soltero, acostado en la cama al lado de una mujer desnuda que, por más que la información de que dispongo se limite a la forma de su nariz y a toda una serie de recuerdos de borracho, es una compañía razonablemente buena y razonablemente buena en la cama. Que yo sepa, anoche no ocurrió nada que fuera excesivamente raro: no hubo grilletes, fallos o manifestaciones de amor imperecedero. Nos conocimos en una discoteca, bailamos y flirteamos y nos vinimos aquí en un taxi a primera hora de la mañana.

El sexo fue satisfactorio. Un sudoroso paquete de ojos en blanco y profundos suspiros. Nos movimos bien juntos teniendo en cuenta que jamás lo habíamos hecho anteriormente. No hablamos. A veces me gusta así. Ningún contacto vocal. Ningún contacto mental. La situación estaba tan desnuda como nosotros. No simulamos ni por un momento que lo que estábamos haciendo fuera algo más que un simple desahogo físico. Y después, cuando nos sentamos sudorosos a beber dos vasos de agua que yo había llenado en el cuarto de baño, El Ideal siguió siendo verdad.

Buena prueba de ello fue el hecho de que ella no:

a) Oprimió mi mano.
b) Me miró largamente a los ojos.
c) Preguntó cómo era posible que no me sintiera solo sin novia.
d) Siguió el camino de la intimidad, compartiendo mi cigarrillo como si fuera un porro.
e) Sugirió que nos volviéramos a ver muy pronto.

En su lugar:

a) Mantuvo las manos quietas.
b) Miró al techo.
c) Me dijo que lo mejor de acostarse por ahí era que nunca había dos tíos iguales.
d) Encendió su propio cigarrillo.
e) Me dijo que se iba a hacer un viaje a Australia de tres meses de duración.

Después, ambos apagamos nuestros cigarrillos individuales, yo apagué la luz y nos quedamos dormidos.

De momento, todo bien. La perfecta aventura de una noche. Hace unos minutos, cuando me desperté, me sentí satisfecho de mí mismo. Pero quizá sería más exacto decir complacido. Todos los habituales Temores del Soltero se habían desvanecido. Sí, aún podía ligar. Sí, aún podía acostarme con una desconocida. En otras palabras, sí, aún tenía lo que era menester.

Por otra parte, la situación tampoco es que sea lo que se dice buena. Es un viernes por la mañana y (vuelvo a consultar el reloj y veo que han transcurrido otros dos minutos) tengo cosas que hacer. A pesar de lo fácil que me sería permanecer acurrucado aquí en una cómoda posición poscoito y tal vez incluso levantar su mano de mi estómago y sostenerla en la mía para prolongar un poco más la ilusión de la intimidad, ha llegado el momento de que nos levantemos y nos pongamos en marcha.

Procurando no molestarla, me incorporo, levanto de mi cuerpo el peso muerto de su mano y lo deposito sobre la sábana. Desde esta encumbrada posición, veo su ropa amontonada en el suelo al lado de la cama. Espero un par de segundos para asegurarme de que ella sigue estando dormida y después me deslizo de debajo del edredón y rebusco en silencio entre su ropa hasta que encuentro su billetero en el bolsillo de su chaqueta. Me pongo unos calzoncillos, salgo de mi dormitorio y me dirijo a la cocina.

Matt está allí, ya vestido y calzado, con el negro cabello todavía mojado de la ducha, inclinado sobre un cuenco de cereales secos y una taza de humeante café. Abre la boca para decir algo y yo me acerco un dedo a los labios. Me siento delante de él junto a la mesa y tomo un sorbo de su taza.

–Pero ¿es que todavía está ahí? –pregunta en un susurro.

–Sí.

–¿Cómo se llama? ¿La vecina de Chloe?

Chloe es una chica con la que íbamos a la escuela, pero con la que jamás salimos cuando íbamos a la escuela. Como consecuencia de ello, consiguió pasar de la categoría de novia en potencia a amiga.

–Sí, la como-se-llame. Ésa es.

Asiente con la cabeza, asimilando la información, y después pregunta:

–¿Es buena?

–No está mal.

Sonríe.

–Muy ruidosa.

Le devuelvo la sonrisa.

–Dímelo a mí. –Brindo por él con su taza de café–. Por cierto, feliz cumpleaños.

–¿Te has acordado? Gracias, hombre.

–Hasta tengo un regalo para ti.

–¿Qué es?

–Tendrás que esperar a la noche.

–Lo cual quiere decir que aún no lo has comprado.

–Lo cual quiere decir que tendrás que joderte y esperar. –Le devuelvo la taza–. Bueno, pues ¿quién viene esta noche?

Enciende un cigarrillo e inhala el humo.

–Los de siempre más algunos otros.

–¿Algunos otros que serán mujeres solteras?

–Es posible.

–Quiero más información.

–Tendrás que joderte y esperar.

–Entonces serán chifladas y adefesios...

No pica el anzuelo.

–Como si tú le hicieras ascos a eso... Puede que ninguna de las dos cosas. Puede que ambas. –Toca el billetero con el dedo–. ¿Has perdido la memoria?

Lo abro y echo un vistazo al carnet de identidad.

–Ya no.

–¿Y bien?

–Y bien, ¿qué?

–¿Cómo se llama la como-se-llame?

–Catherine Bradshaw –leo–. Nacida en Oxford, el 16 de octubre de 1969. –Saco el pase del metro, miro la fotografía y le doy la vuelta para que la vea Matt–. ¿Puntuación sobre un máximo de diez?

–Siete. –Examina la fotografía con más detenimiento y rectifica–. Más bien, seis. Anoche tenía mejor pinta.

–Siempre la tienen.

–La cámara nunca miente –dice él, terminando la frase por mí.

–Exacto.

–Corrígeme si me equivoco, pero ¿hoy no viene Sadomaso?

Sadomaso es el apodo que Matt le ha puesto a Sally McCullen porque cree que me duele el cerebro de sólo pensar en lo fabulosa que es.

–Sí, a las diez.

Consulta su reloj y suelta un leve silbido.

–Qué bien te lo montas, ¿eh?

Me acerco al mando del termostato y lo pongo al máximo.

–Plan A –digo, llenándome un vaso de agua de la fría botella del frigorífico–. Hacerla sudar la gota gorda.

–¿Y si falla?

Me bebo el agua y me seco los labios.

–No falla jamás.

Pero todo tiene una primera vez.

El reloj pasa de las 08.40 a las 08.46. La calefacción lleva más de una hora al máximo y la única conclusión a la que puedo llegar es la de que el carnet de identidad de Catherine Bradshaw ha sido falsificado y, en lugar de haber nacido en Oxford, ésta nació en realidad en Bombay. En verano. Durante una ola de calor. Al lado de un horno. Al mediodía. Mi truco del agua fría me ha fallado. Con los rayos del sol aplastando los cristales de las ventanas cerradas y los radiadores hirviendo, es como si estuviera en una sauna. El sudor me baja desde la frente. La almohada en la que apoyo la cabeza se ha transformado en una botella de agua caliente y el edredón es una esterilla eléctrica. Pero Bradshaw se lo está tomando literal y metafóricamente con mucha frialdad. Ni un solo gruñido de incomodidad. Ni una sola petición de que abra la ventana o de que le lleve agua. Sólo el ritmo regular de su respiración y la relajada expresión de sueño profundo de su rostro. La doncella de hielo.

Plan B.

–Catherine –digo, incorporándome–. ¿Cath? –Creo que esta vez lo digo levantando un poco más la voz y sacudiéndola por el hombro–. ¿Cathy?

–¿Mmmm? –contesta finalmente con los ojos todavía cerrados.

–Tienes que levantarte. Me tengo que ir. Voy con retraso.

Se frota los ojos con los nudillos y consulta su reloj.

–No son ni siquiera las nueve –dice en tono quejumbroso, cubriéndose los hombros con el edredón y volviendo a cerrar los ojos–. Dijiste que hoy no trabajabas... pensaba que nos íbamos a tomar el día libre... El pacto, ¿no lo recuerdas? Hicimos un pacto.

Es cierto. Fue el pretexto para alargar la velada más allá de la discoteca.

–Lo sé –digo–, pero me acaban de llamar de la galería. Tienen a un coleccionista americano interesado por algunas de mis obras –miento–. Me quiere conocer. Esta misma mañana. Regresa a Los Ángeles esta tarde y, por consiguiente, no me queda más remedio que ir.

–Bueno, bueno –dice ella, incorporándose–, ya te oigo.

Para cuando se ha duchado y vestido, ya son las nueve y cuarto. Entra en la cocina, donde yo estoy sentado contemplando con expresión ausente la superficie de la mesa. Como superficie de mesa, vale para que alguien pueda simular un cierto interés por ella. Fue una idea de Matt, canibalizar el rótulo del bar que colgaba sobre la puerta principal. Lástima que no pudiéramos dejarlo colgando donde estaba, pero algunos de los ex parroquianos del Churchill Arms' no eran muy inteligentes y seguían viniendo y pidiendo que los dejáramos entrar en mitad de la noche. Sigo mirando con aire ausente. Winston Churchill me devuelve la mirada con expresión de reproche. «Jamás, en el campo de las relaciones humanas...» Bueno, bueno, sigamos con el espectáculo.

No le ofrezco:

a) Café.
b) Acompañarla a casa en mi coche.
c) Charla intrascedente.

En su lugar, aparto mi taza, me levanto y digo:

–Muy bien, vamos allá.

Recuerdo el billetero mientras me dirijo a la puerta principal y ella taconea a mi espalda sobre las baldosas del suelo. Vive en Fulham, o sea que puede coger el metro.

–El metro está a sólo dos minutos a pie –le digo mientras salimos.

Cierro la puerta a nuestra espalda y bajamos veinte metros por la acera hasta llegar a la altura del Spitfire de Matt.

–¿Es tuyo? –me pregunta ella mientras yo apoyo la mano en la capota.

–Sí –contesto, apresurándome a añadir–: Sigue hasta el final de la calle y gira a la izquierda. La boca del metro está a unos cuatrocientos metros.

En lugar de decir adiós y de salir de mi vida y regresar a la suya, echa un vistazo al otro lado de la calle y sus ojos se posan finalmente en la parada del autobús.

–No importa –dice–, voy a coger el autobús. Será más rápido.

–Muy bien –digo, a pesar de que no está nada bien–, ya nos veremos, pues.

–¿Sí? –Me mira con expresión dubitativa–. Te he dejado mi número en la habitación. En una cajetilla de cigarrillos. En la mesilla de noche.

–Yo creía que te ibas a Australia.

–Sí, pero dentro de seis semanas.

–Ah.

Nos pasamos unos pocos segundos mirando a nuestro alrededor con expresión turbada.

–¿No te vas? –me pregunta ella.

–Sí. Ahora mismo. –Acciono inútilmente el tirador de la portezuela. Hago una mueca–. Las llaves. Me he dejado las llaves. –La medio saludo con la mano, evitando el contacto visual–. Ya nos veremos.

–Sí, ya lo has dicho.

Regreso rápidamente a la casa y cierro la puerta a mi espalda. Consulto el reloj: las nueve y veinte. Me acerco muy despacio a la puerta del salón. Escondiéndome detrás de la barra que discurre a lo largo de la pared del otro lado, miro a la calle a través de la ventana. Catherine Bradshaw se encuentra ahora en la parada del autobús, directamente al otro lado de la casa. Me arrodillo y levanto los ojos hacia la vacía hilera de dosificadores. Mierda. Estoy cansado. Estoy hecho polvo. Sally McCullen, la mujer que me obsesiona desde hace dos semanas, llegará dentro de algo más de media hora. Y Catherine Bradshaw está esperando en una de las paradas de autobús menos concurridas del planeta, sin una revista o un periódico, un libro o un walkman, sin nada que hacer como no sea contemplar distraídamente la puerta principal de la casa de Matt, a la espera de que yo vuelva a salir y me aleje al volante de un descapotable que no es mío, para reunirme con un coleccionista de arte norteamericano que no existe.

Una voz interior me está diciendo, «¿y qué? ¿Y qué si no vuelves a salir y confirmas con ello su sospecha de que toda la historia de la galería y el coleccionista no es más que una complicada estratagema para librarte de ella? ¿Y qué si ella está esperando todavía el autobús cuando recibas a McCullen en la puerta?». Acabamos de conocernos. No salimos juntos. «Pues entonces –añade la voz–, ¿por qué no has podido ser sincero con ella? ¿Qué te costaba? ¿Por qué no podías decirle simplemente gracias por el revolcón? Ha sido muy divertido. Pero la puerta está por allí. ¿No sería ahora la vida más sencilla si te hubieras limitado a hacer eso? Reconócelo, ¿no lo sería?»

Pero otras voces discrepan.

Está la voz egoísta: «Es la vecina y amiga de Chloe y Chloe es amiga tuya. Si le haces un feo a Catherine, se lo haces por asociación a Chloe. Como sigas por este camino, verás derrumbarse tu círculo social y convertirse en una línea plana de inactividad». Y la insegura: «No quieres que ella, o que cualquier otra, que para el caso es lo mismo, vaya por la vida propagando la opinión, o simplemente guardándosela, de que eres un hijo de puta». La honrada: «Eres un buen chico y los buenos chicos hacen que las buenas chicas se sientan bien». Pero aunque supongo que todas estas voces dicen la verdad, ninguna de ellas dice la verdad esencial. En realidad, la verdad esencial no tiene nada que ver con los razonamientos. No se trata de algo tan inteligente. Se reduce pura y llanamente a un simple condicionamiento. Se reduce a la forma en que he sido programado. No es algo que yo pienso sino simplemente algo que yo soy instintivamente. Es fácil engañarte diciendo que, cuando sales de una relación, te limitas a cambiar tus hábitos de pareja por los de una persona sola. Rompí con Zoe Thompson entre las seis de la tarde y las nueve de la noche del sábado, 13 de mayo de 1995, entre el momento en que regresé de un fin de semana de examen de conciencia y lágrimas en casa de mi mamá y el momento en que el padre de Zoe fue a buscarla al apartamento alquilado que ambos nos habíamos pasado los anteriores quince meses convirtiendo en un hogar. Llevábamos saliendo juntos algo más de dos años. En los meses que siguieron, entre las alteraciones de mi estilo de vida y de mis hábitos emocionales figuraron:

a) Dejar de utilizar suavizante de ropa y ver cómo aparecían inexplicablemente unos agujeros en mis calcetines.
b) Dejar de sustituir el cepillo de dientes cada tres meses, hasta llegar al extremo de tener la sensación de que me estaba cepillando los dientes con un trozo de alfombra de pelo.
c) Utilizar las uñas de las manos en lugar de unas tijeras de uñas para arreglarme las uñas de los pies.
d) Dar la vuelta cada dos semanas a las sábanas de la cama en lugar de lavarlas.
e) Dejar de sentirme culpable por hablar con alguien del sexo contrario con quien no era seguro hacerlo (por ejemplo, la novia de un amigo, o una amiga mía con quien Zoe se llevaba bien, o una amiga de Zoe).
f) Usar preservativos durante el acto sexual.
g) Dormir abrazado a una almohada en lugar de a una persona amada.

h) Permanecer tendido solo en la cama los domingos por la mañana, pensando que ojalá tuviera todavía a una persona que me interesara lo bastante para desear pasar el día con ella.

Pero otras costumbres que había adquirido durante el tiempo que estuve saliendo con Zoe perduraron a pesar de que ella ya no estaba a mi lado para guiar mis pensamientos, pues ahora ya se habían convertido en mías. Entre ellas figuraban:

a) Acostarme en el lado derecho de la cama, a pesar de que tenía ya una cama de matrimonio toda para mí solo y habría podido tenderme en el lado que hubiera querido.
b) Lavar los platos después de cada comida en lugar de efectuar un lavado relámpago de cacharros y cubiertos al final de cada semana.
c) Deleitarme con el sabor de las verduras y las ensaladas, en lugar de despreciarlas como artículos obsoletos tras el advenimiento de las píldoras de vitaminas.
d) Dejar el asiento del excusado bajado.
e) Ver la serie *EastEnders*.
f) Procurar desviar la conversación del resultado de los partidos de fútbol cuando estaba en grupos mixtos.
g) Mirar a las mujeres a la cara en lugar de al escote cuando hablaba con ellas.
h) Comprender que el amor propio de otras personas, a pesar de lo que las apariencias externas te puedan inducir a creer, es tan frágil y tan quebradizo como el tuyo.

Pero yo no soy psiquiatra y no sé explicar por qué algunos de los hábitos adquiridos con Zoe han perdurado, mientras que otros se han perdido. Lo que sí sé es que los que han persistido son auténticos y forman tanta parte de mí como mis huellas digitales. Y en ello se incluye también lo del amor propio de los demás.

Claro que también cabe la posibilidad de que Catherine Bradshaw se alegre de perderme de vista tanto como yo a ella. Cabe la posibilidad de que el hecho de dejar su número de teléfono fuera su manera de hacerme sentir mejor o de sentirse ella mejor, o ambas cosas a la vez. Cabe la posibilidad de que, aunque yo la llame, ella niegue conocerme o desarrolle una habilidad hasta ahora desconocida para ponerse a hablar en letón en cuanto reconozca mi voz. Pero, de igual modo, cabe una pequeña posibilidad de que le importe algo. Y esa posibilidad significa que, si yo la trato como si fuera una basura, acabaré sintiéndome yo mismo una basura. Por consiguiente, hay que darle la vuelta a la cosa: trátala bien y te sentirás bien a tu vez. La generosidad y el egoísmo mancomunados. Una combinación perfecta para una conciencia tranquila.

Por suerte, las llaves del coche de Matt están colgadas de un dardo de la diana que hay en la cocina y, por consiguiente, a los pocos minutos, saludo con la mano a Bradshaw, que está en la acera de enfrente, subo al Spit de Matt, corrijo la posición del espejo retrovisor y del asiento e inserto la llave en el encendido. Mientras doy la vuelta a la manzana, medito acerca del hecho de que no estoy asegurado y de que tal vez Matt reaccionaría acercándome un cuchillo a la garganta y haciéndome comer mis genitales recién mutilados en caso de que abrigara aunque sólo fuera la más mínima sospecha de que yo había tomado lo que constituye su mayor orgullo y alegría para darme un paseíto. Aparco el Spit en una calle secundaria, muy lejos de la parada del autobús, apago el motor y enciendo la radio.

Cuatro canciones, una información de última hora sobre el tráfico, un avance informativo y dos cigarrillos después, me atrevo a correr el riesgo de bajar del automóvil y subir por la calle para echar un vistazo. Justo cuando me estoy acercando a la esquina y aminoro el paso para mirar cautelosamente y comprobar que ahora mi camino es una zona libre de Bradshaw, pasa un autobús. Me quedo petrificado y mis ojos se cruzan a través del cristal de la ventanilla del autobús con los de Catherine

Bradshaw. Miro mientras ella sacude la cabeza y levanta el dedo del corazón a modo de saludo.

Hay ciertos pensamientos que se captan sin necesidad de ser un telépata. Gilipollas es uno de ellos.

Estamos a última hora de la tarde. Estoy apoyado contra la pared de mi estudio, fumándome un cigarrillo mientras contemplo la tela montada en el caballete que acabo de volver a poner junto a la puerta vidriera que da al jardín. El sol inunda la estancia con la clase de luz que produce una bombilla no protegida por una pantalla.

El estudio se encuentra en la parte de atrás de la casa. El blanco uniforme del techo y de las paredes sólo está interrumpido por unos bocetos y unos estudios de color. Las tablas del suelo no están barnizadas sino tal como yo las encontré cuando arranqué la alfombra manchada de cerveza poco después de mudarme a vivir allí. A Matt no le importó, en parte porque sabía que la estancia era un desastre de todos modos (poco más que un espacio para almacenar las cajas que nunca había tenido el ánimo suficiente para abrir tras haberse llevado todas sus cosas de la casa de sus padres en Bristol) y en parte porque sabía que yo no podía permitirme el lujo de pagar un alquiler en otro sitio. Tras la desaparición de la alfombra y la pintura de las paredes, sólo queda la mesa de billar como testimonio de los días de gloria del Churchill Arms'.

Una de las cosas que dije anoche a Bradshaw es verdad: no trabajo los viernes. Por lo menos, no hago un trabajo normal que se pague con un cheque. Eso ocurre los martes, los miércoles y los jueves allá abajo en la galería de Paulie. Paulie me llama su representante, pero puesto que soy la única persona que trabaja allí, el título no me permite hacerme demasiadas ilusiones en cuanto al poder que ostento. Lo que hago, en realidad, es permanecer sentado en el mostrador de la parte anterior de la galería, hojeando revistas o novelas y esperando a que suene el teléfono, cosa que raras veces sucede... a no ser que sea Paulie el que llame para ver cómo va la cosa desde cualquier palacio de la ginebra del Med en que se encuentre en aquel momento. Ocasionalmente, entra alguien para curiosear, y me hace una o dos preguntas sobre un cuadro. Y más ocasionalmente todavía, puede que unas tres veces al mes, compran algo y yo corro a la caja, les hago la factura y dispongo lo necesario para la entrega o la recogida. Pero más que nada me dedico a leer o a mirar la calle y ver pasar a la gente.

Sin embargo, los viernes, los viernes y los lunes, soy dueño de mí mismo. Lo único que tengo que gestionar los viernes y los lunes es mi propia persona. Y eso justamente es lo que intento hacer. Procuro no salir de casa, a menos que se trate de algo vital como bajar al LoCost de la esquina para comprarme cigarrillos y latas de Pepsi Max o humillarme ante el director de la sucursal de mi banco a propósito del Abismo Sin Fondo (es decir, el saldo deudor de mi cuenta). Trato de responder a mi despertador a la misma hora en que lo haría si mi intención fuera llegar a la galería de Paulie para abrirla con puntualidad (a las 10 de la mañana), me ducho y, si está en casa, charlo un ratito con Matt mientras éste desayuna. Después me voy al estudio y pongo la radio para que me haga compañía. Enciendo un cigarrillo, elijo un pincel y reanudo mi trabajo allí donde lo dejé.

Todo eso es lo que intento hacer, pero a menudo acabo levantándome tarde y empiezo las cosas a partir de ahí.

Sigo contemplando la tela. Dejando aparte la dosis matinal de irritación provocada por Bradshaw, ha sido un día fructífero. Desde las diez hasta las cuatro, con una hora para el almuerzo. Todo se ha desarrollado según el plan. Aparte lo de la necesidad de la radio para que me hiciera compañía. Hoy no la necesitaba. Pero eso formaba parte de otro plan.

–Así pues –dice McCullen, entrando de nuevo en el estudio, interponiéndose entre mi persona y la tela y bloqueándome la vista–, ¿estás satisfecho?

McCullen mide metro setenta y es delgada. El cabello rubio y liso le llega hasta media espalda. Tiene una risa muy sexy.

–No lo sé –contesto, pero no sólo porque no puedo ver la tela sino también porque llevo demasiado tiempo concentrándome. Tengo que alejarme un rato y descansar los ojos antes de que pueda volver a contemplar la obra objetivamente–. ¿A ti qué te parece?

Se vuelve a mirarme.

–Me gusta.

Me alegro: ella también me gusta a mí.

Mucho.

Nos conocimos hace un par de semanas en la fiesta que organizó mi hermana Kate para celebrar sus veinte años. Kate estudia en la UCL, Historia y Español. Su novio se llama Phil y estudia Francés, también en la UCL. Phil conoció a McCullen en el primer curso, ambos se hicieron buenos amigos, consiguieron seguir siendo buenos amigos y el año pasado se fueron a vivir juntos. Kate y McCullen se hicieron muy amigas. Ésta es nuestra conexión. Así fue como terminé hablando con ella en la cocina de Kate.

Kate ya le había hablado mucho de mí y el cuadro que yo le había regalado a Kate para su cumpleaños colgaba en la pared del salón, por lo que nos fue muy fácil entablar conversación. McCullen me hizo una pregunta sobre el cuadro. Había estudiado arte en la escuela y algunos fines de semana dibujaba un poco. Le pregunté por qué lo había dejado y ella les echó la culpa a sus padres, señalando que éstos le habían dicho que lo hiciera en plan de hobby y, entre tanto, procurara estudiar algo más práctico. Le comenté el limitado éxito que había tenido hasta la fecha... los tres cuadros que había vendido a unos coleccionistas y las favorables críticas que me habían hecho tras haber celebrado una exposición casi de tapadillo en la galería de Paulie, un par de meses antes, en premio a mi trabajo. Me preguntó en qué trabajaba en aquellos momentos y, como estaba borracho y ella era maravillosa y había esquivado todas mis sutiles insinuaciones y era evidente que no tenía intención de irse a casa conmigo, le contesté que tenía en proyecto la realización de una serie de estudios del natural. Le pregunté si accedería a posar para mí y le pedí que por favor, por favor, por favor, me dijera que sí.

Y por un milagro, así lo hizo.

O más bien me preguntó:

–¿Cuánto?

Y yo le contesté:

–Esperaba que lo hicieras gratis.

–Ni hablar –contestó.

–¿Veinte libras? –le sugerí.

–Treinta –dijo ella.

–Trato hecho –contesté.

¿Por qué no? Había caído en la trampa.

McCullen se acerca al sofá y me permite volver a ver el lienzo. La miro a ella y vuelvo a mirar el cuadro. No sé por qué razón, ambas cosas no encajan. Y no porque el cuadro no sea una fiel imagen del original sino porque, durante las horas que he dedicado a transformar las tres dimensiones de su cuerpo en dos dimensiones, he dejado de verla como un ser entero y la he visto más bien como toda una sucesión de perfiles y sombras. Ahora que vuelve a tener forma, McCullen ha resucitado. Ya no es un objeto que quiero estudiar sino una mujer a la que quiero tocar. Me muero de ganas de hacerlo.

En realidad, la idea ha estado encendiéndose y apagándose en mi mente desde que ella llegó esta mañana, aproximadamente unos tres minutos después de que yo hubiera terminado de aparcar el Spit de Matt con precisión milimétrica en su espacio correspondiente y hubiera vuelto a dejar el asiento y el espejo retrovisor en la posición inicial. Le preparé un café, tuve con ella una charla intrascendente y le enseñé el estudio. Ella se desnudó en el cuarto de baño y regresó al estudio envuelta en una toalla. Hice el número de montar la tela, procuré no mirarla mientras cruzaba la estancia y traté vagamente de conseguir que se sintiera cómoda.

–¿Cómo me quieres? –me preguntó.

Ahora. Sobre la mesa de billar. En la ducha. En una playa. En un avión. Cubierta de crema batida y chocolate fundido. Las respuestas se sucedían sin cesar y, en cualquier otra circunstancia, yo habría elegido una y la habría llevado a la práctica. Pero era un profesional, ¿no? Yo era un artista y ella era una modelo. Le pagaba para que estuviera allí y ella estaba allí para quitarse la ropa por dinero y por amor al arte, ¿no? Exactamente. Fin de la historia.

–En el sofá –le dije–. Reclínate y procura sentirte cómoda.

Se dirigió al sofá y, de espaldas a mí, se quitó la toalla, la dobló cuidadosamente en el suelo y se tendió boca arriba en el sofá.

–¿Qué tal? –me preguntó.

Bueno, desde un punto de vista estético, estaba muy bien. La pose, con la parte lateral de la cabeza apoyada sobre las manos cruzadas y los ojos dirigidos hacia mí, parecía natural, como si acabara de despertar de un profundo sueño. La iluminación también era buena. Una franja de sombra le cruzaba oblicuamente la parte inferior de las piernas. Era lo que se dice perfecta.

–No –dije–. No está bien. ¿Qué tal si te reclinas de lado de cara a mí...?

Bueno, sí, la honradez artística está muy bien, pero tiene que haber algún aliciente que nos compense de la pobreza y el aislamiento, ¿verdad?

Se dio la vuelta, cubriéndose los pechos con el brazo.

–¿Así está mejor?

–Un poco –contesté–, pero quizá deberías mover el brazo; prueba a apoyarlo en la cadera. –Ella movió el brazo–. Así está mejor. –La miré, miré la tela y volví a mirarla a ella–. Ahora dobla ligeramente la pierna. Un poquito más. Estupendo. Francamente estupendo. Perfecto. –Asentí con la cabeza sinceramente de acuerdo conmigo mismo–. ¿Estás cómoda?

Permaneció tendida inmóvil.

–Sí, estoy bien.

La miré fijamente, también inmóvil, paralizado.

–Estupendo.

¿Qué se puede decir de las obsesiones? Son las fuerzas especiales de la conducta humana. Si el hecho de vivir solo es, tal como yo sinceramente creo, un estado de sitio (te creas una serie de exigencias mentales y te niegas a abandonar tu solitario estado hasta que aparece la Supernena), las obsesiones son la quinta columna que, justo cuando te crees a salvo y crees dominar la situación, trepan por las murallas y penetran a través de tus ventanas con las ametralladoras escupiendo ráfagas. No hay defensa lo suficientemente fuerte para repeler el ataque.

Y eso es lo que me está ocurriendo a mí con McCullen. Desde que la conocí, soy víctima de una casi constante cortina de fuego de visiones de su figura y de visiones de estar con ella. Pero lo más preocupante de todo es que muchas de las visiones han sido de carácter casi herético, unas descaradas afrentas al Código de la Soltería por el que he decidido que se rija mi vida. Me he imaginado:

a) Caminando por la calle con ella, tomados de la mano.
b) Acostado con ella en la cama al amanecer, contemplando su rostro mientras ella duerme apaciblemente.
c) Sentado con ella junto a la mesa de un reservado de un restaurante, tomando vino y mirándola a los ojos.

En otras palabras, en situaciones que no son pasajes habitualmente citados de la Biblia del Hombre Soltero. Dicho lo cual, hay otros requisitos de mi Supernena que dudo mucho que ella tenga la posibilidad de cumplir. No puedo imaginarme, por ejemplo:

a) Permanecer separado de ella por espacio de seis meses debido a circunstancias ajenas a mi voluntad, sabiendo que ella estará todavía a mi disposición a mi regreso.

b) Irme a vivir con ella a un apartamento.
c) Pedirle que se case conmigo.

A pesar de todo, ella es la que más se acerca a mi Supernena entre todas las que he conocido desde que rompí con Zoe. Y ahora mismo, acercarse quiere decir estar muy cerca.

–¿Ya hemos terminado por hoy? –pregunta.

–Sí. Gracias. Has tenido mucha paciencia.

Recoge la toalla y se envuelve de nuevo en ella.

–Y ahora, ¿qué hacemos?

Buena pregunta. Una pregunta sobre la cual me he pasado mucho rato pensando en el transcurso de las últimas horas. La respuesta que quisiera dar sigue aproximadamente la pauta «No tengo que salir para la fiesta de Matt hasta dentro de tres horas, por consiguiente, ¿por qué no las aprovechamos yéndonos a la cama?». Pero, entre tanto, en la ciudad de Londres, Planeta Tierra, McCullen no ha dado a entender a lo largo del día que está dispuesta a acceder a semejante petición. Por consiguiente, en su lugar, opto por algo un poco más ambiguo.

–Bueno, podríamos descorchar una botella de vino...

Sonríe.

–No, al decir ahora, no quería decir ahora mismo. Me refería al cuadro. No está terminado, ¿verdad? O sea que necesitarás que vuelva para otra sesión, ¿no?

–Ah, sí, claro. Sí. –Como si supiera que eso es lo que ella quería decir–. Creo que un par de sesiones más serán suficiente. Si tú lo puedes resistir, naturalmente.

–No hay problema. Ha sido divertido. –Se da un masaje al hombro con la mano–. Aparte los dolores y molestias.

–¿No te has aburrido?

–No, se está a gusto contigo. Supongo que estás acostumbrado a entretener a la gente mientras posa para ti.

Eso está mejor. Congeniamos. Le gusto.

–Sí, supongo que sí –contesto–. ¿Y el vino? Tengo una botella en el frigorífico, si te apetece...

Considera la propuesta durante un par de segundos y después dice:

–No, será mejor que me vaya. Esta noche tengo que habérmelas con los parientes políticos.

Me noto una sacudida en el estómago. Sin poder contenerme, pregunto impulsivamente:

–¿Los parientes políticos? No me digas que estás...

Se ríe, se aparta el cabello del rostro con un movimiento de la cabeza.

–¿Casada? No, por Dios. No son unos padres políticos auténticos. Simplemente los padres de mi novio. Hoy es el cumpleaños de su madre.

La palabra fatídica. Habría tenido que suponerlo. Me parece increíble que no lo haya mencionado antes.

–No sabía que tuvieras novio. –Mi voz denota decepción. Trato de parecer sociable e inquiero–: ¿Desde hace mucho tiempo?

–Tres años.

–Entonces, ¿la cosa va en serio?

–Supongo que sí.

Se percibe un ligero titubeo en su voz. Suficiente para que yo profundice un poco más.

–Espero que no te importe la pregunta, pero ¿no le molesta a él que poses desnuda para mí?

–Bueno, le molestaría si lo supiera.

Ambos nos miramos sonriendo.

–Ya.

–Pero no tendría por qué. No es que esté ocurriendo nada raro. No es que yo le sea infiel ni nada de eso.

–Pues ¿por qué no se lo dices?

–Porque acabaría sintiéndose inseguro y celoso. No merece la pena.

–¿Tú le quieres?

–Sí –contesta, cruzando la estancia para ir a vestirse–, mucho.

Bueno, las cosas no están siguiendo exactamente el tradicional guión de la seducción. Es más bien como empezar a leer algo por la última página. El objeto de mi deseo ha pasado de ir desnuda a envolverse en una toalla y ahora se está vistiendo y en breve se irá. Y lo que es más, acaba de decirme en términos inequívocos que mantiene relaciones desde hace tres años con un hombre del que está enamorada. Y *mucho*, para más inri.

Todo eso bastaría para enfriar las obsesiones de la mayoría de la gente. Pero no las mías. Yo me concentro en el único destello de esperanza que brilla en este universo por lo demás sombrío: el hecho de que esté dispuesta a engañar al hombre al que ama para estar conmigo. Y de que vaya a repetir el engaño la semana que viene. Como señal, es más una inclinación de cabeza en una estancia abarrotada de gente que una bengala roja estallando de repente en el cielo nocturno, pero pese a todo, significa que tengo una posibilidad. Conclusión: el hecho de que haya declinado mi invitación a una copa de vino para reunirse con su novio constituye un desprecio considerable, pero me queda la semana que viene...

Y en cuanto al amor propio, no es que yo no haya aguantado cosas peores otras veces.

CONFESIONES: N.º 2. LA VIRGINIDAD

Lugar: La casa de los padres de Mary Rayner.

Hora: 6 de la tarde del 15 de mayo de 1988.

Mary: ¿Tienes uno?

Yo: Sí.

Mary: Bueno, ¿te lo pones o qué?

Yo: Sí, claro.

Mary: Tiene una pinta un poco rara.

Yo: Está aromatizado al curry.

Mary: Qué asco.

Yo: Pues sí. Lo siento.

Mary: Qué horror, qué mal huele.

Yo: Ya te he dicho que lo siento.

Mary: ¿No tienes nada más?

Yo: No, es lo único que había en la máquina.

Mary: Bueno, pues póntelo.

Yo: De acuerdo.

Mary: ¿Adónde vas?

Yo: Al cuarto de baño.

Mary: ¿Para qué?

Yo: No te preocupes, vuelvo enseguida.

Mary: ¿Ya estás contento ahora?

Yo: Sí.

Mary: Pues ven aquí.

Yo: De acuerdo.

Mary: Uy.

Yo: Perdona.

Mary: Ven, deja que te ayude.

Yo: Gracias.

Mary: No lo has hecho nunca, ¿verdad?

Yo: Sí, montones de veces.

Mary: Embustero.

Yo: No.

Mary: Eso es, así está mejor.

Yo: ¿Aquí?

Mary: Sí, aquí mismo...

Descripción en tiempo real del acto propiamente dicho: uno, dos, tres, cuatro, cinco, seis, siete, ocho, nueve, diez, once, doce, trece, catorce, quince, dieciséis, diecisiete, dieciocho, diecinueve, vein...

Mary: ¿Ya está?

Yo: Sí, ¿qué tal he sido?

Mary: Una mierda.

La fiesta de Matt

Como no era de extrañar, las cosas no duraron mucho con Mary Rayner. Algo más de diecinueve minutos y medio, pero no mucho. Aquella noche me quedé en su casa, hicimos el amor a la mañana siguiente y esta vez conseguí durar lo equivalente a un anuncio de Coca-Cola light y tres canciones (aunque, técnicamente, tal como más tarde le señalé a Matt, habría podido alegar que fueron seis, pues la segunda canción fue *Rapsodia Bohemia*), todas cortesía de Capital Radio. Ni siquiera Mary dejó de reconocer que, bajo su experta guía, pasé de «mierda» a «aceptable» en el espacio de veinticuatro horas. El futuro se presentaba brillante. Estaba contento. Mi misión se había cumplido con razonable éxito. Abandonamos su casa antes del almuerzo, nos pegamos un lote de besos y caricias en la boca del metro de Ealing Broadway y después yo regresé a Bristol. Posteriormente la llamé una vez, pero ella no me devolvió la llamada. Jamás volví a saber de ella.

Nostálgicamente, quiero creer que fueron las circunstancias las que nos separaron, el hecho de que ella viviera en Londres y yo en Bristol, que ambos anduviéramos demasiado escasos de dinero para poder permitirnos el lujo de pagarnos regularmente el billete de tren y que estuviéramos demasiado ocupados estudiando con vistas a la obtención del nivel A para disponer de tiempo suficiente para conocernos mejor. Pero no fue eso. De hecho, todo se redujo simplemente a que Mary había conocido cosas mejores y yo jamás había conocido nada tan bueno. Ambos seguimos cada uno por su camino por distintas razones: Mary porque no quería conformarse con algo que fuera «una mierda» y ni siquiera «aceptable» y yo porque me había iniciado en un nuevo y prodigioso mundo y, ya que había conseguido hacerlo (un par de veces) con una chica, quería probarlo con más chicas (el mayor número de veces posible).

Como rito de paso, resultó bastante duro, pero mereció la pena. Todo cambió después de aquel fin de semana en Londres. Regresé a Bristol rebosante de seguridad, me encerré en la cocina con el teléfono y llamé a Matt. Se lo conté todo y él me pidió que se lo volviera a contar otra vez. Y aunque procuré que no se me notara en la voz, disfruté como un cosaco mientras lo hacía.

Al lunes siguiente, Matt acompañó a Laura Riley, una chica de su clase de matemáticas que le gustaba desde hacía varios meses, pero a la que no había tenido el valor de decírselo, a su casa desde la escuela, la besó en la parada del autobús de su calle y le pidió una cita. Dos semanas después, cuando sus padres se fueron a pasar el fin de semana al Distrito de los Lagos, Matt y Laura perdieron juntos la virginidad en la parte inferior de la litera en la que él llevaba durmiendo desde los siete años.

El hecho de que Matt perdiera la virginidad tan poco tiempo después que yo, pudo deberse a una coincidencia, pero yo lo dudo. La teoría más probable es la de la competitividad. O más bien, el rasgo competitivo que siempre ha presidido nuestra amistad. Pasada la pubertad y antes de lo de Mary, yo diría que el setenta por ciento de nuestras conversaciones giraba en torno al sexo a nivel teórico. ¿Cómo lo conseguiríamos? ¿Cómo sería cuando lo hiciéramos? En cuanto pude contestar a estas dos preguntas, nuestra amistad dejó de basarse en la igualdad de la ignorancia. El columpio de vaivén cambió y Matt se convirtió en el chico que me miraba a mí, el hombre, desde abajo, y yo me convertí en el que le miraba a él desde arriba a través de los ojos de la experiencia. Para él, la única manera de restablecer el equilibrio que previamente existía entre nosotros (de igualar el tanteo, por así decirlo) era que él también se apuntara un tanto. Y lo hizo. Con Laura Riley. En su litera.

Como es natural, la cosa no terminó aquí. Yo conocí a otra persona, el columpio volvió a cambiar de posición y él rompió con Laura y empató conmigo, buscándose otra chica. Dejando aparte los quince meses en que él estuvo saliendo con Penny Brown, lo cual (casualmente, por supuesto) ocurrió coincidiendo con el período en que yo salía con Zoe, no creo que jamás hayamos dejado de competir desde entonces. Y lo más probable es que esta noche (abro la puerta del BarKing, el lugar que ha elegido Matt para celebrar su cumpleaños) ocurra lo mismo. Ambos estamos solteros. Ambos somos ligones. Y aunque ya no nos quede nada por demostrar y nuestra amistad haya superado la fase del quién ha hecho qué primero, por puro espíritu deportivo, ambos seguimos tratando de inclinar el columpio de vaivén a nuestro favor. Una aventura de una noche. Sin complicaciones. Otra marca de tiza en la pizarra. Un poco de diversión inofensiva.

Echo un vistazo a la barra en busca de rostros conocidos y de rostros cuyo aspecto sea de mi agrado. El BarKing es famoso por su variada oferta de objetivos y es por eso por lo que Matt lo ha elegido. No se anuncia como Bar de Solteros, pero de hecho lo es. Es deliberadamente ruidoso y bullicioso y en las pocas mesas disponibles se pueden sentar doce personas. En otras palabras, no es probable que le asignen muchas estrellas en la *Guía para parejas de los locales nocturnos más íntimos de Londres.*

La superficial inspección visual confirma que esta noche será justamente eso: una fiesta de solteros, una fiesta de solteras, y montones de grupos intermedios sexualmente segregados de tamaño más pequeño. Se pueden contar con los dedos de una mano las alianzas matrimoniales y las sortijas de compromiso que se exhiben, y estoy seguro de que yo no soy la única persona que acaba de hacer justamente eso. Los aspectos son variados, pero el código indumentario se reduce a un residuo común: prendas de marca y cabellos y rostros muy bien cuidados. La gente viene aquí a anunciarse, en la esperanza de encontrar un comprador. Y yo, gracias al guardarropa de Matt, encajo muy bien. Inspecciono su grupo. Matt no suele ofrecer fastuosas fiestas de cumpleaños y se inclina más bien por el enfoque sólo-un-buen-pretexto-para-emborracharse-con-los-amigos en lugar de otra cosa más organizada. Está presente Chloe, nuestra mano derecha, pero puedo decir con un suspiro de alivio que Bradshaw no. Después están Andy, Will y Jenny, algunos compañeros de trabajo de Matt, Carla, Sue y Mike, con quien Matt fue a la universidad, y Mark y Tim que han venido de Bristol a pasar el fin de semana.

Sólo hay unas cuantas personas a las que no conozco, evidentemente los «extras» a los que se ha referido Matt esta mañana en la cocina. De ellos, dos son chicos y tres son chicas. De las chicas, sólo una no hace que se disparen inmediatamente los timbres de alarma de las chaladas y los adefesios. Está sentada a la izquierda de Matt. Está de perfil. Tiene buena pinta. Matt me ve, me saluda con la mano y grita algo que es inmediatamente engullido por la babel de voces que se interpone entre nosotros. Yo le devuelvo el saludo y echo un nuevo vistazo de inspección a la Chica Misteriosa antes de volverme para pagar las consumiciones. Un amigo mío llamado Paddy resumió una vez el dilema básico con que se enfrentan los hombres solteros de la siguiente manera:

> Tal como yo lo veo, se te ofrecen dos alternativas: corto plazo y largo plazo.
>
> Corto plazo, empiezas con la actitud de que lo único que quieres es que te jodan. Eso significa que estás obligado a buscar la conclusión con cualquier mujer con quien tú creas que tienes alguna posibilidad. Por consiguiente, charlas con ellas y compruebas si están por la labor o no. Supongamos que empiezan soltándote el rollo de que ellas no son de esas que se acuestan por ahí, que aborrecen vivir solas o están hartas de perder el tiempo con tíos que son demasiado inmaduros para mantener una relación estable. En tal caso, cortas en seco la conversación y pasas a otra persona. Y sigues pasando y pasando hasta que encuentras a alguien que, en caso de que ya no te haya dicho que sí, te ha ofrecido suficientes indicios para que tú llegues a la conclusión de que no tardará en hacerlo.
>
> Después está la alternativa número dos: el largo plazo. La diferencia más definitoria entre ésta y la alternativa número uno es que aquí tú piensas con el cerebro y también con la polla. El método de aproximación es el mismo. Ves a alguien que te gusta y entablas conversación. Sólo que aquí, si te gusta lo que oyes y lo que ves (reconozcámoslo, al término de la jornada, si la cosa es a largo plazo, lo que realmente importa es la mente que hay dentro del cuerpo), no la dejas plantada sin más por la simple razón de que no vaya a echarse un polvo contigo antes del amanecer. Qué demonios, me gusta esta persona. Me encantaría conocerla mejor. Y entonces lo intentas. Haces todas las anticuadas cosas de siempre: te intercam-

bias con ella el número de teléfono, la llamas, conciertas una cita y empiezas a partir de ahí.

Y es algo que tienes que decidir justo al principio de la noche. Las dos alternativas se excluyen mutuamente. Si eliges la alternativa número uno, quienquiera que te hayas ligado, te la habrás ligado porque en tu mente es igual a sexo. Lo más probable es que después no puedas pensar en ella de otra manera. Si eliges la alternativa número dos, tendrás que aceptar el hecho de que, por lo menos esta noche, probablemente volverás a casa solo.

Paddy se casó dos meses después, por lo que no es difícil adivinar qué alternativa eligió.

Llego a la mesa y recibo toda una serie de holas y qué-tal-estás por parte de las distintas personas reunidas, según el tiempo que lleve sin verlas. La silla de la Chica Misteriosa está vacía, pero hay una chaqueta colgada en el respaldo. Me acerco a Matt y le pongo delante el cóctel de cumpleaños. Suelta un gruñido antes de que la copa roce la mesa.

–Qué barbaridad –murmura, contemplando la lúgubre y coagulada mezcla–, ¿cuándo nos vamos a librar de esta mierda?

–Cuando seamos viejos y estemos casados.

Aceptando con resignación que ni la chochez ni el matrimonio son posibilidades en un próximo futuro, Matt toma la copa y apura su contenido.

–Feliz cumpleaños –le digo, entregándole una caricatura suya enmarcada.

La contempla, se ríe y la pasa a sus vecinos de mesa.

–Es estupenda. Gracias. Oye –me dice, secándose los labios, encendiendo un cigarrillo y empujando la silla de la Chica Misteriosa para hacerme sitio a su lado–, búscate una silla.

Para cuando consigo encontrar una silla y volver a la mesa, la Chica Misteriosa ya ha regresado. Pongo mi silla al lado de la suya y me siento.

–Hola –digo, volviéndome hacia ella–, me llamo Jack.

2
Amy

Oh, Dios mío.

No es posible que esté ocurriendo.

No es posible que un ser humano se encuentre tan mal.

Oigo un extraño zumbido que debe de significar que estoy respirando (lo cual es casi un milagro, pues anoche me fumé 4.000 pitillos). No obstante, tengo la desagradable sospecha de que voy a sufrir una hemorragia cerebral si no me levanto.

Pero eso se dice pronto. Las articulaciones se me han vuelto como de gelatina de la noche a la mañana. Consigo tropezar con mis desechadas botas tipo fóllame, golpearme el dedo gordo del pie con el tubo del radiador y, mientras doy saltitos de dolor, perder el equilibrio y atravesar de cabeza la cortina de cuentas de plástico y la puerta plegable, para acabar dándome un porrazo contra la caja de embalaje de té que utilizo como mesa en el salón.

Se produce un instante de silencio. Percibo la brisa de la mañana sobre mi chichón mientras permanezco tendida sobre la alfombra de apelotonado pelo, con la camiseta RELAX subida hasta el cuello a causa de la caída.

Y entonces ocurre.

Se oye un inestable ruido de botella vacía, y la innegable razón de mi actual y diabólica resaca cae rodando desde la caja de té y me golpea la cabeza.

Suelto un gruñido al ver la botella de whisky, y, lenta y espantosamente, los acontecimientos de la víspera empiezan a emerger de nuevo a través de la bruma del dolor.

Voy a vomitar.

Cuando levanto la cabeza para aspirar una bocanada de aire tras haberme inclinado en curva cerrada, evalúo los daños sufridos en el espejo del armario del cuarto de baño. El aspecto dista mucho de ser ideal.

Amy Crosbie, del Piso D, Pemberton Villas, Shepherd's Bush, ha desaparecido. Vale. Reconócelo. ¿Quién dejó entrar al jabalí verrugoso en el cuarto de baño? ¿Quién fue?

¿Cómo me he transformado tan totalmente de la nena wonderbra impecablemente peinada que ayer salió de casa a las ocho de la tarde en esta viva imagen de muerta viviente? Me sujeto fuertemente la cabeza con las dos manos para calmar la última creación de mi almohada peluquera y saco la lengua. Es de color verde.

Como soy muy optimista, cuento los puntos buenos antes que los malos.

1. No puedo estar peor (tengo que reconocer que éste suele ser el primero de mi lista de puntos buenos).
2. Menos mal que Jack no se quedó y yo me libré de la humillación de que él me viera en este estado.
3. ?

No se me ocurre ningún número tres porque el número dos es el primero de la lista de puntos buenos. Suelto un graznido de desesperación.

Jack no se quedó.

El único tío potable que he conocido en varios meses salió por piernas. Regresó corriendo al País de los Tíos al romper el alba sin darme tan siquiera un beso de buenas noches. Y la verdad es que no se lo reprocho.

Me comporté como una imbécil de campeonato.

La calamidad es demasiado grande para que pueda procesarla yo sola. Llamo a H, mi mejor amiga.

H: (En tono adormilado.) ¿Mmmm?

Yo: (Una pausa para que sepa que soy yo.) ¡Puaaaá! (Infundo en el saludo la mayor cantidad posible de gutural infelicidad posvómito de que puedo hacer acopio.)

H: ¿Puá Puá Puá? ¿O simplemente Puá?

Yo: ¡Puaaaaaaaaaaaá!

H: Voy ahora mismo.

Quiero mucho a H. Me comprende.

Veinte minutos después, H empuja su bicicleta hacia el montón de bicicletas del estrecho pasillo de mi comunidad de vecinos. Ofrece una pinta asquerosamente sana tras una TND (Tranquila Noche de Descanso) y, probablemente, cantidades industriales de PAS (Polvos Altamente Satisfactorios) con Gav (su tío más reciente). Me da un beso y me dice que apesto a cervecería y que tengo los dientes de color anaranjado.

Suelto un gruñido, pero estoy satisfecha de mí misma porque he conseguido bajar los tres tramos de escalera que me separan de la puerta principal, lo cual significa que estoy regresando a la raza humana. Para ello he tenido que hacer un considerable esfuerzo.

Hasta ahora, me he tragado tres pastillas de Nurofénplus, me he bebido dos tazas de café cargado, cada una de ellas con una cucharada de azúcar moreno (terrible, lo sé, pero esto es una crisis) y me he tomado nada menos que cuatro tabletas efervescentes de vitamina C. Eso equivale al cuatrocientos por ciento de la dosis diaria recomendada y, aunque no estoy segura, creo que ahora puedo hablar.

En la cocina, H se sube a la encimera mientras yo pongo la tetera a calentar.

–Deduzco que no has ligado –me dice en tono prosaico–. ¿Qué ocurrió?

Adivino que está decepcionada, pues anoche asumió el papel de señora del guardarropa. Basándome en su promesa infalible de ligue, me dejé convencer y me atreví a ponerme un minivestido negro que más bien parecía un cinturón *con* un wonderbra y unas botas tipo fóllame (que, por cierto, me compré en plan de broma y no tenía la menor intención de ponerme jamás). Yo soy una chica más de pantalones vaqueros y sólidas zapatillas deportivas, pero H me dijo que de eso ni hablar. Hasta me obligó a pasar por su casa antes de irme, para valorar mis posibilidades. Gav soltó un silbido de admiración y me ofreció un enorme vaso de vodka con tónica mientras H me otorgaba una puntuación de nueve sobre diez (la de diez sobre diez se la reserva para el día de mi boda) y me daba un suave empujoncito hacia la noche para que utilizara mis encantos femeninos con el divino Matt.

Ya sé que todo esto suena un poco dramático, pero H conoce mi horrible secreto. Un secreto que últimamente se ha convertido en algo así como una crisis. Oh, Dios mío, ni siquiera puedo pensar en él, pero la verdad es que... llevo más de seis meses sin echar un polvo. Creo que eso me convierte técnicamente en una virgen; al fin y al cabo, a estas horas ya se me debe de haber cerrado. Pero, dejando aparte aquello en lo que me haya convertido, eso no es normal en una saludable chica de veinticinco años. Lo cual me lleva a la conclusión de que ALGO ME OCURRE.

H discrepa. Cree que es sólo cuestión de tiempo. Sin embargo, hasta ella se está empezando a poner nerviosa y trata desesperadamente de que yo encuentre a un chico, pues acaba de superar el importantísimo período de tres meses de gestación de su relación con Gav, utiliza la píldora con regularidad y lo está empezando a llamar su «pareja». Eso nos ha separado de una forma aparentemente insignificante, pero psicológicamente enorme. Como consecuencia de ello, H ha emprendido una cruzada personal para que alguien me joda y, a partir de aquí, se inicie una relación íntima, parecida a la que ella mantiene con Gav.

Lo cual me parece muy bien.

Fue H, no yo, quien se emocionó cuando le comenté que Chloe me había pedido que fuera a la fiesta del cumpleaños de Matt. Más aún, que Matt había pedido específicamente mi presencia tras haberme visto en una sola ocasión. (Una ocasión, en la cual me desmayé visiblemente.) Creo que H vio en la invitación un oasis de esperanza en el yermo desierto de mi vida de soltera y yo dejé estúpidamente que ella me contagiara su entusiasmo.

O sea que ahora estamos aquí en el período posmortuorio y me siento obligada a justificar lo que falló. Con toda sinceridad.

Empiezo por suavizar un poco el golpe.

–Ligué un poco –digo mientras ella me pasa sus Marlboro Lights. Sé que hace veinte minutos me hice la solemne promesa de no volver a fumar jamás de los jamases, pero el sacrificio nunca ha sido uno de mis puntos fuertes. A pesar de que mi voz suena dos octavas más baja y de que me siento envenenada hasta la médula, cojo el paquete.

–¿Con quién? ¿Con Matt? –pregunta H quitándose la chaqueta. Lleva debajo una nueva camiseta de última moda.

–No, no con Matt, aunque ése está como un tren. No, no le interesé. Creo que se quedó un poco perplejo.

–¿Con quién entonces?

Le devuelvo los cigarrillos y ella toma uno. Le acerco una cerilla encendida.

–Con su compañero de apartamento. –Enciendo mi cigarrillo antes de apretar las bolsitas de té con un tenedor–. Jack.

El solo hecho de mencionar su nombre me lanza a una espiral de vergüenza.

–Detalles, por favor –dice H, reclinándose contra el respaldo de su asiento y rodeando su taza con las dos manos.

Le cuento toda la velada: la reunión en el BarKing, la bebida, el coqueteo, el baile, la salida, el largo paseo a pie hasta mi casa, los interminables cigarrillos, el largo rato sentados juntos en el suelo y, finalmente, LA CHARLA. Para entonces, Jack y yo nos lo habíamos contado aparentemente todo salvo nuestras vidas sexuales entre interminables whiskys, arrellanados cómodamente en el sofá como viejos amigos. Me parecía imposible que nuestra conversación pudiera terminar, pues teníamos un montón de cosas que contarnos. Habíamos vaciado prácticamente la botella cuando se planteó el tema que hasta entonces habíamos evitado, pero en aquel momento yo ya estaba rendida... tanto física como emocionalmente.

–Bueno, pues ¿quién es el afortunado mortal de tu vida en este momento? –preguntó Jack, volviéndome a llenar el vaso de whisky.

Yo estaba jugando con la cera de la vela, pero de pronto, mientras contemplaba la trémula llama, el whisky me subió a toda velocidad. De repente, me sentí muy borracha y me compadecí de mí misma.

–Nadie –contesté en un susurro.

Jack me rozó la mano y me miró a los ojos.

–Vaya. ¿He tocado una fibra sensible?

–No. En realidad, no. Bueno, sí. Es que...

–¿Qué?

–Nada.

La autocompasión se apoderó de mí. Noté que una gruesa lágrima se me escapaba del ojo y me caía sobre el regazo.

Jack me apartó el cabello del rostro.

–Vamos, vamos, tan grave no será, mujer –me dijo en tono tranquilizador.

–Oh, Jack –dije, tragando saliva mientras las lágrimas, los mocos y el rímel me empezaban a bajar por el rostro–. Creo que me ocurre algo.

–¿Qué quieres decir?

–Llevo siglos sin follar. No consigo encontrar chicos. Creo que no les resulto atractiva.

Jack soltó una suave risa y me acarició la nuca.

–No seas ridícula. Eres muy atractiva.

–Matt no lo cree.

–¡Matt!

Los dedos de Jack se quedaron paralizados en el nacimiento de mi cabello.

–Es un caso típico. Me invitó a la fiesta y, cuando llegué, no le gusté.

Jack se incorporó con expresión sobresaltada.

–¿A ti te gusta Matt?

Asentí estúpidamente con la cabeza.

–Pero no hay ninguna posibilidad, ¿verdad? –Me sorbí (inútilmente) los mocos y me soné la nariz con la falda de mi vestido–. Jamás se acostará conmigo. Tengo que reconocerlo. Nadie quiere joder conmigo. Ni siquiera tú, ¿verdad?

Ya no puedo contar nada más. H y yo nos hemos dirigido a la sala de estar y ahora nos estamos mirando la una a la otra desde los dos extremos del sofá. Inclino la cabeza de vergüenza. Ella me apoya una mano en la rodilla en gesto tranquilizador.

–Creo que te lo estás tomando demasiado en serio –me dice, dándome su veredicto–. Bueno, puede que lo asustaras, pero eso no es el fin del mundo. Puede que, de alguna extraña manera, se sintiera halagado.

¿Es que no me ha oído? ¿Es que no alcanza a comprender los recién descubiertos abismos de humillación en los que actualmente me estoy hundiendo sin botella de oxígeno? Eso es peor que la vez que intenté seducir a Boris, el atractivo fotógrafo alemán del colegio universitario. Convencida de la química que se había establecido entre nosotros y muerta de pasión, me presenté bien entrada la noche con ropa interior de encaje negro, frotándome la pantorrilla contra la jamba de la puerta de su habitación. Ya estaba a medio camino de su cama, dedicándole mis morritos más sexys y empujándome el tirante del sujetador hacia abajo, cuando él posó la revista que estaba leyendo y me dijo que era gay.

La situación con Jack es decididamente peor.

–¡H! –gimoteo–. *No* se sintió halagado.

–A lo mejor temía no poder... ya sabes... hacerlo.

–Estaba dando muchas muestras de que sí antes de que

yo le revelara que había ido a la fiesta para seducir a Matt –replico en tono cortante.

–Pues ¿por qué se lo dijiste? –me pregunta H.

Ha dado en el clavo.

Me levanto y empiezo a pasear... bueno, más bien a arrastrar los pies por los únicos treinta centímetros cuadrados de alfombra que quedan libres bajo la ventana.

–No lo sé. Estaba bebida, me puse sentimental y me salió no sé cómo. –Cruzo los brazos–. El caso es que me gusta –digo en tono meditabundo–. Era el primer chico con quien podía hablar en mucho tiempo. Bailaba muy bien. *Y* es un encanto. Nos reímos mucho hasta...

Me sujeto la cabeza con las manos.

–Dios mío, qué estúpida soy.

H no responde a mi comentario.

–Apuesto a que te va a llamar.

–No puede. Se fue sin llevarse mi número.

–Pero sabe dónde vives. Puede preguntar a Información.

–No lo entiendes.

–Mira, os bebisteis una botella de whisky entre los dos. Y tú le dijiste ciertas cosas. ¿Y qué? Mostrarse un poco vulnerable no tiene nada de malo.

Una cosa es mostrarse vulnerable. Mostrarse vulnerable está muy bien siempre y cuando no rebases las revelaciones inofensivas como, por ejemplo, que de vez en cuando te llevas el osito de peluche a la cama o que *Ídolos del aire* sigue siendo una de tus películas preferidas. Y otra muy distinta es decirle a alguien a quien acabas de conocer (y que, encima, te gusta en serio) que eres la mujer más desesperada, necesitada y hambrienta de sexo del planeta.

–Estás completamente loca si crees que va a llamar. No llamará. Lo sé –digo en tono malhumorado.

En aquel momento, suena el teléfono.

Ambas lo miramos fijamente y H arquea las cejas como diciendo: «¿De veras?».

–¿Qué digo? –pregunto, aterrorizada.

–No lo sé, pero ¡contesta!

No sólo he revelado que, en mi estado de resaca, sospecho que H podría estar en lo cierto y resulta que Dios existe sino que, además, he tardado demasiado. En el preciso momento en que cojo el teléfono, el contestador hace clic. Se oye una quejumbrosa cacofonía de aquel error mecánico antes de que se corte la comunicación. Contemplo el aparato con incredulidad y me golpeo la frente con él.

–Llama al 1471 –dice H con entusiasmo, incorporándose y cruzando las piernas.

Marco.

–Lo siento, no tenemos el número del comunicante. Lo siento, no tenemos...

Cuelgo violentamente el teléfono.

–¡Mierda!

Nos pasamos un rato en silencioso análisis.

–Apuesto a que era él –dice H, abrazando su almohadón.

Sé que se equivoca, pero tengo que cubrir las cosas desde todos los ángulos.

–Muy bien, supongamos por un instante –por un instante, que conste– que hipotéticamente fuera él. ¿Cómo explico que he cometido un error y Matt no me gusta en absoluto sino que lo quiero a él?

–Volverá a llamar y, cuando lo haga, no le hables de anoche. Muéstrate brillante y jovial. Dile que has sufrido una pérdida de memoria causada por la bebida y no recuerdas cuándo se fue.

–¡Sí, hombre!

–Me importa un bledo lo que digas. Ha llamado, lo cual quiere decir que tiene interés. Prueba evidente de que cinco minutos de comportamiento estúpido no han borrado ocho horas de favorable impresión.

H me hace sentir mejor. Por eso la tengo empleada como mi mejor amiga.

Reconozco con reservas que hay esperanzas. Que Jack está lo bastante interesado para llamar, que yo me merezco su llamada y que, encima, cuando llame (no «si llama»), yo me mostraré más bien fría.

MUY FRÍA.

Cinco minutos después, vuelve a sonar el teléfono. H cruza los índices de ambas manos para desearme suerte y yo pongo los ojos en blanco. Aun así, sé que estoy utilizando mi tono de voz más sexy cuando cojo el teléfono y ronroneo con indiferencia:

–¿Sí?

–¿Eres tú, cariño? Gracias a Dios que has desconectado este maldito contestador automático.

Es mi madre. Estalla mi frágil balón de vanas esperanzas.

H alarga la mano y me comprime comprensivamente el brazo mientras yo sacudo la cabeza. Aparto el teléfono de mi oído para que ella pueda escuchar el conocido parloteo maternal. Me encuentro sumida en un estado tan profundo de desengaño que no me doy cuenta hasta que ya es demasiado tarde de que he accedido a salir de compras con mi madre. Cuelgo y me froto las sienes.

–¿Qué vas a hacer hoy? –pregunto.

H me mira.

–No saldré de compras con tu madre, si es a eso a lo que te refieres.

Junto las manos en humilde actitud de plegaria.

–¿Por favor? ¿Un por favor muy grande? No puedo ir yo sola.

–No tendrás más remedio. Y en cualquier caso, te servirá para distraerte de ciertas cosas.

No me sirve para distraerme de ciertas cosas. Todo el mundo se ha convertido en un recordatorio de Jack. BarKing es el lugar desde el que mi madre se está acercando velozmente a mí en aquel momento. BarKing... BarKing... el lugar donde nos conocimos. Y en Notting Hill Gate hay un póster de Leonard Rossiter. Rossiter... Rossiter. No me puedo escapar.

Entre Shepherd's Bush y Lancaster Gate tengo que reconocer que no todo está perdido con Jack. Entre Lancaster Gate y Marble Arch me convenzo de que Jack tiene corazón y no es posible que olvide lo bien que lo pasamos antes de que yo mencionara a Matt. Entre Marble Arch y Bond Street, comprendo con toda claridad que estamos hechos el uno para el otro. Entre Bond Street y Oxford Street, reconozco que la razón de todo ello es que muy bien podría ser Jack mi hombre perfecto.

Porque no hay más que echar un vistazo a los datos estadísticos esenciales. Buena estatura (sobre el metro ochenta), grandes ojos como charcos de leche derretida, buen sentido del humor, una graciosa cicatriz en la ceja, donde Matt le disparó con la pistola de aire comprimido (pobrecito mío). Prendas de vestir caras... una indiscutible camiseta Paul Smith, luego evidentemente rico. Vive en un bar reformado como vivienda, ¿a que es fabuloso? (Y con un jardín lo bastante grande para organizar apacibles barbacoas estivales.) ¿Y lo mejor de todo? Es un artista. Una verdadera y auténtica historia de éxito creador.

CARAY.

Soy vagamente consciente de que paseo sin rumbo por el andén del metro como una vaca melancólica, pero tengo el cerebro ocupado en otras cosas y estoy empezando a hablar en voz alta. Jack y yo lo tenemos todo en común. Es cierto que le mentí acerca de mi trabajo (pero es que ser una empleada eventual no resulta muy impresionante que digamos), pero es verdad que hice nivel A de Historia del Arte, por lo que teóricamente habría *podido* trabajar en Sotheby. Pero dejando eso aparte, a ambos nos gusta la comida india para llevar y ambos hemos vivido relaciones que han durado más de dos años. O sea que encajamos *a la perfección.*

Él me habló de Zoe, su ex, pero yo no le dije gran cosa de Andy, mi último novio. Le hablé de las cosas buenas... que Andy era mayor que yo (treinta años), que era un riquísimo agente de mercados monetarios y que habíamos vivido juntos durante algún tiempo en un ático de Islington. Como es natural, olvidé decir que Andy era el más dominante, pasivo-agresivo y tacaño hijo de puta de la página cuarenta y nueve de la guía telefónica y que nuestra relación fue un desastre total. Y eso fue porque Andy y yo sólo teníamos una cosa en común: ambos estábamos enamorados de él.

Un modelo de conducta, le he jurado a H, que jamás volveré a repetir. Y no lo repetiré con Jack porque Jack es Distinto. Mientras subo las escaleras de dos en dos y salgo a Oxford Street, el corazón me late alegremente. ¿Y si eso *ya* fuera la primera vibración del amor?

Mamá me está esperando en la cafetería Dickens & Jones (es una tradición). Ya me ha comprado una tarta de Bath con grosellas y azúcar glas y una lata de té, y yo no puedo disimular mi decepción. En las fantasías de mi resaca soñaba con cinco litros de Coca-Cola y un bocadillo de tocino. Creo que tendré que conformarme con eso.

–Bueno, ¿ya te has organizado el piso? –me pregunta mientras yo me derrito en el asiento de plástico.

–Mmm, bueno, casi.

Es mentira. Me mudé hace cuatro semanas y aún tengo que deshacer debidamente las maletas.

Mamá rebusca en su bolsa y saca un cuaderno de notas encuadernado con espiral.

–Te he hecho una lista de las cosas que necesitas. He pensado que podríamos comprar algunas cosillas.

Es un ofrecimiento muy amable, pero *no* estoy muy de humor para eso. En la lista de cosillas para mejorar el apartamento de mamá habrá cosas como una funda de color de rosa para el asiento de la taza del excusado y una alfombrilla circular para la taza.

–Tengo de todo. En serio –digo alegremente–. Todo está en perfecto orden y me ha quedado muy acogedor.

Me mira decepcionada y deja el cuaderno de notas sobre la mesa de formica.

–Bueno, pues vamos a comprarte algo bonito para vestir. No vas a atraer a nadie que merezca la pena si insistes en andar por ahí con esta ropa.

¡Vaya, tiene gracia la cosa! Cualquiera diría que ella es el no va más de la moda. Lleva una de esas camisetas todoterreno de triple uso que igual sirve de bolsa de playa que de chaquetilla de noche y tocado, según cómo se doble. Me regaló una por Navidad el año pasado y se ofende cuando le digo que la perdí durante la mudanza.

Tres horas y veinte minutos más tarde hemos llegado a Marks y Sparks y los estados de ánimo ya están un poco irritados. Yo me estoy metamorfoseando rápidamente en la malhumorada niña de catorce años de antaño.

–No, no quiero un *body* verde con efecto de raso, yo llevo camiseta para ir al trabajo. No, no, mamá, mamá, cuelga esta bata de terciopelo, estamos en verano y hace demasiado calor.

Al final, accede a entrar en Warehouse y hace una mueca al oír la música a todo volumen. Me pruebo un vestido tipo túnica y salgo del probador para hacer una pirueta.

–Casi no tiene forma, querida –me dice.

–Está hecho así a propósito –contesto con voz sibilante.

Mamá toma la etiqueta del precio y efectúa una brusca inspiración de aire.

–¡Pero si no son más que dos trozos de tela!

–¡No tienes el menor gusto! ¡Además, a mí me encanta! –grito y regreso hecha una furia al pequeño probador, corriendo simultáneamente la cortina.

Cuando salgo tras haberme vuelto a vestir, me está esperando en la calle.

–Yo sólo quería echar una mano –dice en tono desdeñoso–. No hay ningún motivo para que seas tan grosera.

–Perdona –digo, lanzando un suspiro y tomándola del brazo–. Vamos a tomar algo.

En el bar hay demasiado humo para su gusto. A mí me encanta. Estoy deseando fumarme un pitillo, pero sería fatal que ahora encendiera uno e incurriera en su cólera. Creo que ya sabe que fumo, pero soy una criatura tan patética que todavía no quiero confesarlo.

En el rincón, abro la ventana y la invito a una reconfortable ginebra con tónica hasta que finalmente suelta lo que lleva dentro.

–Cariño, es que estoy muy preocupada por ti. No tienes ningún trabajo en perspectiva y no me parece muy normal que vivas sola aquí arriba. ¿No te gustaría tener una profesión como Dios manda? Podrías volver y prepararte para contable o algo así. A la hija de Barbara Tyson, la que vive unas puertas más arriba, le va muy bien, está ganando un buen sueldo y...

Desconecto. Lo he oído cientos de veces. No me interesa una maldita profesión y antes prefiero trabajar en un matadero que poner los pies en una empresa de contabilidad. Me molesta que piense que he fracasado porque no hago algo de lo que ella pueda presumir delante de las vecinas.

Además, ¿quién se ha creído que es? No cambiaría mi vida por la suya ni loca. Toda esta vida en las afueras con viajes a B&Q y a Slimmers World y un empleo apañado en el ayuntamiento del lugar. Para mí eso no es el éxito y tampoco lo es romperte el trasero machacando números a todas horas del día y de la noche.

Pero sé que el motivo de mi irritación es que ella tiene razón en parte. No he conseguido que marchen las cosas y me escandaliza ver lo cínica que me he vuelto en los últimos tres años. Cuando terminé los estudios, todo era distinto. Yo era distinta. Rebosaba de entusiasmo y estaba esperando iniciar mi brillante carrera. Quería trabajar en la industria de la moda. Me daba igual cómo empezara, yo necesitaba que me ofrecieran una oportunidad. Pero la oportunidad no se presentó y, tras pasarme seis meses repartiendo mi currículo por ahí y pidiendo prácticamente de rodillas un trabajo, me di por vencida.

Y ahora hago trabajos temporales. De nueve a cinco, sin romperme demasiado la cabeza, hasta que decida lo que quiero hacer.

–Los trabajos temporales me van bien –le digo socarronamente, interrumpiéndola con mi trillada palabrería de siempre–. Los empleos son interesantes y es una estupenda manera de ver lo que hay por aquí. Si me gusta algún sitio, siempre hay la posibilidad de que tenga un empleo permanente... si quisiera –añado–. En este momento tengo montones de posibilidades.

Procuro que la cosa suene convincente e incluso emocionante y ella asiente con la cabeza, satisfecha. La odio por tragárselo. Todo el mundo, pero lo que se dice todo, sabe que el trabajo temporal no lleva a ninguna parte. Tengo más probabilidades de convertirme en la primera astronauta que ponga los pies en Marte que de aterrizar en una profesión mínimamente interesante como consecuencia de un empleo temporal. Sin embargo, es mi camino y resulta muy cómodo, gracias.

–Y otra cosa –dice tímidamente mamá, jugueteando con el posavasos de su cerveza.

Ya estamos. La verdadera razón de su visita.

–Es que yo a tu edad ya estaba casada y pensaba en tener una familia. Y bueno, me estaba preguntando...

–¿Si-í?

–Bueno, yo ya sé que eres muy amiga de Helen y que, si hubiera algo que quisieras decirme acerca de vosotras dos... bueno..., yo intentaría comprenderlo.

¡No puedo creerlo! Mi madre piensa que soy lesbiana.

Estupendo.

Interrumpo sus retorcidos pensamientos antes de que siga dañando mi reputación.

–Mamá, no tienes por qué preocuparte. –Respiro hondo y cruzo los dedos, confiando en que ello borre mi tentador destino–. He conocido a alguien. Un hombre –añado con intención.

Casi me parece oír el coro de aleluyas que suena en el interior de la cabeza de mi madre.

–Estamos sólo al principio –musito, nerviosa por la radiante alegría que ha iluminado su rostro–. Por consiguiente, no quiero hablar demasiado en estos momentos.

–Oh, cariño –dice con la voz entrecortada por la emoción–. Bueno, me parece maravilloso, qué alivio. Estaba empezando a pensar...

–Ya sé lo que estabas empezando a pensar –digo, rechinando los dientes.

Al final, capta mi tono de advertencia.

–Comprendo que seas tan susceptible. Es tan emocionante estar enamorada.

Apuro mi ginebra con tónica y cambio de tema. Sé que lo voy a pagar.

Odio los domingos. Los aborrezco y los detesto. No hay nada que hacer, como no sea ver la serie de los *Walton* y el comodín de los *EastEnders*. Y si estás soltera, aburrirte.

Todo el mundo sabe que, si tienes un amante, los domingos son lo más distinto que puede haber. Las parejas reservan los domingos para la gozosa intimidad. Las odio a todas.

Apuesto a que ahora mismo están en el Café Flo, tomadas de la mano bajo los periódicos, resplandecientes de felicidad después de su pausado polvo matinal. O están paseando por ahí en sus automóviles descapotables, riéndose juntos con expresión relajada. O, peor todavía, están en el campo, pegándose una buena juerga con otra pareja de amigos, o están tumbados en el sofá viendo unos vídeos juntos. Y apuesto a que todos ellos dan todas estas cosas por descontadas. Hijos de puta.

Estoy de muy mal humor. Jack no ha llamado y es la una y media de la tarde. Toda la mañana he estado soñando despierta con la posibilidad de que él me llamara para invitarme a almorzar y después quizá diéramos un paseo por el parque y nos fuéramos al cine. Lo he previsto con tal detalle que hasta he empezado a creer que ocurriría. Pero no va a ocurrir. Tengo el teléfono en mi campo visual y está mudo. Ya he comprobado que esté correctamente enchufado y hasta acabo de llamar a la compañía para asegurarme de que no hay ningún fallo en la línea.

Estoy tumbada en el sofá con la mejilla apoyada en el almohadón, contemplando la mancha de la alfombra. No puedo llamar a nadie por si acaso llama él y no puedo comer nada por si me invita a salir. Ya me he pegado tres orgasmos de campeonato de puro aburrimiento, pero sigo rebosante de frustrada lujuria. Incluso he tratado de transmitirle ondas telepáticas. Todo ha sido inútil. El día es precioso y yo estoy encerrada aquí dentro. Prisionera de mi propia esperanza.

Cuando llama H, casi me salgo de la piel.

–¿Ninguna noticia entonces?

–Nada.

–Nosotros bajamos al bar. ¿Te vienes?

–No. No sé. Tengo cosas que hacer –contesto, dando largas.

–¿Como qué? ¡Es domingo!

–Cosas –digo, a la defensiva.

H lanza un suspiro.

–Estás esperando a que él te llame, ¿verdad? Eso no te va a servir de nada, ¿sabes? Llamará cuando tenga que llamar. Es absurdo que te pases el rato contemplando el teléfono, te vas a volver loca.

Me molesta que H me conozca tan bien.

–Lo sé. Estoy ocupada. Voy a bajar al gimnasio –digo, echándome un farol.

–¿Cómo?

–El gimnasio, mujer... para hacer ejercicio.

–Ah, bueno, allá tú. Ya sabes dónde estamos.

–Gracias.

–Bicho raro –murmura.

Le saco la lengua al teléfono. No tengo la menor intención de ir al gimnasio. Creo que saldré a dar un paseo.

El paseo es agradable. Shepherd's Bush no es un lugar especialmente atractivo, pero por lo menos está relativamente libre de parejas y no observo la presencia de borrachines ni de drogatas mientras me dedico a echarme a mí misma un buen sermón. Para cuando ya he rodeado tres veces el perímetro del prado, estoy con un colocón de monóxido de carbono y he conseguido elaborar una estrategia.

Es bastante enrevesado, pero en esencia consiste en lo siguiente. Jack debe de saber que me gusta. Dejando aparte el último bip de nuestro encuentro, las cosas no hubieran podido ir mejor, lo cual significa que debe de saber que me apetece verle. Sin embargo, Jack es un tipo muy frío y tiene cosas que hacer. Es un artista. Probablemente está ocupado. Lo cual no significa que no esté pensando en mí, sino simplemente que yo no figuraba en su programa del domingo. Y en cualquier caso, siendo un tipo tan frío, lo más seguro es que no me llame hasta mañana. O el martes lo más tardar. Además, probablemente Matt necesita un poco de atención. Su mejor amigo no le hizo demasiado caso durante la fiesta de su cumpleaños por culpa mía. Por consiguiente, lo que tengo que hacer no es esperar y desanimarme sino prepararme.

La preparación es poder.

Decido no ir al bar porque eso no sería más que una distracción. En su lugar, me acerco dando un paseo al Boots de Notting Hill y me entrego a una pequeña terapia de compras. Es algo extremadamente agradable. Me encanta Boots. Es mi establecimiento preferido, exceptuando tal vez Hamleys. Compro juguetes de chica: artículos de baño de la marca Badedas, un caro champú y acondicionador con aceite capilar gratis, un enorme paquete de limas de uñas, tres lacas de uñas, unas pinzas, una esponja vegetal, un paquete de arcilla, una nueva barra de labios, una caja de pañuelos de celulosa de color (conviene tenerlos siempre a mano junto a la cama), Oil of Ulay, cera depilatoria para la línea del bikini, crema autobronceadora y un paquete de veinticuatro preservativos ultrasensibles.

Estupendo.

De vuelta en el apartamento, ordeno un poco la casa y el resultado me satisface. No he hecho nada de tanto alcance como arrancar algún trozo del papel en relieve de la pared o rellenar con masilla la grieta de la pared de la cocina, pero arreglo los libros en las problemáticas estanterías y enderezo la fotografía enmarcada de uno de mis viajes a Tailandia con H.

Por aquel entonces ambas éramos unas chicas solteras que íbamos de gira por ahí, pues teníamos todo el tiempo del mundo. En la fotografía estamos delgadas y morenas y aparecemos sentadas espalda contra espalda, riéndonos como locas. Fueron las vacaciones en que nos pasamos tres semanas saltando de isla en isla hasta que nos quedamos atascadas en una playa. H echó dos polvos y se dio numerosos lotes, y yo me enamoré de tres tíos al mismo tiempo. ¡Genial!

Clasifico el contenido de la negra bolsa llena de calcetines desparejados y jerséis que lleva siglos junto a la puerta principal y me sorprendo de lo rápido que pasa el tiempo. Me gusta ser una mujer con una misión que cumplir.

Me preparo un buen baño y me examino el cuerpo en el espejo del recibidor. Desnuda no estoy tan mal si soy simplemente yo la que mira. Cuando tengo buen día, soy una curvilínea talla cuarenta.

Pero ¿cómo seré vista a través de los ojos de Jack? Digamos que, si hiciera *strip-tease* en público, la gente pediría que le devolvieran el dinero.

Ya es hora de que haga régimen.

En cuanto lo decido, una punzada de hambre me traspasa el estómago como un relámpago, y el cerebro se me llena de imágenes de todas las exquisiteces que tanto engordan y que *ahora mismo* me apetecería comer. Tengo que bañarme y no pensar en ellas. Me tiendo en medio del vapor cubierta de arcilla y pienso en lo distinta que pareceré dentro de una semana.

Me paso la tarde mordisqueando virtuosamente galletas Ryvitas y leyendo un libro titulado *Mujeres con poder* que alguien me regaló en mi último cumpleaños. Es muy interesante.

El lunes por la mañana me levanto antes de que suene el despertador, lo cual es una prioridad. Las mañanas son muy relajantes cuando te levantas a las siete. Los pájaros cantan y yo escucho Radio 4 para variar como parte de mi nueva intención de estar al tanto de lo que ocurre en el mundo. Me parece importante estar al día.

Después de mi segunda taza de té, saco de debajo de la cama *Mujeres con poder* y me sitúo delante del espejo del cuarto de baño. Ha llegado el momento de hacer algunas afirmaciones positivas.

–«Soy una persona singular, compasiva y cariñosa» –leo en voz alta.

Contemplo mi imagen reflejada en el espejo para ver si lo he asimilado.

–«Soy una Mujer con poder. Puedo cambiar el mundo en el que vivo.»

Vuelvo a mirar.

–«Tengo un aspecto estupendo y me siento estupendamente bien. Me amo.»... Y hoy me llamará Jack –añado para redondear la cosa, antes de cerrar el libro y de cepillarme los dientes.

Saco la báscula de baño y me peso. Peso quinientos gramos más que la víspera. ¿Cómo es posible? Llevo doce horas privándome de comer; a esta hora, tendría que haber adelgazado seis kilos.

Me vuelvo a mirar al espejo.

–Tengo un aspecto estupendo. Me siento estupendamente bien. Me amo –repito en tono amenazador.

Elaine, la de la empresa de trabajo temporal Top Temps, me ha conseguido un trabajo en Boothroyd, Carter y May, una firma de aburridos consultores de administración empresarial de Portland Square. Janet, su recepcionista, está de vacaciones y yo la voy a sustituir. Qué suerte tengo.

En el ascensor experimento una vaga sensación de desaliento. No puedo creer que esté trabajando en otro empleo temporal. ¿Cuándo voy a ejercer una profesión?, me pregunto. Envidio a la gente que tiene muy claros sus objetivos profesionales. A la gente que dice: «Voy a ser médico». Y lo consigue. Lo único que yo puedo decir es: «¿Voy a ser una... ?». Una aburrida recepcionista durante una semana, eso es lo que voy a ser.

Me he propuesto cinco objetivos para el primer día en mi nuevo trabajo:

1. Buscar mi número de línea directa y llamar a H con él.
2. Localizar juegos de ordenador en el PC y averiguar dónde están el váter y la cocina.
3. Averiguar quién es el responsable de firmar mi hoja de horas trabajadas y prepararle una taza de café durante la primera hora.
4. Averiguar el nombre y el aspecto del gran jefe para evitar situaciones embarazosas.

5. No quedarme jamás después de las 5.30 y hacer siempre una pausa para el almuerzo.

La persona responsable de mis hojas de horas trabajadas es la señora Audrey Payne. A primera vista, la bautizo con el nombre de Tetas Avinagradas. Me parece que no le gusto demasiado, pero creo que no le debe de gustar nadie porque el humor es algo que todavía no ha descubierto en la vida. Le preparo un café y, cada vez que pasa, pulso rápidamente las teclas del PC y pongo cara de persona eficiente.

A las 11.30 llama Elaine.

–Me dicen que lo estás haciendo muy bien.

Los he vuelto a engañar. Saco el *Hola* y la lima de uñas. Sé que es un tópico leer el *Hola*, pero es un rasgo distintivo de las trabajadoras eventuales. Estoy segura de que la revista se llama *Hola* porque sirve para romper el hielo. No hay ninguna persona que yo haya conocido en un despacho que no experimente el culpable deseo de hojear un ejemplar de esta revista cuando lo ve. En mi calidad de trabajadora eventual, puedo asegurar que, si les permites entregarse a su (en mi opinión saludable) necesidad de evasión, te has ganado un amigo para toda la vida. El *Hola* no falla jamás.

Paso la hora del almuerzo sentada sin hacer nada en Portland Square, contemplando las palomas. Me digo que, aunque me haya zampado un bocadillo de pollo Tesco Metro bajo en calorías en menos de un minuto, éste ha sido satisfactorio y seguro que no tengo hambre. Veo a una mujer del despacho acercándose a mi banco y tengo que empezar a rebuscar frenéticamente en mi bolso para evitar el contacto. No me apetece hablar con ella y tener que contestar a todas las preguntas acerca del Por Qué Soy una Trabajadora Eventual. En cuanto te apartas sesenta centímetros del mostrador de recepción, creo que siempre conviene mantener las distancias con esa gente. El compromiso siempre provoca infelicidad y he descubierto que la actitud distante siempre me da resultado. Significa que nunca tengo que firmar tarjetas de despedida para personas a quienes no conozco, chismorrear acerca de mezquinos asuntos de despacho o irme al bar después del trabajo con un grupo de personas que se ponen a discutir sobre cuestiones de administración.

A las 2.15 el estómago se me empieza a comer el hígado en señal de protesta. Busco una bolsita de palomitas de maíz en la cocina y me como desesperadamente cinco puñados antes de regarlos con cuatro litros de té.

Entre las 2.15 y las 4.14, me entretengo con un juego de Solitarios del ordenador, me paso media hora charlando con H acerca de mi condición de Mujer Poderosa mientras recojo las palomitas de maíz que se han quedado adheridas a mi jersey, jugueteo con los sujetapapeles de mi escritorio, le escribo una etiqueta a Tetas Avinagradas, franqueo la correspondencia y, sin darme cuenta, ya ha llegado la hora de irme a casa. En conjunto, una jornada sin demasiadas tensiones.

Eso hasta que llego a casa y descubro que no hay ningún mensaje en el contestador. Musito afirmaciones positivas en la ducha y después miro *Brookside* en la televisión.

Sigue sin ocurrir nada. A medianoche me siento un poco insegura. Eso de ser una Mujer Poderosa y controlar mi propia vida está muy bien, pero resulta increíblemente aburrido.

Estamos a martes y sigo tranquila. Demacrada, pero tranquila. Me paso buena parte del día acariciando la idea de ir al gimnasio. Pero, como es natural, en cuanto la probabilidad de que yo haga ejercicio sube por la escala de lo remoto a lo posible, mi cuerpo se contrae en un espasmo. A media tarde he enfermado de artritis prematura y experimento una sensación de neumonía de bajo nivel. Pero yo conozco mi cuerpo y los trucos que éste utiliza. Está olvidando que soy una Mujer Poderosa.

Llego al gimnasio sobre las siete de la tarde. Está lleno a rebosar y me siento una especie de pieza de recambio. ¿Qué estoy haciendo aquí?

Decididamente, éste no es mi hábitat natural.

Llevo unos leotardos manchados de pintura, mis zapatillas deportivas de la escuela de aproximadamente el año 1984 que yo esperaba que parecieran retro y sofisticadas (pero no), una camiseta que se me ha vuelto gris en la lavadora y unos calcetines desparejados. Cindy Crawford vete al carajo.

Paso por delante de los tíos super-en-forma que se están trabajando el cuerpo en el aparato de musculación para dirigirme al armario del rincón, rebusco en su interior y saco mi tabla de iniciación gimnástica. Le sacudo el polvo y empiezo a pedalear en la bicicleta estática.

Tardo apenas un par de minutos en convertirme en una sudorosa remolacha. Lo dejo y pruebo suerte en la Máquina de Maratón. La chica de al lado está conectada con unos alambres a una especie de disc jockey y corre vestida con un precioso equipo Reebok. No parece que esté sudando y deduzco de ello que la cosa debe de ser fácil.

Sin desanimarme ante la extraña mirada que me dirige, aumento la velocidad y trato de darle alcance, pero mis piernas no van lo suficientemente rápido y me caigo. No presto la menor atención a su risita de desprecio cuando vuelvo a subir, empiezo a brincar sobre el revestimiento de plástico y reduzco la velocidad del aparato a ritmo de paseo.

Pasear es bueno. Pasear no tiene nada de malo.

Me concentro con todas mis fuerzas en el cuentacalorías que parece que no se mueve. Al cabo de veinte minutos, he quemado exactamente cuarenta y dos calorías. Aproximadamente unas tres palomitas de maíz.

Estoy seriamente preocupada por el nivel de mi estado físico. Para cuando subo a la máquina de los escalones, el corazón me dice que ya es hora de liar el petate. Tomo la firme decisión de ir al gimnasio todos los días a partir de ahora. Y si lo hago, de tomármelo con calma y no esforzarme demasiado al principio para poder mejorar mi buena forma de una manera sensata. Ahora no hay ninguna razón para quemarme prematuramente, ¿verdad?

Consulto mi tabla de iniciación y le doy un poco al aparato de los abdominales, pero creo que está roto. Yo, por lo menos, no consigo que se mueva. Agotada, me dejo caer en una estera para hacer unos cuantos abdominales tendida boca arriba. Sólo consigo hacer cinco, pero me consuelo pensando que, en realidad, no quiero tener un vientre liso. Los vientres lisos son muy de los años ochenta.

A las 7.35 ya estoy en el vestuario con el sudoroso cabello pegado a la cara. No tengo demasiado buen aspecto y no me encuentro muy bien. Haciendo un considerable esfuerzo, me inclino para desatarme las zapatillas deportivas.

–¿Amy?

Me incorporo lentamente. Mis ojos suben por los emparejados calcetines caídos, las tonificadas y bronceadas piernas, los perfectos calzones cortos de ciclismo, el diafragma desnudo y los pechos pulcramente recogidos en un top marca Elle hasta detenerse en la ortodóntica sonrisa de anuncio.

Es la peor de tus pesadillas.

Es Chloe.

–¿Te ocurre algo? –pregunta.

–No, estoy bien –contesto, apartándome del rostro el cabello empapado de sudor–. ¿Y tú qué tal?

–Divinamente. ¿Te lo pasaste bien la otra noche en la fiesta de Matt?

Empiezo a sentir un ligero acceso de pánico. Se habrá enterado de lo mío con Jack. Asiento en silencio con la cabeza. ¿Hola? ¿Dónde está mi personalidad?

–Te fuiste con Jack, ¿verdad?

–No ocurrió nada –se me escapa sin querer.

–Eso no es lo que me han contado.

Me dedica un guiño burlón.

Carraspeo.

–¿Qué ha dicho?

Menos mal que ya estoy colorada y ella no puede ver que me ruborizo.

–Muy poco. Estaba bastante cocido cuando regresó a casa de Matt. No le hagas demasiado caso. Si quieres que te diga la verdad, es un poco sinvergonzón.

–¿De veras?

–¡Es tremendo! El otro día se tiró a mi vecina Cathy y la echó a la calle sin invitarla ni siquiera a una taza de café. Y se le van los ojos detrás de todas las modelos desnudas que pinta. Le tomamos constantemente el pelo, pero ya sabes lo que son los tíos como él...

–Sí, ya me lo suponía.

Reprimo el impulso de estrangularla, pero creo que algo en mi tono de voz le hace comprender que no todo marcha bien.

–Como es natural, yo no te reprocharía que quisieras... ya sabes. Es un encanto –añade, ladeando la cabeza en dirección a mí.

–Por lo visto, lo conoces muy bien –musito.

–Le conozco desde hace años. Fuimos al colegio juntos.

–Ah, sí, ya me lo dijo. Lo había olvidado.

Soy una embustera. Podría repetir todas y cada una de sus palabras al dedillo.

–En realidad, es un buen compañero. Siempre está dispuesto a divertirse. Tendrías que salir con nosotros más a menudo.

Chloe me mira con expresión radiante.

Experimento un arrebato de odio.

–Me encantaría. Me lo pasé muy bien. En realidad, quería llamar a Matt para darle las gracias, pero no tengo su número.

Inspiración, muchacha. A eso se le llama inspiración.

Chloe abre la cremallera de su bolsa y saca una gruesa agenda personal. Me la quedo mirando boquiabierta de asombro mientras arranca una crujiente hoja de color lavanda y garabatea en ella el número con su llamativa, pero visiblemente cara, pluma estilográfica. Me entrega la hoja.

–Gracias –digo, fingiendo desconcierto mientras la doblo cuidadosamente.

Me mira con una sonrisa, se inclina hacia delante y me besa la sudorosa mejilla.

–Estupendo. Hasta pronto entonces.

Ya casi ha alcanzado la puerta cuando se vuelve.

–Ah, por cierto, le di tu número a Jack. Espero que no te importe.

Necesito engullir una bolsa de patatas fritas y tres botellas de cerveza Stella con H para digerir la información. Buscamos todos los posibles significados. Yo creo que Chloe pretende avisarme porque me aprecia y no quiere que me hagan daño y que trata de que Jack resulte más atractivo de lo que es, describiéndolo como un bribón. H no lo cree, pero es que ella no le tiene demasiada simpatía a Chloe. Dice que Chloe está enturbiando deliberadamente las aguas porque no quiere que alteren su íntimo y acogedor círculo de amistades y que muy bien pudiera ser que le gustara Jack.

Chloe salió una vez con un amigo del hermano de H y, al parecer, era bastante bruja. La conocí en una fiesta hace aproximadamente un año justo cuando la relación estaba terminando y ella se emborrachó y lloró contra mi hombro. Después me la volví a encontrar en la boda del hermano de H y desde entonces nos hemos mantenido más o menos en contacto. Me gusta, pero estoy de acuerdo con H en que no es una chica de chica sino una chica de chico. Son cosas completamente distintas.

–Ya –digo–, pero, en este caso, ¿por qué me pidió que saliera con ellos y por qué me dio el número de Jack?

H se encoge de hombros y sacude la cabeza.

–No lo sé, pero no me fío de ella. En cualquier caso, ahora ya no hay ningún problema, porque tienes su número de teléfono.

–Sí, y él hace varios días que tiene el mío, pero no ha llamado, ¿verdad?

H toma un sorbo de cerveza con aire pensativo.

–¿Estás segura de que te interesa? No parece demasiado de fiar.

–No ha encontrado a la chica adecuada, eso es todo –digo con una sonrisa en los labios, antes de que me venga a la mente un inquietante pensamiento–. ¿Y si Chloe le dice a Jack que me ha visto y que yo estaba horrenda?

–¡Por el amor de Dios!

–Pero, a lo mejor, cuando le dije a Jack que me gustaba Matt, me creyó y me descartó y ya no le intereso.

Me lanzo a un monólogo de dudas y de nuevas razones que puedan explicar el silencio de Jack antes de que H me obligue a callar. Se levanta con el vaso vacío en la mano.

–Todo eso me está empezando a atacar los nervios –me advierte.

Mientras toma la siguiente cerveza, H me da un consejo práctico. Dice que ella en mi lugar llamaría a Jack y aclararía la situación. Pero no está en mi lugar. Ella es mucho más valiente. Le digo que si Jack quiere realmente ponerse en contacto conmigo, lo hará. Tendré simplemente que esperar. H dice que soy una derrotista, pero para ella es fácil decirlo porque tiene a Gav.

Cuando llego a casa, estoy borracha y me compadezco de mí. Jack sigue sin llamar a pesar de que, a estas horas, Chloe ya le debe de haber dicho algo. No pienso llamarlo. Él ha tenido mi número primero y le corresponde a él. No estaría bien que lo llamara yo, por mucho que diga H.

Me acuesto con *Mujeres con poder* y me quedo inmediatamente dormida.

El miércoles cuando me despierto no puedo moverme. Todos los músculos de mi cuerpo se encuentran en estado de choque. Al principio, creo que he sufrido un grave accidente automovilístico, pero después recuerdo el gimnasio. Aún no he abierto los ojos y ya tengo un mal presentimiento sobre la jornada.

En teoría, mi rutina matinal tendría que desarrollarse de la manera siguiente:

7.00: Suena el despertador. Aprieto el botón para desconectarlo.
7.20: Vuelve a sonar el despertador. Comprimo nuevamente el botón.
7.40: Al tercer timbrazo del despertador, me levanto. Me lavo la cara y pongo la tetera a calentar. Abro el grifo de la bañera.
7.45: Me tomo el té. Hago afirmaciones positivas. Me meto en la bañera.
8.10: Salgo del baño con el cabello lavado y acondicionado.
8.15: Me seco e intento peinarme el cabello (siempre un desastre).
8.25: Abro el armario. Elijo y me pongo el atuendo elegido. (Planchado opcional.)
8.30: Me tomo un cuenco de cereales o una tostada (depende de la disponibilidad de leche).
8.35: Vuelvo a comprobar si voy adecuadamente vestida. Me cepillo los dientes. Preparo un conjunto de posibles tareas, por ejemplo, limpieza en seco, arreglo de zapatos, etc. Me maquillo.
8.40: Compruebo y vuelvo a comprobar el contenido del bolso. Localizo las llaves.
8.45: Salgo de casa.

Hoy me despierto a las 8.45. No es un buen comienzo.

¿Por qué, cuando me quedo dormida, siempre me despierto exactamente a la hora en que tendría que salir de casa? Misterio.

Tetas Avinagradas me echa un sermón sobre la puntualidad y yo decido envenenarla. Paso las llamadas a las personas que no debo y meto la pata prácticamente a lo largo de todo el día. Me consuelo a la hora del almuerzo con un bocadillo de tocino, lechuga y tomate con ración extra de mahonesa. Creo que ahora ya no tengo ningún motivo para estar delgada.

Dedico la tarde a imaginarme conversaciones con Jack.

Yo: ¿Diga?

Jack: Hola, Amy, soy Jack.

Yo: (Desconcertada.) ¿Quién?

Jack: Ya sabes, el de la otra noche. Lo pasé divinamente. Fuiste asombrosa. En serio, jamás he conocido a una chica tan inteligente, atractiva...

No, borra eso. Jamás ocurrirá.

Yo: ¿Diga?

Jack: Hola, nena, soy Jack.

Yo: (Superfría.) ¿Quién?

Jack: Me siento solo sin ti...

¡Qué asco! Me dan ganas de vomitar.

La cosa sigue y sigue. Ya lo he ensayado todo, menos las conversaciones en que le cuelgo el teléfono. Sin embargo, al final de la tarde, me he acostumbrado tanto a hablar con él que estoy segura de que llamará. No es posible que un ser humano piense tanto en otro sin que se produzca algún tipo de vibración entre ambos, ¿verdad?

Sólo hay un mensaje en el contestador cuando regreso a casa. Es de H, diciéndome que la llame cuando haya llamado a Jack.

No puedo librarme de la situación. Procuro animarme hojeando unas cuantas páginas de *Mujeres con poder*... «Las mujeres que consiguen lo que quieren son siempre *proactivas*... etcétera.»

Contemplo la página del fax en la que figura escrito el número de Jack. Hazlo. Hazlo. Hazlo. Vamos, coge el teléfono.

El teléfono de Jack suena cuatro veces. Me pego el teléfono al oído. Se me quedan los nudillos blancos. Me siento tan desprotegida. ¡Estoy llamando al interior de su casa!

De pronto, se pone en marcha el contestador. Es la voz de Matt.

«Hola, Matt y Jack no están en casa en este momento. Por favor, deje su mensaje después de oír la señal y nos pondremos en contacto con usted. Bip.»

Después ocurre una cosa muy rara. Como llovida del cielo, una ardilla se me aloja en el esófago.

–Hola, soy... –empiezo. Me quedo sin habla. Me aterra el sonido que está brotando de mi boca. Lo intento otra vez–. Soy Amy. Mmm.

Más silencio, y después el bip.

Yo solita sin la ayuda de nadie he dejado el peor mensaje que jamás se haya dejado en un contestador. Jamás. En toda la historia del mundo. Y no puedo arreglarlo. Cuelgo el teléfono como si me hubiera dado una descarga eléctrica y empiezo a agitar las manos. Estoy ardiendo.

Desenchufo el teléfono, desconecto el contestador, abro la ventana y arrojo *Mujeres con poder* al jardín de la casa de al lado.

Jueves: me derrito.

Estoy en estado catatónico en el trabajo. He comprendido que mi problema es mucho mayor que el incidente del contestador de Jack. Se ha extendido hasta abarcar toda mi vida. Involuntariamente, Geoff entra en esta crisis personal.

Geoff es uno de los consultores de Boothroyd, Carter y May y se ha pasado toda la semana rondando el área de recepción. Ello se debe a que es el típico solitario. Sólo se le puede describir como un calamar mojado. No hay nada remotamente atractivo en él. Lleva unas gafas rectangulares, es calvo y tiene un problema de olor corporal.

Tan desesperado es mi estado mental que, cuando Geoff me invita a almorzar con él, le digo que sí. ¡Voy a salir con Geoff!

Me lleva a un restaurante italiano y pide unos espaguetis que se echa por encima de la corbata. Está muy nervioso y se muestra servilmente halagado por el hecho de que yo haya accedido a salir con él. Pero yo no conecto realmente con lo que está ocurriendo porque tengo uno de esos días en que estoy fuera de mi cuerpo. La conversación es un poco afectada y yo empiezo a hurgar en mi lasaña con el tenedor.

–No pareces muy contenta –observa Geoff.

Sobresaliente y matrícula de honor para nuestro Einstein.

Me encojo de hombros.

–Estoy bien.

–¿En qué piensas? –me pregunta (estúpidamente).

Y se lo digo.

Y dejo que le haga daño.

Le digo que estoy pensando que las personas sólo atraen a las personas que pueden atraer. Por ejemplo, Elizabeth Taylor atraía a Richard Burton porque ambos poseían más o menos el mismo atractivo. Y yo he atraído a Geoff. Lo cual debe de querer decir que mi nivel de atracción es más o menos del mismo tipo que el de Geoff. Y eso, francamente, me hace sentir deseos de ahorcarme.

No sé qué me ocurrió. Jamás le había dicho una grosería semejante a nadie que fuera prácticamente un desconocido. Nos miramos un rato y después yo esbozo una nerviosa sonrisa, pero Geoff parece auténticamente disgustado. Nos damos un apretón de manos, él se saca un poco de dinero del billetero, lo deposita sobre la mesa y se retira precipitadamente.

Por suerte, como nadie habla con Geoff, éste no tiene a nadie con quien despotricar y, por consiguiente, no se produce ningún enfrentamiento en el despacho. Sin embargo, yo me paso toda la tarde sumida en un profundo remordimiento.

Cuando vuelvo a casa, hago acopio de valor y vuelvo a enchufar el teléfono.

Inmediatamente llama mamá para una de sus «charlas».

–Cariño, ¿cómo es este encantador nuevo hombre tuyo? Estoy deseando conocer...

–¡No es encantador y no es mío! –grito.

Estoy sufriendo una especie de derrumbamiento de la personalidad.

Jack sigue sin llamar. H se deja caer por casa y me echa una bronca cuando yo me niego a permitir que me saque de mi negro estado de ánimo. Me dice que da pena verme y que no es necesario que se lo haga pagar a los demás. Tiene razón, pero yo no me doy cuenta.

–No lo entiendes –le digo en tono despectivo–. Tú no sabes lo que es que te abandonen antes incluso de la primera cita.

H adopta una línea dura.

–Eso no tiene nada que ver con Jack –dice con exasperante calma–. Lo que pasa es que finalmente te has venido abajo y de eso tienen la culpa los trabajos temporales. Ya sabía yo que iba a ocurrir.

–¿Y qué si mi trabajo es una mierda y mi vida también es una mierda? Es mi destino. No puedo hacer otra cosa –replico–. Soy un caso perdido en todo.

Se niega a aceptarlo.

–Eso es una bobada. Ni siquiera lo intentas. Parece como si ya te hubieras dado por vencida. Sabes que te interesa el sector de la moda y quieres hacer cosas, pero tienes miedo.

–¡Cállate, por favor! Eso es historia pasada. Y en cualquier caso, ya es demasiado tarde.

–No es demasiado tarde, lo que ocurre es que eres muy cabezota.

–Ya, ¿y qué sabes tú de eso? Tú, con tu exclusivo trabajo en la televisión y con tu Gav cuando vuelves a casa. ¿Qué sabes tú lo que significa estar en un callejón sin salida? –digo, pero me vengo abajo y me empieza a temblar la voz.

–El hecho de tener novio no resolverá todos tus problemas, Amy.

–Muchas gracias, Claire Rayner –digo con voz entrecortada–. Puede que eso no sea la respuesta, pero sería un comienzo fabuloso porque no tienes ni idea de lo mucho que aborrezco vivir sola. Tener que enfrentarme con toda esta... mierda –digo en tono despectivo, rompiendo a llorar con desconsuelo–. Por si no te has dado cuenta, no consigo ligar con nadie. Ni siquiera con Geoff porque hasta él ha comprendido la verdad... que yo soy una persona horrible y mi vida no va a ninguna parte... y... y... moriré vi-ir-ir-ir-ir-ir-gen.

H me abraza con fuerza, abre la caja de los pañuelos de celulosa de color, me prepara una taza de té de hierbas y me lleva a la cama. Me dice en tono tranquilizador que por la mañana todo se habrá arreglado.

Ya. ¡Que se vayan todos a la mierda! Ya no quiero seguir gimoteando por eso. Ya estoy hasta el coco. He desperdiciado demasiada energía esperando la llamada de este cabrón. Una miserable llamadita de nada habría sido suficiente, pero no, eso ni hablar, ¡es un egoísta hijoputa como la copa de un pino! Bueno, ya me he cansado de perder el tiempo con él. Ya no me hará sufrir más. Esta semana he ganado y perdido tres kilos y medio y he discutido con todo el mundo, incluida H, ¿y para qué? ¿Me puedes responder a esta pregunta? Dulce Fanny Adams.

O sea que se acabó. Jack Rossiter está fuera de mi vida

para siempre. Pero ¿es que no sabe quién soy? Tendría que estar aquí, pidiéndome de rodillas una cita, haciendo fundirse los cables de mi teléfono, convirtiendo mi piso en una maldita floristería. Pues bueno, ¿sabes que te digo? Que se vaya a la puta mierda. Que tome sus condenadas putitas, su ropa de marca y todas sus bobadas artísticas y se largue de una puñetera vez.

Esta mañana tengo ganas de guerra, chico. Soy Tarzán; ¿a quién le interesa ser una frágil Jane? A fin de cuentas, soy una Mujer con Poder.

No necesito a los hombres para nada. Los hombres, con sus pestilentes órganos genitales, sus repugnantes uñas de los dedos de los pies y su refinado esnobismo. ¿Alguien los quiere? Yo, no. Ni regalados.

Permanezco en la puerta y aspiro una vigorizante bocanada de aire. ¡Ningún imbécil me la volverá a pegar! Hoy es el último día de mi trabajo temporal y EL PRIMER DÍA DEL RESTO DE MI VIDA.

Por desgracia, resbalo en los peldaños de la entrada y me rompo las medias.

Sin embargo, me niego a enfadarme y creo que se me nota la nueva actitud. La gente se aparta de mi camino en el metro y, en el despacho, a la gente se le marchitan los saludos en los labios. Surco el día con brutal eficacia. Incluso ordeno el armario del papel y los sobres de cartas, cosa que impresiona en gran manera a Tetas Avinagradas.

A las 5.30 en punto le entrego mi hoja de horas trabajadas. Es la parte del trabajo temporal que más suelo aborrecer. La gente arma mucho alboroto en el momento de firmar la hoja, discute sobre las horas y te hace experimentar la sensación de que eres una especie de reclusa en libertad condicional. Pero hoy eso no ocurre. Tetas Avinagradas me mira de arriba abajo mientras yo permanezco en posición de firme junto a su escritorio.

–Gracias, Anna, por todo el duro trabajo que has hecho

-dice-. Debo decir que hoy has estado... mmm... de lo más diligente.

-En realidad, me llamo Amy. Está usted en su casa.

-Bueno, pues la semana que viene ya no te vamos a necesitar. Janet ha vuelto de sus vacaciones, pero me pondré en contacto contigo en caso de que haya algo.

No habla en serio, pero me da igual. Me largo de aquí.

Me dirijo con paso decidido a la empresa de trabajo temporal Top Temps. Elaine ha organizado el viernes por la noche una fiesta para todos los trabajadores eventuales, que no puedes esquivar cuando dejas tu hoja de horas trabajadas. El propósito es que nos sintamos una gran y feliz familia y no el azote del planeta que nos considera todo el mundo. En realidad, estas fiestas nos resultan bastante violentas. Los trabajadores eventuales no se tienen demasiado respeto a sí mismos y no digamos a los demás. En los despachos hace un calor tropical. En el mostrador de recepción hay una bandeja de bocadillos que ya están empezando a abarquillarse, un par de botellas de gaseosa y una caja de botellas de vino Blue Nun. Elaine ya va por la mitad, se le ha corrido el lápiz de ojos y las tiznaduras le dan aspecto de oso panda.

-Vamos, quédate a tomar una copa -me dice con voz pastosa, poniendo mi hoja de horas trabajadas en la bandeja de entradas.

Declino la invitación y le digo que me largo. Me dice que me llamará para otro trabajo la semana que viene.

Utilizo el teléfono del despacho para dejar un mensaje en el móvil de H. Le digo que no se podrá escapar, vamos a pintar la ciudad de rojo.

Rojo sangre.

Canturreo mientras subo la escalera de mi casa, emocionada ante la perspectiva de mi salida nocturna. Me voy a encurdar. Más que encurdar. Lo merezco. Puede que hasta me dé el gustazo de chutarme si se tercia. No hay nada que me lo pueda impedir. Domino la situación.

Inserto la llave en la cerradura de la puerta. Ni siquiera me molestaré en echar un vistazo al contestador. No quiero darle al aparato la satisfacción de saber que me importa. Porque, con toda franqueza, me importa un bledo. Aunque hubiera diez mensajes de Jack-Cabronazo-Rossiter, los borraría todos. Y si volviera a llamar, le diría que se fuera al carajo.

Suena el teléfono en el momento en que abro la puerta. Estupendo, debe de ser H, preparada para hacer planes.

Me abalanzo sobre el teléfono.

–¿Diga? –gorjeo con voz cantarina.

Una breve pausa.

–Hola, Amy, soy Jack. Me estaba preguntando qué vas a hacer esta noche.

Sé que eso es grave. Tremendamente grave. Que en dos segundos deshago la obra de dos décadas de Movimiento de Liberación Femenina. Pero es que me alegro inmensamente de oír su voz. Estoy tan miserablemente agradecida de que al final haya llamado que oigo mi voz, diciendo con más entusiasmo del que quisiera:

–Nada. ¿Por qué?

Jack 3

La llamada telefónica

–Nada. ¿Por qué?

Bueno, el porqué es lo más fácil. El porqué lo puedo hacer boca abajo y con las manos atadas. Porque es un viernes por la noche y estoy solo en casa. Porque, a pesar de que la semana pasada me dijiste que te gustaba Matt, Amy, sigo esperando que yo también te pueda gustar. Porque llevo más de una semana sin echar un polvo y tú llevas sin echar un polvo más de seis meses. Porque ambos tenemos una mutua necesidad, Amy. Y porque también me gustas, qué caramba.

Pero el nada... el nada es lo más complicado. El nada me pilla por sorpresa. El nada es... bueno, demasiado sincero. Porque yo creo que en este juego que estamos jugando tiene que haber unas normas. Hay un manual y el manual contiene un reglamento. Hay cosas que se hacen y cosas que no. Se hace:

a) Conocer a alguien en una fiesta, congeniar y archivarlo como una Posibilidad en la carpeta de Asuntos Pendientes, etiquetada con las letras PMP (Posible Material de Polvo).
b) De vez en cuando, encontrarse un viernes por la noche sin compañía y sin ninguna cita y hojear la carpeta PMP en busca de una Posibilidad.
c) Decidir ocasionalmente llamar a la mencionada Posibilidad y sugerirle salir juntos.

Pero no se hace:

a) Contestar personalmente al teléfono en todo momento porque todo el mundo sabe que los contestadores, como los rottweilers, sirven para defenderlo a uno de las intrusiones indeseadas en su vida.

b) Ponerse al teléfono un viernes por la noche si uno está solo, induciendo a pensar a quienquiera que haya llamado que su vida social está exhalando su último suspiro.

c) Confirmar esta impresión, utilizando la palabra «Nada», cuando a uno le preguntan qué planes tiene para aquella noche.

Y hay que atenerse a estas Normas de Compromiso porque se han dictado para proteger nuestra condición de Personas Solteras. Constituyen nuestra Declaración de Independencia y estamos obligados a cumplirlas en todo momento.

Sólo que mis normas, Amy, es evidente que no son las tuyas. Con una palabra, te has cargado el manual. Me has puesto entre la espada y la pared. Con el culo al aire. Y me has dejado aquí sin ofrecerme otra posibilidad que no sea convertir tu nada en algo. Alargo la mano para coger un cigarrillo.

–Bueno –digo, sentado en el borde del sillón–, esta noche tenía que trabajar un poco. Tengo un retrato que juré terminar el domingo para el cumpleaños de un tipo. Pero resulta que lo terminé hace una hora y... y... no sé... me encantó conocerte la semana pasada. Nos lo pasamos muy bien juntos y he pensado que podríamos repetirlo. Por eso te he llamado. Por si casualmente estuvieras libre. Para ver más o menos qué planes tenías...

–¿Me estás pidiendo que salga contigo, Jack?

Al grano. Bien, yo también puedo ir directamente al grano.

–Pues sí, lo podríamos considerar de esta manera.

–De acuerdo.

–¿De acuerdo en el sentido de que lo estás pensando o en el sentido de sí, hagámoslo?

–De acuerdo en el sentido de que lo he considerado y de acuerdo en el sentido de sí, hagámoslo.

Sonrió al oír su imitación.

–Muy bien, pues buscaré un restaurante. Podríamos tomar una copa primero, si te apetece.

–Me apetece.

Vuelvo a sonreír.

–¿Conoces el Zack's?

–Claro.

–¿Te parece que nos encontremos allí sobre las ocho?

–De acuerdo, nos vemos allí.

Al principio, cuando cuelgo el teléfono, no puedo evitar la sensación de estar enfundando una pistola de seis disparos después de un tiroteo. Sin embargo, aparte una ligera aceleración del pulso, estoy BIEN. He sobrevivido a una Conversación Telefónica Directa. Y todo ha ido bien. Amy se ha mostrado amable y complacida al oírme. Le he pedido que salga conmigo y me ha dicho que sí. Vamos a reunirnos. Esta noche. Ya tenemos resultado. Billy el Niño 1. Juana Calamidad 0.

Pero de repente caigo en la cuenta: «Dios mío, he ligado. HE LIGADO», qué barbaridad. Para tomar una copa e ir a cenar. Para tener una charla intrascendente con alguien a quien apenas conozco. Para pasar un tipo de velada que dejé de buscar cuando comprendí que había otros caminos menos complicados para llegar al sexo.

¿A qué coño estoy jugando?

Tranquilízate.

Doy una larga chupada al cigarrillo y trato de convencerme de que la situación no es tan mala como parece. Amy es simpática. Es atractiva. Es divertida. Además, me apetece verla. ¿Para qué, si no, la habría llamado? A fin de cuentas, pasé con ella casi toda una noche, ¿no? Y tiene interés. Y si ha accedido a salir conmigo, significa que no está tan interesada por Matt como me quiso hacer creer. Por consiguiente, lo que hago es lo más natural del mundo.

Le echo en parte la culpa a Chloe del grotesco camino que está siguiendo mi velada. Contemplo el trozo de papel que sostengo en la mano: Caligrafía de Chloe; número de Amy. Chloe me lo soltó el lunes, harta de oírme hablar de mi situación todavía no aclarada con McCullen. Me dijo que tendría que llamar a Amy, pues pensaba que yo me sentía frustrado y que un buen polvo sin complicaciones me ayudaría a calmarme. Tras lo cual, Amy –por lo menos, estoy casi seguro de que fue Amy– me llamó el miércoles por la noche y me dejó un extraño y breve mensaje. Mi número se lo debió de dar Chloe. No se me ocurre ninguna otra persona capaz de atreverse a hacerlo. Siempre nos está organizando números de este tipo a Matt y a mí para asegurarse de que sus chicos estén contentos. Y nosotros le devolvemos el favor, y de vez en cuando le montamos algún plan con alguien.

A veces me pregunto si no sería más lógico que Chloe y yo prescindiéramos de los intermediarios y las intermediarias y lo probáramos juntos. Y no es que no lo haya pensado y que no flirteemos. Una vez lo comenté con Matt cuando acababa de romper con Zoe. La víspera nos habíamos emborrachado con Chloe y ésta acabó acostada conmigo en la cama. A la mañana siguiente, Matt nos despertó con el café y encontró a Chloe acurrucada entre mis brazos. En cuanto ella se fue a casa, me preguntó si había ocurrido algo y le dije que no. Después me preguntó que por qué no y yo le dije que la quería, pero jamás me podría enamorar de ella. Me ocurría lo mismo que a él, era mi amiga. Habría habido demasiada presión a nuestro alrededor para que la cosa funcionara. Además, la conocía demasiado. ¿Qué me quedaría por descubrir? No sé si Matt me creyó. Ni siquiera estoy seguro de si yo lo creí.

Miro hacia el otro lado del salón y consulto la hora en el viejo reloj Marlboro que hay por encima de la barra: las seis y media. Tengo cosas que hacer, cosas que...

Me dirijo al dormitorio de Matt, abro la puerta de su armario y por milésima vez celebro mi suerte por tener a alguien que es mi mejor amigo y a quien no le importa compartir sus cosas conmigo. Tengo que reconocerlo. Aquí hay ropa para todo tipo de ocasiones: esmóquines, chaqués y trajes de calle, camisas, pantalones vaqueros y jerséis de marca. Entrar aquí es como ir de tiendas con una tarjeta oro American Express: puedes elegir lo que quieras. (Asegúrate siempre de que tu compañero de apartamento tenga tu misma talla.) Rezo para que, con todos esos almuerzos suyos de chico acaudalado que se pega en la City, no se acabe poniendo como un arenque ahumado. Eso me dejaría en la indigencia indumentaria. Lo más probable es que tuviera que seguir una dieta a base de manteca de cerdo para alcanzar su peso. O eso o conseguir un empleo como Dios manda y tener una tarjeta American Express propia. Pero hasta finales de este año (es el plazo que yo me he impuesto para triunfar con mis lienzos) no ocurrirá. Elijo unas cuantas cosas y me voy al cuarto de baño.

Muchas chicas que yo conozco consideran la higiene personal una cuestión de sexo: las chicas la practican y los chicos no. Fin de la historia. Hasta cierto punto, tienen razón. Deja a un tío viviendo un año solo. Apártalo de la civilización y, por encima de todo, de la perspectiva del sexo. Hazlo y lo más seguro es que se eche a perder. Utilizará los calcetines y los calzoncillos sin lavar en turnos rotatorios hasta que empiece a escocerle la piel o su olor corporal empiece a rivalizar con la corteza del queso sin envolver en el frigorífico. Unos pequeños Sáharas de polvo irán cubriendo subrepticiamente las superficies. La cocina parecerá una carretera llena de bichos muertos a medida que las salpicaduras de las sartenes se vayan amontonando. Y las orlas de porquería negra amenazarán con arrancar las uñas de las manos y los pies de sus correspondientes dedos.

Pero una vez dicho esto, devuelve al mismo hombre a su hábitat natural y el argumento de la historia seguirá otro rumbo. Dale una cita con un diez por ciento de posibilidades de que eche un polvo y empezará a utilizar más desodorantes y lociones corporales que Cleopatra. Supongo que se trata de lo siguiente: para los hombres, la higiene es una cuestión de tipo sexual. Si vas limpio, la mojas. Así de sencillo. Toma, por ejemplo, a los jóvenes, los que se encuentran en la fase evolutiva en la que todavía creen que, si los calcetines no se escapan corriendo, es que aún se pueden poner. A estos tipos les da igual ir sucios. Los pones a cien metros de la caca de un perro y lo más seguro es que acaben revolcándose en ella. Sólo entran en el programa cuando alcanzan la madurez sexual. Se dan cuenta de que, cuando huelen mal, las chicas creen que no valen una mierda. Por mal que se les den las matemáticas, de repente son capaces de resolver por sí mismos la siguiente serie de ecuaciones: Mal aliento y dientes sucios = No besos; Higiene deficiente de cintura para abajo = No polvos.

Y yo no soy distinto. Toma, por ejemplo, esta noche. Y eso que no tengo simplemente un diez por ciento de posibilidades. A mi modo de ver, es más bien un cincuenta por ciento. Si juego bien mis cartas, la noche podría culminar en un rápido paseo por la Avenida de lo Seguro hasta llegar a la Mansión del Polvo. Y para asegurarme de que ocurra, hago todo eso de la higiene. Por todo lo alto. Me ducho, me froto, me afeito, me arreglo el cabello, me cepillo los dientes y me paso la seda dental, me limpio las orejas, me corto las uñas, me aplico loción corporal y me aplico aftershave. Después, me visto: Calvin Kleins (llamados también Slips de Ligar); calcetines limpios; y la ropa de Matt (impecablemente limpia y planchada, como siempre). Me estudio en el espejo y me miro sonriendo tal como más tarde miraré a Amy durante la cena. ¿Cuál es mi impresión general? Estoy convencido. Esperemos que ella también lo esté.

Abajo me preparo una cerveza y pongo un CD. El Zack's está a la vuelta de la esquina y, por consiguiente, no hay prisa. Lo único que me queda por hacer es elegir un restaurante y reservar mesa. Un sitio que sea divertido y necesariamente no demasiado caro. Un sitio donde podamos relajarnos y pasarlo bien. O, mejor dicho, eso sería lo único que me quedaría por hacer si todavía no lo hubiera hecho. Pero ya lo he hecho. Hace cuatro horas, antes incluso de que se me ocurriera la idea de llamar a Amy. Hace cuatro horas, hacia el final de mi sesión con McCullen. Hace cuatro horas, cuando decidí reservar mesa en el Hot House, pensando que ésta sería la clase de sitio que a McCullen le parecería bien. Hace cuatro horas, antes de comprender por segunda vez en dos semanas que ella no estaba todavía por la labor.

Monte McCullen: Campamento Base

McCullen llamó al timbre de la puerta sobre las diez de la mañana. Esta vez estaba preparado para ella. Ninguna Catherine Bradshaw acechaba diabólicamente junto a la parada del autobús. La falta de sueño no me ataba la lengua. La resaca no me pulsaba en el cerebro. En otras palabras, no había nada que obstaculizara mi segundo intento de conquistar el Monte McCullen.

Cuando abrí la puerta, ella me besó (en la mejilla) y llegó hasta el extremo de darme un abrazo (platónico). Eso me alentó. No es que fuera una muestra de pasión desbordante, por supuesto, pero sí un Primer Contacto. Y una vez dentro de la casa, se deshizo en sonrisas. Nada de gestos de aprensión, ni movimientos espasmódicos de los dedos, ni entrecejo fruncido como la semana pasada. Un rápido café, unos cuantos comentarios acerca de una fiesta a la que ella había asistido con Kate, un poquito de chismorreo por aquí y unas cuantas críticas por allá. Como si nos conociéramos de toda la vida. Después pasamos al estudio, donde ella se desnudó sin la menor inhibición antes de adoptar su pose en el sofá. Y por si todo eso no hubiera sido suficientemente bueno, lo que ocurrió cuando interrumpimos la sesión a media tarde, para tomarnos un trago en el jardín, todavía fue mejor. El sol nos iluminaba como un reflector desde el claro cielo azul: con un brillo cegador. McCullen, con sólo una toalla (mía) y unas gafas Ray Ban (de Matt) estaba sentada a mi lado en uno de los tres bancos de madera del jardín. Junto a nuestros pies descalzos brillaban bajo el sol las cuatro botellas de cerveza que nos acabábamos de beber. Un disco de sombra, arrojado por el parasol de la cerveza Bud que surgía como una seta en el centro de la vieja mesa de bar que teníamos delante, nos enfriaba la piel. Entre nosotros, sobre los listones de madera del banco, se interponía un frigorífico portátil lleno de cervezas. Saqué dos, abrí los tapones contra el borde de la mesa, le ofrecí una a McCullen, me acerqué la otra a los labios y bebí.

Me volví a mirarla y la vi encender un cigarrillo y mirar al otro lado del jardín. Por primera vez, vi unas pecas en su rostro. No era de extrañar que no las hubiera visto antes, a pesar del tiempo que llevaba estudiándola dentro de la casa. Otros rasgos corporales habían llamado mi atención. Eran muy leves. No de esas tan visibles que te hacen sentir deseos de sacar una pluma y juntar los puntos sino de esas que te hacen pensar que el menor soplo de brisa se las podría llevar cual si fueran confetis. Volvió la cabeza y yo, que no quería que me sorprendiera mirándola, bajé la mirada y contemplé los finos pelos de mis muslos por debajo del extremo inferior de los calzones.

No cabía la menor duda. Aquello era perfecto. Era el Momento de Serenidad. Allí estaba yo. Y allí estaba ella. Y brillaba el sol y teníamos cerveza. Llevaba tres años sin poder permitirme el lujo de pasar unas vacaciones en el extranjero, pero aquélla era la clase de situación que yo había imaginado en las frías noches invernales en que no tenía ningún cálido cuerpo que estrechar contra el mío. Aquéllos eran los colores que habían borrado la tristeza. Y aunque el rostro que yo había imaginado junto a mí en la playa no era el de McCullen, se le parecía mucho.

–Bueno, pues –dije, volviéndome a mirarla–, háblame de tu hombre.

–¿Por qué?

–Simple curiosidad.

Lo cual, evidentemente, distaba mucho de ser toda la verdad y nada más que la verdad.

Existen dos escuelas de pensamiento a propósito del planteamiento del tema de los compañeros con alguien en quien has puesto los ojos. Hay la Escuela Pasiva y la Activa. La primera sostiene la teoría de que, cuanto menos mencionas al compañero de la otra persona, tanto menos ésta piensa en él. Y una vez deja de pensar en él, no hay ninguna razón para que no piense en ti. Y en cuanto eso ocurre, ya lo has conseguido. Y después tenemos la Escuela Activa. Perseguir la pieza. Si planteas el tema del novio para discutirlo, averiguarás inmediatamente y con toda precisión con qué te enfrentas. Yo soy más partidario de esta última. Ahorra tiempo.

Me sonrió. No sé si fue porque intuyó que yo me estaba insinuando y se sentía violenta o porque el simple hecho de pensar en él le hacía este efecto. Como es natural, yo esperaba que fuera lo primero.

–No sé por dónde empezar.

–¿Por qué no empiezas por el principio? Es un lugar espléndido. Por lo menos, a Julie Andrews le dio resultado.

Y me lo dijo. Me dijo que se llamaba Jonathan, pero que todo el mundo lo llamaba Jons. Me dijo que se habían conocido en la escuela cuando ella tenía diecisiete años. Me dijo que era guapo y que cantaba en un conjunto musical. Y cuando yo estaba ya a punto de alargar la mano para coger una bolsa de vómitos y maldecía el hecho de haberme saltado las conferencias del profesor Pasivo, Luke Skywalker sufrió de repente una extraordinaria transformación y se convirtió en Darth Vader. La sonrisa de McCullen se convirtió en un entrecejo fruncido y ella descorrió la cortina que ocultaba el Lado Oscuro: la adicción a la coca que él no se podía permitir; la paranoia; el control que él ejercía sobre todos sus movimientos, cuando ambos estudiaban en la Universidad de Glasgow, su insistencia en que ambos se fliparan todos los fines de semana; la sistemática denigración de sus amigos; lo furioso que se pondría en caso de que alguna vez se enterara de que ella posaba como modelo para mí.

Es curioso que a veces lo malo pueda ser bueno. Cuanto peor me lo presentaba, tanto mayores creía yo que eran mis posibilidades. El tío estaba casi a punto de caerme simpático.

Después ella me dijo:

–No sé, a veces me pregunto por qué sigo todavía con él.

Lo cual me indujo a pensar: «Houston, ya no tenemos un problema».

Pero a continuación añadió:

–Eso es una estupidez. No quería decirlo. Le quiero. –Contempló con expresión de reproche su botella de cerveza y sacudió lentamente la cabeza–. Ha sido culpa del alcohol y del sol. Siempre se me suben a la cabeza. Olvida lo que te he dicho.

Lo cual me indujo a pensar: «Control de tierra al comandante Tom. Su circuito se ha desactivado, ha ocurrido algo».

Así pues, decidí darle el ultimátum, arrojarla a lo que yo llamo El Peor Ejemplo de Guión: la perspectiva de la boda.

–¿Crees que acabarás casándote con él? –pregunté.

Ella se encogió de hombros; yo hubiera hecho lo mismo si me hubiera enfrentado con semejante situación.

–No lo sé –contestó–. Es posible. Pero todavía no.

–¿Por qué?

Lo pensó unos segundos y después contestó:

–Demasiado joven, supongo.

–¿Es tu primer novio de verdad?

–¿Qué quieres decir?

–El primero con quien llevas saliendo durante mucho tiempo –contesté, tratando de sonsacarla.

–El primero y el único...

–¿Y eso?

–Nunca ha habido nadie más.

Tengo que reconocer que me sobresalté.

–¿Bromeas?

Se volvió y me miró a los ojos.

–No.

–¿Nunca has...?

–¿Qué?

–Bueno... ¿Nunca te preguntas cómo sería con otro chico?

Se inclinó hacia delante y apagó el cigarrillo en el césped.

–A veces.

–¿Qué veces?

–No lo sé.

Entonces le dirigí la mirada, esa en la que tus ojos hablan por ti.

–¿Unas veces como ahora?

–Quizá.

Y eso fue todo. La tenía en el bote. Sonreí, entorné los ojos y fui al remate.

–¿Quizá sí o quizá no?

–Quizá no lo sé. –Encendió otro cigarrillo. El humo se escapó de sus labios–. ¿Y tú? ¿Tienes novia?

–No.

Y permanecimos sentados mirándonos mientras ella se terminaba de fumar el cigarrillo y yo apuraba mi cerveza. Ocurría lo siguiente: seguro que McCullen aún tenía que adoptar una firme decisión acerca de mí, pero estaba a punto de hacerlo, tan a punto que yo experimentaba un hormigueo de emoción. Pero si no ahora, ¿cuándo? ¿Esta noche? Tenía que ser esta noche. Mientras la miraba, no pude soportar la idea de que tuviera que ser más tarde. El restaurante. Más conversación. Más juegos de palabras. Y después, la decisión.

Para entonces, mis ojos ya estaban recorriendo su cuerpo de arriba abajo y deseando que no se cubriera con la toalla. De pronto me di cuenta de que a veces tú puedes ser tu propio genio: puedes hacer que tus deseos se conviertan en realidad.

–Vamos –dije–, se ha terminado la pausa. Volvamos al trabajo.

Y eso fue exactamente lo que hicimos. Mientras McCullen se tumbaba de nuevo en el sofá, yo me fui a la cocina, tomé el teléfono, excusé mi presencia en la fiesta a la que iba a asistir con Matt y, en su lugar, reservé una mesa en el Hot House. A pesar de lo bien que creía haber investigado la cosa, no me di cuenta de que McCullen era más aficionada a los flirteos prolongados de lo que yo imaginaba. Nada de reprimir mis deseos unas cuantas horas, aquello iba a ser una auténtica campaña. Más tarde, su respuesta a mi invitación a cenar lo dijo todo:

–Es muy amable de tu parte, pero esta noche no. Mañana baja Jons de Glasgow y tengo que levantarme temprano para ir a recibirle a la estación.

Tras habernos dado un beso de despedida (otra vez en la mejilla) y haberla yo visto alejarse calle abajo, comprendí que mi problema consistía en el hecho de que, si bien se miraba, aunque ella estaba decididamente interesada por mí, seguía estando interesada por Jons. Y hasta que estuviera más interesada por mí que por él, yo no podía calcular qué posibilidades tenía de entrar en ella. Físicamente, quiero decir. Sería cuestión de vigilar el espacio. Cosa que yo tenía intención de hacer.

Con prismáticos.

Día y noche.

Sin descanso.

No sería el primer juego de la espera al que jugara.

CONFESIONES: N.º 3. EL BONDAGE

Lugar: mi dormitorio, apartamento de Matt.

Hora: 3 de la madrugada. 13 de abril de 1997.

Matt siempre me había aconsejado que me guardara de las repeticiones. Su opinión acerca de este asunto se puede resumir de la manera siguiente:

a) Toda la ventaja de la aventura de una noche es que sólo dura una noche.
b) La repetición de los encuentros genera familiaridad.
c) La familiaridad acaba con la ventaja de la soltería.

Y ése fue el momento en que aprendí a considerar definitivas sus ideas acerca de esta cuestión.

Allí estaba yo, despatarrado boca arriba en la cama, tan desnudo como mi madre me trajo al mundo. Sentada a horcajadas encima de mí e igualmente desnuda estaba Hazel Atkinson. Atkinson y yo nos habíamos conocido en las primeras horas del día de Año Nuevo, nos habíamos apropiado de una habitación y habíamos cerrado la puerta a nuestra espalda. Salí a la mañana siguiente sobre las siete y convencí a Matt de que se levantara y me acompañara de nuevo a Londres a la mayor brevedad posible. No es que la noche hubiera sido mala; no lo había sido. Y no es que Atkinson no me hubiera gustado; me había gustado. Era más bien que la noche había sido un poco rara.

Atkinson tenía predilección por cierto tipo de actividades que las personas de la generación de mis padres hubieran calificado de «pervertidas». O, dicho de otra manera, disfruta atando a los hombres y haciéndolos chillar. Quiero aclarar que no soy un mojigato. Estoy más que dispuesto a probar cosas nuevas, aunque estas cosas rocen el límite de lo psicológicamente perturbado. O sea que, por Año Nuevo, dejé que ella me atara y, como era de esperar, chillé. Lo mejor que puedo decir de la experiencia es que resultó muy instructiva. Pero, como el latín del colegio, no fue algo en lo que yo tuviera interés en especializarme. Resultado final: No le había devuelto las llamadas a Atkinson y me había hecho el propósito de no asistir a ninguna fiesta a la que yo supiera que ella también había sido invitada.

Menudo tonto estoy hecho.

Pero a las 11.30 de la noche del 12 de abril de 1997, ¿a quién veo con mis achispados ojos en la barra del Klaxon? Nada menos que a Hazel Atkinson, con una pinta fabulosa, con pinta de estar disponible y mirándome directamente a mí. Como es natural, en circunstancias normales, hubiera echado a correr. Barry me había dicho que Atkinson, como consecuencia de la técnica de evitación a la que yo me atenía rigurosamente, había acabado considerándome un organismo inferior a una ameba en la cadena de la evolución de las especies. Pero yo estaba ajumado y había recibido tantos desplantes en el transcurso de la última hora que ya me había quitado de la cabeza la idea de ligar. Por consiguiente, cuando ella se acercó y me dirigió la palabra, haciéndome comprender con ello que no estaba enojada conmigo, ¿qué otra cosa hubiera podido hacer sino invitarla a mi casa?

Así pues, otra vez a la cama.

Me había atado las manos a la cabecera de la cama y los pies a la base. Pero eso me pareció estupendo; sabía lo que iba a ocurrir a continuación. Unos cuantos castigos. Un montón de juegos de palabras. Indicándome ella lo que tengo que decir y yo diciéndolo. Y después vendría la parte buena de toda la función: el sexo, sorprendente y placenteramente normal.

La lástima fue que Atkinson vio las cosas de otra manera.

–Bueno, pedazo de mierda –me dijo–, ahora te voy a dar una lección que jamás en tu vida podrás olvidar.

Eso ya me lo sabía.

–He sido un niño malo, ¿verdad? –pregunté, siguiéndole la corriente, por más que todo me pareciera un poco ridículo, tal como ya me había parecido la primera vez–. Soy un cachorro desobediente y tengo que aprender.

–Tú no sabes de la misa ni la mitad –me dijo, mirándome enfurecida–. ¿Cuándo me dijiste que regresaba Matt de Bristol?

–¿Por qué?

–Tú dímelo.

–Mañana por la mañana –contesté, perplejo–. Sobre las nueve.

Consultó su reloj.

–Siete horas. Muy bien. Puede que te dé tiempo.

–¿De qué estás hablando?

No contestó, se limitó a levantarse de la cama y empezó a vestirse.

–¿Tú sabes cuál es tu problema, Jack? –me preguntó mientras se calzaba las botas, sentada en el borde de la cama. Traté de soltarme la mano, pero no pude. Probé con la otra mano y con los pies. Tampoco hubo suerte. Las medias que había utilizado para atarme estaban muy apretadas. Se levantó–. Hiciste enfadar a la chica que no debías.

Dicho lo cual, abandonó el dormitorio y, segundos después, oí cerrarse la puerta principal.

Esperé.

No tardé en empezar a sentir calambres.

La boca se me secó hasta el extremo de agrietarse.

Esperé un poco más.

Mucho más.

Hasta que me di cuenta de que ella no iba a regresar. Todo un banco entero de pensamientos nadó por mi mente aquella noche. Dudo que jamás en mi vida haya tenido un período concentrado de pensamiento puro como aquél. Casi todas las ideas que se me ocurrían eran estupideces. Empecé a experimentar la paranoia de que me iba a morir, o de que Matt jamás regresaría, o de que la que regresaría sería Atkinson, armada con un zurriago y un cascanueces eléctrico. Pero el Gran Pensamiento que afloraba constantemente a la superficie era éste: si me muero, me moriré sin haber encontrado a la persona con quien deseo pasar mi vida. Y no le podré echar la culpa a nadie más que a mí. Puede que ésta fuera la lección que Atkinson quería que aprendiera.

Al final, vi a Matt, mirándome sorprendido desde la puerta.

–No lo digas –conseguí graznar.

–¿Que no diga qué?

–Ya te lo dije.

Se sentó en la cama y empezó a desatarme los pies.

–¿Atkinson? –preguntó.

–Sí.

–Me lo figuraba.

La ida

Experimento una insólita sensación cuando cierro la puerta del apartamento de Matt a mi espalda. Noto como si tuviera algo alojado en el estómago. Algo con plumas. Algo que me hace cosquillas. Al principio, lo atribuyo al hecho de haber bebido por la tarde con el estómago prácticamente vacío y considero la posibilidad de detenerme por el camino para comprarme una bolsa de patatas fritas. Pero al final comprendo lo que es: nervios. Nervios y emoción. La causa es evidente: Amy. O, más exactamente, estar Citado con Amy. Aunque yo quisiera con toda mi alma que fuera otra cosa, no hay ninguna otra explicación posible. Tengo interés. Por ella. Por ver cómo será una Cita con ella. Por ver si todavía soy capaz de hacer este tipo de cosas o de que tan siquiera me guste.

El Zack's es estupendo. Me encanta el Zack's. La verdad, si el

Zack's fuera una mujer, esta noche yo no me reuniría con Amy allí. No haría falta. Estaría casado con el Zack's y criando a unos pequeños Zackitos en una lejana, lejanísima isla. Hay sofás y mesitas por todas partes, grandes espacios abiertos, luz matizada y música congelada. Y por si fuera poco, está cerca del apartamento de Matt.

Unos cinco minutos de paseo por la acera me permiten llegar temprano, sobre las 7.30. Está todo bastante tranquilo para ser un viernes. Pero la noche todavía es joven. Todas las demás personas que tienen empleos de verdad aún deben de estar atrapadas en las inevitables copas de después del trabajo y aún tienen que cortar con eso y regresar a sus vidas personales.

Echo un rápido vistazo a las mesas, elijo una de un rincón, lejos de la mesa de billar, no demasiado cerca de los altavoces de la música y lejos de las distracciones. Dejo la chaqueta de Matt en la silla que hay junto a la pared y ocupo mi asiento. Me encargaré de que Amy se siente delante de mí. De esta manera, su alternativa visual se limitará a mí o a la pared de ladrillo y tendré muy buenas probabilidades de conservar su atención.

Saco el billetero y me voy a charlar un rato con Janet, que es la propietaria del local. ¿Y Zack?, pregunté en cierta ocasión; y me lo dijeron. Zack es el ex marido de Janet. Se fugó con la secretaria. Janet le sacó en los tribunales un montón de pasta y bautizó el bar que compró con el nombre de su ex para restregárselo por la cara. A lo largo de los tres años que hace que la conozco, Janet ha tenido siempre treinta y seis años y no da la menor muestra de cumplir más. Es divertida, algunos dirían que excéntrica, y reanudamos la conversación en el punto en que la interrumpimos el martes por la noche, como si sólo hubieran transcurrido cinco minutos. Me estoy bebiendo la segunda botella de Labatt's que ella ha donado a la Fundación de Artistas Muertos de Hambre cuando oigo una voz a mi espalda.

La voz dice:

–Hola, Jack.

Estudio la expresión de Janet.

La expresión de Janet dice: «Qué suerte tienes, tío».

Me vuelvo y compruebo que está en lo cierto: La tengo.

Amy está allí, esbozando la clase de ancha sonrisa a la que resulta imposible no corresponder. Es la clase de sonrisa que me hace castañetear los nervios. Pero debo decir que es un castañeteo bueno... más propio de sonajero que de serpiente de cascabel. La última vez que la vi, con todo el número que armó a propósito de su recién fallecida vida sexual y su pasión no correspondida por Matt, sus labios estaban como reblandecidos, a falta de otra descripción mejor, y eran prácticamente un par de babosas que estuvieran copulando. Ahora, en cambio –bueno, tengo que reconocer, y me complace sobremanera poder hacerlo–, tienen una B y una E y una S y una O escritas encima. En cuanto al vestuario, lleva puesta una minúscula faldita negra y un top gris de aquí-me-tienes. Una pinta estupenda. En serio. Preciosa. Y segura de sí misma. Aguanta mi mirada y, mientras lo hace, me pongo otra vez de los nervios. Sonrío y enseguida me empiezan a salir las palabras.

–Hola, Amy –digo–. Estás fabulosa.

–Gracias. Me alegro de verte.

–¿Qué vas a tomar?

–Vodka con tónica.

–¿Te pongo limón? –pregunta Janet, preparando la bebida.

–Lima, por favor.

Janet corta y pone una raja en el vaso. Saco el billetero, pero Janet, Dios la bendiga, se limita a hacer un gesto con la mano y le pasa la bebida a Amy.

–No te preocupes, Jack –me dice–, lo anotaré en tu cuenta.

–Gracias –contesto con toda sinceridad.

Recordatorio personal: regalarle a Janet este cuadro que siempre le estás prometiendo. Por mucha amistad que haya, no es que no le debas nada en especie.

Amy y yo nos miramos unos segundos y después ella toma un sorbo de su bebida y mira a su alrededor. Es curioso que te puedas pasar una noche con una persona, emborrachándote y oyéndola abrirte su corazón hasta altas horas de la madrugada y, sin embargo, quedarte callado como una tumba y sumido en la inquietud la próxima vez que te reúnes con ella. Habla, me digo. Rompe el silencio.

–He dejado mi chaqueta allí –le digo, señalando la mesa.

Vamos a sentarnos, ambos encendemos un cigarrillo, inhalamos el humo y lo exhalamos. Alzamos los vasos y bebemos unos sorbos.

Al final, ella me dice:

–Creo que debería empezar pidiendo perdón.

–¿Por qué?

–Porque el viernes por la noche me comporté como una auténtica estúpida.

Es el momento de discrepar, de decir, no, no, no lo fuiste en absoluto. Parece sinceramente turbada y sería caballeroso hacerlo. Pero sería inútil. Acabaría pensando que soy propenso a las efusiones sentimentales, que soy un adicto a las emociones. Cosa que no soy. No en estas situaciones por lo menos. Y no ahora. No con alguien a quien apenas conozco. No, sabiendo que por quien ella estaba sufriendo era por Matt.

–El sábado por la mañana –la corrijo.

–¿Cómo?

–El sábado por la mañana. Te comportaste como una auténtica estúpida el sábado por la mañana. Sobre las seis. El viernes por la noche estuviste muy divertida. Y en realidad, el sábado por la mañana también. Hasta las seis.

–¿Cuándo cometí la estupidez?

–Cuando cometiste la estupidez.

–Bueno, pues te pido perdón.

–No te preocupes. Todo el mundo tiene derecho a cometer estupideces de vez en cuando. Es uno de nuestros derechos democráticos.

–Pero aun así, te llevaste un susto, ¿verdad?

–No –contesto–, por supuesto que no.

–Menos mal. –Sonríe por primera vez desde que nos hemos

sentado–. ¿O sea que no tengo que interpretar de ninguna manera el hecho de que salieras por piernas de mi apartamento como si te hubieran prendido fuego en el trasero? –Enarca las cejas–. ¿Fue simplemente tu manera de saludar el amanecer? ¿Es lo que sueles hacer por la mañana?

Me río y, mientras lo hago, recuerdo lo que ocurrió con ella el viernes pasado. El hecho de que hablara más con ella que con Matt el día de su cumpleaños, un acto de traición que todavía me cuesta trabajo atribuirme. El hecho de que ella se derrumbara delante de mí. Y lo más revelador de todo, el hecho de que, cuando el relámpago del desmadre le frió el cerebro, yo me quedara efectivamente con ella, tratara de calmarla y retrasara nada menos que media hora mi inevitable fuga. Porque ella fue directamente al grano. Porque no se anduvo por las ramas. Porque fue la primera chica en muchos siglos con quien no había acabado jugando a juegos psíquicos.

–De acuerdo –contesto–, escapé por piernas. Pero no fue por ti. Es que estaba hecho polvo, eso es todo. –Me atrevo a soltar una carcajada–. Qué bárbaros, debimos de bebernos casi una botella de whisky cuando regresamos a tu casa. Me notaba el cerebro como un acerico.

–Yo tampoco estaba demasiado fina –reconoce ella–. Tuve que echar mano del Plan de Recuperación BYNYNDA.

–¿El qué?

–El Plan de Recuperación Bynynda –repite ella–. Ya sabes...

Pero como es evidente que no sé nada, me lo deletrea:

–Baño Y Nurofén Y Nada De Alcohol.

Sonrío.

–Tendré que acordarme de probarlo la próxima vez.

–Siempre da resultado.

A sus palabras sucede el silencio. Es como si ya hubiéramos zanjado la cuestión más peliaguda... la cuestión de su flipe por Matt y de mi fuga. Y lo más curioso es que lo hemos hecho sin mencionar para nada el nombre de Matt. Ahora estamos los dos solos.

Y ahora, ¿qué hacemos? Las alternativas son múltiples, naturalmente. Libertad de expresión y todas estas cosas. Lo malo es que las tres cuestiones que quiero plantear –yo, ella y la forma en que podemos ligar– son las únicas tres cuestiones que están estrictamente prohibidas. Hay un lugar y un momento para estas cosas. Y el Zack's pasadas las ocho no es ninguna de las dos. Primero tiene que haber otras cosas. Más copas. Más conversación. Una comida. Un regreso a casa en taxi. Ten paciencia, hermano, me digo. Ten paciencia y recibirás tu recompensa. Así pues, abro la boca con la intención de soltar un chiste que me permita fluidificar de nuevo la conversación. Sólo que aparece Janet y rompe el silencio en mi lugar, ofreciéndose a servirnos otros tragos. Bueno, sería una grosería decirle que no. Aceptamos magnánimamente y Janet regresa con lentitud a la barra, el tema de conversación más apropiado que he visto en mi vida.

–Oye –dice Amy, volviéndose brevemente para mirar a Janet–, ¿cómo es posible que el año pasado yo haya estado viniendo aquí aproximadamente una vez al mes y la mujer de detrás de la barra ni siquiera me reconozca, mientras que a ti te llama por tu nombre de pila y te conoce lo bastante para concederte una cuenta, siendo así que por encima de la barra hay un letrero que dice con toda claridad: «No se concede crédito».

–Porque prácticamente vivo aquí. El apartamento de Matt está justo a la vuelta de la esquina. Janet es una amiga.

Y una vez eliminado el obstáculo, la conversación sigue adelante. Conversamos y, mientras conversamos, yo interpreto a Hércules Poirot, llenando poco a poco las lagunas de nuestra achispada conversación de la semana pasada. Para cuando bajamos del taxi y entramos en el Hot House, ya tengo grabada la historia de Amy. Su currículo, archivado ahora en Pendiente, dice:

Nombre:	Amy Crosbie.
Edad:	25.
Estado civil:	Soltera.

Estudios:	Literatura Inglesa, Geografía y Arte, Niveles-A; Licenciatura en Textiles.
Historial laboral:	Varios empleos temporales desde que se licenció.
Historial de relaciones:	Vago. Una excepción; cohabitó; agua pasada ya.
Otras cualidades:	Buena conversadora; sonrisa preciosa; tetas fabulosas.

Una vez en el interior del Hot House, nos acompaña a la mesa una camarera que está buenísima, vestida con la faldita negra de rigor y un ajustado top de color blanco. Es cuestión de mirar a la derecha cuando ella esté a mi izquierda y a la izquierda cuando esté a mi derecha. Las chicas, lo juro por Dios, intuyen cuándo estás observando a otra mujer. Sexto sentido. PFE (Percepción de Falda Enemiga). O sea que, mientras la tía buena nos acomoda y nos entrega los menús, yo me vuelvo deliberadamente ciego. La tía no existe. Sólo existe Amy. *Cariño, sólo tengo ojos para ti...*

Echo un vistazo a la carta de vinos, elijo una botella de precio medio y me adelanto a pedir el plato principal más barato del menú, en la esperanza de que ella capte la insinuación y no pida langosta. Nos ponemos a comer como fieras y conversamos. La pongo al corriente de mi vida: cosas superficiales; ensayadas; la conversación estándar que utilizo con las chicas. Hago como los políticos: la dejo hablar, averiguo lo que le interesa, lo recojo y se lo devuelvo inmediatamente. Mensaje subliminal: Soy tu hombre. Vota a Jack Rossiter para un Mundo Mejor.

–Pero ¿y tú? ¿Qué me dices de ti?

–¿A qué te refieres?

–A ti. ¿Qué te hace vibrar? ¿Qué esperas de la vida?

–Es una gran pregunta –digo, tratando de ganar tiempo.

–Pues dame una gran respuesta.

Como es natural, tengo una respuesta para esta pregunta. Todo el mundo la tiene. Y la respuesta es siempre la misma:

amor. Hay cosas que quiero, cosas que no le digo a nadie por temor a que no ocurran. Pero son cosas de Algún Día. Como, por ejemplo, algún día quiero enamorarme. Algún día quiero casarme con la mujer de la que me enamore. Algún día quiero tener una familia y un hogar. Algún día quiero que mis hijos irrumpan en mi dormitorio a las seis de la mañana del domingo y me despierten tal como yo hacía con mis padres. Pero Algún Día no es ahora. Que yo sepa, este Algún Día podría no llegar jamás.

–No lo sé –contesto sin convicción–. Pasarlo bien. Supongo que eso es lo principal.

–De acuerdo –dice ella–, ¿cuándo fue la última vez que lo pasaste bien?

–Muy fácil –contesto con una sonrisa–. Cuando fui a Hamleys a comprarle un regalo de cumpleaños a mi sobrino.

–¿Tienes un sobrino?

–Sí, el hijo de mi hermano mayor. Es estupendo. Mi sobrino, quiero decir. Mi hermano Billy es un poco... no sé. Yo y Kate no tenemos demasiadas cosas en común con él.

–Y eso, ¿por qué?

–Bueno, es simpático y todo lo que tú quieras. En realidad, qué demonios, es tremendamente simpático. Pero mucho mayor que nosotros. Está en otra onda. Está a punto de cumplir los cuarenta. Se casó y sentó la cabeza antes de la edad que tengo yo ahora. Conoció a una chica, se enamoró de ella y listo. Tuvo un hijo enseguida y su vida terminó. Una locura.

–Entonces, ¿no te interesan el amor y los niños?

–No me apetece sentar la cabeza. Por lo menos, de momento. De eso ni hablar.

–Ya. –Me mira fijamente un instante y no consigo adivinar lo que piensa. Después, su rostro se relaja y me pregunta–: Bueno, ¿y qué le compraste?

–¿A quién?

–A tu sobrino.

–Ah, a John. Le compré un coche teledirigido. Uno de esos automóviles americanos de carreras. Funciona como la seda.

Matt y yo pensamos que convenía que lo hiciéramos correr para probarlo antes de enviarlo por correo. Por si fuera una porquería, ¿comprendes?

–Claro –dice ella, reprimiendo la sonrisa–, por si fuera una porquería. No porque os apetecía probarlo.

–Naturalmente que no –digo sin poder disimular una sonrisa–. Somos hombres adultos, mujer. Yo sólo pensaba en John. Porque no hay cosa peor que recibir una mierda de regalo, ¿no te parece? Queríamos asegurarnos de que funcionaba. –Ahora ella sacude la cabeza–. Sea como fuere, lo sacamos al jardín, accionamos los mandos y le hicimos dar una vuelta. Después le pusimos un par de obstáculos. Y...

Me mira boquiabierta de asombro.

–¿Le pusisteis obstáculos?

–Sí, pero no muy complicados. Unos tablones que había en el cobertizo. Los levantamos con unos ladrillos. Sólo para comprobar la suspensión.

–¿Y ya te has decidido a enviárselo a John? –pregunta, interrumpiéndome.

–Mmmm... no. Creo que primero no estaría de más que le limpiara la tierra. –Tomo un sorbo de vino–. Y le arreglara la rueda. La delantera. –Hago una mueca–. Se la rompió en el último salto.

–Para ser alguien no demasiado aficionado a los niños, tú lo eres bastante.

Las horas transcurren suavemente y, sin darnos cuenta, el Hot House se queda vacío, exceptuándonos a nosotros. Llamo a un camarero de aspecto cansado y le pido la cuenta. Consigo pagarla y rechazo el ofrecimiento de Amy de pagar a escote, sin pestañear visiblemente.

Su apartamento se encuentra a sólo un kilómetro y medio de distancia, por lo que, en parte porque es la clase de calurosa noche estival que invita a dar un paseo bajo las estrellas y en parte porque el dinero que me queda sólo me alcanza para pagar una carrera de taxi hasta el final de la calle, digo que la acompañaré a casa.

–Eso que dijiste la otra semana de que llevabas siglos sin hacer el amor –digo–, ¿era verdad?

La pregunta podría irritarla. Por suerte, no la irrita.

–Sí. Hace casi seis meses, si quieres saber la espeluznante verdad. Un auténtico récord personal. ¿Por qué lo preguntas?

–Me sorprende, eso es todo.

–¿Y eso?

–No sé –empiezo–. Eres muy guapa, ¿sabes?... Y eres divertida. No pareces la clase de chica que acaba quedándose sin... a menos que tú lo quieras...

Se ríe diciendo:

–He estado saliendo con un considerable número de perdedores y ahora me reservo para alguien que me guste de verdad.

–Quieres decir que eres de esas que se preguntan dónde están todos los tíos interesantes, ¿verdad?

–Exactamente.

Nos apartamos de la calle principal y giramos a una calle secundaria, recorremos unos cincuenta metros en silencio y nos detenemos delante de una hilera de casas adosadas de estilo georgiano.

–¿Vives aquí? –pregunto.

–Sí. Hogar, dulce hogar.

Y yo digo:

–Bueno pues...

Y ella dice:

–Bueno pues...

En mi repentino afán de ser el tío interesante que ella está buscando, hay ciertos acontecimientos que yo espero que podrían producirse en esta coyuntura. Ella podría:

a) Preguntarme si quiero entrar a tomar un café.
b) Poner un poco de música y sentarse a mi lado en el sofá de su salón, bebiendo un café a la espera de que yo tome la iniciativa.
c) Olvidarse del café y abalanzarse sobre mí.

Lo que no espero, pero hace (ante mi horror) es:

a) Darme las gracias por la agradable velada y por acompañarla a casa.
b) Besarme brevemente antes de despedirnos y retroceder un paso.
c) Decirme que la llame la semana que viene.

Después, da media vuelta y se dirige a la entrada de la Mansión del Polvo, abre la puerta y la cierra firmemente a su espalda.

Me quedo allí.

Miro fijamente.

–Mierda.

Consigo pronunciar esta palabra, pero por lo demás, me quedo sin habla.

Ésta es toda la suerte que tienen los tíos interesantes.

La vuelta

–Bromeas –dice Matt.

Estamos a la mañana siguiente. Hace un par de minutos, entró en la cocina y me encontró desplomado sobre la mesa, contemplando el vapor que se elevaba de mi taza de té con ojos muertos de sueño. Mi salud mental era muy escasa y se notaba. Me preguntó qué ocurría. Le facilité un informe del desastre de la víspera.

–¿Tengo cara de bromear? –replico.

Se sienta delante de mí y se alisa con la mano el cabello desgreñado por la almohada.

–No, compañero, tienes cara de estar perdiendo tu toque.

–Gracias.

Se encoge de hombros.

–Y ahora... ¿qué vas a hacer? ¿La vas a llamar?

–Ahora el que bromea eres tú.

–¿Por qué? Parece que la atraes. Probablemente merece la pena que hagas un segundo intento... si es que te apetece. ¿Te apetece?

–Pues claro, me apetece muchísimo. No hubiera salido anoche con ella si no me apeteciera, ¿no te parece? No se trata de que me apetezca o no.

–¿De qué se trata entonces?

Se trata de que salir con una chica está muy bien. Eso lo puedo aceptar. Lo que no puedo aceptar es que me rechace alguien que después espera que la llame y vuelva a salir con ella. Maldita sea, ¿adónde me lleva eso? La siguiente vez podría ocurrir lo mismo. Y la otra. Y la otra. Sin darme cuenta, llegará el 2 de febrero, el Día de la Marmota, y yo todavía no me habré comido una rosca con la chica.

Enciendo un cigarrillo.

–Se trata, Matt, de que anoche todo fue perfectamente bien y, sin embargo, ella me dejó tirado en la puerta de su casa. Y se trata de que eso me saca de quicio.

–No ha sido un rechazo total. Te diste un buen lote con ella.

–No me escuchas. Yo no la llevé al Hot House y me gasté un pastón a cambio de un par de sobos. Eso lo hacen los críos. Soy un adulto con capacidad de consentimiento. Si sólo hubiera querido esta noche un lugar donde poner la lengua, me habría comprado un helado.

–Yo sólo pretendía ayudarte.

Su sonrisa no me convence de su sinceridad en este momento.

–Pues no me ayudas.

–No te lo tomes así. Seguramente su conducta tiene una explicación.

–¿Como cuál?

–No lo sé. A lo mejor la chica es un poco anticuada. No quiere que la consideres ligera de cascos.

–No es anticuada. Es justo todo lo contrario.

–Bueno, a lo mejor ha decidido anular los partidos de la semana.

La conversación me está cansando y cambio de tema.

–Y tú, ¿qué? ¿Qué tal fue la fiesta?

–Muy bien –contesta, tomando mi cigarrillo para darle una calada–. Estaba Linda. Preguntó por ti.

Linda es una especialista en polvos rápidos, un sueño de una noche que se convirtió en una pesadilla de seis semanas. Llamadas telefónicas, cartas, e-mails... la clase de caso por cuyo estudio Freud hubiera sido capaz de matar.

–¿Y tú qué le dijiste?

–Lo que acordamos que le diría en caso de que alguna vez me tropezara con ella: que te has pasado a la Patrulla de Dios. Que no sales. Que practicas el celibato. Todo el número.

–¿Y te creyó?

–¿Acaso pones en duda mi habilidad para convencer a una chica?

–Eso ni soñarlo.

–Muy bien.

Recupero mi cigarrillo.

–Y tú, ¿qué? ¿Tuviste suerte?

No es necesario que me conteste. Oigo unas pisadas acercándose a la cocina e inmediatamente se abre la puerta y aparece una chica. Tengo que reconocer que es agraciada. Incluso con las marcas de la almohada todavía grabadas en la mejilla. Incluso envuelta en la vieja e incierta bata de Matt, su única prenda de vestir anticuada y sentimental.

–Hola –me dice con la voz ronca por los muchos cigarrillos y tragos–, soy Sian.

–Qué tal –murmuro.

–¿Puedo prepararme un café? –le pregunta a Matt, dirigiéndose a la cafetera.

–Sí –contesta Matt–, pero será mejor que te des prisa. Jack y yo nos tenemos que ir a Bristol dentro de aproximadamente media hora.

–Ah, ¿sí? –pregunta, perpleja.

–Mi madre cumple sesenta años. Le ofrecemos una fiesta sorpresa. Te lo dije anoche, ¿no lo recuerdas?

No lo recuerda, pero ¿por qué iba a recordarlo? Que yo sepa, debe de ser más o menos la décima fiesta sorpresa que le ofrecen a la sexagenaria madre de Matt. No importa. Dice que se dará prisa. Me quedo unos minutos escuchando la intrascendente charla de ambos hasta que ésta se reduce a un tamaño microscópico y me excuso, diciendo que será mejor que vaya a preparar la maleta para mi viaje a Bristol. Matt me guiña el ojo, agradeciéndome mi participación en el engaño. A decir verdad, estoy un poco molesto con él. A nivel puramente de celos. Él tiene en la cocina a una chica de ojos de gacela con la que se ha pasado la noche jodiendo. ¿Dónde está la mía? Eso es lo que yo quiero saber. «Oye, Amy –siento deseos de gritar–. ¿Dónde está la mía?»

Esta frustración la llevo en lo más recóndito de la mente a lo largo de todo el día siguiente. Al principio, consigo no prestarle atención. Pero la situación no dura demasiado. El sábado por la noche salgo a beber con Matt, Chloe y compañía. Cuando Chloe me pregunta qué tal me fue con Amy, le contesto que muy bien. Cuando me pide detalles, corto en seco la conversación. Me encurdo y trabo conversación con una chica. Pero no logro seguir adelante y, por consiguiente, tomo un taxi y regreso a casa solo.

Soy consciente, como es lógico, de que se trata de un Signo. Lo que ocurrió con Amy me ha minado la confianza. Lo haces todo bien y te sale mal. ¿Qué significa eso? ¿Que Matt tiene razón? ¿Que he perdido mi toque? ¿Que mis días de ligue están tocando a su fin? ¿Que Amy está intentando hacerme comprender algo?

No me gustan las respuestas que se me ocurren.

El domingo al mediodía voy a almorzar al Zack's con Matt y éste me dice que lo olvide. Que me limite a archivarlo como una mala experiencia. Que no siga pensando en ello. Y no sigo. Estoy deseando ver a McCullen el viernes. Me concentro en eso. Pero al volver a casa, me encuentro un mensaje suyo, diciéndome que no podrá venir el viernes porque tiene que subir a Glasgow para ver tocar a Jones en no sé qué mierda de festival de rock estudiantil.

El lunes por la tarde reconozco que tengo un problema. Y mi problema tiene un nombre: Amy. Me sorprendo constantemente mirando el teléfono. El impulso de llamarla está ahí, es absurdo que me engañe diciendo que no. Lo único que me alivia es pensar que mi principal sentimiento es la cólera. Está claro que le intereso, por consiguiente, ¿qué le ocurre?

No pienso llamarla.

Pero al final resulta que no tengo necesidad de hacerlo.

El miércoles por la noche, cuando estoy sentado en el salón escuchando la radio y leyendo el periódico, suena el teléfono, se activa el contestador y suelta el mensaje: «Hola, Matt y Jack no están en este momento. Por favor, deje su mensaje después de oír la señal y nos pondremos en contacto con usted».

Oigo el bip y después oigo la voz del comunicante:

«Hola, chicos. Soy Amy. Espero que estéis bien. Este mensaje es para Jack. Llamaba para decirte...»

Y entonces hago la cosa más rara que jamás se ha visto. Cojo el teléfono y digo:

–Hola, Amy. ¿Qué tal va eso?

Cuando cuelgo el teléfono y miro el reloj, la sorpresa que me llevo al ver que me he pasado más de una hora hablando con ella sólo es superada por la abrumadora sensación de sobresalto ante lo que yo le he pedido y lo que ella ha aceptado. Una cena. En mi casa. El viernes por la noche. Y ahora, ¿qué? ¿Quién es el guapo que se la quita de la cabeza y sigue adelante con su vida? ¿Quién es el guapo que no concierta otra cita con ella? ¿Quién lo podría hacer?

De acuerdo, la he cagado.

La he cagado y sonrío.

A ver cómo lo arreglas.

Llamo a Phil, un amigo mío que casualmente es un cocinero

de primera. Me debe un favor por haberle facilitado una cita con Chloe el año pasado. Una cena de tres platos para dos personas a entregar en mi casa el viernes por la tarde. Algo que no sea demasiado complicado. Algo que yo pueda guardar en la nevera, ponerlo en el horno cuando llegue Amy para que vea lo buen cocinero y lo muy hombre de los noventa que soy.

Problema resuelto.

Nada puede fallar. Conseguiré a la mujer que me interesa.

Enmendaré mi error de la semana pasada.

Llega el viernes y Amy se presenta puntual. Me deshago en cumplidos. ¿Quiere romanticismo? ¿Eso es lo único que hace falta? Muy bien pues. Seré Rodolfo Valentino. La mesa ya está puesta en el salón y las cortinas están corridas. Ella Fitzgerald canta una cosa sobre corazones y sufrimientos. La luz de las velas parpadea en las paredes. Mientras sirvo la comida (de Phil) y lleno las copas de vino (de Matt), casi me convenzo de la bondad de la situación.

Pero no del todo. Porque ha vuelto Jack, *El Truhán.*

Bebemos vino.

Cenamos.

Yo le digo frases.

Sé en lo más hondo de mi ser que será mía.

Pero mi cinismo no dura. Puede que sea la bebida. Puede que no sea tan inmune como yo pensaba a los efectos de la luz de las velas, el vino y una bella mujer. Puede que sea porque, hacia la mitad de la cena, ella se levanta y cambia el CD. Y pone a Cat Stevens. Pone el único CD que aborrecen todas las personas que conozco y yo, en cambio, adoro. O puede que sea simplemente porque ella me gusta. Nuestra conversación revela este declive de mis costumbres depredadoras. No cesa. Ni una sola vez. Los temas se suceden como una interminable hilera de fichas de dominó. Tengo que reconocerlo: la chica es todo un hallazgo. No recuerdo haber hablado tanto desde hace siglos, desde que era un chiquillo y tenía una imaginación desbordante. Con Chloe no me ocurre. Y ni siquiera con Matt.

–Bueno, pues ¿por qué la plantaste? –pregunta, sacudiendo los pies para quitarse los zapatos y volviendo a sentarse a mi lado en el sofá.

Acaba de trazarme el mapa sentimental de su vida y de contarme todo lo del muy cabrón de su ex, y ahora me toca a mí. Noto que me empiezo a cerrar. Hablar de Zoe y de la razón por la cual rompimos no se me da demasiado bien. Es algo que he evitado hacer desde que sucedió. Revela demasiadas cosas y me deja vulnerable.

–Simplemente porque sí –contesto.

–No se puede plantar a alguien con quien te has estado viendo dos años simplemente porque sí. –Estudia mi rostro y sacude la cabeza–. O puede que sí.

Estoy a punto de cambiar de tema cuando nuestros ojos se cruzan. Y de repente, puedo ver a través de ella y comprendo que no importa que se lo diga todo. No hay ningún lobo al acecho, a la espera de devorarme vivo, nadie me va a juzgar. Miro al suelo y no sé si es la tajada o si soy yo quien habla. Y ni siquiera me importa.

–La quería. Justo hasta el mismo momento en que rompimos. Eso es lo más jodido de todo el asunto. Seguía queriendo estar con ella cuando le dije que me iba. No tiene mucho sentido, ¿verdad?

–Estas cosas nunca lo tienen.

–Es que yo sabía que ella no... todo eso que dice la gente de que hay alguna persona en algún sitio que está hecha para ti, una persona que encaja contigo a la perfección. Ella no encajaba. Era maravillosa y era guapa. Pero no era la que yo necesitaba. Y yo no era el que ella necesitaba. –Enciendo un cigarrillo y doy una calada–. Lo que fuera. No era nuestro destino. Punto.

–¿Y desde entonces? ¿La has encontrado?

–¿A quién?

–A la mujer que encaja contigo.

–No –reconozco–, ni siquiera la he visto de lejos.

–En tal caso, creo que los dos nos merecemos tener un poco de suerte –dice al final.

Y mi verdadero yo sabe que éste es el momento de lanzarme. Mi verdadero yo está sosteniendo en alto un letrero de neón que dice, ADELANTE, JACK. ¡AHORA! DA EL PASO. Aquí es donde yo tendría que pensar que la única suerte que me tiene que importar es la mía y que la única consideración que tengo que hacer es que ahora ha llegado oficialmente el momento de entrar en acción. Por consiguiente, ¿cómo es posible que, cuando la miro y ella me sonríe, lo único que consiga hacer sea devolverle la sonrisa? ¿Por qué temo que, si me lanzo y ella no está preparada, todo termine y esta conversación no haya sido más que eso: una conversación? ¿Y cómo es posible que yo crea que lo que ella está diciendo puede ser verdad?

Porque Matt tiene razón, justamente por eso. Porque estoy perdiendo el toque.

Se levanta del sofá, se acerca a la ventana, descorre las cortinas y contempla el cielo. Me quedo donde estoy y trato de sacudirme el alcohol que me enturbia la mente.

–Ésta es una de las noches memorables de la vida –anuncia.

–Sí –convengo yo con ella–, la clase de noche que uno no quisiera que terminara jamás. –Eso ya está mejor. Empiezo a ser un poco el de antes. Sintiéndome nuevamente encarrilado, digo–: Lo que menos le apetece a uno en una noche como ésta es quedarse dormido...

Solo. Estoy a punto de decir, *solo.*

Pero antes de que pueda hacerlo, Amy se vuelve y se acerca a mí con el rostro repentinamente animado.

–¿De verdad? –dice.

–De verdad –le confirmo.

–Bueno, pues hay una fiesta. En casa de un antiguo compañero mío de la universidad. Podríamos ir, si quieres. ¿Qué dices? ¿Te apetece?

Es cierto que hay algo que me apetece, pero no es eso.

Pero ella ni siquiera me concede la oportunidad de contestar. Antes de que yo se lo pueda impedir, toma el teléfono, pide un taxi, vuelve a colgar el teléfono y regresa de nuevo junto a la ventana.

En el taxi le indica al conductor la dirección de la casa donde se celebra la fiesta y subimos calle arriba. Fuera está muy oscuro, la radio está dando música de baile y yo pienso: «¿Por qué no te lanzaste antes de que apareciera el taxi?». Dos segundos hubieran sido suficiente.

Mierda.

Por un instante, recurro al estoicismo. A lo mejor todo este asunto con Amy es gafe y simplemente no puede ser. A lo mejor es por eso por lo que lo estropeo constantemente. Ya estoy viendo cómo se desarrollará la velada. Iremos a la fiesta, Amy conocerá a un millón de personas y yo no conoceré a nadie. Ella empezará a charlar con todo el mundo y yo empezaré a beber y lo más probable es que No Ocurra Nada. Habrá Pasado el Momento. Contemplo el paso de las farolas de la calle a través de la ventanilla y percibo su pierna contra la mía. Y pienso que la única manera de rectificar la situación es hacer ahora lo que hubiera tenido que hacer antes.

Y lo hago.

La beso.

Como beso, está bien. No el mejor. Este honor le corresponde a Mandy Macrone, la primera chica a la que besé. Aquello fue una descarga eléctrica. Literalmente. Los dos llevábamos aparatos de ortodoncia y, cuando éstos entraron en contacto, fue como introducir un tenedor en una toma de corriente. Pese a todo, es un buen beso. Un beso que quiero que dure.

La pena es que no parece que Amy esté de acuerdo.

Sin embargo, cuando oigo lo que ella me dice a continuación, me apresuro a perdonarla.

Lo que dice es:

–Dejemos la fiesta y volvamos a tu casa.

Siento deseos de gritar. Siento deseos de pegar brincos. Y de hacer una pintada que diga ¡SÍ! en los muros de todos los edificios de la calle. Siento deseos de dar las gracias a mis profesores, a mis padres, a mis amigos y a todas las personas que alguna vez me han ayudado. Conque he perdido el toque, ¿eh? Y una mierda, Matt Davies. Fíjate en eso.

–Me parece un buen plan –digo–. Hagámoslo.

La única persona que no parece muy satisfecha con este sesgo de los acontecimientos es el taxista. Le digo que se quede con el dinero, dé media vuelta y nos lleve al punto de partida. Y entonces él también se pone contento. Santo cielo, el mundo entero sonríe. El taxista nos deja de nuevo delante de la casa de Matt, yo le pago y bajamos. Entramos y yo cierro la puerta a nuestra espalda.

Y entonces empieza la juerga.

Comienza contra la pared, baja por el pasillo y sigue hasta el pie de la escalera. A nuestra espalda queda un reguero de ropa: mi chaqueta, la de Amy. No miro hacia atrás. De eso, nada. Miro directamente hacia delante y me concentro en el asunto que tengo entre manos (entre las dos manos, más concretamente).

Mis dedos siguen las indicaciones del piloto automático y llevan a cabo una misión de reconocimiento. Primero, exploran bajo el top y el sujetador y sobre sus pechos. Se detienen un poco en los pezones mientras ella se comprime contra mí y me desabrocha el cinturón. Después se deslizan hacia abajo, le agarran las nalgas y la empujan contra mí. A continuación, le rodean los muslos, se introducen bajo la falda y en el interior de las bragas.

Entre los hallazgos preliminares trasmitidos al Control de Tierra figuran:

a) Sujetador caro.
b) Tetas opulentas.
c) Pezones rígidos.
d) Posaderas firmes.
e) Muslos en tensión.

Las condiciones meteorológicas del territorio inferior se califican de húmedas. Mensaje general: Planeta Inhabitable-Capaz de Sustentar Vida Humana. El Control de Tierra se da por satisfecho y concede autorización para que se proceda de inmediato a la colonización en gran escala.

Entre tanto, Amy me ha bajado la cremallera. Su mano se desliza hacia el interior. Mientras ella agarra con fuerza lo que hay dentro, yo interrumpo el beso por primera vez desde que cerré la puerta. Le paso el top por la cabeza y lo dejo caer a su espalda en la escalera. Sus ojos están cerrados y, por un instante, me limito a contemplar su rostro y a prestar atención a su afanosa respiración. Después le desabrocho el sujetador y ella libera los brazos y lo arroja sobre la barandilla.

Abre los ojos, sonríe y murmura:

–Hola.

Y yo estoy.

Como en la gloria.

De sólo mirarla.

Es guapa y tengo que reconocer que todo parece indicar que la espera habrá merecido la pena. Le paso las manos por los costados y las caderas, introduzco los dedos bajo su falda y se la levanto hasta la cintura.

–Tiéndete –le digo.

Y ella lo hace, con las piernas y el trasero en el suelo y la espalda contra los peldaños de la escalera. Me arrodillo a su lado, le suelto las ligas, le bajo las bragas y se las quito. Mientras le separo las piernas, modifico mi posición, inclino la cabeza, rozo con los labios la parte inferior de su muslo, hago la Broma, pasando de largo por el surco en el que tenía que encajar mi lengua y me conformo de momento con la suave piel de su estómago. La oigo jadear y cierro los ojos. Y me alegro de que sea ella. Me alegro de que sea el perfume de su piel el que ahora estoy aspirando.

Después, abajo.

Muy abajo.

Porque abajo es donde está la cosa.

4 Amy

Me encuentro en lo que se podría calificar de situación difícil.

Eso no es en modo alguno lo que yo tenía previsto. Hace menos de diez minutos, Jack me besó en el asiento de atrás del taxi y yo no sé qué debió de poner en aquel beso, pero creo que debía de tener alguna especie de narcótico en la lengua porque me pareció que me despedía de mis sentidos.

En determinado momento, tenía la sensación de ser la principal protagonista de la escena de los besuqueos de una formal película autorizada para menores acompañados y, al siguiente, era la protagonista de *Los trucos de Amy,* el gran éxito del cine porno.

Llamando a Amy.

¿Tierra a Planeta Golfa?

Estoy tendida de espaldas en la escalera de Jack tras haber abandonado mi sujetador en la barandilla y apoyo las piernas en sus hombros y, a pesar de que eso me parece, oh... OH... SÍ... SÍ... ESO ES... ESO ES... ooooohhhhhhh... sí... sí..., también experimento un PÁNICO ESPANTOSO que consiste en:

Voz de mi madre: Te estás comportando como una vulgar furcia. ¿Qué clase de chica pensará que eres?

Mi Vanidad: Verá mi celulitis y pensará que soy un monstruo de grasa.

Mis Pulmones: Ya no puedo contraer los músculos por más tiempo, ¿Y SI AHORA LEVANTA LA VISTA Y VE LA VERDADERA SITUACIÓN DE MI ESTÓMAGO?

Mi Paranoia: ¿Y si ahora entra Matt?

Y peor, todavía mucho peor... ¿Y si... y si... *huelo mal*?

Bueno, yo sé que no es posible porque me he revolcado en el baño hasta quedar más limpia que una patena, pero eso me da un miedo atroz.

Y por si fuera poco, me da vergüenza y me siento una estúpida por el hecho de que me dé vergüenza. Porque, cuando uno te introduce la lengua en... allí dentro... mmmmmmmmmmmmmmmm... y empieza a lamerte suavemente... oooooohhhhhh... y en aquel sitio... no es precisamente una cosa que ocurra todos los días, ¿verdad? No es algo que invites a que te haga cualquiera. Es una cosa muy íntima y personal. ¡QUE TE DEJA MUY AL DESCUBIERTO!

Pero si Jack Rossiter cree que voy a experimentar un orgasmo con todas estas cosas que tengo dentro de la cabeza, va listo.

Por otra parte, no quiero que se detenga. Hacía mucho tiempo que no me ocurría y una chica lo tiene que conseguir cuando puede. Y en cualquier caso, Jack es Don Limpio, llega a los lugares donde otros hombres no llegan.

Eso me gusta. Me gusta porque él está tratando de darme placer. Me gusta porque él lo quiere y me gusta porque H dará su aprobación. No, H se sentirá extasiada.

–Al final –dirá–. Al final, maldita sea.

Me siento profundamente emocionada. ¡Adiós, señora Alcachofa Desmontable de la Ducha, hola tío que sabes bajarte tan bien al pilón!

Una rareza.

Un tesoro.

¡Un milagro sensacional!

Porque todos los tíos que he tenido hasta ahora han sido una mierda en este sentido.

Andy, por ejemplo. Señor Plis-Plas, ponle la tetera a la señora (y de paso, aprovecha para plancharme la camisa). Al cabo de tres meses, tuve que hacer acopio de todo mi valor para plantearle la cuestión del hay-otras-cosas-que-podríamos-hacer-en-la-cama. Barboté, rebusqué torpemente y, cuando Andy me miró con perplejidad y siguió leyendo los periódicos del domingo, me sentí humillada.

Pero al día siguiente, de una forma del todo inesperada,

Andy me llevó casi en volandas al futón cuando regresé del trabajo... y *se bajó al pilón.* Me llevé una sorpresa que por poco me muero. No podía creer en mi suerte. Me retorcí para estimularle a que siguiera adelante, solté un gemido, alabé al Señor y, justo en el momento en que había llegado a la conclusión de que podía casarme con Andy, se detuvo. Al cabo de aproximadamente un minuto.

–Aquí tienes –me dijo, mirándome con expresión satisfecha–. ¡Es tu regalo de vuelta a casa!

En cambio, Jack es distinto. A Jack se le da muy bien. Hace ruidos. Ruidos de excitación. Y yo también, pero eso no puede seguir así. El pobre chico está a punto de sufrir un trismo y, además, me apetece tocarlo muchísimo. Le agarro la cabeza que, por suerte, posee las cualidades esenciales de un buen cabello. Huele bien, está bien cortado y, por encima de todo, tiene pinta de ser permanente. Le paso los dedos por el cabello y no puedo evitar emitir un leve gemido. Jack capta la insinuación. Me mira y me dirige una pastosa sonrisa.

–¡Eres preciosa! –me dice, y mi corazón pega un brinco acrobático.

Después me besa. (Qué alivio. ¡Resulta que no huelo mal!)

Pero no es un simple beso.

Es el beso por antonomasia.

Llegados a este punto, porque tiene un cuerpo asombroso y porque yo me estoy derritiendo en sus ojos, y él se ha molestado en bajar al pilón, y me gusta mil veces más que Mel Gibson, Bradd Pitt y aquel tío que sale en *Vecinos,* tomo la decisión ejecutiva de joder con él hasta que reviente.

Y lo hago.

¡Pero ahora creo que Jack se está muriendo en serio! O eso, o está a punto de correrse, lo cual estaría muy bien, pues ha sido una sesión maratoniana.

–Ya voy –dice entre jadeos y yo observo cómo arruga la frente y abre la boca.

Después, hace algo maravilloso. Pronuncia mi nombre. Justo en el momento de correrse.

Genial.

¡Y lo pronuncia bien!

Se desploma encima de mí y yo percibo los fuertes latidos de su corazón. Deslizo suavemente los dedos por su columna vertebral y miro al techo.

Le doy una puntuación de siete sobre diez. No, eso es injusto. Ocho. Pero, aun así, la cosa puede mejorar.

La primera vez que te acuestas con alguien siempre sufres una decepción. Yo siempre había imaginado que sería como en las novelas que leía en mi adolescencia: pasión de trémulas rodillas y visión de túnel, con sísmicos orgasmos simultáneos que duraban toda la noche. Por consiguiente, cuando Wayne (aún no puedo creer que perdiera la virginidad con alguien llamado Wayne) sacó de sus pantalones de pitillo Wrangler algo que se parecía sospechosamente a unos menudillos de pavo, me llevé un susto descomunal.

Un día después, cuando yo permanecía al acecho en las inmediaciones de la sala común en la esperanza de vislumbrar a Wayne, oí que él y sus compañeros estaban discutiendo acerca de la definición de unas relaciones sexuales satisfactorias. Me detuve fascinada justo bajo la ventana abierta. Sin embargo, cuando todos se mostraron de acuerdo en que lo único que importaba era correrse juntos, me sumí en un estado de preocupada confusión. La posibilidad de que Wayne-mini-polla-Cartwright me pudiera producir alguna vez otra sensación física que no fuera la de una leve repugnancia era altamente improbable, pero qué demonios, ni por pienso iba yo a permitir que me catalogaran como frígida. Así pues, de la noche a la mañana, me reinventé a mí misma como Amy Crosbie, la Reina de los Orgasmos Fingidos. ¿Meg Ryan? ¡Bah! Ni punto de comparación.

Pero la simulación es un juego peligroso. Descubrí que me estaba pasando en mi afán de ver si alguien me podía descubrir. Pero ante mi asombro, ninguno lo consiguió. ¡Serán hijos de puta!

O sea que, doce tíos después (Dios mío, Jack es el decimosegundo), he sentado la cabeza. Tengo que aceptar el hecho de que no soy una de esas chicas que experimentan orgasmos vaginales sin ayuda. ¿Y qué? Todas mienten de todos modos.

Jack está emitiendo unos suaves ronroneos y yo le sigo acariciando la espalda. En una situación ideal, lo que yo quisiera ahora es que él se deslizara de nuevo hacia abajo bajo el edredón y terminara lo que empezó, pero ya sé que eso no es más que una quimera, porque en el sexo hay dos reglas de oro:

Regla Uno: Los chicos no lo hacen jamás.
Regla Dos: Procura siempre correrte tú primero.

Y si no consigues el número dos, échale la culpa al chico por el número uno. O sea que Jack se ha salvado a pesar de que mis regiones inferiores están gritando: «¡Yo yo yo yo yo yo yo!».

Jack se vuelve de lado y me acaricia el cabello. Mientras nos miramos sonriendo, me siento abrumada por el afecto. Tan abrumada que mi cerebro se desconecta de mi boca.

–Jack, tú me gustas de verdad. Eres el mejor –murmuro.

En cuanto lo suelto, me doy cuenta de que acabo de ganar el premio a la declaración más estúpida de toda la década. No sé por qué he tenido que abrir la maldita boca y decir nada, pero, por su estupidez, lo que he dicho se lleva la palma.

Jack se alarma ligeramente y retira suavemente de mí su polla (puntuación de diez sobre diez), sujetando el marchito preservativo para que no se mueva. En una décima de segundo se lo quita, le hace un nudo y lo arroja al suelo. (Está claro que ya lo ha hecho otras veces.)

–Estoy agotado –suspira, dejándose caer a mi lado y estrechándome en sus brazos. Me acurruco junto a él, apoyando la oreja sobre el encrespado vello de su pecho. Quisiera con toda mi alma retirar el estúpido comentario o averiguar qué piensa él, qué siente, qué significa todo eso. De repente, me siento dominada por un frenesí y quiero respuestas, respuestas, respuestas.

Comprendo que soy ridícula. Me he pasado casi dos horas mostrándole a este hombre todas las partes de mi carne y he contado nada menos que nueve posiciones sexuales, lo cual no está nada mal para ser la primera vez. Por consiguiente, creo poder llegar a la conclusión de que le gusto. Tengo que gustarle.

Pero sé que me han pillado. Me han pillado en todos los sentidos de la palabra. He perdido uno de los trucos de nuestro juego de relaciones sexuales y no puedo volver atrás. No puedo desjoderlo, lo cual quiere decir que tengo que renegociar mi situación y por eso necesito desesperadamente oírle decir a Jack que no es una aventura de una sola noche y que estará encantado de verme mañana por la mañana.

Dime algo, por lo menos.

–¿Jack? –digo en un susurro, acariciándole la suave piel del estómago.

Pero Jack es completamente ajeno a mi tumulto interior, pues se ha quedado profundamente dormido.

Duerme como un tronco, como si llevara una semana sin dormir. No hay manera de llegar hasta él y yo me paso casi toda la noche asfixiándome y preguntándome si sabe que algún día se reencarnará casi con toda certeza en una estrella de mar.

Son las nueve de la mañana y, a juzgar por los rayos de luz que se filtran a través de los listones de la persiana, será otro día de bochorno. Estoy deseando que Jack se despierte. Quiero ver sus ojos, permanecer bajo la colcha y disfrutar de un soñoliento polvo matinal. Pero en su lugar, permanezco tendida oyéndole roncar y me siento la vejiga como un saltamontes espacial.

Aparto su brazo de mi cuello y me levanto sigilosamente de la cama, poniéndome su camisa mientras me dirijo hacia la puerta. Me vuelvo a mirarle con ternura cuando suelta un gruñido y se da la vuelta con todo el cabello enmarañado a causa del sueño. Aún estoy sonriendo por mi conquista y por el alivio que me produce la vejiga vacía cuando salgo del cuarto de baño y me tropiezo con Matt, tetas contra pecho. ¡Uf! Siento que me ruborizo hasta la raíz del pelo mientras me quedo tímidamente de pie, vestida sólo con la camiseta de Jack que a duras penas me cubre el trasero.

Matt me mira con expresión divertida y yo tengo la sensación de ser al ciento por ciento la desvergonzada lagarta que él cree que soy.

–Jack aún está durmiendo, ¿verdad? –me pregunta con una sonrisa.

Asiento con la cabeza, evitando mirarle a los ojos.

–Está fuera de combate.

–Pues entonces, ven a tomarte un té.

–No, no puedo, yo... –empiezo.

Matt me está mirando. De cerca, es más alto de lo que yo recordaba y está guapísimo con unos holgados calzones cortos y una camiseta. Tiene un cuerpo compacto y muy en forma, está espléndidamente bronceado de haber estado cualquiera sabe dónde y, a pesar de mí misma y del hecho de que acabo de levantarme de la cama de Jack, experimento una culpable sensación de anticipación. Pero bueno, es que no soy de piedra.

–Vamos. Aún tardará siglos en despertarse –me susurra Matt en tono de complicidad, y yo le devuelvo la sonrisa. Sus ojos azules parecen danzar sobre mi rostro y yo asiento con la cabeza y acepto confabularme con él.

Tiro de la camisa hacia abajo, junto las rodillas y lo sigo por el pasillo como una concubina japonesa, admirando la indiferente soltura de sus zancadas. Tiene unos pies muy bonitos. Más que los de Jack, por lo menos.

Después de la cena de anoche, la cocina parece haber sufrido un bombardeo. Matt toma cuidadosamente la tetera de entre el montón de platos que hay sobre el mostrador.

–Perdón por todo este desastre –musito–. No hemos tenido ocasión de... mmm... ordenarlo.

Matt suelta una carcajada.

–En tal caso, supongo que habrá sido una buena noche, ¿verdad?

Empuja la puerta de doble hoja que hay al fondo de la barra, y la cocina se llena de cálida luz y cantos de pájaros. Me siento como si estuviera en un anuncio.

–Fue estupendo –digo, mirándole apoyada contra el marco de la puerta.

Pero bueno, ¿por qué contengo la respiración?

–Jack es un cocinero estupendo –añado.

Matt llena la tetera.

–¿Verdad que sí? Yo siempre estoy intentando que entre en el *Masterchef*.

–Tendría que hacerlo.

–Lo sé. Pero está demasiado ocupado. Ya sabes cómo son los artistas.

–Debe de ser enloquecedor tratar con todas esas modelos.

Pone la tetera a calentar.

–Es muy duro. Lo deja agotado.

–¿Has visto alguna de sus obras? ¿Son buenas?

Matt asiente con la cabeza.

–Excelentes. Aunque no he visto la última.

–Ah, ¿la que ha hecho con esa tal Sally? –La curiosidad puede conmigo–. ¿Cómo es?

Matt me mira con expresión cohibida.

–Bueno... mmm... ¿cómo te la podría describir?

Qué amable de su parte proteger a Jack.

–No te preocupes –digo riéndome–, puedes ser todo lo grosero que te dé la gana. Jack me ha dicho que es una auténtica puta.

Matt echa la cabeza hacia atrás y suelta una carcajada mientras el sol le ilumina el rostro. Cuando termina, me mira y yo me empiezo a poner nerviosa.

–¿Qué ocurre? –pregunto.

–Esta camisa te sienta muy bien.

–Es de Jack –digo, jugueteando con el dobladillo.

–Mmm. Me gusta –dice Matt–. ¿Normal o Earl Grey?

Está flirteando conmigo. ¡Me mira las piernas!

–Normal, por favor. Lavaré un poco los platos –digo, desplazándome de lado como un cangrejo deforme en dirección al fregadero. Soy muy consciente de que no llevo bragas y estoy casi segura de que Matt también lo es. No puedo mirarle a los ojos. Alarga el brazo por delante de mí para alcanzar las bolsitas de té del armario de al lado del fregadero y observo que huele muy bien, no a hortera after shave sino a jabonosa limpieza. Bonito. Su brazo está tan cerca de mí que le puedo ver el vello. Tiene una cicatriz junto al codo y la toco sin pensar. Su piel se nota cálida al tacto–. ¿Cómo te lo hiciste? –le pregunto.

–Se lo hice yo.

Ambos nos volvemos y vemos a Jack en la puerta.

–Lo saqué de un puntapié de una casita construida en un árbol cuando éramos pequeños, si de veras quieres saberlo.

A juzgar por su cara, Jack debe de estar pensando que ojalá le hubiera propinado un puntapié un poco más fuerte. Yo tiro tímidamente del borde de la camisa para tratar de cubrirme los muslos.

Matt se echa sobre los hombros un paño de cocina como si nada, pero yo me siento atrapada en un campo de tiro de miradas y Jack lo sabe. Y sabe que yo lo sé.

–¿Té, compañero? –pregunta Matt.

Jack suelta un gruñido afirmativo. Ah, ¿sí? Pues vaya con el anuncio.

Matt me guiña el ojo y pone los ojos en blanco y yo me siento totalmente atrapada. Me acerco a Jack, pero éste enarca las cejas contemplando mi sucinto atuendo y mira hacia el jardín.

Matt pone las bolsitas de té.

–¿Qué me has dicho que ibas a hacer hoy? –le pregunto a Matt, buscando un tema de conversación para dar la impresión de que todo es normal, pero se me quiebra la voz por culpa del remordimiento.

Matt se encoge de hombros.

–Probablemente me quedaré aquí a tomar un poco el sol en el jardín y ver el partido dc fútbol en el televisor portátil. ¿Tú vas a ver el partido, Jack?

Jack se encoge de hombros, visiblemente molesto.

–No lo sé. Probablemente hoy trabajaré.

–Como quieras –dice Matt, emprendiendo una rápida retirada mientras abandona la cocina silbando.

Me quedo sola en una atmósfera tan ruidosa que hasta me duelen los tímpanos.

¿Cómo puedo llegar hasta Jack en el reino de la negra nube? ¿Por qué, pero por qué me habré levantado de la cama? ¿Por qué no me quedé y me desperté con él? Me mira como si fuera una desconocida, pero no se lo puedo reprochar. Si yo lo encontrara en mi cocina acariciando el codo de H a la mañana siguiente de nuestro primer polvo, armaría un escándalo. Intento inventarme algún comentario ligero sobre Matt o explicar que no he tenido más remedio que entrar en la cocina, pero mientras ensayo mentalmente las palabras, comprendo que cualquier cosa que diga me hará parecer culpable, como si hubiera algo entre Matt y yo.

–¿Azúcar? –pregunto con un hilillo de voz.

–No, gracias –contesta él, sentándose a la mesa.

Le acerco la taza. Parece enfurruñado. Pienso que ojalá pudiera rebobinar lo ocurrido y empezar de nuevo por el principio. Esto es un desastre.

–¿Tienes mucho trabajo que hacer? –pregunto.

–Sí.

–Ya –digo, mirando al suelo.

Jack toma un sorbo de té.

–¿Y tú qué vas a hacer?

No hay la menor invitación en su voz. Me encojo de hombros. ¿Qué puedo decir? Si ahora él me deja plantada, me pasaré todo el día vestida de luto y llorando amargamente. Pero no creo que le interese oír lo que digo.

–No gran cosa, supongo.

Le miro furtivamente. ¿Acaso no ve que estoy deseando cruzar la línea divisoria que nos separa y aferrarme desesperadamente a él, que estoy pensando seriamente en cambiar de trabajo y convertirme en una lapa? No podré soportarlo si lo he estropeado todo.

Se produce una tensa pausa antes de que Jack vuelva a decir algo.

–Aquí afuera es precioso –dice, señalando con la cabeza la puerta del jardín.

No, no, no. No me hables cortésmente del tiempo, por favor. No lo puedo resistir. Trago saliva y sigo la dirección de su mirada.

–Me fastidia estar en Londres en un día así, el único sitio donde hay que estar es la playa –murmuro, tomando un sorbo de té.

Ahora miro a Jack. No tengo nada que perder. Tengo que probar a preguntar, procurando que no parezca una súplica.

–No hay ninguna posibilidad de que te apetezca ir a pasar el día a Brighton, ¿verdad? Podríamos coger el tren y plantarnos allí en un par de horas.

Así habló la mujer desesperada.

Jack entorna los ojos y me mira. Parece perplejo, pero después se encoge de hombros y contesta:

–¿Por qué no?

Al principio, no estoy segura de haberle entendido bien. Me lo como con los ojos y abro la boca hasta que lo asimilo.

–¡Estupendo! –exclamo como si acabara de recibir una sacudida eléctrica.

Le estoy tan agradecida que siento deseos de besarle los pies. ¿Cómo puedo haber pensado que los de Matt eran más bonitos?

Mientras regresamos a mi apartamento para que yo recoja un vestido (las ligas y los tacones no son muy apropiados para la playa), miro constantemente a Jack para cerciorarme de que es de verdad. Y de que está aquí.

Pero está aquí. En mi cocina. ¡Se me ofrece una segunda oportunidad! Creo que ello justifica por lo menos uno o dos titulares en la prensa sensacionalista nacional. EXCLUSIVA MUNDIAL: RESCATE DE ÚLTIMA HORA DE UNA CHICA ARRINCONADA.

Lo dejo mientras trata de arrancar la bandeja de los cubitos de la capa de hielo polar del W12 y me dirijo como si bailara un vals a mi dormitorio, donde le doy un beso a mi osito de peluche.

–¡*Ted,* tengo a un hombre haciendo cosas propias de hombre en la cocina! –murmuro. *Ted* me mira con habitual expresión petrificada–. Bueno, no te quedes ahí sentado, ¿qué me pongo?

Me quito la ropa y busco en el armario mi vestido playero azul, pero cuando me lo pongo, veo una mancha de vino tinto a la altura del pecho izquierdo. Típico. Recurro a unos deshilachados shorts y un top playero. ¿Demasiado desenfadado? ¿Demasiado *Ángeles de Charlie*? ¡*Ted*, échame una mano, hombre!

Jack viaja ligero de equipaje. Sólo lleva lo puesto. ¿Cómo se las arreglan los tíos para hacerlo? ¿Cómo se pueden sentir seguros sin un amplio equipo de cuidados corporales y un talonario de cheques constantemente en el bolsillo? No lo entiendo. Sin darme cuenta, he amontonado encima de la cama la cantidad de artículos suficientes para unas vacaciones de tres semanas de duración y eso que es sólo lo más esencial: cepillo para el cabello, maquillaje, un bikini (¿me atreveré a ponérmelo?), gafas de sol, toalla de playa, pantalones vaqueros (por si hace frío), una rebeca, unas bragas de repuesto (soy digna hija de mi madre), desodorante, gorra de béisbol... y qué sé yo cuántas cosas más.

Rebusco en el primer cajón, consciente de que estoy tarareando *Nos vamos todos de vacaciones en verano,* como si fuera Cliff Richard, pero sabiendo que es mejor que espabile, porque de lo contrario acabaré entonando una versión de *Las colinas están llenas de música,* lo cual resultaría demasiado embarazoso. Destapo el frasco de perfume y me envuelvo en una generosa nube, echándole un chorrito al pubis para redondear la cosa.

Estoy a punto de cerrar el cajón cuando veo unos preservativos. Agarro con fuerza el estuche y formulo un deseo. Por favor, por favor, por favor, que Jack quiera volver a follar conmigo. ¡Un momento, éstos son extralargos! ¡Mierda!

Sé que Jack está bien dotado, pero sin exagerar, por lo que los preservativos extralargos no estarían justificados. Corro a mi cómoda del rincón donde guardo toda una serie de bobadas y localizo una bolsa de papel de gran tamaño llena de preservativos supersónicos extraseguros en varios aromas, regalo de la taciturna mujer de la clínica de planificación familiar. Probablemente estarán todos más que caducados, pero no tengo tiempo de comprobarlo.

–¿Qué estás haciendo ahí dentro? –me pregunta Jack desde la cocina.

–Dos segunditos –gorjeo, arrodillándome para sacar una bolsa de debajo de la cama. La única que encuentro es enorme, pero es lo que hay. Meto en ella todas mis cosas y pongo también la caja de preservativos (que a lo mejor son casi todos inservibles). Entro tranquilamente en la cocina.

–¿Qué llevas aquí dentro? –pregunta Jack, ofreciéndome un vaso de Ribena helada–. ¿Un cubo y una pala?

–¡Pues claro! –sonrío, apurando el contenido de mi vaso–. Anda, vamos.

A pesar de que me siento como si hubiera tomado anfetaminas, Jack se muestra aún un poco distante mientras ambos esperamos algo cohibidos en la cola de la taquilla de la estación Victoria. Hay como unos doce centímetros de espacio aéreo imposible de cruzar entre nuestras manos y yo lo mido con los ojos, pensando que ojalá tuviera el valor de alargar la mano. Pero no lo hago. Soy demasiado consciente de que la intimidad que compartimos anoche no se puede recrear en un espacio público, donde los anuncios a través de los altavoces se suceden ininterrumpidamente.

O sea que Jack está un poco frío. Me parece muy bien, yo también puedo actuar con frialdad.

Pienso.

Lo malo es que está tan tremendamente guapo con su camiseta que no sé cuánto rato podré aguantar sin estallar. Sin embargo, he hecho un pacto conmigo misma. SE ACABARON LOS COMENTARIOS ESTÚPIDOS Y LAS SÚPLICAS.

Cuando llegamos a la taquilla de los billetes, busco el monedero en mi bolsa, pero Jack no quiere ni oír hablar de que yo pague mi billete y saca como el que no quiere la cosa su tarjeta Visa. Yo lanzo un suspiro en mi fuero interno mientras oigo el zumbido de los tantos que él se está apuntando en mi cerebro.

En el quiosco hacemos acopio de provisiones: una botella de agua, chicles y cigarrillos. Permanezco detrás de Jack y me quedo asombrada de la seguridad de que éste hace gala.

–¿A qué hora sale el tren? –me pregunta.

Una pregunta muy sencilla, pero yo me pongo tan nerviosa como una adolescente. Contemplo el panel de las salidas, pero lo veo todo borroso. ¿Es porque necesito gafas o porque Jack está muy cerca y no puedo concentrarme en ninguna otra cosa que no sea reprimir mi deseo de agarrarlo?

Tenemos que correr para coger el tren. Tira de mí desde arriba para ayudarme a subir y, durante un segundo, estoy en sus brazos. Apoyo la mano en su pecho y él no me suelta cuando nuestras miradas se cruzan. Me siento devorada por sus ojos mientras el tren experimenta una sacudida y se pone en marcha, y a mí se me encoge el estómago. Creo que Jack también siente algo porque se ruboriza y lanza una especie de carcajada.

Después se aparta y yo le sigo al interior del vagón, conteniendo la respiración. Está casi vacío y hay varios asientos libres junto a la ventanilla.

–Aquí –dice, alargando la mano hacia mi bolsa para ponerla en la rejilla de arriba.

Es uno de esos momentos en los que la vida discurre a cámara lenta.

Contemplo horrorizada cómo la lanza hacia arriba, asiéndola por una de las asas, la cual la desequilibra y hace que todas mis pertenencias caigan en cascada al suelo entre nosotros. Todas. Incluidos los preservativos.

Ambos los contemplamos en silencio.

–Bueno... mmm... Amy –dice, acariciándose la mejilla–. Sólo salimos a pasar un día fuera. ¿No te parece un poco... exagerado?

Me mareo. Me desplomo al suelo y me pongo a gatear para recogerlo todo. Hasta las piernas se me han puesto coloradas.

–Todos ésos no los compré. Me los dieron en la clínica de planificación familiar –digo, sabiendo que con ello empeoro diez veces más la situación.

–Eso es... adelantarse mucho a los acontecimientos.

Mierda. Lo que quiere decir es que soy muy fresca. Que me anticipo tanto como una chiflada descarada. Vuelvo a guardar a toda prisa los preservativos en la bolsa. Me siento tan estúpida que experimento el deseo de pegar una carrerilla por el pasillo y arrojarme del tren. Soy dolorosamente consciente de que cualquier cosa que diga sólo servirá para inculparme más.

Jack se limita a soltar una sonora carcajada y se deja caer en el asiento. Yo me acurruco en el suelo y me cubro el rostro con las manos. No me atrevo a mirarlo, pero se ríe tanto que, al final, miro a través de los dedos.

–¡Qué colorada te has puesto!

–Oh, Dios mío. ¿Qué habrás pensado? –gimoteo.

Me levanta del suelo, me sienta sobre sus rodillas y me abraza cariñosamente.

–He pensado que estoy deseando empezar a usarlos –contesta en un susurro, apoya una fría mano en mi ardiente mejilla y me besa con tal intensidad que me olvido de que probablemente lo estoy estrujando demasiado y me elevo en espiral hacia una ingrávida sensación de júbilo.

Cuando llegamos a Brighton parece increíble que haya habido frialdad entre nosotros en algún momento. Hemos estado conversando como viejos compañeros, contándonos con toda normalidad cosas sobre nuestras vacaciones del pasado y sobre nuestras familias. Como si fuéramos amigos. Seguimos conversando mientras cruzamos la ciudad para dirigirnos a la playa. El sol brilla sobre el agua, hay gente desnudándose por todas partes y se aspira en el aire el olor del verano, mezclado con el aroma de barquillos y de algodón azucarado de los tenderetes del muelle.

El calor es tan contagioso que, en un santiamén, regreso a la infancia y pienso en serio que ojalá hubiera llevado un cubo y una pala. Lo único que me apetece es hacer tonterías y veo que Jack está visiblemente por la labor. Lo cojo de la mano y tiro de él hacia el muelle, me siento como si tuviera cinco años y él fuera mi compañero de travesuras y ambos nos estuviéramos dirigiendo a los columpios.

Nos divertimos paseando por el muelle, nos atiborramos de polos y nos reímos el uno del otro detrás de las figuras de cartón y, aunque no todo sea sensacional y no hagamos ningún comentario sobre lo de anoche, no importa. Es estupendo estar fuera de Londres y habernos alejado de todos los demás y yo empiezo a sentirme tan relajada que dejo de fingir y de intentar causarle buena impresión. Me basta con que estemos juntos.

Cuando llegamos a la plaza porticada, Jack está en su elemento y yo me río de que sea tan chiquillo. Es asombroso lo mucho que se puede averiguar acerca de una persona cuando ésta participa en una carrera simulada. Es algo que destila su personalidad, por lo que yo averiguo que Jack es:

a) Competitivo.
b) Un mal perdedor.

Me hago el propósito de no jugar jamás al Monopoly con él.

–Te voy a calentar el trasero, chica –dice Nigel Mansell Rossiter, introduciendo su moneda en la ranura.

–Ah, ¿sí? ¿Lo dices en serio? –Ajusto la posición de mi asiento–. Eso ya lo veremos.

Y salimos disparados, derrapando por el circuito de Mónaco. Vuelvo la cabeza y veo que los frenos hidráulicos llevan a Jack de acá para allá y éste se muerde los labios a causa de la concentración mientras yo resisto el impulso de dejarme llevar por el sentimentalismo porque quiero ganarlo. Y por pura chiripa, lo consigo. Tres veces.

Gracias, Dios mío, te debo una.

Jack no lo quiere aceptar. Se enfada en serio cuando yo me niego a jugar otra vez y no quiero dejarle ganar.

–Es cuestión de saber cuándo tienes que detenerte. De saber dejarlo cuando llevas la delantera –digo en tono de chanza mientras salimos de nuevo a la luz del sol.

Jack está prácticamente escarbando el suelo con un pie. Casi estoy esperando que, de un momento a otro, se ponga a gritar: «¡Pero si tú no eres más que una chica!», aunque en cierta perversa manera sé que está impresionado. Me vuelvo a mirarle y sonrío con expresión relamida.

–No te enfades, Jack.

Ya está. Me persigue y yo echo a correr, subo a la pasarela, chillando, esquivo a los niños y a las abuelitas y entro en el parque de atracciones, corro hasta el final del muelle y él me da alcance y me acorrala contra la balaustrada. Suelta un gruñido, pero sonríe y de repente empezamos a besuquearnos y a darnos el lote como críos, entrechocando los dientes y entrelazando las lenguas con sabor a polo de naranja. Cuando pasa un niño con sus compañeros y grita: «¡Hala!», ambos nos reímos entre dientes y Jack se aparta. En sus shorts se ha levantado una tienda de campaña y ambos soltamos la carcajada.

Jack se apoya en la barandilla y contempla cómo el agua de abajo besa el muelle. Yo me vuelvo de espaldas y apoyo los codos en la barandilla. La cálida brisa nos trae el rugido de un coche de la montaña rusa, seguido de unos gritos de entusiasmo cuando el coche desciende en picado por la pista.

–Eres muy guapa, eres asombrosa –dice Jack de repente–, tienes la sonrisa más bonita que he visto en mi vida.

Cierro un ojo para protegerlo del resplandor del sol y lo

miro. Es la primera vez que me hace un cumplido en serio y me quedo sin habla. Me mira tímidamente y procura disimularlo.

–Sería estupendo que nos bañáramos –dice, señalando el agua con la cabeza, pero yo no puedo decir nada porque una carretada de endorfinas me está acuchillando las terminaciones nerviosas.

Toma mi mano, pero yo tengo la palma sudada y trato de apartarla. Jack se da cuenta, pero me la comprime con más fuerza y me besa los nudillos.

–Anda, vamos a la playa –me dice, guiñándome el ojo.

Creo que ser una persona adulta es lo más difícil que hay. Es peor que los exámenes o cualquier otra cosa de este tipo y lo peor de todo es que nadie te prepara jamás para eso. Nadie te dice que algún día, cuando tengas veintitantos años, todo el mundo esperará que seas distinta. Una persona adulta. Una adulta con responsabilidades como las facturas, las hipotecas y las decisiones que deberás tomar sin armar alboroto. Sólo hay una cosa peor que ser una persona adulta y es ser una persona adulta soltera.

Ya sé que no debería reconocerlo. Sé que debería estar bien. Leo suficientes revistas femeninas cursis para comprender que, siendo una mujer de los noventa, debería sentirme por definición completamente relajada en mi situación de persona independiente; autosuficiente en todos los ámbitos de mi vida, incluidas cosas como el bricolaje; triunfadora en mi profesión y económicamente arreglada; capaz de resistir todas las formas de crítica; constantemente feliz por el hecho de estar alimentando mi desarrollo espiritual.

Pero todo eso son bobadas. La mayoría de las veces ni siquiera consigo alcanzar una sola de estas cinco situaciones. Porque, a lo largo de los últimos seis meses, me he sentido a veces como la niña gorda a la que nadie quiere en su equipo. O, en caso de que me hayan invitado a formar parte del equipo, he sentido el impulso de echar a correr en dirección contraria cada vez que he salido con algún chico. No debería tener importancia, pero la tiene. Y mucha. Porque, a partir de la edad de dos años, todo el mundo sabe que jugar solo es un asco. No da resultado y resulta aburrido.

Lo que ocurre es que, cuando eres pequeña, siempre puedes correr por la casa y tu mamá te da un abrazo y una galleta y todo se arregla. Pero de repente te conviertes en una persona adulta y no encuentras ningún sitio donde correr y tienes que adoptar una actitud estoica y seguir adelante como si eso no tuviera importancia. Y te empiezas a sentir culpable por desear tener a alguien con quien jugar. Y empiezas a desearlo cada vez más. Y cuanto más lo deseas, más imposible te parece. Te paseas con un cesto por Sainbury's y miras con asombro a los que van con carrito, a los que tienen equipos en los que tú no estás incluida, y piensas: «¿Por qué yo? ¿Qué me pasa?».

Y por eso te derrumbas de vez en cuando y las personas como H te dicen cosas como «No te preocupes, ocurrirá cuando no mires». Quienquiera que pronunciara por primera vez esta frase merece que lo lleven al paredón y le peguen un tiro porque vaya si miras. Miras por todas partes. Miras tanto que te quedas ciega.

Pero de pronto ocurre inesperadamente. Así, sin más. Encuentras la intimidad y el compañerismo. Como ahora que Jack camina a mi lado siguiendo el ritmo de mis pasos y me rodea el hombro con su brazo. Me parece la cosa más natural del mundo. Pero ¿cómo ocurrió? Es estupendo, pero también es injusto. Tantos meses de angustia y mira lo fácil que es. Como coser y cantar. Sin embargo, si esta sensación de formar equipo surgió con tanta rapidez, cabe la posibilidad de que desaparezca de la misma manera.

De repente, quisiera detener el tiempo. Inmovilizar este

momento para que todo el mundo lo vea. Quiero que todo el mundo sepa que estoy mucho mejor formando parte de un «nosotros» que estando yo sola. Siento deseos de brincar arriba y abajo y de gritar: «¡Miradme todos, formo parte de una pareja! Yo también lo puedo hacer». Jack se detiene delante de una tienda de *surfing*.

–Anda, vamos a esquiar un poco –dice, tomando mi mano.

Me arrastra al interior de la tienda sin darme tiempo a protestar. Le miro y me río para mis adentros. Me río pensando que no tiene ni idea de lo que pasa por mi cabeza y no podría comprenderlo si lo supiera. Porque es un hombre y él no piensa en estas cosas. Y hace bien. Le envidio porque su vida no tiene complicaciones. Qué estupendo debe de ser tener todo este espacio cerebral para concentrarte en el aquí y el ahora. Adelantaría mucho más si no tuviera que dedicar tanto tiempo a la angustia existencial. Tendría tiempo para ser impulsiva como lo es Jack en este momento y mi vida sería una juerga constante.

Recuerdo lo que sentí cuando alguien me enseñó a atarme debidamente los cordones de los zapatos por primera vez. Fue una revelación extraordinaria. De repente, todo tenía sentido. Ya no tenía necesidad de equivocarme. Contemplando a Jack en la tienda, vuelvo a experimentar la misma sensación, como si él me acabara de enseñar la manera de ser feliz, y siento el impulso de golpearme la frente y decir: «¡Pues claro, con lo fácil que es!».

La chica de la tienda me advierte que mi sucinto bikini es demasiado ligero y el oleaje se lo llevará en un santiamén. En su lugar, me entrega un pegajoso traje isotérmico de goma que no favorece demasiado mis anchas caderas. En cambio, Jack parece James Bond en una misión y yo experimento una punzada de celos cuando la mujer del mostrador lo mira de arriba abajo.

¡Oye, tú, quita las manos de aquí!

En el agua, Jack se mueve como un pez. Cuando veo el

brillo de sus ojos, adivino que pretende vengarse de mi victoria en las carreras automovilísticas y surca velozmente el agua, cortando las grandes olas que a mí me hacen tambalear.

–No tengas miedo, déjate llevar –me grita y yo pulso el acelerador y me lanzo hacia el horizonte. Es tan emocionante que grito como una loca mientras el agua me salpica el rostro. Él me da alcance y me enseña cómo dar la vuelta y yo me convierto en un abrir y cerrar de ojos en una Nena *Vigilante de la playa*. Je je.

Me divierto tanto que el tiempo pasa volando. Tengo la garganta irritada cuando me acerco tambaleándome a la playa y me quito el traje isotérmico.

Jack me rodea con su brazo cuando salgo de la trastienda.

–¿Te lo has pasado bien? –me pregunta.

–Estupendamente bien, pero ahora me muero de hambre.

Me doy una palmada en el estómago y me sorprendo de la desaparición de mi paranoia corporal.

–Pues entonces, te invito –dice magnánimamente Jack.

–¿A pescado con patatas fritas?

–Pero qué inglesa eres –me dice en tono burlón–. No, creo que podemos comer algo mejor que eso.

Deambulamos por las calles y encontramos un barato y animado restaurante francés con mesas en la acera. Jack pide cerveza para los dos.

–Por nosotros –brinda y yo choco mi vaso con el suyo. Las burbujas me suben por la nariz.

Me he pasado mucho tiempo preguntándome qué piensa Jack de lo de anoche, pero ahora que se me ofrece la oportunidad de preguntárselo a él, la dejo pasar. Me interesa mucho más averiguar qué piensa de todo lo demás.

–¿Te gusta ser artista? –le pregunto cuando nos sirven los entremeses.

–Creo que sí. Es lo único que sé hacer bien. Además, me libra de tener un trabajo de nueve a cinco.

–Tienes suerte –digo, lanzando un suspiro–. Ojalá yo supiera hacer bien alguna cosa.

–Pues a mí se me ocurre una –dice sonriendo.

Me ruborizo.

–Aparte de eso.

–¿Te refieres al éxito?

–Supongo que sí. ¿Acaso no lo busca todo el mundo?

–¿Qué querías hacer de mayor cuando eras pequeña? –me pregunta, partiendo un panecillo y mojándolo en su salsa.

–Algo relacionado con la ropa de vestir. Ropa de hombre. Siempre me interesó más Ken que Barbie.

–Tú lo que querías era bajarle los pantalones.

Me río.

–Es cierto. Aunque Ken no tiene unas partes demasiado estimulantes. No, me gusta la ropa de hombre. La primera vez que te vi, me fijé en la ropa que llevabas.

Jack me mira.

–Pues entonces, ¿por qué no entras en la industria de la moda o algo parecido?

Contemplo el espárrago de mi plato.

–Lo deseé durante mucho tiempo, pero no acabé de decidirme. Es un ambiente demasiado competitivo.

–Nunca lo averiguarás si no lo intentas. Hay muchas personas de talento, pero no hay ninguna razón para que tú no puedas ser una de ellas. Si yo pensara en la competencia, hace siglos que hubiera dejado de pintar.

–Me lo imagino.

–No tienes nada que perder. Además, tienes muchas cualidades.

Me mira sonriendo. Experimento un alivio tan grande y me siento tan feliz que, sin pensarlo, confío en él. Totalmente. No he hablado de mis perspectivas laborales con nadie aparte de H y el solo hecho de haberle revelado a Jack mis ambiciones me quita un enorme peso de encima. Siento que vuelvo a ser yo. Con mi esencia y con un futuro concreto. Puede que lo pruebe. Nos quedamos allí, nos ajumamos contemplando el paso de la gente y la tarde se nos va a carcajadas. Después regresamos dando un paseo a la playa. Ya no hay tanta gente y buscamos un rincón tranquilo. La bebida se me ha subido a la cabeza y tengo la sensación de que estoy sola en el mundo con Jack. Jack arroja piedrecitas al agua en dirección al sol poniente y yo contemplo los movimientos de su cuerpo. Estoy conmovedoramente colada.

Se vuelve a mirarme.

–Y ahora, ¿qué hacemos?

–¿Quieres regresar?

–No. ¿Y tú?

Sacude la cabeza.

Nos miramos nerviosamente y nos reímos. Se da unos golpecitos en los labios con el índice.

–Conozco un sitio donde podemos ir. Si tú quieres, claro.

Vaya si quiero. Quiero con toda mi alma.

El hombre del Casanova B&B trata a Jack como a un viejo amigo. Le arroja una llave guiñándole el ojo, le dice que el desayuno no se sirve hasta las 10.30 de la mañana y nos deja solos.

Nuestra habitación es muy británica, con un *quilt* con motivos florales y una mullida alfombra de pelo. Pero está limpia y hay todo un surtido de paquetitos de galletas junto a la tetera automática que se pone en marcha cuando suena el despertador. Dejo mi bolsa en una silla al lado del televisor y contemplo a través de una rendija de la cortina de tul el jardincito de la parte de atrás.

Me resulta extraño estar en una habitación con Jack. Después del día que hemos pasado, me parece algo ilícito y propio de personas adultas. No nos tocamos.

Jack entra en el cuarto de baño y levanta el asiento del excusado. Lo veo de espaldas mientras orina y, por una extraña razón, me escandalizo. Ahora que no cabe la menor duda de que nos vamos a acostar juntos, me pongo nerviosa. Será en cierto modo más significativo que lo de anoche en casa de Jack y me asusta la intimidad del ambiente. Lo juntos que estamos.

Jack tira de la cadena y se queda en la puerta. Observo que ha vuelto a bajar el asiento. Alguien le debe haber adiestrado muy bien. Me pregunto quién...

–Me siento sucio –dice.

Arrugo la nariz y me despeino el cabello que se ha rizado con el agua salada.

–Yo también.

–¿Una ducha? –pregunta, y yo asiento con la cabeza.

Entra primero y yo le veo regular la temperatura del agua a través de la puerta de cristal mientras me desnudo. Cuando él abre la puerta, entro.

Me siento estúpida y torpe. Hay mucha luz y, desnuda delante de Jack, me siento inerme y vulnerable. Es como si fuera la primera vez que nos vemos realmente. Y supongo que lo es. Siento deseos de cruzar los brazos sobre el vientre y de hacerme un ovillo.

Jack me mira. Me mira de verdad. De arriba abajo, como si estuviera abarcando todos los poros de mi piel, y yo sé que me estoy ruborizando.

Trato de agarrarlo y de besarlo, pues sería en cierto modo menos íntimo, pero él se aparta y me empuja hacia atrás. Sin decir nada y mirándome fijamente a los ojos, toma una pastillita de jabón y se frota con ella las manos para hacer espuma.

Nadie podría pensar que un cubículo de ducha de plástico rosa pudiera resultar especialmente erótico, pero ahora mismo ocupa el primer lugar de la lista de mis más desbordadas fantasías. Porque Jack empieza a lavarme y me convierte en una trémula masa de espuma. Mientras me acaricia, presta tan cuidadosa atención a mi cuerpo que casi parece que me está dibujando. Siento que resbalo contra él, ambos envueltos en una nube de vapor. Y me siento... MUJER.

Una mujer mojada.

Una mujer mala.

Tiemblo de pies a cabeza cuando él se agacha y pone una de mis piernas sobre su hombro. Después hunde la cabeza entre mis piernas y yo me siento morir. Todo resbala, sus manos sobre mi cuerpo, mi espalda por la pared y mis sentidos en el orgasmo más impresionante que jamás en mi vida he tenido.

Después tardo siglos en recuperar el resuello y me quedo temblando. Aún no hemos dicho ni una sola palabra. Le miro a través del vapor.

Ahora me toca a mí.

Me arrodillo y él me agarra por el cabello mientras mi lengua se encarga de hablar por mí.

–¿Amy? –dice Jack con la voz ronca al cabo de un rato.

–¿Mmmmmmmmm? –respondo. No puedo decir mucho más porque tengo la boca llena.

–Estás arrodillada sobre el agujero del desagüe.

Fregamos la inundación con casi todas las toallas que hay y nos tendemos en la cama para secarnos al aire. Jack recorre con el dedo la línea del bronceado del sujetador del bikini en mi pecho.

–Te ha dado el sol –dice.

Y es verdad. Me noto caliente hasta los huesos. Nos miramos a los ojos y sé que vamos a hacer el amor. Pero lo que más me emociona es que Jack ha leído mi pensamiento, pues dice:

–Toda la noche, toda la noche y todo el día de mañana hasta que no puedas ni andar.

Y cumple su palabra.

Cuando regresamos a casa de Jack el domingo, me siento tan agotada como sólo te puede hacer sentir un exceso de sexo, sol, mar y alcohol.

–¿Eres feliz? –me pregunta mientras abre la puerta.

Nos hemos pasado todo el día jugando en la playa y el sol le ha hecho salir las pecas. Está guapísimo. Alargo la mano y le acaricio la mejilla.

–Quizá –contesto sonriendo.

–¿Sólo quizá? Pero ¿qué es lo que tiene que hacer un tío?

Finge ofenderse, me levanta en vilo y, con mis piernas alrededor de su cintura, me lleva a la cocina. Me río tanto que no reparo en la presencia de Chloe y Matt, sentados sobre unos almohadones en el suelo del salón.

–Vaya, vaya, fíjate en eso. Es el sueño juvenil del amor –dice Chloe, riéndose.

Jack deja de hacerme cosquillas y se aparta de un salto. Yo me aliso el cabello detrás de la oreja y dejo de reírme de golpe al ver a Chloe. Está repantingada sobre los almohadones como si estuviera en su casa y tiene una botella de cerveza en la mano. Se la ve cochinamente esbelta, con sus espléndidas piernas surgiendo por debajo de su corto vestido playero.

–Hola, chicos –dice Jack, pasando por delante de mí.

Se agacha y le da un beso en la mejilla a Chloe.

–Ya os podéis servir –dice Matt, señalando las cervezas de la mesa–. ¿Dónde habéis estado?

–En Brighton –contesto yo.

–¡Mira qué nariz se te ha puesto! –dice Chloe en tono quejumbroso–. Pobrecita.

Jack se ríe y me ofrece una cerveza.

No tiene gracia. Yo no tengo la culpa de parecer un payaso. Le hago una mueca, pero él se muestra distante y no me defiende.

–¿Y bien? –dice Chloe–. ¿Nos lo vais a contar?

–Nos lo hemos pasado muy bien con las motos acuáticas y todo lo demás –contesta Jack, abriendo su botella de cerveza, apoyado contra el respaldo del sofá.

–¡Y os habéis quedado allí! ¿Dónde sueles echar los polvos, Jack? –pregunta Chloe en tono de guasa. Chasquea los dedos y me mira–. No me lo digas, no me lo digas... el Casanova. ¿A que sí? Espero que te hayan hecho un descuento.

–Cállate, Chloe –dice Jack, pero se está riendo y le encanta ser Jack, *El Casanova*.

Por un instante, lo comprendo todo. Yo no soy para él más que otra conquista. Lo ha hecho otras veces y yo no soy la primera. ¿A qué otras chicas les ha provocado un terremoto en la ducha de plástico rosa? Siento que el suelo se hunde bajo mis pies.

–Siéntate, siéntate –dice Matt, señalando con la botella de cerveza los almohadones, pero yo no quiero acercarme a Chloe porque tengo miedo de apuñalarla.

–Ah, Helen me llamó ayer –dice Chloe, bebiendo un trago de cerveza.

Se dispara una sirena de alarma. ¿Para qué puede haber llamado H a Chloe?

–Te buscaba.

–Mierda.

–No te preocupes, le dije que seguramente estabas con este macho aquí presente.

–¿Le ocurría algo? ¿Qué dijo?

–Casi nada. Parecía un poco alterada.

–¿Puedo usar tu teléfono? –le pregunto a Jack.

–Pues claro, usa el de mi habitación.

Me muero de preocupación y los dejo a todos riéndose en la cocina.

–H, soy yo. Vamos, vamos, ponte al teléfono –le digo al contestador.

Oigo un clic.

–O sea que ya has vuelto –dice secamente H.

Parece irritada de verdad.

–He estado en Brighton.

–Mejor para ti.

Eso es horrible. H jamás adopta este tono conmigo. Agarro con fuerza el teléfono.

–¿Qué te ocurre?

–Seguro que a ti no te importa –me suelta, pero le tiembla la voz y yo estoy cada vez más asustada.

–Dímelo –la apremio.

Se le escapa un sollozo sin poderlo evitar.

–Déjame en paz.

El teléfono enmudece. Oigo el tono de línea y me quedo totalmente petrificada. Jamás me había colgado el teléfono, pero en realidad no me sorprende que esté ofendida. Yo, en su lugar, me odiaría. Teníamos planes para el sábado por la noche, pero yo los desbaraté y no la llamé en todo el fin de semana. Me siento culpable, culpable de ser una hembra egoísta y de haber hecho lo que siempre había jurado no hacer jamás cuando apareciera un tío. Y ahora ella está sufriendo una crisis y yo la he abandonado en la hora de la necesidad. La idea de perderla me encoge el estómago de temor.

–¿Todo bien? –pregunta Jack desde la puerta.

Se acerca a mí y me apoya una mano en el hombro.

–Algo le ocurre, tengo que ir a casa. No te importa, ¿verdad?

–No, no te preocupes.

Lo odio por parecer tan sincero. Quisiera que le importara, quisiera que sintiera que nuestro maravilloso fin de semana acabara mal, pero me basta con mirarle para comprender que no lo va a sentir. Ahora está con su grupo y yo no pinto nada.

Nos despedimos públicamente en presencia de Chloe y Matt y Jack se comporta conmigo como si estuviera despidiéndose de su anciana tía solterona. Estudio su rostro, pero el Jack con quien he pasado el fin de semana se ha retirado a su fortaleza. Cuanto más lo miro, tanto más a la defensiva se pone y apenas si me besa.

–Nos vemos –dice.

Nos vemos, ¿cuándo? ¿Mañana? ¿Dentro de una semana? ¿Dentro de un mes? ¿Dentro de un año? ¿Nos volveremos a ver alguna vez?

–Lo he pasado muy bien –reconoce, pero a mí ya me suena en pretérito.

–Espero que no le haya ocurrido nada a Helen –dice Chloe, uniéndose a Jack en la puerta principal.

Su voz expresa simpatía, pero yo no me lo trago, sobre todo cuando rodea a Jack por la cintura y le da un abrazo. Cualquier persona pensaría que es simplemente un gesto amistoso, pero cuando aparta la mano del pecho de Jack, casi puedo ver la marca que ha dejado grabada en él: «Propiedad Particular. Prohibida la entrada». Retrocedo de espaldas, dando tumbos hacia la calle y, antes de que yo desaparezca de su campo visual, se ríe y entra de nuevo en la casa con él. Contemplo la puerta cerrada con incredulidad.

El corazón me late violentamente en el pecho cuando me dirijo a casa de H en metro y la sigo nerviosamente hacia el salón medio a oscuras. Si se celebraran Juegos Olímpicos de fumadores, H ganaría las medallas de oro, plata y bronce ella solita. La rodean los escombros del sufrimiento y está escuchando a Leonard Cohen. Una malísima señal.

Al principio, trata de mantener la ficción del enfado, pero no puede y se deja caer de nuevo en el hueco en forma de H del almohadón. Tal como yo sospechaba, es Gav.

–Lo he estropeado todo –dice entre sollozos.

–Ssss –la tranquilizo, arrodillándome a su lado–. No, eso no es cierto.

Cuando consigo calmarla, me explica entre lágrimas su trauma más reciente.

–Estábamos acostados y le he preguntado si quería casarse. Era una simple pregunta hipotética, no una declaración ni nada por el estilo, pero se puso muy raro. Dijo que él jamás se casaría a no ser que fuera a tener hijos. Entonces yo le pregunté: bueno, pues ¿cuándo quieres tener hijos?, y entonces me contestó que faltaban todavía muchos siglos para eso, quizá diez años, porque quería hacer ciertas cosas en la vida.

Lo comprendo muy bien; una típica reacción de Gav.

–Y entonces se nos fue todo de las manos. Yo le dije que diez años me parecían mucho tiempo y él se erizó y dijo que yo lo estaba presionando y que por qué no podíamos limitarnos a pasarlo bien y entonces yo le contesté que para qué. –Lanza un profundo y trémulo suspiro y le tiembla la barbilla–. Y es cierto ¿para qué? ¿De qué sirve mantener relaciones con alguien y quererle, si sabes desde un principio que se va a largar con otra y no querrá tener hijos hasta que se te encojan los ovarios y se conviertan en unos guisantes secos?

Me río y le seco las lágrimas con el último trozo que queda de un rollo de papel higiénico.

–No puedes predecir el futuro, nena. No puedes saber con certeza lo que cualquiera de vosotros dos va a hacer.

–Ahora sé lo que hará Gav –dice–. Eso no lleva a ninguna parte.

–No es verdad. Todo iba bien hasta que tuvisteis esta estúpida discusión. Lo tenéis todo a vuestro favor y os lo pasabais estupendamente bien juntos. ¿Por qué no lo dejas tal como está?

–No lo entiendes. No me vengas con todas estas idioteces del vivir el momento, yo no soy una maldita budista zen y tú tampoco lo eres –me replica secamente.

No quiere atender a razones. Es obstinada y se le notan

las típicas características de Capricornio. Sólo se la puede ayudar, acosándola hasta conseguir convencerla. Afortunadamente, tengo un doctorado en Técnicas de Administración de H. Lanzo un suspiro y me levanto.

–Bueno, bueno –digo, rindiéndome–. Si quieres seguir siendo un viejo trasto terco y desdichado, allá tú. No salgas con nadie, por si no fuera el señor Apropiado. Lo sé, lo sé, lo sé, ¡ya lo tengo! Podrías imprimir un cuestionario y hacer que todos los tíos que te gustan lo rellenaran y te garantizaran personalmente que mantendrán su vida en espera mientras tú decides lo que quieres hacer, ya verás qué buen resultado te da.

H esboza a regañadientes una leve sonrisa.

–También podrías aherrojar a Gav. Encadenarle a la mesa de la cocina y azotarlo hasta que se declarara. ¿Es eso lo que quieres? ¿Estás absolutamente segura de que él es el hombre más apropiado para ti por siempre jamás y hasta el fin de los tiempos?

–No –reconoce.

–Pues entonces.

–Pero le quiero y deseo que la cosa funcione.

–¿Y cuándo te ha dicho él que no lo desea? Te estás comportando de una manera ridícula, H.

–Ahora ya es demasiado tarde. Él se ha ido.

–Sí, seguramente ha vuelto a su casa. –Pongo los ojos en blanco–. No se ha caído de los confines del mundo. Probablemente mañana por la mañana te reirás de todo eso.

Se anima un poco y ambas nos abrazamos.

–Lo peor fue no poder ponerme en contacto contigo –dice–. Estaba muy preocupada.

–Lo sé, lo sé, me pasé un poco, perdona.

Me pide detalles del fin de semana en Brighton y yo se los cuento.

–Bueno, ¿qué te ocurre? ¿A qué viene esta cara tan abatida?

–No lo sé. Me lo pasé muy bien, pero ahora Chloe me ha puesto nerviosa. Se ha comportado como una bruja.

–A lo mejor ha hecho bien en advertirte.

La miro inmediatamente con recelo.

–¿Por qué? ¿Qué ha dicho?

H lanza un suspiro y pone cara de lástima.

–Muy poca cosa. No quiero que sufras, eso es todo. Chloe conoce muy bien a Jack. Dice que es un mujeriego como la copa de un pino y que la sola perspectiva de una relación estable le haría poner los pies en polvorosa.

–¿Qué quieres decir? Tú te crees lo que dice Chloe, ¿verdad?

–No –me corrige H–. Yo lo único que te digo es que no tendrías que hacerte demasiadas ilusiones.

–O sea que es eso, ¿no es cierto? La cosa no dará resultado. Pues me alegro de que los demás lo hayan decidido todo en mi nombre y me hayan ahorrado las molestias de hacerlo yo.

H me hace un gesto de reproche y me obliga a sentarme.

–¿Quién sabe? Sólo tú sabes lo que te conviene. Tendrás que esperar a ver qué tal van las cosas.

Tiene razón, naturalmente, pero me molesta que me devuelva mi propio consejo. Me cuesta mucho aceptarlo.

De vuelta en mi apartamento, me tiendo boca abajo en el sofá y contemplo la alfombra. Tengo la cabeza hecha un auténtico lío. Antes de mi cita con Jack el viernes, me parecía que lo tenía todo resuelto. Creía haber elaborado una buena estrategia. Me mostraría fría, me tomaría las cosas con calma y de ninguna manera me acostaría con él. Bueno, lo confieso, me compré ropa interior –incluso unas ligas (con lo incómodas que son)–, me apliqué un nuevo maquillaje, me rocié con perfume y me puse un vestido de ensueño, pero no tenía intención de cagarla. Sólo quería que él me quisiera hasta el punto de darse cuenta de que yo era una persona con quien podía mantener una relación.

Y ahora lo he estropeado todo. Antes de empezar.

Pero después me acuerdo de Brighton y los recuerdos parecen tan recientes que me escuecen los párpados. ¿Fue esta mañana cuando me acurruqué estrechamente contra él? ¿Cómo es posible que eso no haya significado nada para él? ¿Cómo puede despacharlo sin más? ¿Cómo es posible que me trate como un simple polvo rápido después de todo eso?

Me preparo un baño, pero no me sirve de consuelo. Tengo frío, he tomado demasiado el sol y me siento abandonada; la sensación de desolación persiste incluso cuando me envuelvo en unas toallas limpias. Es absurdo que mire el teléfono, sé que él no va a llamar. ¿Por qué iba a hacerlo? Ya tiene a Chloe para divertirse.

Me unto con crema hidratante, pero no consigo dormir, a pesar de lo cansada que estoy. Cruzo los brazos sobre el borde de la colcha, miro al techo y todo el fin de semana pasa por mi cabeza como una colección de fotografías. En todas ellas me veo expuesta y vulnerable.

En eso han acabado mis grandes expectativas. Lo he tenido todo y lo he perdido todo en un día. Dentro de unos años, cuando me quede sentada en mi casa como la dickensiana señorita Havisham, cubierta de telarañas, la gente dirá: «Sí, pobrecita, fue feliz aquel día de junio, pero era su destino».

Y aunque Jack no haya muerto, es como si estuviera en la luna. Me torturo pensando en lo que estará diciendo ahora:

«Amy es un buen polvo. Nos lo pasamos bien, pero como ella las hay a montones. Muy por encima y por delante.

»¿Por qué tengo que volver a verla? Mis amigos son más importantes y yo quiero seguir siendo joven, libre y sin compromiso. ¿Por qué tengo que atarme?»

Eso es intolerable. No puedo permanecer en la cama

oyendo su voz; me arrastro hasta la cocina y me preparo un chocolate caliente. Olfateo la leche. Se puede aprovechar. Sólo cuando cierro la puerta del frigorífico me doy cuenta de que alguien ha cambiado la posición de mis letras imantadas. Y allí está, en rosa, verde y anaranjado:

AMY
ERES
SUPER

Apoyo el rostro contra la blanca puerta y sonrío, pues el mensaje sólo puede ser de Jack. Mientras permanezco allí, esperando a que hierva la leche, ya no me siento tan mal.

5 Jack

Nuevo Amanecer

Mi mañana empieza con un acertijo:

Pregunta: ¿Qué huele a queso, sabe a queso, pero no es queso?
Respuesta: El pie de Matt.

Pero Matt es un buen chico. Rectificación: Matt es el mejor chico. Hemos vivido muchas experiencias juntos. Desde las clases de piano de nuestra infancia en Bristol con aquella fiera salvaje de Miss Hopkins que tanto aborrecía a los niños, pasando por la pubertad y nuestra primera compra de revistas guarras y sidra barata hasta llegar a nuestro presente interés por hacernos pasar por miembros maduros y responsables de la sociedad de Londres. Y puedo asegurar sin la menor vacilación que no hay muchos sacrificios que yo no estuviera dispuesto a hacer por él. Si sólo me quedara un cigarrillo en la cajetilla y nos encontráramos a muchos kilómetros de distancia de cualquier tienda, lo compartiría con él. Si Matt necesitara un riñón, le daría uno de los míos. Y si insistiera mucho, hasta le daría mi último Rolo. Pero hasta la mejor de las amistades tiene un límite. Y encontrarme al despertar con el sudoroso dedo gordo de su pie izquierdo comprimido fuertemente contra mis dientes es ir demasiado lejos, la verdad.

Aparto de mi boca el repugnante pedazo de carne y me seco los labios en el brazo. O mejor dicho, en la manga. Porque aún estoy vestido. Sigo con la ropa que llevaba puesta cuando regresé hecho polvo anoche, a eso de las tres, y me quedé dormido al son de *Breakfast in America* de Supertramp (una ironía que no se le escapó a mi cerebro muerto de sueño ni en aquel momento ni ahora). Trato de incorporarme e inmediatamente zozobro, vuelvo a tenderme de lado y espero a que se calme la marejada que se ha apoderado de la casa de Matt. Se calma a los pocos segundos y me levanto, me abalanzo sobre el sofá y consigo subir a bordo y colocarme en posición sentada. Sólo entonces me atrevo a evaluar la situación.

Una palabra acude a mi mente: Apocalipsis. Los Cuatro Jinetes están todos presentes en el campo de Armageddon que antaño fuera el salón de Matt: Matt, Chloe, Jack Daniels y Jim Beam. Los primeros dos están tendidos a mi lado, el uno al lado del otro a los pies del sofá, besuqueándose como unos enamorados. Los otros son meras cáscaras de sus antiguos yos. El cuello de cristal de Jim está roto en el punto en que Chloe lo golpeó y lo hizo caer de la mesa hacia las 2 de la madrugada, derramando de paso sus entrañas sobre la alfombra. Jack está literalmente seco y vacío tras haber dejado que le succionaran el espíritu, y ahora apunta hacia el lugar donde yo estaba sentado durante nuestro Juego de la Verdad o el Atrevimiento. Contemplando esta escena de decadencia, depravación y casi absoluta inutilidad, llego a la conclusión de que mi vida es una mierda.

Decido que algo tiene que cambiar.

Hago un rápido autodiagnóstico:

Gusto: A alcohol pasado, cigarrillos y Pringles de barbacoa con sabor a carne de vaca.
Tacto: Inestable/pegajoso.
Vista: Borrosa.
Oído: Ronquidos de Matt; latidos de mi corazón.
Olfato: Los pies de Matt.

Y se confirman mis peores temores. Mi vida: mierda. Mierda: mi vida. En estos momentos, resulta bastante difícil establecer la diferencia. Bebo demasiado. Fumo demasiado. No trabajo lo suficiente. Ha sido mi vida en el transcurso de los últimos seis meses. Es la manera de vivir que he elegido. Pero ya no es lo que quiero.

Oigo un pedo de vaca y después me doy cuenta de que en realidad es Matt. Su expresión se retuerce formando una dolorosa mueca mientras sus párpados se abren con gran esfuerzo. Es imposible establecer si se trata de una reacción de la parte superior de su cuerpo a la vacuna conducta de su trasero o de una simple deducción basada en la débil luz que penetra a través de las cortinas, según la cual, sí, es un lunes por la mañana, y no, él no está en condiciones de ir a trabajar. Lanza un gruñido, consulta su reloj y musita algo incoherente. Después, con los ojos nuevamente cerrados, sacude suavemente a Chloe para despertarla.

Matt: Dienesguelevandarde.

Chloe: Mmm. ¿Guesestapeste?

Matt: Nosedeguemesdasablando.

Chloe: Mmm. Mmm-Mmm-Mmm. Nosedondesdoi.

Matt: Vamosayegardarde. Drabago. Vamosayegardardaldrabago.

Chloe: Alamierdaldrabago. Mevoyamorir. Mevastayarlagabeza.

Matt: Miragariño. Aoradedienesguelevandar. ¿Vale? ¿Devasalevandar?

Chloe: Vale. Melevandaré. Diesminudosmasimelevando.

Matt: Vale. Diesminudosmas. Perodespuesnosvamosaldrabago. ¿Vale?

Chloe: Vale.

Afortunadamente, entre mis aptitudes culturales y lingüísticas se incluye la capacidad de hablar con toda fluidez en la resaca. Gracias a ello, puedo traducir su intercambio intelectual de puntos de vista y llegar a la conclusión de que han decidido quedarse quietos de momento. Me parece muy bien. Porque mi resaca se está poniendo en superdirecta. Necesito un baño. Aún estoy sufriendo una muerte en vida. Junto con la resaca, experimento una profunda sensación de depresión y de autoaborrecimiento. Olvídate del monstruo de Frankestein. Nosferatu, estás perdido. Yo soy el producto auténtico. Yo soy la criatura maldita condenada a vagar dolorosamente por la tierra hasta el fin de los tiempos. En el infierno de Dante no había nada de eso.

La prueba física de mi atroz situación reside en los hechos de que:

a) El percusionista de la Orquesta Filarmónica de Londres está interpretando un solo anfetamínico en el auditorio de mi cabeza.
b) Mi estómago gruñe y se retuerce como si me hubiera tragado un fox-terrier rabioso.
c) El nivel del agua del baño sube visiblemente mientras una marea de sudor rezuma de mi sien.

En un desesperado intento de redención, recurro a la religión. Me convierto en peregrino y el baño se convierte en mi Lourdes. Canto Alabado Sea Dios por el Don del Agua Caliente. Entono un aleluya por el Espíritu Purificador del Jabón y la Munificencia del Baño de Burbujas. Y bendigo en verdad este baño y a todos los que se sumergen en él.

Pero no me sirve de nada. En esta hora de necesidad, está claro que el Dios en el que no creo desde la edad de doce años ha decidido pagarme con la misma moneda. No me queda más remedio que reconocer que mi cuerpo no es un templo sino una pocilga. Y una pocilga de lo más asquerosa, por cierto. Pero después recuerdo el consejo que me dio Amy el otro día acerca del Plan de Recuperación BYNYNDA y, teniéndolo en cuenta, salgo temporalmente de la bañera, piso chorreando el suelo del cuarto de baño y tomo un par de pastillas de Nurofén del estante. Me las trago con un poco de agua del grifo y regreso a mi capullo acuático.

Tendido allí a la espera de que la cura química me haga efecto, cojo la máscara y el tubo de respiración de buceo que hay detrás de los grifos y me los pongo. Un cambio de ambiente bien pudiera ser la clave de mi recuperación. Algunas personas utilizan la meditación para aclararse las ideas. Otras echan mano de las drogas. A mí, en cambio, me es más útil ponerme boca abajo con la máscara y el tubo de respiración. Adiós, tierra, con todas tus terrenales cuitas. Que venga la Atlántida.

Me sumerjo totalmente bajo el agua y me entrego al antiguo juego, el que llevo jugando desde que era pequeño. Con los ojos cerrados, me imagino un paisaje marino por el que yo floto a la deriva. Arrecifes de coral de brillantes colores abajo, cálidas corrientes a mi alrededor. Me imagino con capacidad de respirar bajo el agua. Unas frondas de algas me acarician la piel, los peces pasan velozmente por mi lado. Y arriba, por encima de las olas, me imagino un perfecto y despejado cielo azul.

Pero hay veces en que la evasión no da resultado. Y ésta es una de ellas. La escena imaginaria desaparece y yo me quedo con la sucia agua del baño y la espuma Mr Matey por encima de mi cabeza. Supongo que debe de ser una cuestión de concentración. Además, estoy aturdido. Totalmente. Es el viejo problema de siempre. El GRAN problema. La vida. Y adónde va. Y cómo es posible que todavía no haya llegado. Tengo veintisiete años, ¿y qué es lo que he conseguido? Respuesta: nada. El hecho de ser consciente de que la paranoia que sufro es en buena parte el resultado de mi resaca no hace que ésta sea menos real. Estoy malgastando mi vida y lo sé.

Algo tiene que cambiar definitivamente.

A finales del año pasado tomé una decisión. Dejaría mi trabajo y me convertiría en artista. Saltaría desde la popa del buen barco *Comodidad*, abandonando la seguridad de su sueldo de cortesía, su plan de pensiones y su régimen de baja presión de nueve a cinco. Hombre al Agua, asumiría el riesgo de enfrentarme con los tiburones y nadaría resueltamente hacia la mítica Isla de la Satisfacción. Así pues, el 1 de diciembre de 1997, abandoné mi trabajo en el departamento artístico de ProPixel Ltd de Wembley. En la pantalla de mi Mac tenía el dibujo incompleto de un paquete para Pollito-Rico^MR («Los sabrosos trozos de pollo que hacen las delicias de los niños»), que borré en gesto de despedida y solidaridad con todas las aves del mundo. Mi carta de dimisión, redactada aquella noche en el PC de Matt, explicaba que la razón de mi partida era «encontrar la vida».

Me fijé el plazo de un año para alcanzar dicho objetivo. Nadaría o me hundiría. Y si me hundía, no ocurriría nada. Tenía la suficiente experiencia y disponía de contactos suficientes para regresar a otra mierda de trabajo en otra empresa de mierda. Y me parecería muy bien. Porque, por lo menos, lo habría intentado. Por lo menos, no me habría conformado con la mediocridad. E, incluso pensando lo que pienso en este momento –cuando ya ha transcurrido la mitad del año que me di de plazo sin que todavía haya tierra a la vista–, no me arrepiento de mi decisión. Sin embargo, lo que me desanima es ver la considerable parte de este año que he malgastado. Si la ambición es esencial para alcanzar el éxito, me temo que la mía está gravemente enferma. Y eso es lo que me desanima. Solución: Tengo que ponerme a trabajar. Hoy mismo. Hoy será el día en que empezaré a buscar la vida. Un nuevo cuadro. Siguiendo el apunte, se me ocurre una idea. Me lleno de emoción y me digo que eso podría ser el comienzo de algo grande.

Sonrío. Una buena idea. Una buena idea es lo único que hace falta para desterrar la paranoia. Como Peter Pan, una buena idea y podré volar. Y no es que tenga una buena idea. Tengo dos. Tengo que seguir con mi trabajo. Y tengo a Amy. Repaso mentalmente el episodio de Brighton, deteniéndome en los detalles agradables: el paseo por el muelle, el restaurante francés, la ducha del hotel... todas aquellas cosas tan placenteras. Amy es simpática. Amy es sana. Amy es todas las cosas que yo no soy en este momento. Amy es sin la menor duda una persona con quien tengo que seguir relacionándome. Es como una amiga. Como una amiga con la que casualmente me acuesto.

Una novia.

La idea me salta a la cara como un muñeco de resorte (o un tú de resorte, como dice Chloe). Lo mismo que ocurrió anoche cuando estábamos jugando al Juego de la Verdad o el Atrevimiento. Recuerdo el momento en que Chloe hizo girar la botella de Jack Daniels y ésta se detuvo, apuntándome directamente a mí. Matt había sido sorprendido diciendo un montón de trolas y había pagado al Atrevimiento el castigo de tragarse tres cucharadas de aceite de oliva y de quitarse toda la ropa. Ahora estaba sentado junto al sofá con los órganos genitales directamente remetidos entre las piernas como si fuera una mujer. Chloe, una mentirosa mucho más hábil que él, sólo había tenido que quitarse los vaqueros. Y yo, enorgulleciéndome de no ocultarles apenas secretos a mis amigos más íntimos, aún no había sufrido ninguna condena por Atrevimiento. Hasta que la botella me señaló. Hasta que Chloe empezó a hacerme preguntas acerca de Amy.

–¿Estaría en los cierto –preguntó con una perversa sonrisa en los labios– si calificara a Amy como tu novia?

–No.

–Embustero –replicó, mirando a Matt para que lo confirmara.

–Embustero –convino Matt.

Chloe levantó la mano.

–Los calzoncillos. Ahora mismo. Entrégalos.

–De eso nada, monada. He dicho la verdad. Nos hemos conocido. Y somos amigos, ¿vale? Nada más. Y mucho menos *eso*. De novia nada, por el amor de Dios.

Chloe hizo un gesto de reproche y volvió a mirar a Matt.

–Me parece que protesta demasiado.

–Se acepta la protesta –dijo Matt–. ¿Sigo adelante con la acusación?

Chloe se reclinó en su asiento y le indicó por señas que sí.

–Adelante, mi docto amigo. A fin de cuentas, el abogado es usted.

Matt hizo ademán de levantarse, pero recordando su estado de desnudez, volvió a sentarse con las manos apoyadas en su triángulo pubiano.

–Tengo entendido, señor Rossiter –empezó diciendo–, que pasó usted todo un fin de semana en compañía de una tal Amy Crosbie. Llamo su atención sobre el hecho de que el fin de semana no transcurrió según los códigos habituales de comportamiento de las personas solas como, por ejemplo, ir, si se me permite la vulgar expresión –su voz tembló de repugnancia–, ir de ligue por las discotecas y presumir con la expresa intención de tirarse a una perfecta desconocida. No, señor –añadió, siguiendo rápidamente adelante–. Todo lo contrario, creo. ¿Invitó o no invitó usted, por ejemplo, a esta tal Amy Crosbie a esta casa donde ahora nos encontramos para cenar? –añadió, carraspeando ostensiblemente.

–Sí.

Matt frunció la frente.

–Es lo que me temía, señoras y señores del jurado. ¿Y acaso no multiplicó este error, llevando a la susodicha invitada a una casa de Brighton, llamada Casanova, de dudosa reputación?

–Sí –confesé–, pero ¿y qué? Los dos sabéis que no es la primera vez que llevo a una chica allí. Eso no significa nada. No quiere decir que sea mi novia, ¿verdad?

–En tal caso –Matt atacó repentinamente–, ¿sería usted tan amable de explicarle al jurado por qué razón, cuando nosotros lo vimos hoy entrando en esta habitación, usted se reía entre dientes como un tonto, llevando a la susodicha Amy Crosbie en brazos, al tiempo que ella le rodeaba a usted la cintura con sus piernas?

–Era sólo una broma.

Matt reprimió una risita, recuperó la compostura y bajó la voz.

–Ni hablar. Fue mucho más que eso. ¿No fue más bien el comportamiento de un hombre que experimenta sentimientos –más aún, emociones–, por la mujer a la que con tanta fuerza estaba estrechando en sus brazos?

–No.

–Eres una mierda –terció Chloe, riéndose–. Vas en serio con ella. ¿Por qué no lo reconoces?

–Porque no es cierto –contesté, evitando mirarla.

–O sea que –prosiguió diciendo Matt–, incluso a la luz de las pruebas que se han presentado en este Tribunal, ¿no va usted a entregar sus calzoncillos?

–No.

–Eso es desacato –dijo Chloe–. Se acabó el juego.

–Y eso ¿a quién le importa? –musité–. De todos modos, es una mierda de juego.

Novia.

La palabra sigue ahí, a pesar de mis protestas de anoche. Es curioso, pero en aquellos momentos yo hablaba en serio al decir que Amy era sólo una amiga y todo lo demás. Sólo que no lo sé. Y más extraño todavía, me siento culpable por haberla descrito en estos términos ante Matt y Chloe. Es como si la hubiera traicionado en cierto modo, lo cual supongo que es verdad. Estaba borracho, pero eso no es una excusa, ¿verdad? Sabía entonces, tal como sé ahora, que fue un buen fin de semana. Mejor dicho, un gran fin de semana. Por consiguiente, ¿cómo es posible que haya dicho todas estas cosas acerca de ella? ¿Y cómo es posible que haya cambiado nada más regresar de Brighton y haya asumido el papel de indiferente? ¿Qué quiere decir todo eso? A lo mejor fue porque ella se largó a ver a su amiga y yo me quedé solo con Matt y Chloe. El Triunvirato. Haciendo lo de siempre, emborracharnos y decir burradas sin necesidad de nadie más.

Novia.

Eso no se puede borrar. Porque sé que volveré a ver a Amy. Porque me apetece. Muy pronto.

Se me ocurre pensar que quizás hubiera sido mejor entregarle los calzoncillos a Chloe.

Inspiro, pero no ocurre nada. Presa del pánico, me vuelvo boca arriba y emerjo a la superficie. Chloe está sentada en el borde de la bañera, riéndose y levantando su culpable mano.

–¿Has encontrado alguna sirena, marinero? –me pregunta.

Matt, envuelto en una toalla, entra dando traspiés en el cuarto de baño y me mira con recelo.

–¿Por qué haces eso? –me pregunta, haciendo una mueca de desagrado.

Me quito el tubo de respiración de la boca.

–Hacer, ¿qué?

–Levantarte. Abandonar el suelo de abajo y alcanzar el estado de vigilia. ¿Por qué lo haces, sabiendo que hoy no tienes que ir a trabajar?

–Porque, hermano mío –contesto, quitándome mi equipo de Hombre Anfibio y convirtiéndome una vez más en un apacible veinteañero–, tengo que ir a trabajar. –Quito el tapón de mi océano imaginario, me levanto, salgo de la bañera, paso por delante de Chloe sin mirarla y cojo una toalla–. Y eso es precisamente lo que voy a hacer ahora mismo.

La vida en el parque

La mañana del jueves me depara una sorpresa: sueño con Amy. Estamos sentados en una playa tropical, el sol se está poniendo sobre el mar y arrastra en pos de sí un cielo estrellado cual si fuera una persiana. Hace calor, pero yo atraigo a Amy hacia mí.

–Qué bien se está aquí –murmura, con la cabeza apoyada en mi hombro mientras su cabello me acaricia la mejilla–. Me quedaría aquí para siempre.

–Sí, esto es...

Pero antes de que pueda decir nada más, y hay un montón de cosas que quiero decirle, se oye un quejumbroso y estridente sonido. Miro a mi espalda, pero sólo puedo ver la línea de palmeras que bordea la playa. Después, el quejido se convierte en un furioso ladrido. Me vuelvo hacia Amy y, mientras lo hago, levanta la vista. Al principio, estoy demasiado aterrorizado para reaccionar ante lo que veo: una cabeza de lobo surge del cuello de Amy con los colmillos chorreando saliva. Me quedo paralizado ante aquel espectáculo y el sonido que surge de la boca de Amy y que ahora ya se está transformando en un rugido. Después, consigo moverme, la empujo hacia atrás, doy media vuelta y echo a correr por la arena, pidiendo socorro mientras trato desesperadamente de huir.

Me despierto y observo que el sudor de mi frente empapa la almohada a la que estoy aferrado. Pero a pesar de que ya tengo los ojos completamente abiertos y me encuentro de nuevo en mi dormitorio, los aullidos no cesan. Se me calma de inmediato el corazón cuando reparo en lo que es: *Perro Gordo*, mi despertador. Alargo la mano hacia la mesilla de noche y arrojo a mi peludo enemigo al otro lado de la habitación. Oigo un gañido de dolor cuando éste golpea la pared y cae al suelo antes de enmudecer.

Perro Gordo fue el regalo que me hizo por Navidad mi hermano, muy aficionado a los artilugios extraños. Cuando se dispara, empieza con un leve jadeo que poco a poco se transforma en unos frenéticos ladridos, los cuales terminan a su vez en unos ensordecedores aullidos. La tarjeta que lo acompañaba decía: «Aquí tienes a tu nueva novia». Jo jo jo. Qué gracioso es mi hermano mayor Billy. Siempre el sabelotodo. Pero para ser un regalo de Billy, no está mal. Mucho mejor, desde luego, que el calentador eléctrico de calcetines que me regaló el año anterior.

En cuanto a su intromisión en el sueño, no es la primera vez que *Perro Gordo* lo hace. Lo cual es un alivio, pues de lo contrario sería muy fácil interpretarlo todo en clave freudiana. Podría ser una tentación, por ejemplo, interpretarlo de la manera siguiente:

a) La tranquila playa representa mi necesidad esencial de seguridad e intercambio emocional; la extraña y mágica metamorfosis de Amy en lobo precisamente en el momento en que yo estaba a punto de expresarle mis sentimientos, representa mi temor a perder la independencia; luego soy emocionalmente inmaduro y me muero de miedo ante la sola idea de entregarme al compromiso de una relación estable.
b) Amy es una petarda y en realidad no me gusta.

La correlación directa entre la rigidez de mi pene y el tiempo dedicado a pensar en el sexo con Amy a lo largo de los pocos días que llevo sin verla me induce a arrojar por la ventana la segunda de estas dos interpretaciones. Lo cual me obliga a quedarme con la interpretación (a). Pero no es posible que sea eso. Yo no soy emocionalmente inmaduro. Tengo tantas emociones como cualquier hijo de vecino. Lo que ocurre es que soy muy remilgado y no las utilizo así como así, eso es todo. Y tampoco tengo miedo. ¿De qué iba a tenerlo? Hasta ahora, yo he sido quien ha llevado la voz cantante y no Amy, ¿verdad? Fue ella la que me llamó a mí el martes por la tarde. Bueno, pero también es verdad que fui yo el que no quería que terminara la conversación y no hacía más que soltar nuevos temas para seguir conversando. Pero eso es muy normal; soy un tipo muy sociable. En eso puedo llegar hasta donde quiera y no más. Puedo retirarme en cualquier momento que lo desee. No tiene importancia. ¿Lo de perder la independencia? Tonterías. Soy tan independiente como el día en que la conocí.

Ya basta de Freud.

Alargo la mano hacia el teléfono.

–Hola, Amy –digo–. Soy Jack. ¿Te apetece que almorcemos juntos?

Se produce un prolongado, suave (sí, tengo que decirlo, suave y extremadamente sensual) gemido en el otro extremo de la línea.

–¿Jack?

–Sí, mujer, el tipo con quien pasaste casi todo el fin de semana.

Otro gemido y después:

–¿Qué hora es?

–Sobre las ocho y media.

Carraspea.

–Vaya... vaya, ¿qué tal estás?

Oigo salir a Matt del cuarto de baño.

–Pues mira, bien. ¿Cómo no te has levantado todavía?

–Hoy no trabajo. Los de Top Temps me han dejado en la estacada.

Parece deprimida.

–Lo siento –digo–. Te he estropeado el descanso, ¿verdad? –añado.

–No, qué va... bueno, sí. –Se ríe–. Pero no importa. Me alegro de oírte. –Se produce una pausa y oigo el sonido de sus movimientos en la cama. Me la imagino tendida allí con el desgreñado cabello derramado sobre la almohada mientras se esfuerza por abrir los ojos–. ¿Almorzar dices? Sí, sería estupendo. ¿Dónde?

Miro a través de la ventana.

–Mira, Amy, parece que vamos a tener otro día de sol. ¿Qué tal el Hyde Park? Una especie de comida campestre. Nos pondremos morenos.

–Me parece fabuloso. ¿A qué hora y dónde? El Hyde Park es muy grande.

–Sobre la una. Me puedes recoger a la salida del trabajo.

En cuanto lo digo, me doy cuenta de que he metido la pata.

En respuesta a mis palabras, Amy se desconcierta.

–¿Cómo? ¿En tu casa quieres decir?

–Pues no –improviso–. Es una galería de Mayfair. El dueño es amigo mío. Él no está y yo le dije que se la cuidaría. Sólo como un favor, ¿eh?

–Ah, bueno. Dame la dirección.

Charlamos unos cuantos minutos más y después cuelgo el teléfono, me desperezo y me levanto. Reboso de entusiasmo. Estoy totalmente despierto y tengo la mente despejada. Todo se debe a lo que ha ocurrido desde el lunes, a lo vertiginoso que se ha vuelto todo. El lunes me puse a trabajar en el estudio a las once y, aparte el almuerzo y un rápido café que me tomé con Matt cuando regresó del trabajo, estuve allí hasta pasadas las diez. Sin ver la televisión ni haraganear en el jardín. Sólo el trabajo.

Llevé a la práctica la idea que se me había ocurrido en el baño cuando todavía me encontraba bajo los efectos de la resaca: un juego de niños. Rebusqué en la colección de *GQ* de Matt, recorté todas las fotografías de accesorios de moda y los apliqué a una tabla formando un dibujo. Después tomé el coche de

Matt y me compré en ArtStart de Chelsea una tela de dos cuarenta por noventa centímetros. Tuve que bajar la capota del Spitfire para regresar. Me pasé el resto de la jornada haciendo dibujos preliminares y trabajos preparatorios para la copia de los recortes en el lienzo. Y después me puse a trabajar en serio. Lo hice volando, como si supiera que lo que estaba haciendo me llevaría a alguna parte, para variar. Lo mismo ocurrió las noches del martes y el miércoles, cuando regresé de mi trabajo en la galería de Paulie. No fui al bar. Rechacé incluso la proposición de Gete y Paddy de irnos a echar un polvo al West End. Sólo el trabajo. Lo que hubiera tenido que hacer en los seis meses pasados.

–¿A qué viene esta cara de satisfacción que se te ha puesto? –me pregunta Matt cuando entro en la cocina.

–La vida, Matt. Simplemente la vida.

Cojo un cuenco, me siento a la mesa delante de él, me echo un poco de muesli y le añado una buena cantidad de leche.

–Ah, ¿sí? ¿Tienes algún plan para hoy?

–Pues no. Iré a la galería. Como siempre.

–Ya. Ah, por cierto –añade–, hay un mensaje para ti en el contestador.

Contemplo el cuenco con indiferencia.

–¿Quién es?

–Sadomaso.

Adivino que me está mirando.

–¿Qué quiere?

–Bueno, tu cuerpo, no, si nos atenemos a la experiencia pasada.

Sonrío muy a mi pesar.

–Ya, sonoro ja-ja.

–No, preguntaba si sigue en pie la cita de mañana. Para posar, quiere decir.

–Ah.

Espera a que yo añada algo más, pero no lo hago.

–Entonces, ¿sigues pensado que aún tienes alguna oportunidad? –pregunta.

–Habrá que esperar, ¿no crees?

Arquea una ceja y me mira perplejo.

–Sí, claro.

–Y eso, ¿qué significa?

–Adivínalo. Tres letras. Empieza por A y termina con Y.

Amy. Vuelvo a mirar el cuenco.

–Y ella, ¿qué tiene que ver con eso?

–Dímelo tú.

–Nada. ¿Qué te parece?

–¿O sea que no volverás a verla?

–Yo no he dicho tal cosa.

–O sea que volverás a verla –sentencia Matt.

Apoyo la cuchara en el cuenco y me trago lo que tengo en la boca. Cuando lo miro, no logro averiguar si habla en serio o en broma.

–Tampoco he dicho eso.

–¿Qué es lo que estás diciendo entonces?

–No lo sé. Todavía no he tomado una decisión.

–¿O sea que hoy no vas a almorzar con ella? –Se ríe al ver mi expresión de asombro–. Perdona, amigo, pero no pude evitar oírte hablar...

Eso me molesta.

–Querrás decir escucharme a escondidas.

Pero Matt no me contesta. Me sigue mirando con una sonrisa en los labios.

–De todos modos, tengo que reconocer...

–¿Qué?

–Eso de la comida campestre... en el parque... Muy romántico.

Pronuncia la palabra «campestre» como si fuera una enfermedad contagiosa.

–Una comida campestre –señalo– es una variedad de almuerzo. Un parque es un lugar adonde la gente va a comer. No tiene por qué ser necesariamente una cosa romántica.

Se encoge de hombros con indiferencia.

–Llámalo como quieras. Lo que tú digas. –Apura su café–.

Pero yo personalmente lo llamaría una cita romántica. Lo considero una nueva prueba de que Amy se está convirtiendo en algo más que una «amiga». Personalmente te aconsejo que, si así fuera, tuvieras mucho cuidado con tu comportamiento con Sadomaso.

–¿Qué quieres decir?

Matt se levanta y se pone la chaqueta.

–Que podría haber llegado la hora de tomar una decisión –contesta, encaminándose hacia la puerta.

Me dirijo en bicicleta a la galería de Paulie y llego temprano. Tardo un par de minutos en entrar. El martes por la noche alguien trató infructuosamente de entrar y, de paso, se cargó la puerta. O sea que ahora han puesto otra puerta y otras cerraduras y, lo que es más importante, Paulie me debe el dinero que yo solté para pagarlas. Llevo una semana sin tener noticias suyas, desde que se largó en avión a practicar el alpinismo en Nepal. Pero, aparte el dinero que me debe, no me quejo. Si he de ser sincero, Paulie es un poco pelma. Cuarenta y tantos años, ex ejecutivo de la City, multimillonario, con una arrogancia del tamaño del canal de Panamá y una personalidad del tamaño de una caca de ratón. Cuando me entrevistó para el puesto, comprendí que el arte le importaba un pimiento y que la única razón de que tuviera una galería era la posibilidad que ésta le ofrecía de tener algo de que hablar en las cenas. Sin embargo, tal como me aconsejó Chris, mi compañero de trabajo en ProPixel, «Es un empleo. Está bien remunerado. Hazlo y no lo pienses más».

Creo que el consejo de Chris es tan válido ahora como entonces. ¿Qué me importa que este trabajo sea mortalmente aburrido? Es un medio para alcanzar un fin. Pago el alquiler. Me las puedo arreglar. Por eso lo hago. Entro, me preparo un café, me sitúo en la mesa junto a la puerta, sonrío a la gente que mira a través del escaparate y procuro adoptar un aire profesional y accesible.

Pero eso sólo dura cinco minutos. Después empiezo a pasear por la cocina de la parte de atrás de la galería, pongo la radio, me fumo un cigarrillo y pienso en la conversación que he mantenido esta mañana con Matt. Tiene razón en parte en lo que dice sobre McCullen. O, más bien, tiene razón en lo que dice sobre McCullen y Amy. Porque se trata de lo mismo. Y es algo tan afilado como una navaja. Se trata de la fidelidad.

En los dos años que estuve saliendo con Zoe, la fidelidad no fue ningún problema; yo le era fiel a ella y, que yo sepa, ella me era fiel a mí en justa correspondencia. Mis opiniones acerca de esta cuestión estaban muy claras:

a) La diferencia entre el sexo con alguien con quien sales y con alguien con quien no, estriba en su contenido sentimental.
b) Si tienes sexo de carácter sentimental con alguien, significa que la persona te interesa.
c) Y si te interesa una persona, ¿por qué la vas a engañar?
d) Si te encuentras cómodo engañando a la persona con quien sales, significa que ésta ya no te interesa.
e) Si la persona ya no te interesa, no deberías salir con ella.
f) Si la persona con quien sales te es infiel, significa que ésta no es digna de tu interés.

Eso no quiere decir que yo desapruebe en todos los casos la infidelidad; no la desapruebo. Y tampoco quiere decir que yo no haya participado en la infidelidad de otras personas; he participado. Entre Zoe y el momento actual, me he acostado con una mujer casada y con dos mujeres que tenían novios fijos. Pero no fui yo, en ningún caso, quien tomó la decisión de ser infiel, sino ellas. A mi modo de ver, la traición se detiene en sus puertas, no en la mía. Las personas solteras son depredadoras por definición. Cuando rompí con Zoe, me convertí en un agente libre. No le debía lealtad sexual a nadie. Pero el hecho de que yo no fuera infiel en una relación no significaba que yo no agradeciera en grado sumo que otras personas decidieran serlo conmigo.

Sin embargo, soy plenamente consciente de que en estos momentos mi estado de soltería corre peligro. Amy me inspira sentimientos. No digo que sean unos grandes sentimientos. No es que sea como un trovador apasionadamente enamorado que piensa empalarse en su espada o algo por el estilo. Pero aun así, el hecho de pensar que la veré dentro de unas horas me resulta agradable. Todo tiene que empezar en algún sitio. Y si es aquí donde Amy y yo vamos a empezar, el hecho de que yo siga persiguiendo a McCullen será probablemente la causa de que todo termine entre nosotros. Por consiguiente, se impone una decisión. Justo lo que Matt me estaba diciendo esta mañana. La pregunta que me tengo que formular es la siguiente: ¿Quiero hacer una prueba con Amy? Porque, si estoy dispuesto a hacerla, mientras dure la cosa, yo le seré fiel. Lo cual significa que se acabó la persecución de McCullen. Lo cual significa que se acabaron todas las persecuciones.

Y ésta es una decisión tremendamente importante.

Amy llega a la galería de Paulie a la una y cuatro minutos. Lo sé porque llevo nueve minutos siguiendo las manecillas del reloj que hay encima de la mesa, desde que adopté esta afectada postura en preparación para su llegada: pies levantados y un ejemplar ilustrado de la historia del dadaísmo, cuidadosamente apoyado sobre las rodillas. Llama con los nudillos al cristal del escaparate y yo miro con indiferencia, sonrío y me levanto. Calza zapatillas, lleva un vestido largo hasta la rodilla con un llamativo estampado y se ha recogido el cabello. Aquí se aplica al cien por cien la regla del vestir de mi amigo Andy: «Sabes que una mujer va bien vestida cuando lo único que puedes hacer es imaginártela desnuda». Me acerco a la puerta y la abro. Por un instante, ambos permanecemos sonriendo nerviosamente, pero después yo me inclino hacia delante y nuestros labios se rozan.

Cuando ella se aparta, le acaricio la nariz:

–Veo que ya se te ha ido la quemadura del sol...

Se ruboriza y hace una mueca.

–Después de cinco tarros de Nivea. –Mira hacia el interior de la galería y me sonríe–. Bueno, ¿qué tal resulta trabajar un día como Dios manda, para variar?

En este momento, la Brigada de la Conciencia Limpia avanza resueltamente hacia la parte anterior de mi mente, con sus almidonados uniformes blancos, sus fregonas y sus baldes de jabonosa agua caliente. «Fíjate cómo está eso –murmuran asqueados–. ¿No te parece que ya es hora de que limpiemos un poco toda esta porquería?» Y tienen razón: me sentiría muchísimo mejor si fuera sincero con Amy y le dijera la verdad, que trabajo aquí en serio tres días a la semana.

Pero cuando ya estoy a punto de abrir la boca para decirle que todo fue una frase para impresionarla, y que ahora comprendo que puedo decirle la verdad porque sé que ella lo aceptará con toda tranquilidad, me acobardo. ¿Y si no lo acepta con tranquilidad? ¿Y si piensa: «Me ha mentido y lo volverá a hacer?». Entonces todo habrá terminado. Además, no voy a estar haciendo siempre este trabajo. Lo hago sólo como recurso provisional. Y las personas que saben la verdad, Matt y Chloe, son muy expertas en respaldar lo que yo digo. Amy no tiene por qué enterarse jamás.

–Vamos a expresarlo así –digo, optando por no contestar a su pregunta en lugar de soltarle una mentira directa–, cuanto antes nos larguemos de aquí y nos vayamos al parque, mejor.

Doy la vuelta a la placa de la puerta para que diga «cerrado», cierro y nos vamos a Hyde Park. Hablamos del fin de semana y de lo que hemos estado haciendo desde entonces. Después entramos en una tienda de comida preparada y compramos un par de bocadillos y unas bebidas sin alcohol. Mientras nos dirigimos desde la tienda al parque, nuestras manos se rozan y, sin saber cómo, sus dedos se entrelazan con los míos. No puedo evitar pegar un respingo. Asustado no es la palabra. Es una estupidez, lo sé, porque nuestras manos han estado anteriormente en partes mucho más íntimas de nuestros cuerpos. Pero aquello fue detrás de una puerta cerrada, o cuando estábamos bebidos, o fuera de

Londres. No aquí bajo el sol y en mis dominios. Supongo que lo que me da miedo es el significado de la acción. Es como decir, oye, mundo, éste soy yo y ésta es ella y estamos juntos.

–¿Qué ocurre? –me pregunta entre risas, deteniéndose para mirar nuestras manos entrelazadas.

Me muerdo la parte interior de la mejilla y contesto:

–Nada. Es que me resulta un poco raro, eso es todo.

–No tenemos por qué hacerlo si no quieres. Es más –añade en tono travieso, retirando súbitamente su mano de la mía–, probablemente es mejor que no lo hagamos.

Me desconcierto y pierdo de repente el equilibrio, con la bolsa de la comida en la mano izquierda y nada en la derecha.

–¿Y eso por qué? –pregunto finalmente.

Entorna los ojos y me pregunta en tono de desafío:

–¿Cómo? ¿Te crees que soy tonta? Ya sé lo que ocurre con estas cosas.

Sigo sin comprender. Ya ni siquiera estoy seguro de si habla en serio.

–¿Con qué cosas?

–Cosas como cogerse de la mano. Ya me advirtió mi madre contra los hombres como tú. Primero te cogen de la mano, después te dan un beso en la mejilla. Y sin saber cómo, intentarás acostarte conmigo y yo me quedaré embarazada, y tú te irás a joder con otra golfa. –Me mira, haciendo pucheros–. Bueno, pues permíteme que te diga, Jack Rossiter, que yo no soy de ésas.

Se me escapa una carcajada.

–De acuerdo –digo, disculpándome–, me doy por enterado. –Extiendo la mano, pero ella se limita a enarcar las cejas, como invitándome a decir algo más–. Por favor –digo–, me gustaría.

–¿Seguro?

–Seguro.

Vuelve a deslizar la mano en la mía y, mientras caminamos, tengo que reconocer que resulta muy agradable.

Las zonas del parque más próximas a la calle principal están abarrotadas de gente cuando llegamos. Todos los oficinistas han salido a almorzar y están tomando su dosis diaria de sol y oxígeno sin filtrar. La gente se levanta la falda, se sube las mangas de la camisa y se suelta los nudos de la corbata. El césped está lleno de botellas vacías de agua de Evian y de envolturas de Prêt À Manger, por lo que Amy y yo nos abrimos camino entre estos obstáculos hasta que la presencia de gente empieza a disminuir y encontramos un lugar tranquilo cerca del centro del parque.

De buenas a primeras, la escena se me antoja bastante irreal. Me doy cuenta de que estoy interpretando una farsa, riéndome de los chistes de Amy, haciendo una pregunta tras otra, introduciéndome bajo su piel y haciéndole comprender que me encanta estar allí. En otras palabras, haciendo todas las cosas que les gustan a las chicas... o, por lo menos, todas las cosas que he aprendido a hacer para conseguir gustarles a las chicas. Pero al cabo de un rato la simulación desaparece. Ya no soy yo, interpretando el papel de Jack, *El Truhán* o de Jack, *El Que Sabe Escuchar* o de cualquiera de los personajes que me he inventado desde que rompí con Zoe. Acabo siendo simplemente Jack, *Yo Mismo.* Y es un alivio. Me doy cuenta de que me relajo. Estamos tendidos el uno al lado del otro, contemplando el cielo a través del dibujo que trazan las hojas de los árboles y, de repente, quiero mantener con ella una conversación, la conversación que no he mantenido con nadie desde que conocí a Zoe.

–Eso de las manos –empiezo.

Me roza las yemas de los dedos con las suyas.

–¿Eso?

–Sí –contesto, doblando su mano en el interior de la mía–, eso.

–¿Qué pasa?

–No sé. Es que, bueno, ya sabes... significa algo. Es como un vínculo. Quiero decir que, cuando ves a dos personas tomadas de la mano, piensas ciertas cosas acerca de ellas, ¿no?

–Que están juntas...

–Pero es algo más que eso. Supones que la situación las satisface, que se encuentran a gusto en ella.

Sin retirar la mano, se incorpora apoyándose en el codo y me mira.

–¿Tú te encuentras a gusto? ¿Es eso lo que sientes cuando estás conmigo?

–Creo que sí.

Frunce levemente el entrecejo.

–¿Sólo lo crees?

Trato de explicárselo.

–Bueno, es que eso no se puede saber con certeza, ¿comprendes? Todavía no. –Titubeo–. Por lo menos, yo no puedo.

Parece sufrir una decepción, pero cuando habla lo hace en tono estoico.

–Sientes lo que sientes, Jack. Así de sencillo. Eso no se puede planear. Es algo que se hace.

Por su manera de hablar, cualquiera diría que ya ha estado aquí cien veces anteriormente.

–Digo idioteces, ¿verdad? –deduzco.

–¿Y qué esperabas? Eres un hombre. Forma parte de tu manera de ser.

–Es que me resulta muy raro abrirte el corazón, así sin más. –Hago una mueca–. O no abrirte el corazón, que seguramente es más exacto.

–No tienes que decir nada que no quieras –me advierte.

–Lo sé. Pero ahí está lo malo, Amy: yo quiero decirte cosas.

–¿Qué cosas?

–Que pasé un fin de semana estupendo y que estoy pasando un día estupendo y.... y que quiero que haya algo más. Quiero volver a hacerlo. –No dice nada porque sabe que no he terminado. Y está en lo cierto. Pero aun así tengo miedo. Puede que no sea eso lo que ella quiere. Le intereso, eso seguro, pero ¿hasta qué extremo? A lo mejor, para ella no es más que una juerga. A lo mejor, si le digo que quiero algo más, que finalmente estoy preparado para algo más que toda una serie de polvos, se asustará. A lo mejor me ha dado un ataque de locura estival y, dentro de dos semanas, me veré atrapado en una relación que ya no deseo.

Me aprieta un poco más la mano.

–¿Sabes lo que siento?

–No, dímelo.

–Me siento a gusto así. –Sacude la cabeza y sonríe–. Muy a gusto, me siento estupendamente bien. –Me levanta la mano a la altura del rostro–. Eso me parece estupendo. Eso me parece apropiado. Eso es lo que yo quiero.

–¿Y si no nos lleva a ninguna parte?

–Pues no pasa nada.

Ya está. Me envuelve una gigantesca ola de alivio. No hay ninguna prisa. Vemos qué tal marchan las cosas. Hacemos lo que hacen millones de personas a diario: lanzamos los dados y observamos cómo caen.

–Muy bien pues –digo–, o sea que, cuando la gente nos vea tomados de la mano, supondrá que estamos juntos y acertará.

–Sí.

Cuando nos besamos, la sensación es distinta de la de las otras veces que nos hemos besado. Cuando nuestros labios se juntan, es como si pusiéramos un sello físico al pacto verbal que acabamos de cerrar. Me asusta y me sorprende al mismo tiempo. «Eso es –pienso–. Eso es el final de una parte de tu vida, y el principio de la siguiente.» Cuando nuestras lenguas se entrelazan, me doy cuenta de que también lo hacen nuestras vidas. Pero cuando termine el beso, nuestra unión no terminará. Eso sólo ocurrirá si uno de nosotros lo decide. Sólo ocurrirá si dejamos de creer en las palabras que acabamos de decirnos. ¿Quién sabe? Puede que esté escrito en las cartas. Pero aquí está la gracia, supongo. Aunque también cabe la posibilidad de que la cosa vaya en serio. Y esta posibilidad me induce a sonreír cuando nos tendemos sobre la hierba y yo la rodeo con mis brazos y me quedo dormido.

Regreso a la galería sobre las cuatro, todavía adormilado a causa del sol y aturdido por lo que ha pasado. Hay un sobre en el buzón, lo abro y leo la carta que contiene. Dice: «Llámame a mi móvil ahora mismo. Paulie». Mierda, mierda, mierda y mierda.

No puedo creer en mi suerte. El único día que dejo el trabajo, tiene que aparecer él. Entro, me preparo para lo peor y marco su número. No está de buen humor. Mejor dicho, está con ganas de asesinarme. Me explica, entre toda una asombrosa serie de tacos de todo tipo, que ha hecho el ridículo delante de su nueva novia al no poder abrir la puerta de su propia galería porque le han cambiado las cerraduras. Pero averiguo que eso no es más que el preludio de una noticia francamente mala.

Yo: Mira, Paulie. He cometido un fallo; ¿de acuerdo? Y lo siento. Pero no volverá a ocurrir.

Paulie: Tienes muchísima razón al decir que no volverá a ocurrir, ¿y quieres saber por qué?

Yo: ¿Por qué?

Paulie: Porque estás despedido, ya ves tú por qué. Quiero que cierres la galería ahora mismo, le entregues las llaves a Tim Lee, el de la tienda de cerámica de la puerta de al lado, y no quiero volver a verte ni saber nunca más nada de ti. ¿Está suficientemente claro?

Yo: ¿De veras?

Paulie: Pues sí.

Yo: Bueno, en realidad, hay una cosa que no entiendo.

Paulie: ¿Qué?

Yo: ¿Por qué es tan mala la recepción de tu móvil?

Paulie: Porque me encuentro a bordo de un helicóptero. Aunque no sé qué coño tiene eso que ver con...

Yo: ¿Dónde estás exactamente?

Paulie: A medio camino de París.

Yo: Ah.

Paulie: ¿Qué quieres decir con «Ah»?

Yo: Quiero decir: «Ah, bueno, pues será mejor que des media vuelta porque yo voy a dejar tus estúpidas llaves en tu estúpida cerradura y voy a dejar tu estúpida puerta abierta de par en par».

No cumplo mi amenaza, naturalmente. En parte porque Paulie puede permitirse el lujo de contratar a un abogado mejor que el mío y, en parte, porque me siento más abatido que combativo. En su lugar, cierro debidamente la puerta de la galería por última vez y le dejo las llaves a Tim.

Como desastre, éste hace que la Guerra de los Cien Años parezca una disputa inofensiva. El efecto que producirá en mi vida casi no se puede cuantificar. Ausencia de ingresos = Imposibilidad de llevar mi actual estilo de vida = Necesidad de sacar un billete de vuelta a la Ciudad de los Trabajos de Mierda = Fin de la ambición y comienzo de una vida de penosos trabajos sin sentido.

El control que ejercía sobre mi vida se acaba de esfumar y, mientras cojo la bici y me dispongo a regresar a la casa en la que ya no me podré permitir el lujo de vivir, me siento abrumado por una sensación de impotencia. Nunca me había sentido así. Bueno, casi nunca.

CONFESIONES. N.º 4. LA IMPOTENCIA

Lugar: mi habitación, pensión estudiantil, Edimburgo.

Hora: 11.30 de la noche del 2 de octubre de 1991.

Ella Trent era una niña atractiva. Me quedo corto. Ella Trent era la niña más atractiva que pudiera haber. Las piernas de la doble de Julia Roberts en *Pretty woman.* El rostro de Uma Thurman cuando bailaba con John Travolta en *Pulp fiction.* Las tetas de Jamie Lee Curtis en *Entre pillos anda el juego.* Y el frío carisma de Lauren Bacall. Si hubiera una escuela cuya política de admisiones se basara en la belleza y no en el CI, Ella Trent habría sido la chica que habrían puesto en la portada del folleto. Aquella mujer no sólo hacia que los chicos volvieran la cabeza cuando entraba en una habitación, sino que además les rompía el cuello.

Y yo me la acababa de ligar.

Jamás habría tenido que ocurrir, naturalmente. Ella era una cosa y yo otra. El Norte & el Sur. Lo Dulce & lo Agrio. La Bella & La Bestia. Lo uno no se acerca jamás a lo otro. Ella Trent no estaba destinada a los tipos como yo. ¿Un astro del cine o del rock? Sí. ¿Una cita en algún restaurante pequeño y exclusivo de Hollywood? Sí, por supuesto. Pero ¿Jack Rossiter aguardando bajo un aguacero en la entrada de The Last Drop? No. Jamás de los jamases.

Y no es que yo me quejara de este improbable sesgo del destino. Tenía diecinueve años y cursaba segundo de Bellas Artes en Edimburgo. La única razón de que yo hubiera aprobado el primer curso se debía al hecho de que Ella Trent frecuentaba el mismo piso de la biblioteca que yo. Mientras estudiaba mis libros, la miraba a ella. La miraba, planeaba e intrigaba. Hasta que, al final, me armé de valor y le dirigí la palabra. Después de un considerable trabajo preliminar hecho de sutilezas (prestación de bolígrafos y cosas por el estilo) había conseguido entablar con éxito una relación consistente en mutuas inclinaciones de la cabeza a modo de saludo.

Pero no era el contenido de su plumier lo que a mí me interesaba. Mis cinco principales fantasías sexuales –siempre pasadas en orden inverso para que resultaran más estimulantes– eran:

5. Un revolcón de tres en una cama con Hayley y Becky, unas gemelas de mi curso.
4. Ser capturado por una tribu de bellas amazonas con fines procreativos.
3. Una zurra con un pulpo mojado, propinada por Mademoiselle Chaptal, la profesora de francés de mi escuela.
2. Ser el único varón superviviente de un accidente de aviación en una desierta isla tropical cuyos únicos supervivientes del sexo femenino fueran las participantes en el concurso de Miss Mundo.
1. Alcanzar un orgasmo simultáneo con Ella Trent tras una prolongada sesión de caricias sexuales.

Exceptuando el fetichismo del pescado del número 3 (atribuible, según sospecho ahora, a mi habitual dieta estudiantil a base de bacalao con patatas fritas), creo que era una lista bastante normal para un joven. Pero el orden lo dice todo. ¿Ella Trent por encima de un ilimitado surtido de amazonas? Un poco fuerte, la verdad. Pero allí estaba ella, en el número uno. No podía evitarlo.

Y allí estaba yo, otra vez en mi dormitorio, tras haberla besuqueado y sobado delante de The Last Drop y durante todo el trayecto del taxi que nos había conducido a casa. La miré mientras se desnudaba, saboreando todos los momentos. Para mí, aquello era la oportunidad de ver realizada la fantasía de toda una vida. Y si para ella era el resultado de estar frita, de haber perdido las gafas y haberme confundido con Brad, un australiano en régimen de intercambio estudiantil, ¿a mí qué? En aquel momento y por lo que a mí respectaba, su presencia en mi dormitorio era la consecuencia directa de una campaña librada con brillantez. Había llevado a cabo la labor preliminar en la biblioteca. La había visto en The Last Drop. Me había hecho el encontradizo con ella en la barra. Y había entablado conversación, procurando seducirla con mi charla como si en ello me fuera la vida.

Y mi plan había dado resultado.

Ahora la tenía en mi dormitorio, donde no tardó en tenderse desnuda en mi cama. Había vencido. Había visto. Y no tardaría en venirme. O, tal como me dictaba mi fantasía, nos vendríamos juntos. Ya tenía el polvo en el bolsillo y nada podía fallar. Y no simplemente el polvo. El Polvo del Siglo. Yo sería sexcelente, jodependo y jodeberbio, todo en uno. Sería su Clint Eastwood, su Sean Connery, su Richard Gere. Se acordaría toda la vida de mí. Mi vanidad me lo exigía.

Y en un primer momento fue eso exactamente lo que ocurrió. Nos palpamos, rodamos juntos y soltamos gruñidos encima de las sábanas. Nos acariciamos, nos hurgamos y nos exploramos. Nada de juegos preliminares. Aquello era mucho más. Nunca me había sentido tan cachondo.

–Ya –dijo ella–. Ya. Coge un condón. Póntelo. Póntelo ya, por favor.

Pero si por una parte mi plan de ver cumplida mi fantasía número uno estaba dando resultado, otra cosa (reparé dolorosamente en ello mientras me ponía el preservativo) no estaba dando ninguno. Puede que la culpa la tuvieran los ocho vasos de cerveza que me había tomado para tener el valor de abordar a Ella. O puede que fuera la inseguridad que se apoderó de mí cuando contemplé su increíble cuerpo y comprendí que jamás podría estar a la altura de sus criterios y expectativas. O puede que fuera un simple sobresalto ante el hecho de haber alcanzado lo que jamás en mi vida hubiera podido soñar.

Pero fuera cual fuese la causa, los resultados fueron los mismos: una sensación de hundimiento en las tripas, acompañada de una sensación de encogimiento en la ingle. Contemplé cómo mi polla envuelta en el preservativo se encogía como un globo desinflado. No. No puede ser. Es imposible. Ahora, no. Con ella, no. No lo consentiré. Me aterroricé y empecé a recorrer desesperadamente las fantasías de la dos a la cinco. Pero mi picha tenía otras ideas. Por primera vez desde que yo naciera, carecía de vida propia. En su lugar, tenía muerte. Y muy rápida, por cierto. Ella y yo observamos cómo se doblaba y caía, se marchitaba y moría.

–No puedo creerlo –dije.

–No me digas que nunca te había ocurrido –replicó ella, levantándose y recogiendo sus bragas del suelo.

Me cubrí el rostro con las manos y musité:

–La culpa la tiene mi madre.

–¿Cómo?

Esta vez mi acento australiano era más marcado.

–Por llamarme Brad. Nunca me he sentido a gusto con este nombre.

Películas sonoras

Creo que la mayoría de las veces el cambio es un proceso lento. Tan lento que ni siquiera te das cuenta. Como la pubertad, por ejemplo. En determinado momento, tienes once años y un pubis totalmente lampiño y, diez años después, no sólo tienes pelos suficientes para rellenar un almohadón sino que los pelos te salen además de las orejas y de las fosas nasales. Y te preguntas: «¿Cómo es posible que me haya vuelto así? ¿En qué preciso instante dejé de ser un chaval de piel suave como la seda y me convertí en un hombre de vientre peludo?». Y no hallas respuesta a estas preguntas porque es algo que no ocurrió de la noche a la mañana sino a lo largo de varios años.

Pero a veces es distinto. A veces, el cambio es un tren expreso que te recoge en una parada y te suelta algo más adelante, apenas unos segundos después. Y te deja asombrado y sorprendido porque ves la distancia que has recorrido y sabes que jamás podrás regresar.

Como ahora, por ejemplo. Aquí, en mi habitación, a las 8 de la mañana. Tendido con el brazo alrededor de esta chica tan guapa que duerme con la cabeza apoyada en mi pecho y cuya respiración está sincronizada con la mía. Hace un par de semanas, mi reacción a esta situación hubiera sido probablemente:

a) Hay una *chica* dormida en mi cama; estupendo, eso significa que he ligado.
b) Hay una chica dormida en *mi* cama; mierda, eso significa que no puedo largarme.
c) Hay una chica *dormida* en mi cama; mejor que la despierte... pero, ¿cómo demonios se llama?

Pero sé cómo se llama la chica. Se llama Amy. Hoy es domingo. Hace una semana y media que me despidieron de la galería de Paulie. Hace una semana y media que mantuve una conversación con Amy en Hyde Park y pasamos del Yo y el Ella al Nosotros. Y mi reacción a su presencia aquí es:

a) *Amy* está dormida en mi cama; estupendo, eso significa que me la he ligado.

b) Amy está dormida en mi cama; muy bien, no quiero que lo esté en la de otro.
c) Amy está *dormida* en mi cama; estupendo porque despertarme sin ella las noches que pasamos separados es un asco.

A pesar de mi resistencia inicial, he llegado a la conclusión de que el cambio no es necesariamente una cosa negativa. Me parece muy bien, en realidad, porque el cambio no elimina mi actitud ante el hecho de despertarme teniendo a Amy a mi lado. El cambio, tal como con mucho acierto señalaron los hippies, está a nuestro alrededor. Alrededor de mi dormitorio, por lo menos. Mis fieles y viejos amigos –mis chicas de calendario preferidas, mi colección *¡Muere Mosca, Muere!* de reblandecidos insectos pegados al cristal de la ventana y mis calcetines y mis calzoncillos– han sido respectivamente rotas, eliminada y enviados a la lavadora. Y si el cambio no es una cosa mala, tiene que ser necesariamente una cosa de cama. El cenicero de mi mesilla de noche contiene cuatro y no cuarenta colillas de cigarrillo. Y mi edición de *Playboy* de marzo de 1971, el regalo que me hizo Matt cuando cumplí veinticinco años, ha sido retirada de debajo del colchón y guardada en una caja encima del armario.

Pero el cambio también puede ser un asco.

Mi primer pensamiento al regresar a la casa de Matt tras haber sido despedido fue construir una efigie de Paulie con caca de chacal, dibujar un pentagrama con tiza sobre las baldosas de piedra del jardín de la parte de atrás y clavar alfileres en sus órganos vitales mientras entonaba el padrenuestro al revés. Rechazando la idea por la imposibilidad de llevarla a la práctica (es muy difícil encontrar caca de chacal en esta época del año), decidí ser práctico. Traté de animarme diciendo que había desarrollado una labor satisfactoria en el empleo que antes tenía y seguramente no tropezaría con ningún problema para encontrar un trabajo como colaborador libre. Sin embargo, hay veces en que el mundo se empeña en demostrarte su superioridad aplastando tu amor propio como si fuera una hormiga. Después de diez llamadas a antiguos contactos y diez noes, llegué a la conclusión de que ésta era sin duda una de ellas. Así pues, tomé una decisión heroica. Sólo me quedaba una medida honrosa a la que recurrir: pedir.

Elaboré una lista de posibles benefactores:

a) Mi padre. Papá se despidió de mí, Katy, Billy y mamá aproximadamente una semana después de mi octavo cumpleaños. Dos hijos y una esposa a la que ya no amaba, combinados con la presión de tener que desplazarse a trabajar de Bristol a Londres, lo hicieron caer víctima de los dudosos encantos de Michelle Dove, su secretaria de entonces. A pesar de los vaticinios en contra de mi madre, papá y Michelle siguen todavía felizmente casados. Viven en una mansión de Holland Park y reparten su tiempo entre gastar la inmensa cantidad de dinero que ganó papá con su empresa constructora durante el *boom* de los años ochenta y la educación de sus dos hijos, Davie (14) y Martha (13). Papá y yo nos vemos dos veces al año (cumpleaños y Navidad). Probabilidad de que me dé dinero: cero. Probabilidad de que me preste dinero: escasa. Probabilidad de que repita su ofrecimiento de echarme una mano para que me abra camino en la City: elevada.
b) Mi hermano. Billy, de conformidad con su fascinación por todas las cosas tecnológicas, se encarga del marketing de una empresa de equipos de *software* de los Docklands. Billy tiene una hipoteca y una familia a su cargo. Le van bien las cosas y es feliz. Pero tiene un futuro en el que pensar. Tiene que pensar en sus hijos. No debería obligarle a que asumiera de nuevo el papel de Papá en Funciones que tan bien interpretaba cuando Kate y yo éramos pequeños.
c) Mi madre. Pedirle dinero a mamá me pondría en la misma situación que la de Nerón en la cruzada de la honradez.

Trabaja como mecanógrafa en un banco de Bristol y, una vez pagados los plazos de la hipoteca y las facturas, apenas le queda nada. Estoy seguro de que sacaría el dinero de donde pudiera tal como hizo cuando yo estudiaba, pero yo acabaría avergonzándome.

d) Mi hermana. Estudiante. Es como pedirle consejos de salud a un cadáver. Mejor no.

e) Matt. Eso es un poco complicado. Porque Matt está forrado. Y es mi mejor amigo. Y yo haría lo mismo por él, pero es tan generoso de todos modos, que me parecería muy mal pedirle un préstamo. Supongo que es una cuestión de dignidad.

No es lo que se podría llamar una selección de ensueño. Pero los momentos desesperados exigen acciones desesperadas. Basándome en la teoría de que las escasas posibilidades son mejor que la ausencia de posibilidades, el que al final recibió la llamada fue papá. Su recepcionista se mostró muy hostil, pero curiosamente papá acogió bien mi sugerencia de que nos reuniéramos. Acordamos encontrarnos a almorzar el martes.

Todo fue bien. Relativamente bien. Fue bien para ser una reunión con el único pariente mío que no puede evitar lanzar un suspiro al verme. Nos pasamos un rato hablando de cosas intrascendentes y poniéndonos al día acerca de nuestras respectivas vidas. Después fui al grano y le pregunté si podría prestarme un poco de dinero y él me contestó que ya tendría que estar en condiciones de mantenerme yo solito. Entonces yo le dije que había perdido el empleo y él me contestó que podía recomendarme a una estupenda agencia de cambio y bolsa. Entonces yo le expliqué que quería abrirme camino en el mundo artístico y él volvió a prestar atención a su ensalada de langosta. Y después hizo algo que yo no recordaba haberle visto hacer jamás: se le ocurrió una solución que no supondría ningún compromiso por parte de ninguno de los dos. Me dijo que me encargaría una obra para la recepción de su nueva oficina en Knightsbridge.

Y yo hice a cambio algo que jamás había hecho anteriormente: le di las gracias y le dije que no defraudaría la confianza que había depositado en mí.

El viernes por la mañana Willy Ferguson, el director de marketing de papá, se presentó (o más bien apareció con su automóvil) en casa de Matt. Yo había anulado mi sesión de pose con Sally por segunda semana consecutiva, diciéndole que tenía que ir a Bristol para un funeral. La semana pasada, hundido en la depresión provocada por mi despido, no había podido enfrentarme con la posibilidad de verla. Además, estaba la cuestión de lo que había ocurrido con Amy: nuestro pacto. Necesitaba tiempo para ordenarlo todo en mi cabeza antes de ver a Sally y correr el riesgo de dejarme llevar por el piloto automático, olvidando que ya no estaba disponible. Ella se mostró comprensiva y fue un alivio porque, a pesar de mi decisión de no seguir yendo tras ella a partir de aquel momento, deseaba terminar su retrato.

Willy era un cincuentón medio calvo y tenía una tripa que sólo una vida entera de almuerzos pantagruélicos hubiera podido producir. Justo por encima de la comisura de su boca se veía una cosa incrustada cuyo aspecto era sospechosamente parecido al de una alubia cocida. Lo acompañé al estudio, donde había colgado ocho obras para su valoración crítica. Echó un vistazo a los lienzos como si estuviera examinando un menú de McDonald's.

–Tres mil libras –dijo finalmente–. Procure que sea grande porque nosotros somos una empresa grande. Nos interesa lo grande. Del mismo tamaño más o menos que aquel de allí –añadió, señalando mi pieza preferida–. Pero no tan raro.

–¿Tiene usted alguna idea de la clase de cosa que busca? –pregunté amablemente.

–Algo llamativo. Que anime a la gente.

–Algo llamativo...

–Amarillo.

–¿Amarillo?

–O anaranjado. El anaranjado también podría ir bien.

–¿Qué tal el color lima? –pregunté sin apenas poder creer en la suerte que había tenido por gozar del privilegio de conocer en exclusiva el contenido de la exposición inaugural de la Teoría Cítrica del Arte del profesor Willy Ferguson.

Lo pensó un momento antes de tomar una decisión.

–No, el color lima no iría bien. Parece de moho. No queremos que nuestros clientes entren y piensen que nuestras paredes rezuman humedad. Limítese al amarillo o al anaranjado.

Tomé mentalmente nota de llamar a ArtStart en cuanto él se fuera y pedir un bote de la pintura amarilla más chillona que tuvieran.

–¿Quién es esta tía? –preguntó Willy, reparando en el retrato de Sally e inclinándose hacia delante para verlo mejor.

–Una modelo.

Ladeó la cabeza y se pasó un rato contemplándola extasiado.

–Asombroso –dijo finalmente.

Me llené de orgullo.

–¿Le gusta?

–Vaya si me gusta. Llevo años sin ver un par de tetas tan chulas y un traserito tan compacto como éste.

Ya está. Con lo bueno (Amy), viene lo malo (tener que pedir ayuda a papá) y lo feo (la monstruosidad amarilla que tendré que inventarme para adornar la sala de recepción de la empresa de papá). Pero no puedo quejarme. Tendré dinero en el banco. Podré permitirme el lujo de volver a vivir. Quería un cambio y eso es exactamente lo que he conseguido.

O sea que tengo que afrontarlo.

Miro a Amy. Aún está dormida. Sería bueno que yo pudiera hacer lo mismo que ella, pero he estado pensando demasiado para que pueda volver a sumirme en el sueño. Sería tentador, naturalmente, volver a deslizarme bajo los cobertores y despertarla con un regalo de buena mañana, pero anoche nos fuimos a dormir tarde y prefiero dejarla tranquila. En su lugar, me levanto sigilosamente de la cama, me visto y me voy a la tienda de comidas preparadas de unas puertas más abajo. De vuelta en la cocina, corto el salmón ahumado en lonchas y las pongo en unos panecillos. Ya lo sé, es una extravagancia. Como lo de insistir en pagar aquel vestido que Amy se probó ayer. Pero este tipo de gestos son los que endulzan la vida. ¿Qué mejor uso se puede dar al dinero?

Cuando entro en el dormitorio, Amy no está en la cama. Deposito la bandeja sobre las revueltas sábanas y voy a ver en el cuarto de baño. Amy tampoco está allí. Salgo al pasillo y la llamo, pero no contesta. Bajo a la planta baja.

Al final, la encuentro en el estudio. Las puertas vidrieras están cerradas y hace un calor tan sofocantemente húmedo como el de la selva. Está sentada en el suelo con las piernas cruzadas y lleva unas bragas blancas y mi camiseta Jimmi Hendrix de color negro. Muy Yin-Yang. Pero lo que me llama la atención no es lo que viste. Es lo que mira. El cuadro incompleto de Sally McCullen. El incompleto cuadro de la aparentemente bella Sally McCullen. El incompleto cuadro de la bastante aparentemente bella Sally McCullen, con unas tetas y un trasero que los tipos como Willy Ferguson llevan años sin ver.

–Te lo puedo explicar –digo.

Amy no vuelve la cabeza para mirarme.

–O sea que ésta es Sally. Ésta es Sally, tu modelo.

–Mira –digo, intentándolo de nuevo–, no es...

Amy levanta la mano.

–Puede que me equivoque –dice sin dejar de mirar a McCullen–, pero ¿no me dijiste que era... (y cito tus palabras textuales) «Un adefesio total. No la tocaría ni siquiera con un maldito bastón. Pero para eso sirven los desnudos, ¿no? La intención es que resulten *interesantes*, no atractivos. De lo contrario, sería pura pornografía. Sólo los pobres pervertidos se excitan contemplando a una chica en pelotas». –Al final, se vuelve a mirarme. Su expresión daría lugar a que una escuadra del Servicio Aéreo Especial efectuara una maniobra táctica de esas que obligan a uno a ensuciarse en los pantalones–. Es eso lo que me dijiste, ¿verdad?

–Bueno, sí, pero...

–Pero ¿qué, Jack? ¿Que me mentiste? ¿Que ella no es despampanante? ¿Que tú no eres un pobre pervertido? Y bien. ¿Cuál de estas cosas? Vamos, me gustaría saberlo. ¿Qué te ocurre, Jack? ¿Te ha comido la lengua el gato?

Me miro los pies. El gato ha hecho algo más que comérseme la lengua. La ha digerido y la ha cagado en su bandeja absorbente. Porque, ¿qué puedo decir? Que sí, que le he mentido. Que sí, que Sally McCullen es despampanante. Y que sí, que seguramente soy un poco pervertido.

Al final, digo lo único que puedo decir en las presentes circunstancias.

–Perdona –digo.

Y la miro en la esperanza de que me perdone por haber sido tan gilipollas.

6

Amy

Jamás en mi vida me he sentido tan humillada.

Jamás.

Soy la hija natural secreta de Atila el Rey de los Hunos y Darth Veder. Así de grande es mi cólera.

Me vuelvo a mirar la puerta a través de la cual he sido expulsada y arrojo con ambas manos una descarga de vitriolo. Es lo único que puedo hacer para no emprenderla a puntapiés con la puerta.

Subo a grandes zancadas por la calle bajo unas cárdenas nubes, murmurando entre dientes. Cuando llego a la estación, los cielos se han abierto y yo estoy empapada.

Amy Crosbie: hecha un auténtico desastre.

No creía que fuera posible ser despedida de un empleo temporal. Creía que, en mi calidad de elemento a la deriva entre las filas de los empleados fijos, yo era intocable. Pero está claro que·me equivocaba.

Por lo visto, equivocarme es una de mis nuevas especialidades.

Y no me gusta.

De acuerdo, no hubiera tenido que engañar a Elaine, diciéndole que me conocía todas las clases de centralitas telefónicas del mundo. Hubiera tenido que decirle la verdad, pero nunca llegas a ninguna parte, a menos que mientas acerca de tus conocimientos. Ésta es la primera regla de la tentación: marca «sí» en todas las casillas del impreso de presentación. Cuando Elaine me llamó, diciendo que tenía un trabajo muy bien pagado de dos semanas de duración en la oficina central de un importante bufete de abogados, le contesté inmediatamente que aceptaba. Me buscó en los archivos.

–Estupendo. Ya has trabajado otras veces con el sistema digital pci 2 Elonexic 950 XPCZ 150 –dijo alegremente–. Lo harás muy bien.

–Sí, sí –dije sin prestar la menor atención a sus palabras mientras calculaba mentalmente mis ingresos y pensaba en los fabulosos zapatos que había visto la semana anterior en Red o en Dead. Porque, ¿qué dificultades podía haber? ¿Trabajo de recepción? Lo puedo hacer con los ojos cerrados.

Por consiguiente, ni siquiera se me pasó por la cabeza la posibilidad de no estar preparada para el trabajo mientras atravesaba Londres en dirección a la City o cruzaba el espacioso y elegante vestíbulo para dirigirme a mi nuevo escritorio. O cuando coloqué mi trasero en el asiento de la era espacial y me presenté ante Ángela, la del departamento de Personal.

Pero sí lo pensé cuando me quedé sola con algo que parecía un sistema de control del tráfico aéreo. Entonces se me ocurrió pensar que esta vez me había pasado un poco con mis mentiras. Unas luces rojas, anaranjadas y amarillas parpadeando con furia mientras el insistente zumbido de las interferencias de las líneas interrumpía el vasto silencio de la zona de recepción.

–Muy bien –murmuré, contemplándolo y frotándome las manos, pero ya tenía un terremoto bajo los cimientos de la confianza a cuya tentación había cedido. Al cabo de veinte minutos, todavía no había conseguido atender ninguna llamada y estaba empezando a asustarme. Una horas después, Ángela debió de investigar. Bajó desde uno de los muchos pisos que había por encima de mí y saltó contoneándose del ascensor con su severo vestido de raya diplomática.

–¿Tiene algún problema? –preguntó.

–No, no –Sonreí, percatándome de que llevaba puestos los auriculares al revés–. Todo bien.

Asintió con la cabeza muy poco convencida, y yo la vi

alejarse. Estaba firmemente empeñada en no darme por vencida. Había aprobado el nivel superior de física. Aquello tenía que ser fácil.

No lo era.

No tardé en tener en mis manos todo un aluvión de desalentados comunicantes y en enfrentarme con una grave crisis en las extensiones. A las once en punto la centralita parecía a punto de estallar. Empecé a pulsar botones al azar.

–¡Mierda, su puta madre! –El terror se apoderó de mí–. Fuera de aquí, idiota. A ver si dejáis de llamar. Llamad a otro sitio. ¡A tomar por el culo!

Dos minutos después se abrió el ascensor con un sonido metálico y un hombre medio calvo vestido con un impecable traje corrió hacia mí. Al principio, pensé que se había declarado un incendio porque el hombre agitaba desesperadamente los brazos, pero pronto comprendí que el único peligro del edificio era yo.

–Pero ¿qué demonios está usted haciendo? –me gritó patinando hasta detenerse delante de mí–. ¿Cómo se atreve a soltar palabrotas a través del sistema de telecomunicaciones? ¿Se da usted cuenta de que tenemos a unos importantísimos clientes en la sala de juntas? ¡Su obsceno lenguaje se ha oído en todos los pisos! ¡En todos los pisos!

Sus pobladas cejas temblaban de indignación y sus desorbitados ojos parecían a punto de saltársele de las cuencas.

Me levanté de un salto, pero los auriculares me tenían conectada con el sistema y tiraron de mí, obligándome a volver a sentarme.

–¿De dónde es usted? –ladró el hombre mientras yo trataba torpemente de desenchufarme.

–Shepherd's Bush –chirrié, observando por primera vez el botón del interfono. Lo pulsé y se apagó al igual que la luz verde del micrófono situado directamente por encima de mi bocaza.

Ángela irrumpió en la estancia a través de la puerta que había junto a la escalera. Trató de recuperar el resuello con la mano apoyada en su afanoso pecho.

–¿De qué agencia es? –preguntó el hombre, señalándome con el dedo mientras Ángela se le acercaba presurosa.

–De Top Temps –contestó ella, tragando saliva–. Se va a enterar.

Ni siquiera me concedieron la oportunidad de justificarme y salir del apuro, pues el hombre me agarró por el brazo y me acompañó a la fuerza a la puerta.

–¡Uy! –gemí.

–¡Largo de aquí! –me dijo, mirándome como si acabara de mearme en la alfombra–. No quiero volver a verla nunca más. ¿Se da usted cuenta...?

No pudo terminar la frase y, por un instante, temí que me fuera a dar un puntapié en el trasero cuando me empujó a través de la puerta.

Bajo al metro, complaciéndome en estar bajo tierra. Me parece el mejor lugar para mí. Cambio de líneas al azar, dejando que el revoltijo de rostros y letreros me tranquilice mientras pienso en todas las cosas que hubiera tenido que decir. Al final, consigo encontrar cinco respuestas hábilmente afiladas que hubieran dejado a Ángela y a su secuaz sorprendidos por la mortífera precisión de mi lengua.

Pero todo es inútil. Jamás tendré ocasión de explicarme. Tengo que reconocerlo: aquí yo no soy la ganadora.

Llego a la conclusión de que lo que me hace falta es un cambio de ambiente y bajo en Green Park. Subo con gran esfuerzo por los caminos de grava, sintiendo sobre mis hombros todo el peso del mundo. Aún está nublado, pero por lo menos no llueve. Me arrebujo en mi húmeda chaqueta y me dejo caer en una de las tumbonas desocupadas.

Cierro los ojos y veo flotar los puntos en el interior de

mis párpados. Sé que se lo tendré que confesar a Elaine. Doblo las rodillas y me las rodeo con los brazos. ¿Por qué no se habrá inventado todavía la teleportación? Ésta es una de las ocasiones en que me gustaría ser emitida por medio de un rayo. Una remota isla de América del Sur sería suficiente.

H está fuera, filmando no sé dónde, y no quiero llamar a Jack. Tras haber descubierto el cuadro de Sally, me siento ligeramente distanciada de él. A pesar de que se pasó por lo menos una hora explicándomelo todo y disculpándose, me molesta que no me hubiera dicho antes la verdad. Debió de pensar que yo era demasiado débil para enfrentarme con el hecho de que él estaba pintando a alguien a quien evidentemente considera atractiva. ¿Qué pensaba? ¿Que me desplomaría al suelo convertida en un amasijo de celos? Hubiera podido hacerlo, pero no se trata de eso. Por consiguiente, ahora estoy tratando de mostrarme fría. Pero de momento no me noto fría. Me noto más bien un trozo de gelatina.

Tampoco puedo recurrir a nadie en busca de comprensión. Aquí sí he quemado de verdad los puentes. Dediqué todo mi tiempo libre de la semana pasada a llamar a todos mis conocidos para cantarles las virtudes de Jack y describirles con entusiasmo lo maravillosa que era mi vida. Ahora que soy oficialmente una novia, he difundido la palabra amor y he enviado vibraciones positivas a todas las personas que tienen la suerte de estar en mi filofax. Eso es lo que me dije, por lo menos. Pero ¿quién me creo que soy?

Reconozcámoslo. No hay en mis intenciones el menor afán de compartir, el menor afecto ni la menor honradez. Quiero simplemente que todos los demás se pongan verdes de envidia.

Me refocilé con Susie, mi mejor amiga de la universidad, lo cual fue bastante cruel, teniendo en cuenta que ésta mantiene unas tormentosas relaciones con un hombre casado. Tras escuchar mi monólogo sobre el hecho de que yo hubiera encontrado finalmente un significado al mundo, Susie lanzó un triste suspiro a través del teléfono.

–Tienes mucha suerte.

–Tú también la podrías tener. –Hice una pausa para que mis palabras surtieran efecto. Susie ya sabía lo que le iba a decir. Habíamos mantenido la misma conversación cientos de veces–. Él nunca la va a dejar. Tú ya lo sabes, ¿verdad?

–Lo sé, pero le quiero –dijo con su conmovedor acento *cockney* cual si fuera una veterana estrella de culebrón y, como de costumbre, acabamos riéndonos.

»Me alegro muchísimo de que todo te vaya tan bien –dijo al final de nuestra conversación–. A pesar de que me muero de celos. Me volvería loca de contento si un tío fuera tan romántico conmigo. Hagas lo que hagas, sujétalo bien, Amy.

Me sentí muy satisfecha, pero al mismo tiempo un poco culpable por haber aderezado la descripción de mi relación con Jack con algunos detalles dignos de una película ganadora de un Oscar. Por si fuera poco, embellecí generosamente la forma de ser de Jack con más cualidades de las que probablemente jamás llegará a tener en su vida. Para empezar, le conté a Susie que Jack se presentó en mi apartamento con un enorme ramo de rosas rojas y que, en nuestro almuerzo campestre, tomamos caviar y champán.

El almuerzo campestre fue estupendo tal como estaba. Y de todos modos, a mí el caviar me hace vomitar.

Pero sé por qué lo hago. Estoy tan deseosa de que Jack sea lo que yo espero que me he inventado y he exagerado cosas acerca de él para convencer a mis amigos, y de paso convencerme a mí, de que lo es. Levanto los ojos para contemplar las copas de los árboles y oigo el lejano tintineo de un carrito de venta de helados.

La verdad es que mi vida no es maravillosa y Jack no es perfecto.

A lo mejor lo pienso porque no sé si pasaré el resto de mi vida con él. Supongo que eso es normal en una relación tan reciente como la nuestra, pero al mismo tiempo me muero de miedo. Me he pasado tanto tiempo esperando la llegada del chico apropiado que he perdido la noción de la realidad. Pensaba que, cuando el objeto de mi amor se dignara aparecer en mi vida, todo estaría muy claro. El amor. El matrimonio. Los hijos. El término de las tonterías.

Pero el chico que yo estaba esperando no es Jack. El chico que yo estaba esperando es perfecto. Es el apropiado.

Y es también un producto de mi imaginación.

En su lugar, he encontrado a Jack. Y aunque Jack es real, dista mucho de ser perfecto. Hay ciertas cosas suyas que me desagradan. Suficientes para elaborar una lista.

- Es presumido. Lo tacho mentalmente. Eso no es justo. Lo pienso únicamente porque tiene la costumbre de adelantar la barbilla y mirarse ambos carrillos como si fuera un anuncio de un producto para el afeitado. Ridículo, pero no presumido.
- Es ridículo.
- Es infantil. Se tira pedos y cree que tiene gracia, mueve los cojones de un lado a otro cuando sale de la ducha y se enfurruña cuando no consigue salirse con la suya. Pero la verdad es que yo tampoco soy un modelo de madurez.
- La cosa del pie. Cada vez que intento dormir, mueve espasmódicamente el pie. Es un exceso de energía nerviosa, pero me induce a pensar que estoy durmiendo con Alan Shearer. Cuando lo hace contra mi pierna me molesta todavía más debido a lo mal que se cuida los pies. ¿Acaso la costumbre de limarse las uñas de los dedos de los pies es algo que está limitado a las mujeres?
- Parece más entregado a sus amigos que a mí.
- Se gana la vida pintando preciosas chicas desnudas.

Grrr.

O sea que Jack no es perfecto. Tendré que aprender a aceptarlo. No le puedo echar la culpa de mi desdicha. La culpable de que mi vida sea un desastre soy yo. Y a mí me corresponde arreglar la situación antes de que me muera congelada.

Me dirijo con paso cansino a Oxford Street para la inevitable confrontación con Elaine. No está muy contenta que digamos. Permanece severamente sentada detrás del escritorio del despacho «privado» en el que hemos entrado para mantener nuestra «charla». Me dice que la he defraudado, que está extremadamente decepcionada por mi comportamiento y pregunta cómo es posible que sea tan descuidada, etc., etc. Permanezco con las manos humildemente cruzadas delante, asintiendo y sacudiendo la cabeza al ritmo de sus comentarios hasta que las obligo a describir un círculo, deshaciéndome en disculpas y procurando adoptar la actitud más dócil posible. Al final, las bobadas de Elaine tocan a su fin. Apaga la colilla de su cigarrillo en la grava que rodea el ficus de plástico. Ya hay unas diez colillas allí dentro. A lo mejor tiene un mal día.

–Esto es muy serio, Amy –dice, succionándose las cacarañadas mejillas como si se dispusiera a decidir el castigo que me va a imponer. La espesa base de maquillaje termina en una bronceada línea bajo su barbilla–. Dadas las circunstancias, no me siento cómoda colocándote en otro empleo.

En mi cabeza había una campana tocando a muerto, pero ahora, cuando levanto la vista y nuestros ojos se cruzan, oigo un estruendo tan impresionante como si el Big Ben se acabara de caer de su torre. Elaine no lo sabe, pero con su última frase ha disipado la niebla de mi vida. Sigue parloteando, pero yo no la escucho.

Todo se vuelve increíblemente claro.

Una palabra.

Es más que suficiente.

Colocarme. Elaine no se siente cómoda colocándome.

¡Maldita la falta que me hace a mí que Elaine me coloque!

Me sorprende que haya sido necesario este detalle para hacerme comprender en qué se ha convertido mi vida. Cuando conocí a Elaine, le hice la pelotilla todo lo que pude, pero a pesar de todas mis sonrisas y mi diligencia, tenía intención de aprovecharme de ella. El trabajo temporal sería un recurso provisional de un par de semanas de duración, hasta que yo consiguiera organizar mi vida y después jamás tendría que volver a verla. Pero a lo largo de las semanas, de los meses y ahora de los años, Elaine se ha convertido en un elemento permanente de mi vida. He depositado toda mi confianza en ella para encontrar trabajo porque me he vuelto demasiado indolente para pensar por mi cuenta. ¿Cuándo ocurrió? ¿En qué momento entregué mi poder y empecé a confiar tan enteramente en ella?

Durante todo este tiempo, he simulado creer que estaba al margen de todo eso, que estaba por encima de ser una trabajadora eventual y que dominaba la situación. He despreciado todos los trabajos que he tenido, a todas las personas a las que he conocido y, muy especialmente, a la propia Elaine, pero todo era una cortina de humo. La destinataria del desprecio era yo misma.

Por consiguiente, esto tiene que terminar. Mientras permanezco aquí, como una colegiala traviesa, me enfrento con el hecho de que H tenía razón desde un principio. Me he pasado la vida holgazaneando y ahora utilizo a Jack para que me proporcione una sensación de relación. ¿Qué clase de actitud es ésa?

Una actitud de debilidad.

Y ya no estoy dispuesta a seguir siendo débil. Ni hablar. Puede que no sepa manejar una centralita telefónica, pero hay montones de cosas que sé hacer. A partir de ahora, me las voy a arreglar yo sola.

Amy Crosbie, ésta es tu vida.

Tras haber aplacado a Elaine, me compro un KitKat y una revista y cojo el 94 para volver a casa. Por el camino, me someto al examen de «¿Hasta Qué Extremo Conoces a Tu Novio?» y descubro que casi todas las respuestas son conjeturas. Cuando sumo la puntuación, veo que pertenezco a la categoría de «Mayoría de Ces».

Todavía no te fías de él. Tienes que dedicar más tiempo a conocer a tu hombre y averiguar qué es lo que más le gusta realmente. Tu relación florecerá si la basas en la honradez y la verdad.

Sé que estos análisis generalizan muchísimo, pero aun así, mi buen humor se desestabiliza temporalmente. Cuando llego a casa, me quito la ropa, me ducho y llamo a Jack.

–Has vuelto pronto a casa –dice, bostezando–. Espera un momento. –Cubre el auricular con la mano y oigo un susurro. Vuelve en cuestión de un segundo–. Bueno, ¿y por qué no estás en el trabajo?

–El trabajo no dio resultado. Pero la buena noticia es que jamás regresaré a él. ¿Qué tienes que hacer? –pregunto.

Lo llamas a su casa a una hora inesperada del día. No parece alegrarse demasiado de oír tu voz.

a) ¿Aceptas de buen grado que esté haciendo otra cosa y esté lógicamente distraído?
b) ¿Lo desafías y le preguntas qué ocurre?
c) ¿Sospechas que está con otra chica?

–Tengo un poco de trabajo. Puede que vaya a tu casa dentro de un rato –contesta–. Si no tienes que salir.

No tenía intención de pensar en C. Lo mío era A. En serio.

Ser novia resulta mucho más cansado que cualquier otra cosa que yo recuerde. Te lleva mucho tiempo. Ahora vivo en un estado permanente de Por Si Acaso. Por si acaso veo a Jack, me rasuro las axilas y las piernas casi a diario, lo cual me lleva a una crisis de gestión del vello; me recorto el vello del pubis sobre la taza del excusado, lo cual es una pesadilla pues el vello tarda siglos en desaparecer con el agua; ordeno mi dormitorio y guardo la ropa en el armario en lugar de dejarla en el suelo; lavo constantemente la única colcha buena que tengo en lugar de poner la cursilona colcha floreada de repuesto; compro en un supermercado para disponer de provisiones comestibles en lugar de alimentarme a base de potaje de fideos y tostadas, y llevo ropa interior visible.

Esto último es lo que más me angustia. Durante la VADJ (Vida Antes De Jack), no me importaba ponerme mis grises y agujereadas bragas de señora mayor y un sujetador tan maltrecho como éstas. Tengo también una repugnante selección de sarnosos taparrabos que me sirven más bien de seda genital y no resultan nada cómodos.

Una vez leí un artículo acerca de las mujeres solas que lucen ropa interior sexy sólo para ellas. ¡Y un cuerno! En mi opinión, o buscan desesperadamente echar un polvo o son demasiado ricas. Sea como fuere, yo jamás he conocido a ninguna. No sé de ninguna chica que fuera capaz de entregar a la Oxfam su colección de bragas con el rombo manchado, ni siquiera en el caso de que se registrara una crisis internacional de bragas.

No sé por qué me esfuerzo tanto con la ropa interior. Al fin y al cabo, el otro día vi la colada de Jack colgando en las cuerdas de tender la ropa de su jardín. Y allí estaban unos raídos calzoncillos de Papá Noel. Él tampoco es un ángel que digamos.

Sin embargo, tengo el firme propósito de no dejarme pillar desprevenida; de ahí que yo y mi práctica Visa saliéramos la semana pasada a comprar ropa interior. Cuando ya llevaba recorridos dos tercios del camino, me acorraló una bigotuda mujer de Marks & Spencer y me soltó un sonoro gruñido de desaprobación.

–¿Qué talla de sujetador gasta usted, cariño? –me preguntó.

–La 90 B –contesté, cubriéndome el pecho con ambas manos como si me hubieran sorprendido en una película pornográfica.

–¡Qué va! Usted es más bien una 85 D, si lo sabré yo.

–¡Una 85 D! –exclamé mientras ella entraba en el probador y me pasaba la cinta métrica por la espalda y la anudaba estrechamente alrededor de mis pechos.

–Lo que yo pensaba –dijo, asintiendo con la cabeza.

¡La 85 D! Pero si siempre he usado la 90 B desde que me crecieron las tetas. ¿Cuándo me he transformado en una chica de la página tres?

Me paso por los hombros mi nuevo sujetar de ladrillos y me lo ajusto. Tengo la sensación de estar fuertemente atada con cuerdas. Me miro al espejo y me siento perpleja.

¿Qué otra cosa me puedo poner?

Vestirse para salir no es ningún problema, pero ¿cómo me visto para estar en casa? Normalmente me pongo unas mallas y una camiseta asquerosa, pero ahora va a venir Jack. ¿Cómo me presentaré *au naturel*?

a) ¿Me visto para el sexo?
b) ¿Me visto con mi habitual desaliño?
c) ¿Me visto para salir?

Recuerdo mis decisiones A y opto por un par de bragas Calvin Klein y un top de color blanco. Prescindo del sujetador.

Me paso siglos maquillándome para que no parezca que voy maquillada, ordeno un poco la casa y empiezo a pasear por la cocina. Pienso que quizá convendría guisar algo, pero prefiero no hacerlo. Me saldría mal y hoy estoy decidida a que nada me salga mal. Soy una nueva persona. Soy independiente. Y Jack lo sabrá.

Me pinto las uñas de los pies, miro un poco la televisión y aguardo su llegada. Cuando suena el timbre de la puerta, me había quedado dormida. Me quito las torundas de algodón que me había puesto entre los dedos y corro a pulsar el botón del portero automático. Experimento una oleada de emoción mientras le oigo subir la escalera.

–Hola –digo, enroscándome alrededor de la puerta cuando él aparece.

Me besa y sonríe.

–¿No te vas a poner nada encima? –me pregunta, echando un vistazo a mis bragas.

–Pues claro –tartamudeo–. Es que estaba... –señalo mi dormitorio.

–Pues entonces, no quiero entretenerte.

Sonríe. Me mira enarcando las cejas y yo tengo la sensación de que me ha calado. Me escabullo para ocultar mis coloradas mejillas.

–Pensé que podríamos salir –dice, dirigiéndose al salón. Toma el mando a distancia del televisor y empieza a hacer *zapping* entre los distintos canales.

–De acuerdo –contesto desde mi dormitorio.

Mientras abro el armario y busco mis pantalones vaqueros, oigo los canales. Jack pasa de un programa de juegos a un telediario y se detiene en el fútbol. Por un instante, pienso que se va a quedar a mirarlo, pero se aleja, entra en mi dormitorio y se sienta en la cama.

–¿Por qué no te pones aquel vestido que llevabas el otro día? –pregunta–. Te sienta de maravilla.

–Muy bien –digo, descolgándolo de la percha.

Me vuelvo de espaldas a él y me quito el top. De repente, lo siento a mi espalda. Debe de estar agachado porque percibo sus labios en la base de la columna vertebral. Sus besos me suben por la espalda hasta que noto su aliento en mi nuca. Entonces sus brazos me rodean el tronco y sus manos apresan mi nuevo sujetador 85 D.

–Aunque pensándolo mejor... –murmura.

Está oscuro cuando terminamos de hacer el amor. Me levanto, saco una botella de vino del frigorífico y cojo unas cerillas. Tropiezo mientras trato de encender unas velas.

–¿Por qué no enciendes la luz? –pregunta Jack, mirándome mientras abre la botella de vino.

–Porque aborrezco esta habitación. Tengo que pintarla, pero aún no me he decidido a hacerlo.

–¿Cómo lo vas a hacer?

–Pues no sé. Algo distinto. Ahora que dispongo de tiempo, tendré que pensarlo.

Me vuelvo a acostar con él sobre la colcha y nuestras extremidades desnudas se entrelazan en medio de las sombras.

–¿Y cómo es posible que tengas tanto tiempo de repente? –me pregunta.

Le cuento mi jornada y él se ríe tanto que me derrama el vino sobre el vientre. Se inclina y me lo lame antes de apoyar la barbilla en mi ombligo. Después levanta los ojos hacia mí.

–Una vez me despidieron –dice–, si es que esto te sirve de consuelo.

No me imagino a Jack despedido. Cuando le pido detalles, me dice que hace un par de años estuvo trabajando en una galería y tuvo que cambiar las cerraduras porque se había producido un robo. Al parecer, cuando su jefe regresó, se puso hecho una furia porque no pudo entrar.

–Y tú, ¿qué hiciste?

–Lo planté. En realidad, fue lo mejor que jamás me ha ocurrido –dice, incorporándose y trazando un círculo en mi vientre–. Me hizo comprender unas cuantas cosas. Que quería ser un artista y que a eso debería dedicar mis energías.

Tomo un sorbo de vino.

–Es emocionante.

–¿A qué te refieres?

–A tu triunfo como artista. Es una de las cosas que más me gustan de ti.

Jack suelta una especie de gruñido y hunde la cabeza en mi cuello. Me encanta cuando se muestra tímido y lo abrazo.

–El caso es que no sé lo que voy a hacer –digo.

–Ya saldrá algo –dice él–. Estoy seguro. Y si no sale, tendrás que hacer las maletas porque te llevaré a hacer un crucero por todo el mundo.

–Pues entonces, mejor que no me tome la molestia de escribir a máquina mi currículo –digo riéndome.

Pero a pesar de la tentación de las fantasías de Jack, lo hago. Me paso la siguiente semana buscando nombres y direcciones de empresas y poniendo a punto mi plan de acción. Para mi sorpresa, Jack me presta un increíble apoyo y me ayuda a preparar el currículo en el ultramoderno PC de Matt. Al principio, me da vergüenza compartir todos mis datos con él, pero está tan entusiasmado por mí que no tengo tiempo de sentirme insegura.

–Tendrías que dirigir seminarios sobre la Actitud Mental Positiva –le digo en tono burlón cuando llama por tercera vez en la única noche que habíamos acordado pasar separados–. O, por lo menos, buscar tu propia religión. Eres muy creíble.

–No te lo tomarás a broma cuando ganes una fortuna.

–El jackismo –digo en tono pensativo–. Mmmm. Te cae bien.

–Vamos a ver, sabelotodo. ¿Cuál es la primera regla del jackismo?

–Ilumíname tú, gran gurú.

–Todas mis discípulas tienen que acostarse conmigo.

–Hubiera tenido que adivinarlo –digo entre risas.

–Bueno, pero es que, de momento, mi única discípula eres tú. Te espero aquí dentro de media hora.

–Tendrás suerte. Yo no hago religión.

–Vamos. Sabes muy bien que te apetece.

Y es cierto porque la verdad es que me encanta pasar toda las noches con Jack. Si alguna vez pensé que Jack era reacio a los compromisos, una y otra vez he podido comprobar mi error. Al cabo de una semana, se ha integrado tanto en mi vida que no recuerdo lo que hacía antes de conocerlo. Tampoco sé cómo era posible que tuviera tiempo para trabajar.

Me siento tan feliz en mi nueva vida que casi experimento un sobresalto cuando me llama Elaine a las nueve del martes siguiente. Ya me parece un vestigio del pasado.

–Te voy a dar una segunda oportunidad –me anuncia–. Pero sólo porque estoy en un apuro.

Me hundo en el desconcierto. En el transcurso de la semana pasada, me he alejado mentalmente de los trabajos temporales. No puedo soportar la idea de sentirme nuevamente aspirada por el torbellino. Jack se da la vuelta y se cubre la cabeza con la almohada.

–Es que no estoy disponible en estos momentos, Elaine –le digo–. Lo siento.

–Déjame terminar –dice.

La oigo rebuscar a su alrededor mientras inhala el humo de su cigarrillo. Acaricio el brazo de Jack, que está apoyado sobre mi vientre y miro al techo. Mi vida ha sido mucho más tranquila sin Elaine y las tensiones que ésta me transmitía. Lo único que yo quiero es acurrucarme con Jack y volverme a dormir.

–Aquí está, ya lo tengo –dice–. Es con Friers. Se trata de

una especie de casa de modas. Necesito que te presentes allí cuanto antes. La chica a quien le había pedido que lo hiciera no ha aparecido...

–¿Es una broma? ¿Los Friers? –la interrumpo, incorporándome de golpe en la cama.

La almohada se mueve y Jack levanta la cabeza.

–¿Qué ocurre? –pregunta en tono quejumbroso, con el rostro contraído en una mueca de sueño.

Me acerco los dedos a los labios y me levanto de un salto de la cama para ir por un bolígrafo. Anoto los detalles en el reverso de un sobre.

–Elaine, eres un ángel –digo, dando por finalizada la llamada.

Jack se incorpora en la cama y se despereza.

–¿Por qué estás tan contenta?

–Friers –contesto, agitando el sobre.

–¿Quién?

–Hace unos tres años me ofrecí para un puesto y no me contestaron. Tengo un trabajo. Gracias, Elaine –añado, besando el sobre.

–Pensé que ya no querías seguir haciendo trabajos temporales.

–Bueno, sí, pero ésta podría ser mi gran oportunidad. Tengo que estar allí dentro de una hora.

Corro a prepararme y le hago a Jack una taza de té, pero parece que él no tiene demasiado interés en moverse. Saco mi segundo juego de llaves de las profundidades del frutero de la cocina.

–Para que puedas salir –le digo, besándole la parte de la cabeza que asoma por encima de la colcha mientras agito las llaves junto a su oído.

Se incorpora apoyándose en un codo y las toma.

–¿Estás segura?

–Sí –contesto, burlándome de él–. No te pido que te vengas a vivir conmigo, si es eso lo que te preocupa. Es sólo por motivos prácticos, pero las puedes guardar. Siempre me olvido las llaves dentro.

–Estupendo –dice sonriendo–. Así podré fisgonear por ahí. ¿Dónde están tus diarios?

–No vas a encontrar nada –digo, mirándole a través del espejo mientras me aplico carmín en los labios–. Así que no busques cosas que no podrías manejar.

–¿Me crees capaz de hacerlo? –me pregunta con fingida indignación.

–Sí, pero me fío de ti. Así que no me hagas enfadar –le advierto.

Me agarra y me quita el carmín de un beso.

–¡Jack!

Se lo extiendo por los labios.

–No sé por qué te molestas tanto. Tu carmín me sienta mejor a mí.

–Qué guapa es mi niña –le digo, despidiéndome de él con un abrazo.

–Que lo pases bien en la oficina, cariño –me dice, dándose la vuelta bajo la colcha–. No te preocupes por los niños, yo los iré a recoger a la escuela y me encargaré de la compra.

Pongo los brazos en jarras y le sonrío desde la puerta.

–Conque era eso, ¿eh? ¿Tanto ayudarme a buscar un trabajo era para que tú pudieras ser un amo de casa?

Toma mi osito de peluche.

–Maldita sea –le dice a *Ted*–. Me ha calado.

Las oficinas de Friers se encuentran encima de un café de Charlotte Street. Cuando llego, estoy más nerviosa que un flan. Es una sensación insólita y respiro hondo para calmarme antes de pulsar el timbre del portero electrónico. No sé lo que puedo esperar, pero si olfateo al menos posibilidad de empleo permanente, me abalanzaré sobre ella. Es mi segunda oportunidad y no pienso desaprovecharla.

La oficina está llena de escritorios, percheros y maniquíes a medio vestir. Una radio retumba en segundo plano por encima del sonido de varios teléfonos.

–¡Maldita sea! –Un hombre de elevada estatura que luce un chaleco rosa a cuadros y lleva unas ridículas gafas negras y una visera amarilla levanta las manos en gesto de impotencia mientras cruza el despacho–. ¿Dónde está la del trabajo temporal?

–Estoy aquí –digo.

Se acerca contoneándose.

–¡Al fin! Espero que seas de fiar, cariño –me dice, mirándome de arriba abajo.

–Lo haré lo mejor que pueda –le digo.

–¡Jenny! ¡Jenny! –grita–. ¡Ha llegado finalmente la salvación! Sácale todo el partido que puedas.

Se dirige con afectados movimientos a un pequeño despacho y cierra violentamente la puerta.

–No hagas caso –dice la mujer que se está acercando a mí–. Éste es Fabian. Le gusta dejar sentir su autoridad, pero no te dejes intimidar. Me llamo Jenny. –Me sonríe y me cae simpática de inmediato–. Bienvenida al manicomio.

Me acompaña en un breve recorrido y me presenta a todo el mundo. Unas diez personas compartimos el despacho y todas parecen simpáticas y bastante pacíficas. Jenny tiene unos treinta y cinco años y, por lo que puedo deducir, ha dedicado muchísimos a esas fiestas duras que a estas horas a mí ya me habrían dejado en coma. Es de Lancashire y tiene un acento que, como es natural, imito cuando hablo con ella. Parece que no le importa.

Me prepara té en la cocina antes de acompañarme a mi escritorio. Me enseña a atender los teléfonos y me entrega unas cuantas cartas para que las mecanografíe.

–Me temo que el trabajo de secretaria es un poco aburrido –dice–. Pero ya te buscaremos alguna otra cosa que hacer más adelante. Estamos desbordados.

–No te preocupes –digo–. Déjalo de mi cuenta.

Jenny trabaja con Sam en la contigua sala de corte. Tal como diría H, son PCN (Personas Como Nosotras) y es un alivio. Hacia las once, Sam irrumpe a través de la puerta de vaivén con una radiante sonrisa en los labios. Viste una minifalda de cuero y un jersey de talla demasiado grande que hace que sus pechos parezcan enormes. Después del escándalo del 85 D, me parece que estoy un poco obsesionada con el busto de las demás mujeres.

–¿Qué tal va eso? –pregunta.

–Muy bien. ¿Puedo ayudar en alguna otra cosa? –pregunto en tono servicial–. Ya he terminado las cartas. Aquí están.

Se las entrego.

Les echa un vistazo y hace un gesto de aprobación.

–Estupendo. Finalmente nos han enviado a alguien con un poco de caletre.

Caletre de Mequetrefe. Ella todavía no se ha dado cuenta, pero soy yo la SUPEREVENTUAL.

Sam sujeta con un brazo un gran montón de revistas.

–Te las traigo para ti –dice. Saca de entre las páginas de la primera de ellas una lista mecanografiada–. ¿Puedes echarles un vistazo y marcar las fotografías de estos tipos?

–Pues claro.

–Ya sé que es un poco aburrido, pero nos sería muy útil.

–No te preocupes.

–Será mejor que primero hagas una pausa en el trabajo.

La sigo hasta la escalera de hierro contra incendios de la parte de atrás de la sala de corte. Jenny ya está allí. El hecho de que me permitan unirme a ellas me hace comprender que me han reclutado para su equipo. Estupendo.

Me he pasado tanto tiempo sentada en la valla en todos los trabajos que he hecho que ya tengo astillas en el trasero, pero éste podría ser distinto. Quiero conocer a esta gente. Llevo sólo unas horas aquí, pero ya sé que éste podría ser la clase de sitio apropiado para mí. Nos pasamos un rato charlando. Ambas aprecian a Fabian.

Sam trata de desenredarse las gafas de sol del nudo de rizos de su cabeza. Jenny la observa antes de echarle una mano.

–No sé lo que está pasando, pero dudo que Fabian permanezca mucho tiempo aquí –dice Jenny.

–¿Por qué? –pregunto.

Jenny se da unos golpecitos con el dedo en la parte lateral de la nariz y las tres nos apretujamos mientras ella revela su secreto. Me encanta que me incluyan en el grupo.

–Va a haber un cambio, os lo digo yo. Creo que nos van a comprar y, si nos compran, a Fabian lo echan de patitas a la calle.

Sam emite los correspondientes murmullos de asombro. Estoy a punto de preguntar algo más cuando suena el teléfono.

–Ya voy –digo, apagando el cigarrillo contra la rejilla.

Me paso el resto del día resolviendo una crisis de mensajería, ayudando a Andy cuando se le estropea el ordenador, recogiendo unas muestras en Berwick Street y procurando ser todo lo servicial que puedo. Debo de haber pasado una página, porque no llamo a nadie en todo el día. Me quedo asombrada cuando me doy cuenta de que ya son las seis y media.

–Prométeme que volverás mañana –me dice Jenny.

–Aquí estaré –contesto.

–No hubiéramos podido arreglárnoslas sin ti.

Todavía estoy sonriendo para mis adentros cuando bajo por la acera. Estoy agotada, pero aún no me apetece regresar a casa. Me he pasado todo el día tratando de averiguar cosas acerca de Friers. Tengo una vaga idea del tipo de ropa que van a sacar para esta temporada. Se dedican sobre todo a producir ropa de tipo informal para cadenas de tiendas de ropa masculina, pero venden su propia línea en una boutique del Covent Garden.

Decido echar un vistazo, me doy una vuelta por Soho y subo por St. Martin's Lane. Contemplo todos los escaparates de las tiendas de ropa, tomo mentalmente nota de lo que se exhibe y me hago una idea general de la moda del momento.

Examino con detenimiento la boutique de Friers. Me gusta la ropa, pero en los escaparates sólo exponen lo más atrevido. Me sorprende el clasicismo de casi todo lo que tienen cuando entro. Presto atención a lo que dicen los clientes y los dependientes antes de darme cuenta de que están a punto de cerrar y tengo que irme.

Es tarde cuando llego a casa, pero la cabeza me rebosa de ideas. Jack ha hecho la cama y ha fregado los platos. En el contestador no hay ninguna nota ni ningún mensaje suyo, pero me gusta la sensación de saber que ha estado en mi apartamento sin mí. Me llevo a la cama el montón de revistas de hombre que me he comprado y estudio las páginas de moda. Por primera vez en muchos siglos, me siento auténticamente animada por un propósito. Cuando apago la luz y apoyo la cabeza, la almohada huele a Jack y yo me quedo dormida con una sonrisa en los labios.

Los dos días siguientes transcurren muy rápido y yo lo paso muy bien. Tengo la sensación de que encajo en Friers.

–Es una pena que Karen regrese la semana que viene –dice Sam cuando el jueves nos vamos al bar a la hora del almuerzo–. Sería estupendo que pudieras quedarte.

–Yo no quiero irme –digo con toda sinceridad–. No hay ningún trabajo permanente, ¿verdad?

–Puedes creerme, si lo hubiera, tú serías la primera en saberlo. ¿Nos puedes dejar un currículo?

–Pues claro. Acabo de hacer uno. Te lo daré esta tarde.

–Veré lo que puedo hacer –dice.

Espero que lo diga en serio. No quiero irme. He estado

tan ocupada desempeñando tareas de secretaria que no he tenido ocasión de demostrarles lo mucho que me interesa este negocio.

El viernes por la mañana, todo el mundo participa en una reunión de empresa y yo me quedo sola en el despacho. Miro a mi alrededor ya con cierta nostalgia. Voy a echar sinceramente de menos este lugar.

Me llama Elaine.

–Les gustas –me dice como si fuera una gran sorpresa.

–Ellos también me gustan a mí –reconozco–. No tendrás, por casualidad, en la manga ningún otro trabajo de este tipo, ¿verdad?

–Ninguno. Todo está muy tranquilo.

Vuelta a la casilla número uno, pienso mientras suena el timbre de la puerta.

–Todos están reunidos –le digo al hombre que aparece en lo alto de la escalera–. ¿En qué le puedo servir?

–He venido a ver a Fabian –contesta, contemplando los escritorios vacíos del despacho–. ¿Le importa que espere aquí?

–En absoluto –contesto mientras lo acompaño sonriendo al sofá que hay junto a la ventana.

Puede esperar todo el tiempo que quiera. Es tremendamente guapo, con el cabello rubio cortado muy corto, una atractiva barba de dos días y un bronceado color miel a juego con todo lo demás. Debe de rondar los cuarenta, a juzgar por las arrugas de expresión que le rodean los ojos.

–¿Le apetece un café?

–Sí, por favor –contesta, relajándose contra el respaldo del sofá mientras yo me dirijo a la cocina.

Un modelo. Seguro que es un modelo. No puede ser otra cosa. Comprendo por qué razón Fabian quiere verle, es ideal para la nueva colección de Jenny.

Es absurdo que finja trabajar estando todos los demás en la reunión, por lo que, cuando regreso con su café, me siento en el borde del escritorio y le miro sonriendo.

–Bueno, ¿qué tal es Friers? –me pregunta.

–Es una brillante casa de modas. Las prendas son fabulosas –por lo menos, las de corte clásico– y la gente es estupenda. Yo sólo llevo aquí unos cuantos días –añado–, pero ojalá no tuviera que irme.

–¿Irse?

Me encojo de hombros.

–Es sólo un trabajo temporal.

Me mira enarcando las cejas. Sé que no debería hablar con él, pues se trata de un perfecto desconocido, pero me siento tan deprimida después de mi conversación con Elaine que se me escapa el desaliento sin darme cuenta. Le explico que les envié mi currículo hace tres años y que ahora esperaba que mi trabajo temporal se convirtiera en algo de carácter más permanente.

–¿Por qué aquí y no en otra casa? –me pregunta tras una pausa.

–El potencial. Hay muchas cosas que me encantaría hacer aquí.

–¿Cómo qué?

Le cuento mis ideas y mi expedición por las tiendas de moda. Al ver que me sigue haciendo preguntas, le expongo mis teorías sobre el decorado de los escaparates y le digo que, en mi opinión, Friers tendría que dirigirse a un sector más selecto del mercado. Le comento las conversaciones que oí en la boutique y la investigación que llevé a cabo en las revistas. Incluso le hablo de la ropa que viste Jack.

Asiente con la cabeza mientras yo sigo parloteando y me siento profundamente halagada por el hecho de que finalmente haya alguien que me escuche. Lástima que sea sólo un modelo.

–Bueno, no son más que unas ideas –digo, dando por terminado mi monólogo.

–¿Le ha dicho a Fabian lo que piensa? –me pregunta.

–¿A Fabian? ¡No, por Dios! No me ha dirigido ni un par

de palabras. Recuerde que sólo soy una trabajadora eventual.

–Está usted desaprovechada –me dice con toda sinceridad.

Asiento con la cabeza y me distraigo con las personas que están regresando al despacho. Salto al suelo.

–Perdone que le haya dado la vara –digo, alisándome la falda.

–Ha sido un placer –dice, inclinando la cabeza. Me gusta su acento americano–. ¿Cómo se llama usted?

–Ah, mmm, Amy –contesto–. Voy a decirle a Fabian que está usted aquí. –Doy media vuelta y me detengo en seco. Me giro lentamente y hago una mueca–. No estaría de más que me dijera su nombre.

Se levanta.

–Jules. Jules Geller.

Cuando todos regresan a sus escritorios, es evidente que la atmósfera ha cambiado. En cuanto tengo un momento, me dirijo a la sala de corte. Jenny, Sam, Andy y Louise están fuera, en el descansillo de la escalera contra incendios.

–¿Qué ocurre? –les pregunto desde la puerta.

–Lo que suponíamos –contesta Jenny–. A&M ha comprado Friers.

–¿Qué es A&M?

–Otra casa de modas. Está implantada en Estados Unidos, pero sus colecciones se han estado vendiendo muy bien por aquí –explica Sam–. Van a enviar a un nuevo jefe.

–No me puedo creer que nos lo envíen a *él* –dice Jenny emocionada–. ¡Es fantástico!

–Estoy seguro de que se librará de Fabian en caso de que dirija todo el tinglado desde Londres –dice Andy.

–¿Viste la colección que hizo en París? –pregunta Louise.

–Sí. Es francamente bueno. Dios quiera que conserve todos nuestros puestos de trabajo.

–¿Quién? –pregunto yo mientras ellos siguen hablando.

–Jules Geller –contesta Jenny, reparando finalmente en mi presencia–. Jules Geller es nuestro nuevo jefe. ¿No te parece estupendo?

Regreso tambaleándome a mi escritorio. Jules Geller es el nuevo jefe.

El mismo Jules Geller a quien yo le he soltado todo mi rollo.

Estás completamente perdida, Amy. No, muy bien hecho. Le has causado una buena impresión. Una trabajadora eventual con ambiciones, le has expuesto tus ideas a un hombre que, a juzgar por la cara de Jenny, es prácticamente el amo de toda la maldita industria.

Mierda.

Procuro pasar lo más inadvertida posible durante el resto de la tarde. La reunión de Fabian dura siglos y, en determinado momento, Jenny y Sam son llamadas a su despacho. Evito el contacto visual con la gente, procurando no prestar atención a la tensión que se respira en el despacho. Cuando regreso de la estafeta de correos, no sé si Jules se ha ido o no, pero he decidido que, ocurra lo que ocurra, me esconderé debajo del escritorio para evitar que él me vea.

A las cinco y media, entra Jenny y yo le entrego la última hornada de trabajo que he hecho, junto con mi hoja de horas trabajadas.

–Es la última vez que hago eso –dice, lanzando un suspiro.

–A decir verdad, es mejor que me vaya –digo antes de explicarle lo que he hecho.

Sacude la cabeza y me mira riéndose.

–Las cosas nunca son tan malas como uno cree.

–No, son peores –digo, guardándome la hoja de horas trabajadas en el bolso.

–Será mejor que te despidas de Fabian antes de irte.

Se despide de mí con un abrazo y todo el mundo me da las gracias. Tengo la sensación de que todo el mundo me mira de una manera un poco rara. O llevo un sello pegado a la barbilla o soy una paranoica. Me toco la barbilla.

Es paranoia.

–Seguiremos en contacto –me promete Sam, cruzando los dedos en dirección a mí.

Se acercan a la puerta y me miran sonriendo cuando yo llamo con los nudillos.

–¿Está aquí dentro? –pregunto, volviéndome hacia ellos. Me parece que están a punto de estallar en una carcajada.

–Anda –me apremia Jenny.

Empujo la puerta.

–Ah, la persona que yo quería –Jules se encuentra detrás del escritorio de Fabian–. Pase –dice.

–Venía a ver a Fabian –tartamudeo.

–Me temo que Fabian ya se ha ido. Tendrá que hablar conmigo en su lugar.

Me siento en la silla. Sé que me estoy ruborizando mientras él me sonríe con sincero regocijo.

–No hubiera tenido que decirle nada antes. No sabía que era usted el nuevo jefe ni nada de eso. Normalmente, no suelo...

Jules levanta la mano para interrumpirme.

–No se preocupe, Amy. No tiene por qué disculparse.

–Pero...

–Nada de peros. Resulta que sus ideas me parecen estupendas. Y resulta que acabo de enterarme de que es usted lo que yo estoy buscando. Necesito una ayudante personal que me ayude a organizar todo lo de aquí y creo que es usted ideal. ¿Qué tal mecanografía?

Estoy a punto de perpetrar un robo a mano armada, pero me detengo. Cierro bruscamente la boca. Eso va en serio, esta vez no puedo andarme con tonterías.

–No demasiado bien –contesto–, pero estoy segura de que podría mejorar.

–He estado hablando con Jenny y Sam y ambas opinan

que es usted la mejor organizadora que jamás han tenido por aquí. También he echado un vistazo a su currículo. –Lo sostiene en alto–. Me ha causado muy buena impresión.

Gracias, Sam.

–Bueno, ¿qué le parece? ¿Me va usted a ahorrar el trabajo de entrevistar a unas cuantas secretarias mortalmente aburridas o me echará una mano?

¿Le echaré una mano?

Tras celebrarlo en el bar con Jenny y Sam, me dirijo a casa de Jack con una botella de champán.

–¿A que no sabes qué ha ocurrido? –le digo cuando abre la puerta.

–¿Qué?

Saco la botella de champán que ocultaba a mi espalda.

–¡Podrás ser finalmente un amo de casa!

Jack y Matt se muestran encantados con la noticia. Nos sentamos a beber en la cocina mientras yo explico lo de Friers.

–¿Cuándo empiezas? –pregunta Matt.

–Ahora viene lo mejor. Dentro de un par de semanas. Lo cual significa que podremos irnos de vacaciones.

–¿De vacaciones? –pregunta Jack.

–Pues claro. ¿Por qué no? Cuando empiece a trabajar, ya no habrá tiempo. Lo he estado pensado por el camino. Vámonos a pasar una semana a un sitio cálido.

–¿No te parece un poco precipitado?

–Bueno, tienes una semana para pensarlo –contesto–. Anda, Jack. Te lo puedes permitir, nos vamos a divertir mucho.

Jack no parece muy convencido.

–La semana que viene no te puedes ir –dice Matt–. Alex celebra su despedida de soltero.

–Lo sé –dice Jack.

Estoy tan entusiasmada, emocionada y bebida que tardo un poco en reparar en la mirada que ambos se intercambian. Tengo la sensación de que me ocultan algo.

–Ya me inventaré algo –dice Jack sin dirigirse a nadie en particular.

Se levanta y se acerca al frigorífico.

–Me voy –dice Matt de repente.

–Quédate –le digo.

–Perdón. Tengo que salir. Que os lo paséis bien –dice antes de retirarse.

–¿He dicho algo malo? –pregunto.

–No, no te preocupes.

–No tienes por qué irte de vacaciones conmigo si no quieres.

–Pues claro que quiero. Alex es más amigo de Matt que mío. Ya lo arreglaré con él.

–Estupendo. –Bajo del taburete y le doy a Jack un fuerte abrazo–. Estoy emocionadísima.

–Yo también estoy emocionado –dice Jack, pero no parece tan convencido como yo quisiera.

¿Por qué será que mi vida social sólo se produce aproximadamente unos siete de los 365 días que tiene el año y que, en cada uno de estos días, cuarenta mil millones de cosas exigen mi atención? Este sábado es un ejemplo perfecto.

Ya estoy cansada antes de despertarme. La resaca no contribuye precisamente a mejorar la situación.

Se va a celebrar la fiesta del cincuenta cumpleaños de mi tita Vi en Hemel Hempstead. Un acontecimiento al que he sido invitada con Jack (por efecto de la intrigante influencia de mi madre, sospecho), pero antes me muero que presentárselo a mis primos. No quiero que Jack llegue a conclusiones prematuras acerca de mi peligrosa reserva genética. Por otra parte, tita Vi es muy divertida y, en circunstancias normales, me apetecería mucho verla. Va a poner un castillo inflable en el jardín trasero.

Le he dicho a mamá que iré, pero cuando regreso a mi apartamento el sábado por la mañana, sé que tendré que llamarla para excusar mi presencia. No le hará ninguna gracia.

La fiesta de tita Vi no se puede compaginar con la cena que H organiza esta noche para el cumpleaños de Gav. H lleva siglos preparando el menú y la lista de invitados y se ofenderá si no voy. Además, le he prometido que la ayudaría a cocinar.

Sin embargo, el verdadero problema es que Chloe ha organizado una barbacoa y Jack se ha puesto de muy mal humor esta mañana cuando le he dicho que iría a la fiesta de H.

–Pero es que allí estará todo el mundo –me dijo–. Tienes que ir. Matt y yo cocinaremos.

–Es que le prometí a H que iría.

–No es su cumpleaños. Y es sólo una cena. No le importará que haya una boca menos que alimentar.

–Le importará.

–Pues ve si quieres –dijo Jack en tono enfurruñado–. Pero creo que eres un poco egoísta. Yo dejo un fin de semana de despedida de soltero para irme de vacaciones contigo y lo menos que podrías hacer es ir a esta fiesta conmigo. Quiero exhibirte.

Hay tres mensajes de H en el contestador cuando llego a casa. Sé que iré a la fiesta de Chloe, pero a H no se lo puedo decir. Me duele muchísimo, pero me veré obligada a mentir.

Cuando me vuelve a llamar, pongo una voz muy triste.

–¿Dónde has estado? –me pregunta–. Me he pasado toda la mañana intentando localizarte. ¿Has olvidado que tenemos que ir de compras?

–No me encuentro nada bien –contesto.

–¿Está Jack ahí? –me pregunta con escepticismo.

–No. Me he pasado el rato vomitando.

–¿Resaca?

Me muero de ganas de hablarle de mi nuevo empleo, pero ya me he adentrado por el camino de la mentira.

–No creo que pueda acompañarte a comprar.

–Me lo prometiste.

–Lo sé, pero me encuentro fatal. Te lo juro.

Lanzo un suspiro. Intuyo que está enojada.

–Bueno, pero procura estar mejor esta noche. Va a venir Jack, ¿verdad?

–No puede. Es el cumpleaños de su tía o algo por el estilo.

–¡Pero si ya lo tengo todo planeado! Me lo hubieras podido decir.

–Perdona, te tengo que dejar, voy a vomitar otra vez.

Voy al cuarto de baño y me saco la lengua a mí misma. He fingido estar enferma. Sé que he armado un lío y tengo la desagradable sospecha de que la situación va a empeorar. Jamás le miento a H. Además, le he comprado un regalo de cumpleaños a Gav. Tendré que «mejorar» para esta noche. Jack se tendrá que aguantar.

Me paso todo el día holgazaneando y me noto de mal humor. Jack llama a las seis. Me habla desde el teléfono móvil de Matt.

–¿Dónde estás? –pregunta.

–Me estoy preparando...

–Procura venir temprano. La comida tiene una pinta estupenda. Ya le he dicho a Chloe que vienes.

–Jack...

Pero ya ha colgado.

Me paso un rato pensando que primero iré a la fiesta de H y después a la de Chloe, pero cuanto más lo pienso, más comprendo que sólo conseguiré empeorar las cosas.

Tendré que dejar plantada a H. No puedo dejar a Jack en

la estacada. Después de todo lo que ha hecho por mí últimamente. Ensayo las frases antes de coger el teléfono.

–¿Cómo te encuentras?

–Peor.

–¿Has comido algo?

–No. No aguanto nada en el estómago. Debo de tener un microbio. Ha habido uno que ha estado causando estragos en el trabajo.

–¿Quieres que pase a recogerte? Puedes quedarte a dormir aquí, si quieres. Si no comes nada, no importa.

–Es que no puedo, H.

–Pero si es el cumpleaños de Gav.

–Lo sé, pero me encuentro fatal. No os haría ninguna gracia. Estaréis mejor sin mí.

–Entonces, ¿no vienes?

–Creo que será mejor que me vaya a la cama.

–Te llamaré más tarde para ver qué tal estás.

–No te preocupes. Seguramente estaré durmiendo. Que os divirtáis. Felicita de mi parte a Gav.

Ya está. Iré al infierno.

Tardo siglos en llegar a la casa de Chloe y no estoy de humor para una fiesta. Su apartamento ocupa la planta baja de una enorme casa victoriana. Cuando me abre la puerta y me acompaña al jardín, echo un buen vistazo al salón. El suelo es de parquet y todo está decorado con piezas artísticas de un gusto exquisito. Hasta el jardín es perfecto.

Jack y Matt están haciendo de *chefs* en la barbacoa, y en el jardín hay unas cuarenta personas. El equipo estereofónico está emitiendo a Aretha Franklin a todo volumen y todos los presentes dan la impresión de estar bebidos.

–Me alegro de que lo hayas arreglado –dice Jack, besándome.

–Sí, yo también –contesto, mirando a mi alrededor en el jardín.

Veo a Martin, el hermano de H. Está hablando con un grupo de personas y, cuando me ve, me saluda con la mano en la que sostiene una copa. Le devuelvo el saludo y me siento morir. Esta vez la he cagado de verdad. Seguro que le dirá a H que me ha visto.

Me vuelvo hacia Jack.

–¿Te apetece comer algo? –me pregunta éste con la boca llena de salchicha caliente a la que acaba de hincar el diente.

–No gracias, estoy bien.

Jack me rodea con su brazo.

–Anímate, mujer. Estamos en una fiesta.

¿Que me anime? ¿Con mi vida social en llamas?

Le miro con una leve sonrisa en los labios.

–¿Quiénes son todos ésos? –pregunto, obligándome a mí misma a hacer un esfuerzo.

Me va señalando a los invitados que pasean por el jardín.

–Aquel de allí es Stringer, trabaja en el gimnasio. Damien, un compañero de la escuela –dice, empezando a soltarme una lista de nombres que jamás podré recordar.

–Ah, y aquél es Jons –añade al final, tras haber efectuado un recorrido por todo el jardín. Me señala a un tipo vestido con pantalones de cuero. Es muy guapo y se lo debe de tener muy creído a juzgar por su postura–. Ten cuidado. Está colgadísimo del perico. La madre que lo parió, vienen para acá.

La chica que se está acercando con Jons me resulta vagamente familiar. A lo mejor es una modelo, pues está muy delgada, lleva el cabello rubio largo y su aspecto físico es de esos que te inducen a tirar la toalla y cambiar de sexo.

–Jack, lo estás haciendo muy bien –dice, esbozando una radiante sonrisa.

Apuesto a que es la primera vez que se aplica carmín de labios, con los dientes que tiene.

–Pero bueno, ¿es que no nos vas a presentar? –pregunta, mirándome con curiosidad.

Jack parece un poco nervioso. Da la vuelta a un bistec en la barbacoa.

–Pues claro. Amy, éste es Jons.

Jons hace un gesto de saludo con una pala para pescado.

–Hola –digo, mirando a Jons.

Jack tiene razón. Por su aspecto se adivina que ha estado esnifando demasiado.

–Y Sally –murmura Jack.

Tardo un instante en comprenderlo y entonces experimento una horrible sensación en la boca del estómago. ¿Jack la ha pintado? ¿En cueros?

–¡Ah! –exclamo en tono extasiado–. Eres la Sally del cuadro. Ya me ha parecido a mí que te reconocía.

Hasta yo misma me extraño de no haberme dado una palmada en el muslo para acompañar el falso estallido de risa que se me escapa de la boca. Sally se mira los pies, pero va lista si cree que me voy a sentir violenta.

–¿Qué cuadro es ése? –pregunta Jons.

–¡Ya lo sabes! –digo, esbozando una sonrisa tan ancha que casi parece que se me va a agrietar la cara–. El desnudo que está pintando Jack. Es francamente bueno...

–¡Cómo! –me interrumpe Jons, levantado la mano. Luce en el dedo índice una repugnante sortija de plata en forma de calavera–. ¡Cómo! –repite, sacudiendo la cabeza para echarse el cabello hacia atrás.

–¡Oh, Dios mío! –digo, cubriéndome el rostro con las manos–. ¿Tenía que ser una sorpresa? ¿Se lo ibas a regalar a él? –Miro a Sally, haciendo una mueca–. La verdad es que estabas en una postura... bueno... muy íntima.

Ha salido mal.

Muy mal.

Muy, pero que muy mal.

Sally está mirando a Jack con cara de trueno. Se produce una décima de segundo de silencio, tras la cual Jons pierde los estribos. Parece que le va a estallar la cabeza. Agarra a Jack por el cuello de la camiseta.

–MALDITO MIERDA –grita, abalanzándose sobre él.

Oigo a mi alrededor los jadeos que se producen cuando falla el golpe y se estrella contra la barbacoa. Agita una mano, vuelca la mesa, las hamburguesas salen disparadas en todas las direcciones y él se queda cubierto de salsa de barbacoa. Un estruendo impresionante acompaña la caída de la barbacoa bajo su peso, seguido del fuerte silbido de sus pantalones de cuero chamuscándose en la parrilla. Jons lanza un grito.

–¡Ahora sí que la has hecho buena! –me grita Sally, empujándome con tal violencia que caigo hacia atrás y me empalo en un rosal.

Sally corre hacia Jons, el cual se tambalea, tratando de apartarse del lío que se ha armado en el jardín.

–Calma –grita Jack.

Jons aparta a Sally de un empujón.

–¡Maldita puta! –grita mientras se incorpora tambaleándose.

Después toma el tenedor de la barbacoa y corre hacia Jack. La gente que hay detrás huye atropelladamente. Jack toma una silla de jardín de plástico y ambos forcejean un momento hasta que Jack le arranca a Jons el tenedor de la mano. Jack se agacha y extiende la mano a la defensiva, como si estuviera a punto de efectuar un movimiento de kung fu.

–Calma –vuelve a gritar. Por un instante, Jons se aparta. Deja los brazos colgando a los lados y Jack se incorpora–. Vamos a hablar de eso –dice, acercándose a Jons.

Pero no puede ver el rostro de éste. Yo comprendo instintivamente lo que va a ocurrir y trato de correr hacia ellos, pero mi vestido está prendido en las espinas del rosal.

–¡Cuidado! –grito, distrayendo por un segundo a Jack.

Como no podía ser de otro modo, es justo el segundo en el que Jons le suelta un puñetazo. Observo cómo éste se estrella en el pómulo de Jack y oigo mis gritos al ver cómo se desgarra su piel bajo el impacto de la calavera del anillo y él cae tambaleándose hacia atrás sobre la mesa de tijera, volcándola y lanzando por los aires las botellas y las bandejas.

Matt, Damien y Stringer se acercan corriendo y agarran a Jons por los hombros.

Consigo librarme de las espinas y corro hacia Jack.

Jons sigue gritando palabrotas mientras Damien y Stringer se lo llevan a rastras a la puerta. Sally corre tras ellos y el alboroto se desvanece.

Me agacho junto a Jack que ahora se ha incorporado.

–¿Te ha hecho daño?

Vaya si se lo ha hecho. Se sujeta el rostro y agita la mandíbula. Alargo la mano para tocarlo, pero me aparta de un empujón.

–¡Déjame en paz! –dice con voz sibilante y un tono tan rencoroso que se me corta la respiración y caigo hacia atrás sobre la hierba. Observó cómo se incorpora tambaleándose y entra en la casa.

–¡Jack! –grito, pero no me hace caso.

Me cubro el rostro con las manos. Matt se agacha a mi lado.

–No te preocupes –dice–. Dale unos segundos para tranquilizarse. Le acaban de pegar. No quería hacerlo.

Todo el mundo contempla la escena con asombro. Matt me ayuda a levantarme y me rodea con su brazo mientras Chloe se acerca, hecha una furia. Todo está destrozado. El jardín ofrece el mismo aspecto que tendría si acabara de pasar un huracán.

–¿Dónde está Jack? –pregunta en tono cortante.

Señalo la casa con la cabeza sin decir nada.

–¡Jesús! –exclama, poniendo los ojos en blanco antes de cruzar el jardín y entrar en la casa en busca de Jack.

Minutos después entro a trompicones en el cuarto de baño y cierro la puerta, huyendo de la escena del jardín. No sé cuánto rato permanezco sentada en la taza del excusado, pero de repente oigo una suave llamada a la puerta.

–¿Amy? –Es la voz de Matt. Otra llamada–. Amy, déjame entrar.

–Está abierto –grazno.

Cuando entra, la expresión de su rostro me induce a llorar.

–No llores –me dice, sentándose a mi lado en el borde de la bañera–. Vamos, todo se arreglará.

Me rodea con su brazo y me ofrece un trozo de papel higiénico. Me sueno la nariz.

–Lo siento –gimoteo.

–No lo sientas. No pasa nada. Estas cosas también me asustan a mí.

La puerta se abre de par en par.

–Ah, conque estás aquí –dice Chloe, mirándome con los labios fruncidos–. Pues qué bien. No tienes mucha gracia que digamos.

Matt y yo nos levantamos.

–¿Cómo está? –pregunto.

–No te preocupes. Lo estoy cuidando.

Jack aparece en la puerta, cubriéndose el rostro con las manos. Observo que ya se le está hinchando el ojo. Chloe pasa empujando a Matt y abre el botiquín de la pared.

–Tengo un poco de yodo por aquí –dice antes de sacar el frasco y coger una torunda grande–. Ven aquí, Jack –le ordena.

–Ya lo hago yo –dice Jack sin mirarme–. ¿Queréis dejarnos solos un momento? –Mira a Matt, que asiente con la cabeza, y después a Chloe, que parece a punto de golpear el suelo con el pie y mira fijamente a Jack mientras éste toma el frasco y el algodón que ella sostiene en sus manos–. Es que aquí estamos un poco apretados, eso es todo –añade.

Chloe me mira como si yo fuera un bicho que ella estuviera deseando aplastar antes de seguir a Matt y salir dando un portazo. Jack se acerca a la puerta y corre el pestillo. Se apoya contra ella y cierra los ojos por un instante. Después me mira.

–Lo siento mucho –dice–. No quería empujarte de esta manera.

–No tienes por qué. Toda la culpa es mía. Oh, Dios mío, Jack, no sabes cuánto lo siento.

–Ven aquí –me dice y, en un segundo, estoy en sus brazos–. ¡Menudo gilipollas está hecho!

Le miro. Hago una mueca al ver el aspecto de su ojo. Lo acompaño a la bañera y lo hago sentar en el borde. Tomo el yodo y el algodón y me arrodillo delante de él.

–¿Te duele mucho?

Jack no contesta. Se inclina hacia delante y me rodea los hombros con su brazo mientras me roza la frente con la suya.

–¡Qué desastre! –exclama, lanzando un suspiro.

–Ya ha terminado todo.

–Yo no quería.

–Ssss...

Apoyo el dedo en sus labios. Me mira y yo lo miro directamente a los ojos. Y de repente, todo tiene sentido. Lo demás no importa, ni Sally, ni Chloe, ni Jons. Nada excepto Jack.

–Te quiero –digo en un susurro.

7

Jack

Ella me quiere, ¿yo no la quiero a ella?

No, *Me gustas.* No, *Me atraes.* Ni siquiera, *Eres mi amigo.*

Simplemente *Te quiero.*

Como frase, es sensacional. Es del orden de *Antes de que sigamos adelante, creo que debes saber que no siempre he sido una mujer...* (Michaela/Mike a Matt, 1995); *Cuando te dije que no estaba casado, no te estaba diciendo exactamente la verdad...* (Graham King a Chloe, 1997); y *Creo que ya es hora de que empecemos a pensar en serio en casarnos...* (Zoe a mí, 1995).

En otras palabras, no es algo que se pueda tomar así como así.

En esta crítica coyuntura, se me ofrecen, por supuesto, varias tradicionales maniobras de distracción:

a) Un pensativo «Mmmmm» (mejor si se acompaña de una lenta inclinación de cabeza y de una expresión de estreñimiento).
b) Un incoherente «Yo dambén de guro a di» (cuanto más borracho, mejor).
c) Un aterrorizado «Oh, Dios mío, creo que voy a vomitar» (como arriba).
d) Un terapéutico «Gracias por decírmelo» (seguido de un imprescindible apretón de manos).
e) Un arrogante «Lo sé» (contacto visual total, sonrisa satisfecha, mueca de desprecio opcional).

Pero en este momento no estoy para maniobras. Me siento demasiado desconcertado para eso. Miro a Amy y pienso que sí, que a lo mejor son ésas las palabras que quiero oír de sus labios.

Me siento halagado y creo que el hecho de que me lo diga significa que ha llegado a la trascendental conclusión femenina de que yo soy el hombre adecuado para ella. Una parte de mí quiere levantarse y ser tomado en consideración, coger su mano, mirarla a los ojos y decir: «Sí, soy tu hombre. Sí, te quiero. Sí, soy feliz porque tú también me quieres a mí». Quiero decir que eso es lo que desea todo el mundo en el fondo: amar y ser amado. El hecho de tener sólo una parte de la ecuación no parece muy correcto.

¿Correcto?

Pero es que, además, estoy pensando en otras cosas. Cosas inseguras. Cosas que no quiero reconocer, ni siquiera en mi fuero interno. Como, por ejemplo, ¿hasta qué extremo la conozco? ¿Suficiente para aceptar su declaración de amor en sentido literal? ¿Confío realmente en ella lo suficiente? ¿Qué ocurre si confío y me equivoco? ¿Qué ocurre si ahora cedo y acepto todas estas confusas emociones que siento por ella y las bautizo como Amor?

Mi pasado historial en estos asuntos, como en casi todos los asuntos, no me inspira precisamente demasiada confianza. Para empezar (dejando aparte a los familiares y los animales domésticos), yo sólo le he dicho «Te quiero» a una persona. Y esta persona fue Zoe. Ocurrió en el aeropuerto de Heathrow. Llevábamos seis horas atrapados allí, a la espera de nuestro vuelo a Ibiza. El cansancio se había apoderado de mí tres horas antes. Aburrimiento terminal. Estaba sentado en aquel asiento de plástico en forma de cubo, contemplando el tablero de información, a la espera de que de un momento a otro aparecieran unas letras que dijeran EMBARQUE. Zoe estaba durmiendo con la cabeza apoyada sobre mis rodillas. Recuerdo que la contemplé con el cabello derramándose sobre mis muslos y los ojos cerrados y me sentí invadido por un vehemente impulso de protegerla. Estaba muy guapa y su expresión era muy apacible. Jamás había experimentado una sensación de comodidad como aquélla. Me incliné, la besé en la frente y las dos palabras mágicas me brotaron de la boca en un susurro. Llevaba seis meses saliendo con ella y creí pronunciarlas con absoluta sinceridad. Pero hoy, en el cuarto de baño de Chloe, con el yodo ardiéndome en la mejilla y el ojo hinchado que se está convirtiendo en la viva imagen del ganador de un concurso de imitaciones de huevos escalfados, no siento lo mismo. Ya no soy un chiquillo. El amor no es un afán de protección. El amor no es comodidad y complacencia. El amor es una decisión. Es llegar a la conclusión de que es eso y no hay nada más. No soy uno de esos tipos que dicen que sí porque les es más fácil que no decirlo. Y no soy uno de esos que lo utilizan como una especie de código de seguridad para tener acceso a las bragas de una chica. (Soy capaz de decir cualquier cosa menos eso.) Pero al mismo tiempo no lo temo. Lo diré cuando esté seguro. Y ahora, mientras contemplo a Amy, no estoy seguro.

Conclusión: nuestro futuro es todavía un *si* y no un *cuando.*

Por consiguiente, en lugar de aceptar sus palabras y extenderle el esperado recibo del «Yo también te quiero a ti», sigo el camino que han recorrido los pies de los hombres indecisos a lo largo de muchas generaciones: me rajo.

–Se te ha roto el vestido –le digo, rompiendo el contacto visual para echar un vistazo a la tela.

Se producen unos segundos de silencio, oigo los latidos de mi corazón y me pregunto si ella también los oye.

Al final, me pregunta:

–¿Cómo te sientes?

–Jodido –contesto.

Por suerte, comprende que me estoy refiriendo a lo que ha ocurrido en el jardín y no a lo que ella me acaba de decir.

–Ha sido una estupidez por mi parte.

La estrecho con más fuerza con mi brazo, la atraigo hacia mí y le beso la mejilla.

–No, la estupidez ha sido mía. Fue una estupidez mentirte acerca del aspecto de Sally. Fue una estupidez que ella no se lo dijera a Jons. Y ha sido una estupidez que este chalado y colgado hijo de puta perdiera los estribos y tratara de romperme la cabeza.

Amy inclina la cabeza.

–Sí, pero tienes que comprender por qué...

–Comprender un cuerno. Nadie tiene derecho a comportarse de esta manera. Demasiado de esto –digo, soltando un gruñido y señalándome la nariz–, y demasiado poco de esto otro –añado, dándome unas palmadas a la parte lateral de la cabeza.

Oigo mi afanosa respiración y me imagino de repente el rostro de Jons.

–¿Qué habrías hecho tú en su lugar? ¿Qué habrías hecho si te hubieras enterado de que alguien me estaba pintando desnuda? ¿No te habrías enfadado?

Se trata de una pregunta razonable, por supuesto, pero no es la que a mí me interesa en este momento. Sacudo inflexiblemente la cabeza.

–No. No me enfadaría porque no soy un gilipollas. Y... y porque confío en ti.

–¿Sabías que ella no se lo había dicho? Antes de esta noche, quiero decir.

Considero la posibilidad de mentir y decirle que suponía que Jons estaba al tanto de la situación y la aceptaba. Pero ¿de qué serviría? Basta con mirar a Jons de lejos para comprender que no acepta que otro tío se siente al lado de Sally en el autobús y menos que haga cualquier otra cosa de carácter más íntimo. Por consiguiente, le digo la verdad:

–Sí. Me dijo que se enfadaría como se enterara.

–Lo mismo que hice yo cuando vi el cuadro.

–Sí –digo, lanzando un suspiro–, lo mismo.

–Se trata de una cuestión de honradez, supongo –dice en tono pensativo–. Yo tenía sospechas y me imaginé lo peor.

Me vuelvo en el borde de la bañera para mirarla. Tiene los ojos hinchados de haber llorado. Creo que toda la culpa es mía. ¿Y por qué no? Lo es.

–¿Es eso lo que pensaste cuando descubriste el cuadro?

–¿Qué? ¿Que te acostabas con ella?

–Sí.

–Bueno, te mentiría si te dijera que esta idea no se me pasó por la imaginación. –Siento que me pasa la mano por el cabello–. Sí se me pasó. Y mucho. –Ladea la cabeza y me mira–. ¿Te molesta que lo pensara?

–No.

He dudado demasiado antes de contestar.

–¿Ni siquiera un poco? –me tantea.

–Bueno, un poco sí –reconozco.

–Lo siento. Es cosa de los celos. Yo confío en ti, Jack. Totalmente. Lo sabes, ¿verdad?

Me siento una mierda por todo eso. Pero ni siquiera una mierda normal. Es algo mucho más asqueroso. Algo que podrías encontrar reseco en el rabo de una vaca o en las bragas de una moscarda. Es lo mismo que he venido haciendo desde que resolvimos el asunto en el estudio tras haber descubierto ella el cuadro. Ahora sería el momento adecuado para comportarme con sinceridad y decirle a Amy que ella tenía razón al sospechar que mis motivos para pintar a Sally tenían más que ver con mi condición de cachondo que con mi afición al arte. Decirlo claramente y seguir adelante.

Pero ¿para qué? ¿Por qué tengo que responder ante Amy de lo que pensaba antes de conocerla a ella? ¿Por qué causar más dolor? Ahora no tiene importancia. Estoy con Amy, no con Sally. No hay necesidad de que ella sepa que antes las cosas eran distintas.

–No lo sé –contesto sin entrar en detalles–. Quiero decir, ¿en qué se diferencia tu manera de pensar de la de Jons en estos momentos? Reaccionaste exactamente igual que él.

–Pero yo no te pegué –dice–. Eso se tiene que apuntar en mi haber.

Sonrío muy a mi pesar.

–Supongo que sí. Y yo no te freí los pantalones de cuero. Eso también se tiene que apuntar en mi haber.

Hace una mueca.

–Debió de ser doloroso.

–Terrible –digo sin poder reprimir una sonrisa–. Como freír tocino en una sartén.

Su voz se vuelve a poner seria.

–Eso es algo que tenemos que aclarar, Jack.

–¿A qué te refieres, a la confianza?

–Sí. Pero no sólo a eso. A todo el pasado. Para que no haya secretos ni mentiras. Para que no volvamos a armar un jaleo como éste.

Tiene razón: tenemos que abordarlo. Pero no aquí. No ahora. Con todas las emociones a flor de piel.

Llaman a la puerta y dejo entrar a Matt.

–¿Ya te encuentras mejor, Hombre Elefante? –pregunta, haciendo una mueca al ver mi rostro.

–Sí –contesto, volviéndome para sonreírle a Amy–. Vámonos con la música a otra parte.

El equipaje

El martes por la noche Amy ya está sentada a una mesa de la terraza del Zack's cuando yo llego allí. Vamos a tomarnos unas copas antes de irnos a la fiesta de un amigo de Amy. Cuando me encuentro todavía a unos cuantos metros de distancia y ella aún no me ha visto, me detengo a mirarla. Es el juego al que solía jugar con Zoe cuando salía con ella. Se llama ¿ME SEGUIRÍA RESULTANDO ATRACTIVA SI NO FUERA MI NOVIA? Me quedo donde estoy y trato de imaginar que es una perfecta desconocida y que yo estoy paseando por allí. Y ahora que he posado los ojos en ella por primera vez, «¿me gustaría tirármela?».

Primero hay que procesar la información física: cabello, figura, ropa. Las tres cosas son compatibles con mi tipo. No luce una permanente con el pelo mojado, una cabeza rapada o una barba. No se observan signos evidentes de trastorno debilitante, afición a la grasa de cerdo o abuso de esteroides anabolizantes. Por lo que respecta a la ropa, no lleva mallas fluorescentes, zapatos de tacón de aguja o una camiseta de un club de fans de Michael Bolton. Además, entra dentro de los límites de edad adecuados: no más de cinco años menor que yo (de esta manera, podemos efectuar estupendas excursiones nostálgicas centradas en programas televisivos de culto de los setenta y los ochenta, *Los duques de Hazzard, Los archivos Rockford, C.H.I.P.S.,* etc.), y no más de diez años mayor que yo (reduciendo con ello la posibilidad de existencia de un equipaje considerable, un matrimonio fracasado, unos hijos, discos de vinilo de Pink Floyd/David Soul, etc.). Hasta ahora, todo bien. A continuación, viene la información de la visión periférica. Está leyendo una lujosa revista (culta: bien), lleva unas gafas de diseño en la cabeza a modo de diadema (gustos caros: mal) y tiene delante dos vasos y una botella de vino helado (se va a reunir con alguien, probablemente su novio: muy mal). Análisis general: muy buenas posibilidades; lástima lo del novio.

Y si fuera la primera vez que viera a Amy, tendría que retirarme a regañadientes. Pero no es la primera vez. Y el hecho de que tenga novio tampoco me molesta. Porque el novio soy yo y el segundo vaso de vino lleva mi nombre escrito por todos lados. Me acerco a ella con una sonrisa en los labios porque la respuesta a mi pregunta inicial es un rotundo Sí.

Lo primero que observo tras haberla besado, haberme sentado y haberme preparado un trago es que la lujosa revista que está leyendo es, en realidad, un folleto de viajes. Lo segundo que observo, mientras ella me pregunta qué tal me ha ido la jornada, es que el folleto de viajes es para unas vacaciones en las Hawai. Lo tercero que observo, mientras ella me comenta que lleva dos años sin salir al extranjero, es que actúa bajo los efectos de la errónea idea de que yo estoy podrido de dinero y probablemente me paso el rato en lugares como las Hawai. Pero lo más importante que observo, mientras ella me comenta que llevo el pelo manchado de pintura amarilla, es que estoy lo que se dice auténticamente jodido.

–Bueno ¿qué te parece? –me pregunta, dando la vuelta al folleto para mostrarme la imagen de un lugar de vacaciones de superlujo.

¿Qué me parece? ¿De verdad de verdad? Pues me parece que, después de haber pagado los números rojos del banco y el alquiler y los gastos de manutención con lo que me pagan por pintar la obra *Estudio en maldito amarillo* para le empresa de papá, no me quedará dinero no ya para un lugar exótico sino ni siquiera para pagar un billete de autocar para Clacton-on-Sea. Me parece que aquí hace calor y todo es muy bonito, por consiguiente, ¿para qué molestarnos en ir al extranjero? Me parece que, en un mundo ideal, Amy tendría un miedo invencible a volar y nos tendríamos que pasar el verano muriéndonos de frío en el Reino Unido. Pero Amy no quiere oír la verdad. O, por lo menos, yo no quiero que la oiga. Cuando abro la boca para hablar, se me ocurre pensar, no por primera vez en mi vida, que mentir es como masturbarse: cuando se empieza, cuesta mucho detenerse. Pero a pesar de estos pensamientos, consigo apartar de mi rostro la expresión de abyecto horror y, en su lugar, adopto un aire indiferentemente mundano y contesto:

–No sé. Lo malo de las Hawai es que, cuando ya has estado allí una vez, ya lo has visto todo.

–Ah. –No hace el menor esfuerzo por disimular su decepción–. No sabía que ya habías estado allí.

–Pues sí –digo.

Y es cierto: he estado allí. El hecho de que entonces tuviera seis meses y me pasara todo el rato en un cochecito infantil cuando papá estuvo allí gratis por un asunto de negocios no le resta el menor valor. En la cuestión de las Hawai, tengo tanto derecho a afirmar haber estado allí como el que más. Para confirmarlo, efectúo unos vagos movimientos de remar y empiezo a tararear la melodía *Hawaii Cinco-O* en la esperanza de que mi actuación distraiga a Amy de su objetivo.

Pero no la distrae. Cuando apenas he iniciado mi primer *ba-ba-ba-baaa-baaa,* me corta en seco y pregunta:

–¿Y no quieres volver?

Dejo caer débilmente los brazos a los costados.

–Bueno –contesto siguiendo con el farol–, allí no hay más que sol, arena, olas y poco más.

–Me parece terrible. –Pone otro folleto encima del primero. Echo un vistazo a la portada: Tours Selva Tropical–. Y eso ¿qué? ¿Que cuando has visto una selva tropical las has visto todas?

Un rápido vistazo a la amplia biblioteca de folletos que asoman por la parte superior de su bolso me hace comprender que hasta un experto viajero como Alan Whicker tendría dificultades para afirmar que había visitado todos aquellos lugares. Un poco de tiempo para pensar con rapidez, pues no hay manera de que yo pueda salir de ésta. Ya le he dicho que me iría de vacaciones con ella y el hecho de que ahora me echara atrás se consideraría una señal de que no todo va bien *chez* Rossiter y Crosbie. Y no quiero que se produzca una discusión sobre la crisis de la relación. Porque no hay ninguna crisis. Dejando aparte las trolas que yo le he contado acerca de la gran cantidad de dinero que gano con mi pintura. Dejando aparte mi constantes mentiras acerca de este asunto pese a haberle jurado que jamás volvería a mentir. ¿Crisis? ¡Ja ja! ¿Qué crisis? Hay pequeños detalles, simples manchas en el gran plan de nuestra vida... no hay por qué asustarse.

Aparto suavemente a un lado el folleto y digo:

–Yo estaba pensando en algo un poco más cercano.

–¿Por qué?

–Bueeeno... –Y entonces se me ocurre–. Porque, para cuando hayamos hecho la reserva, sólo nos quedará una semana antes de que empieces tu nuevo trabajo.

Pero no es tan fácil disuadirla de su propósito.

–No hay problema– dice, abriendo un folleto de las Bahamas. Desliza un dedo por una lista de precios que parece la de la producción de la economía nacional y señala las fechas de salida y llegada–. Mira, hay muchas ofertas de una semana.

¡Ofertas! Ya. Intenta decírselo al director de mi sucursal bancaria.

–Lo sé –replico–, pero piensa en lo largos que son los vuelos. El desfase horario y todas estas cosas. Cuando lleguemos allí y empecemos a orientarnos, ya será hora de volver. –Veo que abre la boca para contradecirme y sigo adelante–. Europa. ¿Qué tiene de malo Europa? Europa está muy bien en esta época del año. Europa es... cómo diría... Europa es divertida.

Entorna los ojos mientras repite la palabra.

–¿Divertida?

–Sí –digo con entusiasmo–. Hay montones de cosas que hacer. Lugares que ver... –Asiento con la cabeza para mostrar mi conformidad con mis propias palabras–. Muy divertida.

Se reclina contra el respaldo de su asiento. Su cuerpo se está comunicando conmigo y me está diciendo con toda claridad: «Europa no es divertida porque yo he estado montones de veces en Europa y quiero ir a las Hawai».

–Bueno –dice en voz alta–, ¿en qué lugar del Parque Temático de Europa te quieres divertir?

Pienso en vuelos baratos, hoteles baratos, comidas baratas y bebidas alcohólicas baratas e inmediatamente se me escapa una palabra:

–Grecia.

–¿Grecia?

Frunce tan fuertemente los labios cuando pronuncio la palabra que me sorprende que ésta le salga de la boca.

–Sí, Grecia. Es la cuna de la cultura occidental. Allí está el Partenón y Homero y todas esas cosas griegas tan estupendas.

Lo piensa un momento, desplazando la mirada desde mi persona a los folletos que guarda en el bolso.

Tengo la clara sensación de que, si ella tuviera que elegir entre ellos y yo, yo quedaría en un miserable segundo lugar.

–De acuerdo –dice finalmente–, vamos a Grecia. ¿Quieres reservar tú o lo hago yo?

–Déjalo de mi cuenta –digo mientras cruza por mi mente una celestial visión de agencia de viajes baratos.

Por suerte, la conversación sigue adelante. Sin embargo, suerte no es la palabra más apropiada para describir lo que siento a propósito de lo que ocurre a continuación. Ansiedad, sí. Paranoia, sí. Pero suerte, no. Las palabras «sartén» y «fuego» me vienen a la mente. Porque de lo que Amy empieza a hablar es de aquello que yo a duras penas conseguí evitar discutir con ella en el cuarto de baño de Chloe el fin de semana: el pasado.

Resulta que yo mantengo una actitud muy curiosa en relación con el pasado. Por una parte, me encuentro muy a gusto con él. Estoy donde estoy/soy el que soy debido a lo que me ocurrió... la suma de mis experiencias y todas estas cosas. Como la primera noche que conocí a Amy. Entonces hablamos del pasado y fue estupendo. Pero era el pasado limpio, el pasado censurado, la clase de pasado que le podrías mostrar a un niño sin temor a provocarle pesadillas. Pero por otra parte hay ciertas cosas que he hecho que probablemente sería mejor dejar donde están. Como el sexo, por ejemplo. O como las demás personas con quienes he mantenido relaciones sexuales a lo largo de los últimos años. El sexo es un tema peligroso. Cuando le hablas a alguien de tu vida sexual, este alguien saca conclusiones.

Christine, por ejemplo. Christine es una chica de la que me enamoré perdidamente a principios del año pasado. Era una auténtica compañera en el sentido de que nos lo contábamos todo e intercambiábamos anécdotas de nuestra vida amorosa cual si fueran cromos. Y era sensacional. Se trataba de una relación abierta y sincera. Lo malo es que, cuando me decidí a hacerle una proposición, no la quiso aceptar. ¿Por qué? No porque no se sintiera atraída por mí (reconoció que sí se sentía), sino porque no le apetecía convertirse en otro dato estadístico de la Galería de Aventuras de Una Noche de Jack Rossiter.

Y eso es lo que me preocupa en el caso de Amy. ¿Me juzgará? Si reconozco que me he pasado Dios-sabe-cuánto-tiempo entregado a fugaces relaciones de aquí te pillo y aquí te mato, ¿seguirá mi ejemplo y echará a correr como alma que lleva el diablo? Es un riesgo, pero es un riesgo que no tendré más remedio que correr. Porque ya no habrá más mentiras, ¿está claro? Si

Amy me acepta, me tiene que aceptar tal como soy. Me tendrá que tomar o dejar.

Espero que ocurra lo primero.

Por consiguiente, después de canturrear y reírnos un poco, nos sentamos a comentar nuestras anteriores relaciones. Sólo que me doy cuenta de que no estamos comentando en absoluto nuestras anteriores relaciones sino utilizándolas como modelos y como terreno de pruebas para ver si somos compatibles. En todo lo que nos preguntamos el uno al otro hay un significado aparente y un *significado real.* Amy me pregunta, por ejemplo:

> ¿Le has sido alguna vez infiel a alguien mientras mantenías una relación estable? (¿Cabe la posibilidad de que me seas infiel a mí?)
>
> Cuando rompías una relación, ¿ibas y le decías sin más a la otra persona «todo ha terminado» o provocabas situaciones intolerables para que pareciera que ambos teníais la culpa? (¿Eres un hombre o una gallina?)
>
> Con alguna de estas chicas, ¿llegaste a pensar en el matrimonio aunque sólo fuera como una remota posibilidad? (¿Te asusta la idea del compromiso?)

Y yo, a mi vez, le pregunto a Amy:

> Si alguno de estos chicos te hubiera pedido que te casaras con él, ¿habrías aceptado? (¿Te casarías conmigo porque te gusta la idea del matrimonio y porque es el momento adecuado de tu vida o porque estás locamente enamorada de mí?)
>
> ¿Te has vengado alguna vez de un antiguo amante? (Si las cosas no dan resultado entre nosotros y yo te abandono, ¿cabe la posibilidad de que hagas conmigo lo que en Atracción fatal?)
>
> ¿Has tenido alguna vez una experiencia lesbiana? (¿Hay alguna posibilidad de formar un trío?)

Y poco a poco nos vamos sondeando y ambos nos preguntamos sin duda si nos gusta lo que estamos escuchando.

Después pasamos a cosas más concretas. Se empieza con la pregunta acostumbrada: ¿Con cuántas personas te has acostado? No puedo saber a ciencia cierta cuál es la reacción de Amy a mi respuesta (unas veinticinco). Pero mientras la miro directamente a los ojos, cuento sus conquistas con sus propios dedos y anuncio «Doce», puedo decir que la mía es de franca sorpresa. Incorporo inmediatamente la información a la Ecuación de la Promiscuidad que Matt y yo nos inventamos en uno de nuestros momentos de mayor aburrimiento. La ecuación tiene en cuenta todos los factores pertinentes necesarios para calcular un Índice de Promiscuidad (♥) exacto, que es el promedio de personas con quienes te has acostado por cada año de soltería. Número de Personas Con Quienes Te Has Acostado (W); Edad Actual (X); Edad de Pérdida de la Virginidad (Y); y Número de Años Transcurridos en Relaciones Estables (Z). La ecuación es como sigue:

$$\frac{W}{X - (Y + Z)} = \heartsuit$$

La aplico a Amy:

$$\frac{12}{25 - (17 + 4)} = 3\heartsuit$$

Y a mí:

$$\frac{25}{27 - (17 + 2)} = 3{,}125\heartsuit$$

Y aquí tenemos el resultado: a pesar de que ella se ha acostado con menos personas que yo, nuestros índices no son, en realidad, demasiado distintos. En sus años de soltería sexualmente activa, ha follado una media de tres veces al año, mientras que yo he jodido 3,125 veces.

No sé muy bien cómo tomarme este resultado. Me alivia, por supuesto, que tengamos una experiencia similar y que yo no sea más cachondo que ella y viceversa. Sin embargo, también estoy un poco escandalizado. Me considero un tipo de costumbres bastante laxas y, por consiguiente, ¿significa eso que Amy es una mujer un poco laxa? ¿Y se trata de algo por lo que yo tenga que preocuparme? Yo no me fío demasiado de mí en cuestión de mujeres, por consiguiente, ¿puedo fiarme de ella en cuestión de hombres? ¿O estoy sufriendo una crisis de vanidad herida por el hecho de que ella pueda ser muy capaz de pasarlo bien sin mí?

En cualquier caso, debo decir que, por lo menos, estoy intrigado. Quiero saber más. Y por eso pregunto. Y me contesta. Nombre a nombre. Polvo a polvo. Desde el primero (Wayne Cartwright, detrás del cobertizo de las bicicletas, Elmesmere High) al último (Martin Robbins, seis meses antes de conocerme, en una boda en Gales). Desde el más joven (de nuevo Wayne Cartwright, diecisiete años) al más viejo (Simon Chadwick, un músico de cuarenta años). Me cuenta cosas del peor (Alan Wood, un tipo de treinta y tantos años en plena ruptura matrimonial) y del mejor (Tommy Johnson, un decorador del West End). Me cuenta más cosas de su error más prolongado (Andy, el corredor de bolsa de la City con quien estuvo viviendo) y muchas menos del más breve («Jimmy o Johnny no sé qué. Estaba bebida y drogada. Apenas recuerda nada de él»).

Y no sé por qué, en medio de todo ello y a pesar de que yo correspondo a sus confesiones con las mías, una insólita sensación se apodera de mí. Surge como por arte de ensalmo, pero una vez ahí, ya no desaparece. Mientras ella me sigue describiendo cosas y yo la sigo escuchando, empiezo a experimentar una sensación de náuseas. Es el efecto de la visualización. No puedo evitar imaginármela con aquellos otros hombres, haciendo las cosas que ambos hacemos juntos, las cosas que la hacen mía y a mí me hacen suyo. Es absurdo, lo comprendo, pero me resulta muy doloroso. Llevaba mucho tiempo sin tener que enfrentarme con semejante situación. Y no tenía que enfrentarme con ella porque me importaba una mierda. Casi todas las chicas con quienes me he acostado han sido aventuras de una noche. Apenas sabía nada de ellas. Y lo que averiguaba acerca de ellas no me molestaba. ¿Por qué razón me hubiera tenido que molestar? Como no pensaba volver a verlas, no tendría que enfrentarme con la situación. No teníamos un futuro en común y, por consiguiente, ¿por qué perder el tiempo preocupándome por el pasado?

En cambio, esto es distinto. Radicalmente. Estos últimos días he estado pensando en lo que Amy me dijo en el cuarto de baño de Chloe. Aquellas dos palabritas. Y he pensado que quizás hubiera tenido que contestar de otra manera. Porque me interesa. Y mucho. Y creo que me estoy enamorando de ella. Por eso me duele tanto oír estas cosas. La quiero. Lo quiero todo de ella. Y sé que eso significa averiguar también toda la verdad acerca de ella, porque prefiero conocerla que ignorarla. Pero aun así, no me gusta oírla hablar de sus infidelidades con otras personas. No me gusta saber que se emborrachaba y acababa en la cama de alguien por el simple hecho de no estar en condiciones de tomar un taxi y regresar a casa. No quiero oír hablar de todas estas cosas, de las cuales hubiera estado más que encantado de poder aprovecharme cuando andaba de caza por ahí. Y la razón de que no quiera oír hablar de todas estas cosas es que no quiero que me ocurran a mí.

Me lo trago todo y me digo a mí mismo que deje de ser tan idiota. Ella debe de estar pensando lo mismo acerca de los encuentros de los que le he hablado. O sea que déjate de bobadas. No te sientas inseguro ni celoso. No seas todas las cosas que desprecias. Lucha contra esta desagradable sensación. Alégrate de haber mantenido esta conversación. No ha sido adulterada, ha sido sincera y, por encima de todo, normal. Acepta el hecho de que, a menos que te cases con una virgen, eso es algo con lo que todo el mundo ha tenido que enfrentarse en algún momento de su vida.

–Pero ahora te los has quitado a todos de encima, ¿verdad?

–pregunto en cuanto yo asimilo los veinticinco y ella asimila los doce.

Me mira fijamente a los ojos y contesta:

–Sí.

–¿No queda ninguno? ¿No hay ningún asunto a medio terminar? ¿No hay ningún equipaje no reclamado a la espera de que alguien venga a recogerlo?

–No.

–Muy bien –digo, tratando de disimular el tono de alivio de mi voz–. Me alegro.

–¿Y tú? –me pregunta ella en tono dubitativo–. ¿Hay alguien de quien no me hayas hablado?

–No hay nadie –le aseguro–. Sólo tú.

–¿Zoe tampoco? ¿No queda ningún sentimiento residual?

–No.

–¿Sally tampoco?

–No.

Inclina la mirada sobre la mesa.

–¿Te ha llamado?

–No, no creo que vuelva a saber nada más de ella. Kate dice que está en Glasgow con Jons, tratando de arreglar las cosas.

Asiente con la cabeza, aparentemente satisfecha. Después levanta la vista y me pregunta:

–¿Y Chloe?

Dudo que me hubiera sobresaltado más si me hubiera pedido que me bajara los pantalones y meara en medio de la calle.

Trato de decir «¿Cómo?», pero en realidad me sale:

–¿Quién?

–Le gustas.

–Y una mierda. Es una de mis mejores amigas.

–¿Y qué? Los amigos también se acuestan juntos, ¿sabes?

–Sí –digo a la defensiva, utilizando un tono de voz que sin duda suena tan culpable como un pecado–, pero nosotros no lo hemos hecho, ¿vale?

–¿Y no te apetece? Eso es lo más importante. No si lo has hecho sino si lo harás.

–No lo he hecho ni lo haré.

Se inclina hacia delante y me besa.

–Muy bien –dice sonriendo–. Lo siento, pero tenía que preguntarlo.

–¿Por qué?

–¿Por qué? Porque, si sintieras algo por ella, yo jamás podría se amiga suya. No la querría ver a tu lado ni loca. Lo comprendes, ¿verdad?

–Sí. Pero ahora eso no importa, ¿no es cierto?

–No. –Saca la botella del cubo de hielo. Está vacía. Después consulta el reloj–. Vamos –dice–. A la fiesta de Max. No podemos llegar tarde.

La fiesta

La fiesta de Max es un alivio. Un laxante total. Más bien un Maxante. La fiesta de Max se tendría que anunciar por la televisión en horario de máxima audiencia como una cura milagrosa para los tipos anales como yo que se ponen paranoicos cuando tienen que conocer a los amigos de su novia *en masse*.

En cuanto Max abre la puerta de su apartamento, se disuelve el nudo de preocupaciones que me oprime el estómago. Es todo sonrisas cuando dice «Vaya, éste es tu nuevo hombre», no me examina de arriba abajo tal como yo esperaba sino que se limita a depositar en mi mano una lata de cerveza fría, abraza a Amy, me estrecha la mano y nos hace pasar.

Ya hay probablemente unas sesenta personas en la casa. Las edades son muy variadas: veintitantos y treinta y tantos. Hecho un vistazo a la gente de la estancia y me siento muy a gusto. Exteriormente, no hay nada que temer: no hay una reunión de adeptos a los ritos satánicos sacrificando cabras en un rincón; no hay ninguna masa de cuerpos vestidos con trajes de goma, retorciéndose por el suelo. Nada, en otras palabras, que me induzca a sospechar que Amy es otra persona distinta a la que ha estado saliendo conmigo.

Permanecemos unos minutos junto a la puerta y Amy me facilita una rápida información acerca de los amigos allí reunidos. Después iniciamos el recorrido. Es algo así como la Gira Mundial de Amy & Jack, con paradas en todos los grupos y las camarillas mientras yo sonrío, bromeo y hago acopio de nombres y Amy me susurra comentarios al oído entre los distintos grupos y me cuenta chismorreos. Tengo que reconocer que es agotador. Reprimo el impulso de agarrarla y largarme de allí. Conoce a algunos de los presentes desde que era pequeña. Para ellos, lo más probable es que yo sea un novio más, no una pieza permanente de la vida de Amy como son ellos.

–Bueno, ¿qué te parecen? –me pregunta, acorralándome una hora después.

–Casi todos son estupendos –contesto, contemplando por encima de su cabeza a los presentes y pensando en algunas significativas excepciones, aunque en general soy sincero.

–¿De veras?

Sonrío.

–No lo diría si no fuera cierto.

Eso es evidentemente mentira. Si pensara que eran el grupo más grande de tipos raros que jamás ha habido, exceptuando la Cofradía de los Majaras, le seguiría diciendo que me gustaban. Porque aquí la importante es ella, no ellos. Y para ella es importante que me gusten.

–Menos mal.

–No hace falta que te sientas tan aliviada.

–Pues me siento. –Frunce el entrecejo–. Lástima que no esté H. No puedo creer que todavía no os conozcáis.

Mira hacia el otro lado de la estancia y contemplo un instante su perfil. Cruza por mi mente el mismo pensamiento que se me ocurrió hace media hora cuando yo estaba conversando con su compañera de universidad Sue. Mientras Amy conversaba con un tipo junto a la puerta vidriera, pensé para mis adentros: «Qué suerte tienes, tío». Ahora que la tengo a mi lado, es lo único que quiero decirle. Que es estupenda. Que me enorgullezco de ella. Que ha convertido mi vida en un lugar en el que quiero estar realmente, la clase de lugar en el que puedo imaginarme construyendo un hogar y sentándome en el porche para contemplar la puesta del sol. Me inclino hacia ella y le susurro al oído:

–Bésame.

–¡Oh, Dios mío! –chilla, apartándose de mí y empujándome a un lado.

Mi primera reacción, mientras me vuelvo y la veo abrirse paso entre los invitados, es que se tiene que haber producido una avería en el sistema que conecta mi mente con mi boca y que, en lugar de susurrarle «¡Bésame!», he gritado: «¡Fuego! ¡Que todo el mundo salga corriendo!». Esta preocupación, sin embargo, dura sólo lo que yo tardo en averiguar que no es la puerta el lugar hacia donde Amy se dirige en línea recta sino la figura que acaba de cruzarla.

Cuando me adelanto unos pasos para verla mejor, comprendo que la palabra «figura» es totalmente inadecuada para describir lo que acababa de aparecer. Eso no es la figura de un pictograma. Es más bien un Adonis. Mide aproximadamente metro ochenta y nueve, tiene un cuerpo atlético y bronceado, la clase de espeso cabello oscuro y de sonrisa de flash propia del tipo del centro de una alineación de Chippendales. Miro a mi alrededor, pero allí no hay nada. No veo el parpadeo de ningún anuncio de neón. Nada en absoluto que haya advertido a los varones presentes de la entrada en la estancia del Gran Tiburón Blanco y de la necesidad de sacar a sus mujeres de las someras aguas y llevárselas a toda prisa a las colinas. Pero a lo mejor ellos no lo necesitan. A lo mejor él ya ha elegido a su víctima.

O a lo mejor ella lo ha elegido a él.

Cuando se percata del desmadrado acercamiento de Amy, deja la mochila en el suelo y alarga los brazos para saludarla. Tranquilo. Seguramente son viejos amigos, hombre. No hay motivo para que no te encuentres enteramente a gusto en esta situación. Lleva una mochila y está moreno, lo cual significa que ha estado de viaje y ambos se alegran de verse. Es lógico. No pasa nada. No tienes por qué preocuparte. Y tampoco me tengo que preocupar de que Amy se arroje literalmente contra él. O de que él la levante suavemente en vilo como un antiguo compañero de baile... ni más ni menos. Todo eso son cosas con las que tendría que sentirme enteramente a gusto. Lo mismo cabe decir del hecho de que ella le rodee la fina cintura con sus piernas (y las deje allí) y de que sus brazos rodeen sus anchos hombros. Y lo mismo también de que él dé vueltas (así, sin más), y sostenga el peso de su cuerpo, sujetándola (precisamente por allí) con sus manos. Y lo mismo de que ahora la deje en el suelo y la rodee con sus brazos y la estreche con fuerza mientras charla con ella. Debería sentirme totalmente a gusto porque estoy seguro y confiado y me siento feliz en mi relación.

Tardo menos de tres segundos en cruzar la estancia y carraspear fuertemente junto al oído de Amy.

Cuando ella lo suelta, le brillan los ojos y tiene las mejillas arreboladas. Es la clase de expresión que a veces se ve en las películas, la clase de expresión que te dice en términos inequívocos que a esta chica le gusta este chico. El brazo del tío sigue descansando en gesto de posesión territorial sobre los hombros de Amy cuando ella me dice:

–Jack, te presento a Nathan, un excelentísimo amigo mío. Ha estado practicando el *trekking* en Asia los últimos seis meses. –Se vuelve hacia Nathan–. Te presento a Jack.

–Soy su novio –añado yo al ver que ella lo ha olvidado temporalmente.

En cualquier caso, la nueva información surte el efecto apetecido. El tío aparta el brazo de Amy. Supongo que lo hace porque está a punto de estrecharme la mano. En consecuencia, yo levanto la mía. Sin embargo, la mano de Nathan tiene otras cosas más importantes que hacer, a saber, apartarse lentamente del rostro los sedosos bucles de su cabello. Tras haber despejado su campo visual, me mira brevemente de arriba abajo antes de mascullar un «Ya» y de volver nuevamente su atención a Amy y preguntar:

–Jake, ¿verdad?

–Jack –repite ella.

–Ya, ya. –Nathan me mira como si quisiera cerciorarse de que la información es correcta y mira una vez más a Amy–. ¿Tu novio?

–Exacto.

Ya es hora de que asuma el control de la situación. El hecho de permanecer allí plantado como un tonto me hace sentir una cierta amargura. Simulo que mi todavía ignorada mano iba a alguna parte, tomando una botella de cerveza de la mesa que tengo al lado. Desenrosco el tapón y la empujo hacia Nathan.

–¿Un poco de cerveza, amigo? –pregunto cordialmente, deslizando mi mano en la de Amy y poniéndome su brazo en la espalda.

Nathan observa la pública exhibición de afecto, me mira desde lo alto de su nariz perfectamente recta, musitando sin dirigirse a nadie en particular mientras acepta la cerveza:

–Ya, ya.

¿Ya, ya? Pero ¿quién se ha creído que es este tío, el maldito Elvis? En mi afán de no poner impedimentos a su estilo, en caso de que experimentara el repentino impulso de empezar a contonear las caderas silbando una melodía de jazz Dixie, retrocedo un paso. Temiendo naturalmente por la seguridad de Amy, me la llevo también a ella. Sólo entonces *Nelvis* se digna dirigirme la palabra.

–Bueno ¿y tú a qué te dedicas? –me pregunta con indiferencia.

Su acento, ahora que ha tomado la decisión de pronunciar frases algo más largas que dos sílabas, es el propio de los prósperos habitantes de los condados de los alrededores de Londres, pasando por Eton. Dinero puro.

–Soy artista.

Un destello de interés se enciende en sus ojos.

–¿De veras? –Mira a Amy con aire de experto–. ¿Y tiene éxito?

–Sí –contesto, pero presa de un súbito recelo, me apresuro a añadir–: Razonable.

–¿Cómo te apellidas? –pregunta–. Da la casualidad de que mi padre es coleccionista y a lo mejor le podría interesar algo de tu obra. Ayuda mucho a la gente que intenta abrirse camino.

Se lo digo, pese a constarme que no significará nada para él... a menos que su padre se llame Willy Ferguson y esté especializado casualmente en encargar estudios en amarillo.

Suelta un bufido de rechazo y anuncia:

–Jamás he oído hablar de ti.

Eso es justamente lo que yo quisiera decirle a él. O, más concretamente, a Amy: «Pero ¿quién demonios es este tío? ¿Y cómo es posible que, siendo tan amigo tuyo, jamás me lo hayas mencionado?».

Amy, como si me leyera el pensamiento, me comprime la mano y me explica:

–Nathan y yo estudiamos juntos en la universidad.

«¿Cómo? –siento deseos de preguntarle–. Y eso lo autoriza a tratarme como si yo fuera un pedazo de mierda que acabara de pisar ¿verdad?» Pero no digo nada porque reaccionar ante los tipos como Nathan es darles justamente lo que ellos buscan. Es algo relacionado con la defensa del territorio. Amy le gusta. Yo estoy con Amy. Me quiere quitar de en medio. Pero mientras yo me mantenga firme, no podrá hacer nada.

Su labio superior se curva en algo que sólo puede describirse como una encantadora mueca de desprecio. El encanto está dirigido a Amy y el desprecio es todo para mí.

–Nos conocemos desde hace años –me dice, tratando de aprovecharse de la circunstancia–. ¿Y tú? ¿Cuánto tiempo hace que conoces a Amy?

Rectificación: la fiesta de Max ya no es un alivio. Se ha convertido en un motivo de sufrimiento. Si este tipo está tratando de ponerme nervioso, alguien tendría que concederle una beca. En alguna prestigiosa universidad del Veneno. Le miro con un odio tan reconcentrado que casi espero que surjan de mis ojos unos rayos láser que lo aniquilen. Nathan no es simplemente un nombre, pienso. Nathan es mucho más que eso. Nathan es un verbo, como, por ejemplo, en la frase, *Lo siento muchísimo, pero me parece que le he* Nathaneado *todo el asiento de la taza del excusado.* Y también es un sustantivo, como en la frase, *Ya sabía yo que anoche no hubiera tenido que tomar más salsa de guindillas, tengo el* Nathan *ardiendo.*

Pero no se lo pienso decir a la cara. Soy educado. No necesito humillar a los demás para sentirme seguro por dentro. Además, soy considerablemente más bajo que él. En respuesta a su pregunta acerca de cuándo nos conocimos Amy y yo, doy una fecha aproximada y Amy me corrige y empieza a contarle Nuestra Historia. Nathan la escucha un ratito, pero no parece que el tema le interese demasiado. Después se acerca un treintañero con el cabello recogido en una coleta y pinta de periodista y le dice que abajo en el invernadero hay un poco de perico.

–Te veré luego, Amy –dice Nathan guiñando el ojo mientras se exusa y pasa por delante de mí.

Nelvis está abandonando el edificio. Considérenme oficialmente reanimado.

–Menudo hijo de puta –le digo a Amy en voz baja.

Pero ella no me escucha. Lo está viendo alejarse.

Hacia las 2 de la madrugada la fiesta empieza a decaer y yo me despido de las personas con quienes estoy hablando en el salón y voy en busca de Amy. Me tropiezo con Nathan en el estudio de la parte de atrás del apartamento. Se aspira en el aire un fuerte olor a droga. Un par de chicas están tiradas en el suelo, inconscientes. Nathan le pasa un canuto a un tipo con peinado rastafari, murmura algo y ladea la cabeza en dirección a mí.

–Hola... –musita, frunciendo exageradamente la frente–. Perdona. No recuerdo cómo te llamas.

–Jack.

–Ah, sí... el artista. –Parpadea fuertemente y asiente con la cabeza–. El novio de Amy.

–¿La has visto? –le pregunto.

Murmura algo que suena así como:

–Pues claro que la he visto. Hasta el último centímetro.

Y el tipo que comparte el canuto con él se vuelve de lado y estalla en una sonora carcajada.

Me acerco un poco más a Nathan.

–¿Qué has dicho?

Se borra literalmente la sonrisa de los labios con el dorso de la mano.

–Nada, hombre, nada.

Le miro un par de segundos y doy media vuelta para marcharme.

–Oye –me llama cuando alcanzo la puerta.

No me vuelvo.

–¿Qué?

–Cuando la encuentres, recuérdale que el viernes por la noche cena conmigo.

No presto atención a lo que ha dicho. No presto atención y no le pido que me lo repita. No presto atención y no le pido que me lo repita porque, si se la presto y él me lo repite y dice lo que yo creo que está diciendo, no tendré más remedio que romperle la maldita nariz. Me grita algo más a mi espalda, pero yo no escucho. Quiero simplemente largarme.

Ahora.

Encuentro a Amy en el jardín y la veo cansada y lista para marcharse, por lo que pido un taxi y nos sentamos en el peldaño de la puerta mientras esperamos a que aparezca. Durante el camino de vuelta a casa, Amy se despabila un poco, me pregunta si me ocurre algo y le contesto que no. Después me pregunta por qué estoy tan callado y le contesto que estoy cansado. Sólo cuando hemos regresado a su casa, hemos apagado las luces y corrido las cortinas y estamos tendidos en lados opuestos de la cama, suelto lo que me preocupa.

–¿Lo ibas a comentar?

–Comentar, ¿qué? –me pregunta en tono adormilado.

–Que el viernes vas a salir a cenar con Nathan.

–Ah, eso... sí, claro que lo iba a comentar.

–¿Y por qué no lo has hecho?

–¿Cómo?

–¿Por qué –repito muy lentamente y con mucho cuidado por si una parte de lo que estoy diciendo no estuviera más clara que el agua– no lo has hecho?

–Te lo iba a decir mañana. No tiene importancia.

–Tiene mucha importancia –la corrijo.

–¿A qué te refieres? –me pregunta, aparentemente desconcertada.

Tengo que reconocer que me impresiona en grado sumo semejante muestra de ingenuidad.

–Que un tipo aparezca en la fiesta esta noche y tú cruces chillando la estancia y te arrojes en sus brazos como si fuerais Fred y la maldita Ginger.

–Ya te lo he dicho... es un viejo amigo. ¿Qué...

–Un amigo tan viejo que olvidaste mencionarlo –la interrumpo–. Estupendo, eres amiga íntima del hermano *más guapo* de Johnny Depp y olvidas comentarlo. A pesar de que justo esta noche nos sentamos y pasamos por el trance –un trance muy doloroso– de contarnos nuestros pasados. Estupendo, Amy. Fantástico. Si yo mantuviera una relación de manoseo de traseros y compresión de ingles con gente como Cameron Diaz y Kylie Minogue y se me olvidase, estoy seguro de que te pondrías loca de contento.

La oigo tratando de incorporarse. Suelta un medio suspiro y un medio gruñido.

–No te hablé de él porque estaba fuera del país. Sólo supe que había regresado cuando le vi esta noche. Creía que no regresaría hasta Navidad.

–Ah, ya –digo, comprendiéndolo todo de repente–, o sea que ahora la honradez es una cuestión de tiempo. Me dices las cosas cuando consideras que el momento es adecuado. ¿Es eso?

–Eres ridículo, Jack. Llevo siglos sin pensar en él. Por eso no te hablé de él.

–Vamos a ver si lo entiendo: ¿eres sólo una buena amiga suya?

–Sí –contesta en tono irritado–. ¿Cuántas veces te lo tengo que repetir? Es un buen e íntimo amigo mío.

–O sea que nunca te acostaste con él ni nada, ¿verdad?

Lanza un suspiro como si fuera la pregunta más tonta del mundo y trata de acurrucarse contra mí, diciendo:

–No.

Sensacional, o sea que ahora no sólo me oculta cosas sino que, encima, me miente en la cara. La aparto de mi lado.

–¿Cómo es posible entonces –le digo– que, cuando yo te buscaba al final de la fiesta y le pregunté si te había visto, me contestara en plan de guasa que te había visto toda *entera*? ¿Era tal vez un comentario irónico? ¿Era una especie de chiste privado que yo no he comprendido? ¿O acaso teníais por costumbre bañaros en bolas cuando erais pequeños y todo es inocente y normal?

Esta vez se produce una pausa.

Muy larga.

–Muy bien –reconoce finalmente–. Me he acostado con él.

–¿Cuántas veces?

–¿Y eso qué importa? Hace siglos.

Le tiembla la voz.

–Puedes creerme –le digo–, importa.

–Pues no sé, media docena de veces. ¿De acuerdo? Me acosté con él media docena de veces cuando estudiábamos juntos. ¿Ya estás contento ahora? ¿Quieres que te dé detalles? ¿Quieres las fechas? ¿Es eso lo que quieres?

–No –contesto en tono pausado. No me siento vencedor por haberla obligado a decirme la verdad. Me siento destrozado por el hecho de que ella me haya mentido. Me siento simplemente asqueado–. Quiero saber por qué no me hablaste de él –consigo decir.

–Ya te lo he dicho: porque no pensaba en él. ¿Por qué iba a pensar?

–Pues ¿por qué vas a cenar con él?

–No me sigo sintiendo atraída por él, si es eso lo que piensas –dice–. Hace años que no me gusta. Desde que terminé la universidad. –Noto que su mano me roza el brazo. No reacciono y su voz adquiere un tono más apremiante–. Voy a cenar con él porque es un amigo y le aprecio. No hay nada más.

Aparto bruscamente el brazo.

–Ah, ¿no? ¿Y por qué no hay? ¿Porque es feísimo? ¿Porque no es riquísimo y no es el hijo de uno de los hombres más acaudalados del país? Mierda, claro, ahora comprendo que no te guste. Lo comprendo perfectamente. Santo cielo, ¿por qué me habré estado yo preocupando? Pues claro que no quieres acostarte con él. Sólo una chalada querría acostarse con un tipo como éste.

–¿Por qué te comportas así?

–Porque me has mentido.

–Lo siento, ¿vale? Lo siento.

Su mano me roza de nuevo el brazo. Esta vez le tiembla y yo no tengo valor para apartarla.

–¿Por qué lo hiciste? No me digas que lo olvidaste, o que no creías que fuera importante o cualquier otra idiotez por el estilo.

Tengo la voz fría porque me noto todo el cuerpo frío, pues sé que es así como empieza, como empiezan todas las rupturas de las que he sido protagonista: con la muerte de la confianza y la comunicación. Y no lo quiero. Siento que las lágrimas me asoman a los ojos. No quiero perder a Amy. No quiero perderla en favor de Nathan. Ni de nadie. No quiero que eso ocurra. Pero al mismo tiempo no me voy a engañar. No me conformaré con una mentira. Lo quiero todo o no lo quiero en absoluto.

–Dime sólo la verdad.

Oigo su afanosa respiración mezclada con el viscoso sonido de los sollozos.

–No te lo dije porque lo que te estoy diciendo es la verdad. No hay nada entre nosotros.

–Pues entonces, ¿por qué me quería poner nervioso? ¿Por qué lo hacía si no estaba celoso?

–Ya le viste. Estaba supercolgado. Probablemente no sabía lo que decía. Normalmente, no se comporta de esta manera.

Tras unos segundos de silencio, digo:

–No quiero que lo veas. No quiero que lo veas el viernes. –Al ver que no me contesta, sigo adelante. Le planteo un ultimátum–. Si lo ves el viernes –añado–, no sé si te querré volver a ver.

«Ya está –pienso–. A ver qué haces con eso.» Pero su reacción no es la que yo espero. No es lo que yo quiero. No dice: «De acuerdo, Jack. Tienes razón. Yo estoy equivocada. No veré a Nathan el viernes. No lo volveré a ver nunca más». En su lugar, es ella la que me plantea un ultimátum a mí:

–Pues... pues... si tú quieres impedirme ver a mis amigos, yo tampoco sé si eso me interesa.

–¿Me estás diciendo que estás dispuesta a romper conmigo si yo te digo que no lo veas? –pregunto con asombro.

–No, pero ¿me estás diciendo tú a mí que estás dispuesto a romper conmigo si yo te digo que lo voy a ver?

Has dado en la diana.

Permanecemos tendidos en silencio, Amy esperando mi respuesta a su pregunta y yo tratando de encontrarla. La tarea no es fácil. Las alternativas son dobles. Puedo decir sí y romper con ella. O puedo decir no y seguir con ella. Y es una cuestión de Mente contra Corazón. Mi mente me dice: *Pégale la patada, tírala, levántate y lárgate. Pone a Nathan por encima de ti. Ella ya ha hecho su elección, por consiguiente, no te quedes ahí, haciendo el ridículo.* Pero mi corazón sigue otro razonamiento que dice: *Confía en ella. Es lo único que tienes que hacer. Si no confías en ella, la relación carece de sentido.*

La alternativa es, por tanto, confiar o plantar.

La decisión me corresponde a mí.

Elijo lo primero; digo:

–No.

–Bueno pues... –dice ella.

–Bueno, parece que vas a ir a cenar con Nathan.

–Sí, ¿verdad? ¿Y tú estas contento?

Contento no es la palabra que yo eligiría, pero aun así contesto:

–Sí.

–Muy bien.

Se acurruca contra mí y, a pesar de mis reservas, me siento de repente cálido y seguro. Mientras oigo cómo su respiración se adapta a las pautas del sueño, reparo en que es la primera vez desde que estaba con Zoe en que tengo que confiar en otra persona. Y me doy cuenta de que, aunque ello signifique renunciar a mi independencia emocional, ya no estoy solo.

Los juegos

El miércoles lo paso recorriendo distintas agencias de viajes muy poco de fiar, en busca de un paquete barato de vacaciones en Grecia. Al final, descubro una oferta de una empresa llamada FunSun que ocupa unas oficinas de una sola habitación cerca de Paddington. Es un viaje a la isla griega de Kos cuyo vuelo sale de Gatwick el sábado que viene. Muy bien, no será en tierra firme. Lo más probable es que las atracciones turísticas sean vulgares discotecas y no monumentos de la arquitectura helénica. Pero ¡qué demonios! Es el extranjero, ¿no? Nos bastará.

Mandy, la encargada de ventas de FunSun, se muestra un poco evasiva a propósito de los detalles concretos del viaje. Como el alojamiento, por ejemplo, del que nos informarán cuando lleguemos allí. Y el traslado de ida y vuelta al aeropuerto, sobre el cual ya nos dirán algo al llegar. Y la proximidad de la playa, que según Mandy, no puede quedar muy lejos en una isla tan pequeña, ¿verdad? Pero no importa. Cualquier recelo que yo pudiera tener desaparece en cuanto veo las lustrosas fotografías del folleto que Mandy agita tentadoramente delante de mis ojos, pero no permite que me lleve a casa. Además, es barato. Tanto como las patatas fritas. Que es lo más importante. Lo acepto. Firmo la renuncia a la exigencia de responsabilidades que me impide demandar a FunSun en caso de que mis vacaciones distaran mucho de resultar divertidas y soleadas. Después Mandy me entrega los billetes, me acompaña a la puerta, la cierra a mi espalda y pone el rótulo de CERRADO.

Listo.

A primera hora de la noche del viernes, mientras permanezco tendido en la cama contemplando cómo el humo de mi cigarrillo se eleva en espiral hacia el techo, me siento considerablemente deprimido. Mi habitación parece el escenario de un accidente de aviación: el contenido del armario de la cómoda está diseminado por el suelo y la cama. En mi papel de Investigador de Fondos de Armario, he descubierto unos crímenes de la moda de mis últimos diez años de vida de vacaciones: pantalones de *surf* largos hasta los tobillos, calzoncillos de esos que aprietan las gónadas, chancletas con dibujos de palmeras y un gorro de béisbol adornado con la leyenda ME ZUMBÉ EN LANZAROTE. Pero no es este espectáculo el que me deprime. Es más bien lo que no veo. Amy. Y el lugar donde ella está. Y lo que está haciendo.

Ayer me di mentalmente una orden. Eran aproximadamente las cinco de la madrugada. Estaba acostado al lado de Amy, acurrucado junto a ella. Habíamos pasado una estupenda velada que empezó con una pieza teatral americana en la que actuaba un amigo suyo, seguida de una cena con los componentes del reparto y rematada con una sextatlón en su apartamento. Ella estaba profundamente dormida, pero yo no había conseguido pegar el ojo desde que me había acostado. No podía quitarme a Nathan de la cabeza. O, más bien, a Amy y Nathan. La idea de ellos dos juntos. No había forma de apartarla de mi mente por mucho que me dijera que no tenía nada que temer. Fuera ya estaba clareando. Los mirlos estaban haciendo los ruidos propios de los mirlos y ya estaban empezando a circular los primeros vehículos de la gente que iba al trabajo. Y yo allí, insomne y en tensión. Estaba desesperado. Y entonces me di la orden: me ordené no pensar en Nathan. Me dije que, cada vez que éste apareciera en mi mente, yo pensara en otra cosa más agradable. Lo que fuera. Y dio resultado: me quedé dormido.

Y ahora también me está dando.

En el transcurso de la última media hora, los pensamientos acerca de Nathan han empañado mi estado de bienestar en no menos de ocho ocasiones. Como reacción, he pensado en ocho cosas más agradables que Nathan. Entre ellas, figuraban las siguientes:

a) Caca de murciélagos.
b) Piojos.
c) Baba de perro.
d) Hemorroides.
e) Muerte.

Las cuales, a pesar de que tampoco han conseguido que me sintiera a gusto, me han ayudado a salvarme de un hundimiento general en una paranoia capaz de derretirme el cerebro. Consulto el reloj. Son las siete en punto. Amy debe de estar reuniéndose con Nathan en este mismo momento. Hijo de puta. Añado rápidamente unas venas varicosas a la lista de Cosas Más Agradables que Nathan.

–Muy bien –dice Matt, apareciendo en la puerta: lleva su camisa y sus tejanos más viejos: ropa de combate para la despedida de soltero de Alex–. ¿Qué tal va el equipaje?

Empujo con el pie mi bolsa Gladstone vacía.

–Mierda. Y tú ¿qué?

Se da una palmada al cepillo de dientes que le asoma por el bolsillo de la camisa.

–Yo viajo ligero de equipaje –contesta con una sonrisa en los labios, acercándose y sentándose a mi lado en la cama. Enciende un cigarrillo–. ¿A qué hora os vais?

–Mañana por la mañana. En el vuelo de las nueve y cuarto.

–Ah, ¿sí? Entonces, ¿Amy dormirá aquí esta noche?

–No, ha salido con un amigo.

–¿Cómo? –dice Matt, soltando una carcajada–, ¿y espera que tú llegues puntual al aeropuerto por tu cuenta? Debe de estar loca.

–Allí estaré.

Mi tono de voz lo induce a mirarme con extrañeza.

–¿Todo bien, muchacho?

–Pues claro –contesto–. ¿Por qué motivo no iba a ir bien?

–Por ninguno. –Me mira con escepticismo–. Sólo que no pareces demasiado entusiasta. Estás aquí, perdiéndote la oportunidad de una sensacional despedida de soltero en Edimburgo porque, en su lugar, te vas con la mujer de tus sueños y, sin embargo, pareces tan feliz como un cerdo en un matadero.

–Estoy bien –le digo. Pero no lo estoy. Y él tiene razón: mi actitud no es muy lógica en estos momentos. Quiero confesarle lo que me preocupa. Quiero contarle todo lo de Nathan y las mentiras que me contó Amy acerca de él. Quiero decirle que me siento inseguro, que mi amor propio se está hundiendo por momentos en un abismo cada vez más hondo. Pero no puedo. Porque él es mi amigo. Porque sé lo que piensan los demás de la inseguridad en grado superlativo. Porque no quiero su compasión. Lo mismo que no quiero la de Amy. Y lo mismo que no quiero la de nadie. Por consiguiente, hago lo único que puedo hacer: cambio de tema–. Mira, Matt –le digo–, no sabes cuánto lo siento.

–¿A qué te refieres?

–A la despedida de soltero de Alex. Al hecho de no ir.

–No te preocupes.

–¿No estás enfadado conmigo?

Me mira enfurecido.

–Pues claro que lo estoy. Entre tu mujer y tus amigos, la has elegido a ella. Te tendría que pegar un tiro. –Se ablanda y apoya una mano en mi hombro–. Pero te daré una oportunidad... siempre y cuando ella lo merezca, ¿de acuerdo?

–Lo merece.

–Muy bien. Es todo lo que quería escuchar. –Se levanta, se encamina hacia la puerta, vacila en el umbral y se vuelve a mirarme–. Ah, por cierto –dice–, toma las prendas que quieras de mi habitación. Como te pongas cualquiera de estas mierdas, te dejará plantado de pura vergüenza. –Al final, se despide de mí diciendo–: Que pases una buena noche.

Pero no la paso. Paso una noche de mierda. Consigo ocupar una hora, eligiendo prendas de la Colección de Verano de Matt Davies y guardándolas en mi maleta, junto con los billetes de avión y mi pasaporte. Pero al término de esta emocionante actividad, empiezo a rodar cuesta abajo. Me quedo yo solo con una botella de vodka y un zumo de lima recién exprimido y la mesa de la cocina. Y voy rodando por una pendiente cada vez más pronunciada.

A medida que transcurren los minutos y Churchill me mira desde la superficie de la mesa, la lista de Cosas Más Agradables que Nathan sigue creciendo. A las ocho y media, cuando Amy y Nathan están llegando probablemente al carísimo y lujoso restaurante donde éste habrá reservado mesa, ya se acerca a cincuenta y se está volviendo un tanto oscura. En la lista figura, por ejemplo, la placa dental. Y también los calcetines sucios y el mal aliento. A las once, cuando ellos ya se habrán terminado el café después de la cena, llego a cien y la cosa ya está empezando a resultar claramente ridícula. En los últimos puestos he anotado las escamas de pescado, las plantas de energía nuclear y el barro. Entre la elaboración de la lista y los tragos, llamo al apartamento de Amy. Repetidamente. Pero ella no está. Todavía está con él. La medianoche llega y se va y yo dejo de elaborar la lista y empiezo a lanzar dardos a una efigie imaginaria de Nathan en el blanco. Le arrojo también el zumo de lima mezclado directamente con el vodka... o lo que queda de él, por lo menos.

Pero después ocurre. Poco antes de la una. Suena el timbre de la puerta. Y yo suelto una carcajada. Una sonora carcajada y, si en mi risa hay un matiz de histerismo, me da igual. No me siento orgulloso sino simplemente aliviado. En este momento, lo único que me importa es que Amy ha venido a verme y todas mis preocupaciones no han sido más que una pérdida de tiempo.

Tras haber consumido suficiente cantidad de vodka fuerte para convertirme en ruso, en lugar de correr a los brazos de mi amada, me conformo con avanzar haciendo eses por el pasillo para abrir la puerta.

CONFESIONES: N.º 5. LA INFIDELIDAD
Lugar: Casa de Matt, Londres.

Hora: este momento.

–Hola, Jack.

–¿Sally? –pregunto.

Necesito preguntarlo porque no tengo del todo claro quién es esta mujer cimbreña que se apoya en la jamba de la puerta. Hay demasiado cabello rubio cubriéndole el rostro y demasiado vestido estampado cubriéndole el cuerpo. Y eso, combinado con mi borrosa visión alcohólica, hace que la identificación resulte casi imposible.

–Hola, precioso –dice apartándose el cabello del rostro y revelando que es efectivamente Sally McCullen.

Apoyo mi mano en su hombro para que no pierda el equilibrio. Puesto que yo disto mucho de estar equilibrado, el gesto tiene el involuntario efecto de dejarnos el uno agarrado al otro para sostenernos mutuamente.

–¿Qué estás haciendo aquí? –consigo preguntar.

–¿Tú qué crees?

Se abalanza sobre mí y trata de besarme.

–Deberías irte a casa –le digo, empujándola suavemente.

Me mira, perpleja.

–¿Por qué?

Es una buena pregunta, que mi trastornado cerebro no está lo bastante bien equilibrado para poder afrontar en estos momentos. Al fin y al cabo, ella es un encanto. Y yo estoy, al fin y al cabo, furioso con Amy. Por consiguiente, ¿por qué no iba a quedarse? Pero las respuestas a estas preguntas no tardan mucho en acudir a mi mente. Porque estaría mal. Porque la que yo quería que estuviera en la puerta es Amy y no Sally.

–Es tarde –murmuro, haciendo ademán de cerrar la puerta–. Mañana tengo que levantarme temprano. Me voy a acostar.

Pero ella se limita a sonreír y, pasando por delante de mí, entra en el recibidor. Me vuelvo y, sacudiendo la cabeza con perplejidad, la veo desaparecer. ¿Por qué yo? ¿Por qué ahora? Y lo que viene más al caso: ¿por qué no ocurrió hace un par de meses cuando yo estaba en condiciones de obligarla? Cierro la puerta, pensando que no hay justicia en este mundo, y la sigo a la cocina. Cuando llego, ella se encuentra junto a la cocina, mirando a su alrededor. Observo que sus ojos se posan en la botella de vodka.

–¿No me vas a ofrecer un traguito? –me pregunta, enarcando las cejas con expresión expectante–. Siempre me ofrecías un traguito –añade con astucia, acercándose a la mesa y tomando un buen trago de la botella. Me mira de soslayo–. ¿Qué es lo que ha cambiado? ¿Ya no me quieres? –Toma otro trago, me mira haciendo pucheros y se apoya contra la mesa–. ¿Es eso?

La recuerdo recostada en el estudio. Recuerdo las curvas de su cuerpo, los matices de su piel. Cierro los ojos un instante y destierro la visión con la sola fuerza de mi voluntad. Ha pasado el tiempo. Soy distinto. Sally tiene razón. Ya no la quiero. Sólo quiero a Amy. Sólo quiero que Amy regrese sana y salva.

–Estás bebida –le digo con voz pastosa–. Te avisaré un taxi.

Mientras paso por delante de ella para coger el teléfono, me sujeta y me atrae hacia sí.

–No quiero un taxi –me dice–. Te quiero a ti.

–Tengo novia, Sally –le digo, sintiéndome de repente increíblemente cansado.

Y demasiado borracho. Quiero que se vaya. Quiero irme a dormir.

Pero ella no ha terminado.

–¿Y qué? Cuando yo tenía novio, tú no por eso dejabas de intentar meterme en tu cama, ¿verdad?

–Sí –reconozco–, pero tú no te acostaste conmigo entonces y yo no me voy a acostar contigo ahora.

Me suelta, se dirige al fregadero, llena un vaso de agua y apura su contenido.

–Me ha plantado, ¿sabes? –me dice, sentándose y volviéndose a mirarme–. Por lo que dijo aquella chica que estaba contigo en la fiesta de Chloe. Dice que soy una golfa y que no quiere saber nada de mí.

–Lo siento –digo.

Pero no es cierto. Sé que está mejor sin él. Pero ahora no sería el mejor momento para decírselo. Podría no estar de acuerdo. O, peor, podría pensar que me estoy insinuando y suponer que, diciéndole que está mejor sin él, le quiero dar a entender que estaría mejor conmigo.

–¿Aquella chica era... es tu novia?

–Sí. Amy. Se llama Amy.

–No parecía tu tipo.

–¿Y eso? –pregunto, mirando el teléfono a la espera de que se me ofrezca una ocasión propicia para volver a sugerirle la posibilidad de pedir un taxi.

–Físicamente.

Levanta las piernas y las apoya sobre la mesa. El vestido resbala hacia abajo sobre sus bien torneadas pantorrillas y sus muslos.

–Pues lo es –le digo a Sally, empezando a enfadarme con ella–. Es estupenda. Es exactamente mi tipo.

–Ah, ¿sí? ¿Y dónde está ahora?

–¿Cómo?

–Que dónde está. –Mira ostensiblemente a su alrededor antes de levantarse–. ¿Dónde está esta gran mujer? –Abre el frigorífico y lo señala con el dedo–. Aquí dentro, no –dice sacando una lata de cerveza, abriéndola y bebiendo. Posa la lata–. A ver aquí dentro –murmura, abriendo un armario y examinando su interior. Se vuelve tambaleándose a causa de la borrachera y me mira, diciendo–: No creo que...

–Ha salido...

En cuanto lo digo, todos los viejos incontinentes del mundo celebran su inclusión en la lista de Cosas Más Agradables que Nathan.

Sally arquea las cejas.

–Cuando el gato no está...

Esta vez ni siquiera me tomo la molestia de preguntarle si quiere irse. Ya he oído demasiado. Me dirijo al teléfono, lo descuelgo y leo el número de los taxis en el tablero. Pero –quizá porque esta noche ya lo he hecho tantas veces que es la única función que mis dedos son capaces de llevar a cabo o quizá porque he visto en el reloj de la pared que ya son más de la una– no llamo a la empresa del taxi. Llamo a casa de Amy. Llamo y sigue sin haber respuesta. No hay respuesta porque ella está todavía fuera.

Todavía fuera con él.

–Antes de pedir un taxi –oigo que Sally dice a mi espalda–, ¿por qué no te das la vuelta y contemplas lo que te vas a perder? No es –añade mientras yo vuelvo la cabeza– que no lo hayas contemplado todo antes...

Se está quitando las bragas, tras haberse desprendido del resto de la ropa.

–Voy arriba –dice, volviéndose de espaldas a mí–. Te veo dentro de un minuto.

Pero no me ve. Ni dentro de un minuto. Ni dentro de una hora. Porque no me muevo de la cocina. Estoy como paralizado. Me quedo allí sentado, preguntándome qué demonios voy a hacer. Mentiría si dijera que no me apetece. Mirarla, quiero decir. El sexo personificado. Y muerta de ganas. El ligue perfecto. Una oportunidad que sólo se presenta una vez en la vida. Pero tengo a Amy. Y es cierto lo que le he dicho a Sally: Amy es exactamente mi tipo. Todo lo que hay en ella. Son las 2 de la madrugada en punto y llamo por última vez a Amy: de nuevo nada. Muy bien, o sea que todavía no ha vuelto a casa, lo cual significa que aún está fuera con Nathan. Pero ¿y qué? No me consta que esté ocurriendo nada malo. En cualquier caso, aunque ella esté follando por ahí con otro, eso no me autoriza a mí a follar con otra. No estamos jugando al juego de pagar con la misma moneda. La decisión de serle fiel la tengo que tomar yo.

Y la acabo de tomar: lo seré.

Sally está acostada boca arriba en la cama cuando entro en mi habitación. Pongo *Perro Gordo* para que suene a las seis, con tiempo suficiente para trasladarme a Gatwick y reunirme allí con Amy, y me acuesto al lado de Sally. Está dormida. Eufemismo. Está grogui. Fuera de combate. Lo cual es un alivio. No habrá ninguna escena en la que ella intente levantármela y yo intente echarla a ella de la cama. Lo único que haremos será dormir. Estoy rendido. Estoy cocido. La soledad se apodera de mí. La necesidad de consuelo es casi irresistible y, aunque sé muy bien que es una estupidez, la clase de acción que puede ser muy mal interpretada, me acurruco contra Sally y, procurando no despertarla, la rodeo con mis brazos.

Me despierta un gruñido.

Mío.

Me paso un minuto sin moverme, saboreando la sensación que se está extendiendo desde la ingle a todo mi cuerpo. Mis labios se mueven y forman la palabra Amy. Alargo ambas manos y le acaricio el cabello. El rumor de sus movimientos me llena los oídos. Desplazo las caderas hacia ella y doy otro gruñido. Oigo que chasquea la lengua y experimento una involuntaria sacudida, pegado a su cuerpo. La quiero. La quiero penetrar. Ahora. La sujeto con las manos en sus axilas y me la pongo encima. Sus labios se comprimen contra los míos y yo abro los ojos y contemplo los suyos. De repente y por un instante, no sé si voy o si vengo.

Pero lo hago.

Y me asusto.

Porque es Sally y no Amy, y comprendo que acabo de cometer el mayor error de mi vida.

8 Amy

Jack lleva dos horas de retraso. Eso equivale a 120 minutos... 7.200 segundos.

Lo sé.

Los he contado.

Sonia, la representante de FunSun, ya ha marcado a todos los demás pasajeros en su cuadernillo y los ha acompañado al control de pasaportes. Yo me he quedado sola en el mostrador de embarque (que está a punto de cerrar), escudriñando desesperadamente los rostros de las restantes colas de personas que me rodean. A pesar de que mis nuevas sandalias están ocupadas en la tarea de mascarme los pies, no puedo evitar pasear arriba y abajo.

Desde el punto de vista emocional, he cubierto todos los ángulos posibles:

7.15 de la mañana:	No aparece = leve sonrisa (previsible despreocupación masculina).
7.30 de la mañana:	No aparece = irritación (puesta en peligro del tiempo de compras en el *duty free*).
7.45 de la mañana:	No aparece = cólera (comienzo de las vacaciones estropeado).
8.15 de la mañana:	No aparece = preocupación (aumenta segundo a segundo el riesgo de perder el vuelo).
8.45 de la mañana:	Continúa sin aparecer: terror (el avión despega dentro de media hora).

Ahora estoy simplemente aterrorizada.

Jack se ha muerto. No existe ninguna otra explicación. Lo han asesinado brutalmente en el Expreso de Gatwick y está tendido en medio de un charco de sangre, totalmente irreconocible. El sistema de altavoces interrumpe mi morbosa serie de reflexiones.

ÉSTA ES LA ÚLTIMA LLAMADA PARA EL VUELO CB003 A KOS. SE RUEGA A TODOS LOS RESTANTES PASAJEROS QUE SE DIRIJAN A LA PUERTA D46 PARA EMBARCAR.

–Bueno, Dios –murmuro antes de rectificar, utilizando un tono más reverente–. Querido Dios. Sé que no he sido un ejemplo modélico de pureza y compasión hasta ahora, pero estoy dispuesta a cambiar. Te prometo ahora mismo que iré todos los domingos a la iglesia si me concedes el favor de que aparezca Jack. Sólo este favor. Te lo ruego. –Miro desesperadamente a mi alrededor–. Y entregaré todo mi dinero a Ayuda Cristiana. –Le hago una mueca a la mujer del mostrador de embarque. Me mira encogiéndose de hombros, consulta su reloj y sacude la cabeza–. Me haré monja. ¿Bastará con eso?

–¡Amy! –oigo que me grita Jack antes de que yo le vea corriendo hacia mí con los billetes en la mano.

¡Maldita sea! No hubiera tenido que decir lo de que me haría monja.

–Perdón, perdón –dice entre jadeos, pasando por delante de mí sin darme tan siquiera un beso.

–¿Qué ha ocurrido? ¿Dónde estabas? –pregunto a gritos, debatiéndome entre el fuerte impulso de abrazarle y cubrirle de besos de alivio y el no menos fuerte de hacerle un placaje.

Tarda un momento en recuperar el resuello. La mujer comprueba la fotografía del pasaporte de Jack y le vuelve a mirar a él. Comprendo su dificultad para equiparar al pulcro (y guapo, tengo que reconocerlo) individuo de la fotografía con el sucio desastre de cabello mojado que tiene delante. Pero entonces Jack recuerda su matrícula de honor de la Universidad del Encanto y le dirige a la mujer una supersónica sonrisa de esas que provocan temblor de rodillas.

–Demasiado tarde para facturar las maletas, tendrán que llevarlas ustedes –dice la mujer a regañadientes, pero yo adivino que se ha ablandado–. Tienen que darse prisa.

–Gracias –dice Jack, sonriendo–. Vamos –me ordena, colgándose del hombro la correa de su bolsa.

Yo apenas puedo levantar la mía. A pesar de los consejos de H, contiene prácticamente toda la ropa que tengo, junto con la mitad de los establecimientos Boots. Jack no se da cuenta. Ya está a medio vestíbulo, abriéndose paso entre los turistas.

–¡Jack, espera! –le grito, pero no lo hace.

Puesto que esta mañana la vida se rige según los principios de la Ley de la Mala Leche de los Objetos Inanimados, la puerta de embarque es la más distante del mostrador de facturación. Me paso varios minutos haciendo señales en un intento de que se detenga alguno de los carritos que están empujando unos tíos gordos con palos de golf. ¿Acaso mi necesidad no es más grande que la suya? A todos les vendría bien un poco de ejercicio.

Pero es inútil. Sabemos oficialmente que la era de la caballerosidad ha muerto. Inicio mi torpe carrera de pato en pos de Jack, el cual parece que se está entrenando en serio para el Maratón de Londres. Aproximadamente unos ocho kilómetros más tarde y cuando sólo he recorrido un tercio del camino que conduce a la puerta, me desplomo sobre la pasarela móvil. El corazón me late en la garganta.

–¡Venga! ¡Levántate! –me grita Jack. Tiene la desvergüenza de aparentar estar furioso–. Vamos a perder el vuelo.

–No puedo, yo... –jadeo y me falta la respiración–. La bolsa, es...

Me deslizo hacia Jack y él me arrebata la bolsa de la mano.

–¡Amy! Pero ¿qué llevas aquí dentro?

–Ladrillos –gimo mientras me depositan sobre la alfombra,

–¿Ladrillos? –pregunta Jack, echándose sobre el otro hombro la correa de mi bolsa.

–¡Para construir el maldito hotel! –digo en tono sarcástico, sintiendo deseos de matarlo.

Me quito las sandalias y me levanto. Tengo un flato del tamaño del Tapiz de Bayeux.

Sonia nos regaña mientras corremos por el *finger* hacia el aparato. Su intenso bronceado de color anaranjado tiene un tinte verdoso bajo la luz artificial.

–No podrán sentarse juntos –nos dice antes de dedicarnos una sonrisa–. Que disfruten de sus vacaciones FunSun.

Me imagino momentáneamente la pinta que tendría si alguien le hiciera saltar los dientes de un puntapié.

Jack y yo nos sentamos uno a cada lado del pasillo. Trato de introducirme como puedo en EL MÁS barato de los asientos de clase turista de toda la historia de la aviación e introduzco la bolsa en el reposapiés.

Tengo los talones hechos trizas, me duelen los hombros y jadeo como un sabueso sediento, por cuyo motivo tardo un instante en darme cuenta de que el asiento de al lado está ocupado por el Niño Infernal. Una muestra de reserva genética del mismísimo Satanás. Me sonríe diabólicamente antes de abrir la boca y emitir un grito tan horrible que, por un instante, temo que las alas del avión se curven por encima del fuselaje a modo de protección.

–¡Uy! ¡Cállate! –grita la rubia de frasco del asiento de la ventanilla mientras yo me encojo, horrorizada. Rebusca en el interior de la bolsa deportiva de color de rosa que tiene a sus pies y saca un chupete. Lo restriega contra su minifalda de tejido de tejanos lavado a la piedra antes de introducirlo en la boca del infante–. Como sigas con tus tonterías, Darren, te arrojo por la ventanilla –dice soltando un gruñido, y parece que habla en serio–. ¿Me has entendido?

Darren me suelta inmediatamente el biberón sobre las rodillas y me vomita sobre el brazo un grumoso zumo de naranja. Recuérdame que me haga ligar las trompas de Falopio en un nudo a prueba de niños.

Por regla general, lo paso bien en los vuelos. Me encanta la comida basura y todos los estuches y paquetitos que te entregan junto con ella. Me encantan los vulgares ositos de peluche de los *duty free* y los inútiles artículos de las revistas de la compañía. Me encantan las boquillas del aire acondicionado y los canales de los auriculares. Me encantan los frascos de malolientes perfumes de los lavabos y los grifos de pedal. Me encanta la doble y angustiosa emoción del despegue y el aterrizaje. E incluso me encantan las ocasionales turbulencias de feria que amenizan un poco el vuelo.

Pero hoy lo odio. Odio todo lo de este asqueroso y puñetero avión. El vuelo AMY1 a Isla Fantasía se ha estrellado y ardido.

No hay supervivientes.

Es una pequeña putada, pues yo llevaba varios días planeando el viaje. Lo tenía todo previsto: nuestro romántico encuentro a primera hora de la mañana en Gatwick como si fuéramos unos amantes secretos, el pausado recorrido por el *duty free* entre besuqueos, las risitas y los abrazos mientras Jack se gastaba una fortuna con mi perfume preferido. Nos había imaginado a los dos dirigiéndonos tomados de la mano al avión y acurrucándonos juntos en un apartado asiento de ventanilla. Había llegado incluso a pensar que echaríamos un polvo en el lavabo y nos incorporaríamos al Club de Un Kilómetro y Medio de Altura.

Y eso sólo para empezar.

Sin embargo, la sentimental banda sonora de los setenta que acompaña mi viaje imaginario se detiene ahora con un terrible chirrido.

–¿Y bien? ¿Por qué has llegado tan tarde? –le pregunto gélidamente a Jack en cuanto me limpio.

Deja la bolsa de viaje a sus pies.

–Resaca.

¡!

–Ya. –Carraspeo–. ¿Qué hiciste anoche?

–Yo te podría preguntar lo mismo a ti –replica mientras una de las azafatas de vuelo pasa entre nosotros para hacer la habitual demostración de seguridad.

Estiro el cuello hacia delante para mirar a Jack por detrás de la falda a rayas que envuelve las nalgas de la azafata. Jack no me hace caso y, empuñando el cinturón de seguridad, sigue mecánicamente las instrucciones, se lo abrocha y se lo ajusta.

Me reclino contra el respaldo y me escondo detrás de la azafata mientras ésta muestra al pasaje las salidas de emergencia.

–Y eso, ¿qué significa? –pregunto con voz sibilante.

Jack saca el *walkman* de la bolsa y se introduce los extremos de gomaespuma en los oídos.

–Anoche te estuve llamando hasta las dos de la madrugada. Debió de ser una cena estupenda, ¿verdad?

–Estuve en casa de H –protesto levantando en exceso la voz en un desesperado intento de conseguir que Jack me escuche.

La azafata de vuelo se encuentra en plena actuación. Está haciendo el número del silbato con el chaleco salvavidas. Cuando yo levanto la voz, sopla involuntariamente y el sobresalto del estridente pitido dispara a Darren, el cual no está evidentemente dispuesto a que nadie lo supere en su intento personal de romper la barrera del sonido. Jack me mira arqueando las cejas y pulsa el botón de *play*, negándome deliberadamente la oportunidad de darle una explicación. Le veo sonreír con afectación a la azafata de vuelo y cerrar los ojos. Se queda dormido antes incluso de que se inicie el despegue.

–¿Cómo has podido hacer eso? –grito en silencio–. Por el simple hecho de no poder localizarme por teléfono, has pensado que estaba con Nathan. ¿Qué imaginaste, Jack? ¿Que me había pasado la noche jodiendo con Nathan? ¿Es eso? ¿Tan inseguro y celoso te sientes que no pudiste confiar en mí ni durante cinco malditos minutos?

Me muerdo los labios, cruzo los brazos y contemplo enfurecida la mesita plegable. Comprendo que mi estallido constituiría una buena pieza de audición para una aspirante al papel de protagonista principal de un culebrón de horario diurno, pero no me importa. Sigo con mi número y golpeo amenazadoramente el suelo con el pie.

–Adelante pues, chiflado, insoportable, vengativo e inseguro imbécil. Estropéame las vacaciones. Te presentas tarde sólo para castigarme. Para ver si me importa. Puedes jugar todo lo que quieras a tus mezquinos y patéticos juegos. Nathan no significa nada para mí...

Me encuentro a medio camino de mi vitriólica parrafada cuando se me ocurre pensar que Jack no ha mencionado a Nathan. Simplemente sospecha. Y yo me estoy comportando como la mujer culpable que él cree que soy.

Me doy por vencida y me hundo en la tristeza.

Cuando llega el desayuno, lo rechazo. En su lugar, observo cómo Darren le arroja a su madre el huevo revuelto. Estudio la parte posterior de su cabeza para ver si lleva tatuado el 666 detrás de la oreja.

La verdad es que fue Nathan y no yo el que se portó como un guarro anoche. Yo estaba deseando verle. Estaba firmemente dispuesta a no permitir que la ridícula paranoia de Jack se convirtiera en el vigilante de mi vida social. A fin de cuentas, mi vida social ha sido mucho más larga que la de Jack.

Llevaba casi una hora esperando cuando Nathan se presentó en el bar de Soho. No sé por qué me había molestado en llegar puntual o por qué razón me había puesto tan nerviosa mientras esperaba. Una de las características distintivas de Nathan es su infalible capacidad para llegar tarde.

–He conseguido una cita con una chica fabulosa –me dijo, en tono relamido mientras apoyaba una mano en mi hombro y los labios en mi mejilla. Una halagadora corriente me recorrió todo el cuerpo. Al fin y al cabo, me había pasado una hora preparándome–. Es deliciosa –añadió, sentándose a horcajadas en el taburete de al lado de la barra.

Me acaricié el cabello sin poderlo evitar.

–Oh, Nath –dije sonriendo con expresión de reproche mientras alargaba la mano y le daba un cariñoso empujón en la rodilla. Había olvidado lo penetrante que podían ser sus ojos verdes.

–Marguerite –murmuró en tono soñador–. Es española y... –Hizo una pausa para comprobar el efecto de sus palabras–. Te digo que ésta podría ser la que estoy buscando.

Al llegar a este punto, pidió dos copas de champán mientras yo me apresuraba a recoger mi amor propio del resbalón que acababa de sufrir con la piel de plátano de mi vanidad.

–¡Me alegro mucho, Nahtan! ¡No sabes cuánto me alegro! –dije en tono extasiado mientras, con una sonrisa en los labios, recordaba en una oleada de *dejà vu* todas las razones por las cuales jamás había podido entablar una relación con él.

–La voy a llevar a unas cuantas salas de fiesta. Por eso no podré cenar contigo. No te importa, ¿verdad? –preguntó sin esperar mi respuesta–. De todos modos, no hay más que verte. Locamente enamorada de ese como-se-llame. Qué bonito.

Dejé que me contara entre exclamaciones de emoción todas las anécdotas de su último viaje por la cordillera del Himalaya sin apenas decir nada, pero cuando me fui a casa de H tras haberme dejado plantada en la barra una hora más tarde, pensé que ojalá hubiera dicho algo.

Ojalá hubiera tenido el valor de defender mi relación con Jack en lugar de permitir que Nathan la despreciara con aire de suficiencia. Pensé que ojalá le hubiera dicho que su costumbre de perseguir a las mujeres hermosas y de entrar y salir del amor a cada dos segundos no tiene nada de admirable. Ojalá le hubiera dicho que no es un picaruelo irresistiblemente seductor tal como yo antes creía que era, sino un ser inmaduro que teme el compromiso. Ojalá le hubiera dicho que tratara a la gente con más respeto y dejara de ser un mocoso tan egoísta. Ojalá le hubiera dicho que dejarme plantada era una grosería y una falta de delicadeza. Pero por encima de todo pensé que ojalá yo no hubiera acudido a mi cita con él.

Sin embargo, la humildad necesaria para poder decirle a Jack lo estúpida que me sentía como consecuencia de todo lo arriba apuntado no se puede alcanzar en un avión lleno de turistas de la agencia FunSun. Tendré que esperar a que estemos en el hotel. Miro a mi desgreñado y taciturno compañero de viaje. Está roncando apaciblemente y, por un momento, experimento una profunda sensación de alivio. La idea de otra confrontación despierta en mí el impulso de abalanzarme sobre el piloto y suplicarle que dé la vuelta para que yo pueda huir e ingresar finalmente en un monasterio.

Lo único que yo quiero es que las cosas sean sencillas.

Mi vida era tan fácil cuando estaba en el desierto de Gobi de la soltería. No había peleas, berrinches ni malentendidos. Es cierto que algunas veces me aburría, pero por lo menos sabía dónde estaba. Estaba yo y estaba yo: y ambas nos entendíamos perfectamente. Ahora me paso el rato sumida en una complicada maraña de emociones y trato en todo momento de justificarme.

Tomemos, por ejemplo, a H. No quería hablar conmigo cuando se enteró de que yo había estado en la barbacoa de Chloe. Me pasé por lo menos una semana dejándole mensajes y preocupándome. Incluso le escribí una postal, pero ella seguía negándose a hablar conmigo. Al final, comprendí que tendría que ir a verla. Soy demasiado supersticiosa para abandonar el país sabiendo que había rencor entre nosotras. Por consiguiente, anoche, cuando Nathan me dejó plantada, decidí acercarme a su casa.

No se ablandó cuando yo me presenté en su puerta y le pedí treinta veces perdón sin detenerme siquiera para respirar.

–¿No crees que me debes un poco de sinceridad? –me replicó, tomando la botella de vino que yo le ofrecía a modo de rama de olivo. Me detuve a medio decir perdón. Es auténticamente temible cuando se enfada.

»¿Qué crees tú que siento? –añadió mientras yo la seguía humildemente al interior de su apartamento..

–¿Deseos de arrancarme la garganta y de estrangular a mi novio? –pregunté.

H no estaba de humor para mis bromas.

–Algo por el estilo –dijo. Cogió el mando a distancia y paró el vídeo de *Friends*. Entonces comprendí que hablaba en serio.

»¿Significa algo para ti la palabra "respeto"? –me preguntó sin ofrecerme un asiento.

Por supuesto que sí. El respeto de H significa todo para mí. Sería incapaz de pelearme violentamente con ella, por lo que me dejé caer en un almohadón y me justifiqué como pude. Le conté lo mucho que me había dolido mentirle diciéndole que estaba enferma, lo mucho que había dudado entre ella y Jack, el desastre que había provocado en la barbacoa y lo mal que me sentía desde entonces.

Al final, H cruzó los brazos y me miró, sacudiendo la cabeza.

–Al hablar de respeto, me refería a la dignidad, tonta –me dijo, dejándome anonadada con el comprensivo tono de su voz–. No me importa lo que hagas, siempre y cuando hagas lo que tú quieres. No tienes que complacerme a mí ni a nadie. El sentido de ti misma es una de tus mejores cualidades, Amy. No lo vayas a perder ahora por el simple hecho de haberte enamorado.

–¿Y cómo sabes tú que me he enamorado? –pregunté, estupefacta. Ni siquiera conoce a Jack.

–La verdad es la verdad. Y a veces resulta muy evidente –contestó.

Entonces no tuvo más remedio que perdonarme, pues me eché a llorar. Por lo visto, el llanto se ha convertido en una de mis nuevas habilidades especiales. Antes ignoraba que la tuviera y creo que quizá me convendría sacarle provecho. Me podría presentar a la audición de una de esas comedias románticas de Hollywood, donde la única dote de actriz que se exige a la heroína consiste en saber lloriquear en todas las escenas. ¡Podría hacerme millonaria!

No sé por qué razón me eché a llorar. Para mí fue un alivio muy grande que H comprendiera lo que yo sentía. Soy una Mujer Enamorada y, por consiguiente, mi conducta resulta hasta cierto punto comprensible.

–Ya basta –me dijo H en tono de reproche, llenándome un gran vaso de vino.

–Perdona –dije, resollando.

–Y ya basta de pedir perdón. Ya pasó todo.

Me dio un beso en la mejilla y depositó el vaso de vino en mi mano.

Comprendí entonces que todo había vuelto a la normalidad, especialmente, cuando ella se sentó diciendo:

–Qué boba eres.

–Si supieras cuánto te he echado de menos –dije, yendo a sentarme al sofá para acurrucarme a su lado.

Entrechocó el vaso con el mío.

–Pues entonces, suelta el rollo, estúpida. Quiero saberlo todo.

Así pues, mientras nos tomábamos unos cuantos vasos de vino, se lo conté todo. Lo del trabajo, lo de Jack, lo de Nathan y la fiesta y, finalmente, lo de las vacaciones. Teníamos tantas cosas de que hablar que ya eran las dos de la madrugada cuando terminamos.

–Es tarde, sería mejor que llamaras a tu amor –me dijo H, bostezando–. Dile que te quedas a pasar la noche aquí.

–No puedo quedarme. ¡Aún tengo que guardar algunas cosas en la bolsa!

Meneó el dedo y se lamió los vestigios de vino tinto de sus labios.

–Siempre te llevas demasiadas cosas. Sólo necesitas un par de bragas –te pones unas y lavas las otras–, un bikini y un par de vestidos. Te vas a reír.

Me incliné hacia delante y tomé el teléfono, sintiéndome un poco culpable mientras marcaba el número de Jack. Hubiera tenido que llamar antes.

H se desperezó como un gato.

–Puedes pedir un taxi mañana por la mañana. ¿No está en casa?

–Está ocupado –contesté, colgando.

–No te preocupes. Podrás disfrutar de él toda una semana –me dijo.

¡Viva!

Los pasajeros estallan en una espontánea salva de aplausos cuando el avión aterriza finalmente en Grecia con una hora de retraso. Yo no participo. No estoy de muy buen humor. Tengo los pies hinchados y los ojos abotagados y estoy tan deshidratada que parezco una ciruela pasa.

En cambio, Jack está más fresco que una rosa cuando sale a la manta de calor del exterior en lo alto de la escalerilla. Mientras yo empiezo a sudar profusamente por todo el cuerpo, él aspira el aire con gesto de aprobación.

–El tiempo es bueno –dice, como si las condiciones meteorológicas fueran en cierto modo una victoria personal.

Sonia nos acompaña a la terminal. Los comentarios de

Jack acerca del tiempo no consiguen engañarme. Cuando Hamlet dijo que algo olía a podrido en Dinamarca, hubiera tenido que probar lo que era Kos.

Tras pasar por el control de aduanas, esperar a que todos los demás recojan equipajes y tomar asiento en un vehículo que no sería aceptado ni siquiera en el más miserable de los cementerios de coches, nos sumimos en el silencio. Desde el punto de vista del enfurruñamiento, hemos llegado a un empate. Cuando conoces íntimamente el olor de los órganos genitales de alguien, el hecho de simular ser unos desconocidos no sirve de nada. Es como presentarte a un examen sin haberte preparado.

Contemplo los monumentos de Kos a través del astillado y sucio cristal y me muerdo las cutículas de las uñas. Estoy en una especie de trance turístico.

Decididamente, esto no es Isla Fantasía. Cuando el autocar se detiene al fin en la playa principal, mis ojos se han empañado. Es la hora del almuerzo, pero hay mucha gente por todas partes. A juzgar por el elevado índice de quemaduras solares, la mayoría de los turistas deben de ser británicos. Necesariamente lo tienen que ser. ¿Cómo podrían si no soportar la ensordecedora música que surje del bar del Bulldog de la esquina?

El estruendo que brota del micrófono del autocar es ensordecedor cuando Sonia toma el cuadernillo.

Es su momento.

–Un-dos, un-dos –anuncia con un sonsonete, como si estuviera presentando la Gala Real de Variedades–. ¡Atención todo el mun-doo! Ésta es Villa Stephan-o. Bienvenidos a sus vacaciones FunSun.

Y en efecto, encajado entre el bar y las tiendas, vemos un edificio que podría pasar por un hotel a pesar de que los grises balcones de hormigón tienen toda la pinta de haber sido pegados a él en un segundo tiempo. Unas oxidadas barras de acero asoman en la parte superior, a la espera de que se construya el siguiente piso. En el tejado, dos obreros están fumando, apoyados en el roto letrero de Villa Stephano. Nos miran con recelo.

Eso debe de ser uno de los lugares donde se apean algunos pasajeros. No es posible que Jack haya reservado habitación en este antro.

¿Y si lo hubiera hecho?

Sonia sigue ocupada, pasando lista. La familia Russell que tenemos al lado se acerca a ella, discutiendo acerca del sombrero de plástico fluorescente que luce el hijo menor. Es demasiado grande y le impide ver. El niño tropieza con todos los asientos, derramando el contenido de su lata de Coca-Cola mientras su enfurecido progenitor le grita para que siga adelante. Le sigue de cerca el demonio Darren. Su madre lo sujeta de lado bajo el brazo cual si fuera un balón de *rugby* mientras él se retuerce y babea una porquería verdosa.

Me doy cuenta de que Russell va detrás de Rossiter en orden alfabético y de que Sonia no nos ha llamado.

Menos mal, nos vamos a otro hotel más de lujo.

Pero entonces se hace realidad el peor de mis peores temores. Sería muy raro que Sonia no conociera el alfabeto.

–Vamos, éstos somos nosotros –dice Jack.

Muevo la cabeza entre la contemplación de Alcatraz y la contemplación del ombligo de Jack cuando éste levanta los brazos para recoger nuestras bolsas.

No.

No puede ser.

Estamos en Grecia. Son mis vacaciones. Son mis vacaciones y tengo necesidades básicas como:

- Un tranquilo apartamento separado con balcón.
- Una espaciosa habitación doble con baño.
- Una vista al mar de 360 grados.
- Ausencia de otros turistas dentro de un radio de ocho kilómetros.

- Fácil acceso a románticas tabernas de carácter familiar con precios razonables.
- Por lo menos una playa desierta durante mi estancia.

He visto los programas de vacaciones de la televisión. *Conozco mis derechos fundamentales de consumidora.*

¿Qué es lo que pasa?

Que le he dejado organizar las cosas a Jack, eso es lo que pasa. A Jack, que sería incapaz de organizar un polvo en un burdel.

Los chicos del fútbol ya están armando alboroto en la zona de recepción de Villa Stephano cuando firmamos en el registro y nos entregan nuestros cuatro programas de vacaciones FunSun. KARAOKE TODAS LAS NOCHES/EN VIVO reza un gran letrero situado encima de mí.

¿En vivo?

Ya estaré muerta cuando termine todo esto.

No hay luz en el pasillo del cuarto piso. Permanezco en medio de la oscuridad junto a un saco abandonado de cemento mientras Jack trata de abrir la puerta de nuestra habitación. Se aspira en el aire un penetrante olor a moho. Al cabo de dos minutos de torpes intentos, Jack suelta un gruñido de exasperación y empuja la puerta con el peso de su cuerpo. Ésta se abre y él se aparta a un lado para dejarme pasar. Mientras lo hago, una cucaracha se aleja correteando en dirección contraria.

Estupendo. ¡Hasta las cucarachas están deseando largarse!

–No está tan mal –dice Jack a la defensiva, como si me hubiera leído el pensamiento.

Pues no. Peor están los barrios pobres de Calcuta.

Dejo la bolsa en el suelo y miro lentamente a mi alrededor. Las dos camas individuales están separadas por un estante con una lámpara rota. Veo una mesa de gran tamaño adosada a la pared. Tiene encima un jarrón desportillado. Alargo la mano para acariciar las polvorientas flores de plástico.

–Qué detalle tan considerado –consigo decir, reprimiendo el impulso de arrojarlas al otro lado de la habitación.

Jack abre el balcón y contempla la impresionante vista del edificio de al lado.

Perfecto.

Y casi pegado al nuestro.

En un instante, la habitación se llena de unos embriagadores aromas de frituras y desagües en mal estado.

Miro enfurecida a Jack antes de retirarme al cuarto de baño para calmarme. Me siento en la taza del excusado y cuento hasta veinte. Respira. Vamos. Respira hondo. Tú puedes con eso.

Jack está deshaciendo su equipaje cuando salgo.

–¿Qué tal? –me pregunta.

Mal. Muy mal. Me has llevado al peor destino de vacaciones de todo el universo conocido y me he quedado totalmente atónita al ver lo tacaño que eres, siento deseos de decirle. Pero no lo hago porque soy una adulta madura. En su lugar, me pongo de mal humor. Pero en comparación con Jack soy una simple aficionada.

–¿Jack? –digo al final.

–¿Sí?

–¿Es que no me vas a decir nada?

–Lo estoy haciendo, ¿no?

Estoy firmemente dispuesta a no darme por vencida.

–Vamos, Jack. Es ridículo que haya este clima entre nosotros.

–¿Qué clima? Yo no estoy creando ningún clima.

Me acerco las manos a la cabeza y me aliso el cabello hacia atrás.

–¿Quieres hacer el favor de sentarte un momento?

Jack arroja su camiseta a la cama y se sienta en una silla. Cruza los brazos y hace pucheros. Parece un peligroso criminal durante un interrogatorio en una comisaría de policía.

–Me preocupé muchísimo al ver que no aparecías esta mañana –empiezo diciendo.

–Ya te lo he dicho. Tenía resaca –me interrumpe–. Estuve bebiendo con Matt.

–Creía que Matt se había ido a una despedida de soltero.

–Se fue sobre las ocho.

–Y tú, ¿qué hiciste entonces?

Sé que parezco la Inquisición española, pero no puedo evitarlo. Lo que está diciendo Jack no tiene sentido.

–Me pasé un rato bebiendo solo.

Jack entorna los ojos y me mira con desprecio.

–¿Te emborrachaste porque no conseguías localizarme?

–Me emborraché, Amy, porque te quería.

Me impresiona la amargura de su tono de voz.

–Oh, Jack, te equivocas en lo que piensas –digo–. Quiero decir que lo que estás pensando no es lo que...

–Suéltalo de una vez. Dime lo que tengas que decirme, y listo.

–No hay nada que decir. Sabes que anoche vi a Nathan. –Jack aparta la mirada y se muerde los labios–. Pero sólo para tomar unas copas –añado–. Ni siquiera una cena. Lo dejé a las nueve y media porque tenía una cita con otra chica en una discoteca. Y entonces me fui a casa de H.

–Menudo valor tuviste.

–Jack, por favor. Te estoy diciendo la verdad. Sólo quería ver a Nathan para ponerme al día. No ocurrió nada entre nosotros. Ya te lo he dicho. Es un amigo. De la misma manera que Chloe es amiga tuya.

–Yo jamás me he tirado a Chloe –me recuerda.

Nos miramos un instante y sé que he perdido. No tengo

más remedio que abandonar mi arrogancia. Dejo caer las manos a los costados.

–Perdóname, Jack. No hubiera tenido que ir. Lo comprendí cuando lo vi.

–Todo fue muy platónico e inocente, ¿verdad?

Baja despectivamente la voz.

–Sí, lo fue.

–Me hubieras podido llamar.

–Lo sé. Pensaba hacerlo, pero perdí la noción del tiempo. Después te llamé desde la casa de H. Eran las dos de la madrugada. Tu teléfono comunicaba.

Jack se frota la ceja con la palma de la mano.

–Bueno, todo eso me parece muy verosímil.

–¡Es verdad! –protesto–. Llama a H, si no me crees.

–No hace falta. Estoy seguro de que ella te respaldaría.

Lo agarro por el brazo.

–Jack.

Lo obligo a mirarme, pero él aparta la cabeza y yo retiro la mano de su brazo. Siento que las lágrimas se me acumulan en el pecho.

–Eso no es justo. No soporto que me castigues sin que yo haya hecho algo malo. –Miro al techo y suelto una amarga carcajada–. ¿Sabes la ironía más grande? Cuando vi a Nathan, en lo único que pensé fue en ti y en lo muy unida que me siento a ti. No hubiera tenido que ir porque sabía que a ti no te gustaba. Fui muy testaruda, Jack. Lo reconozco y lo siento. Pero no he hecho nada malo. Sería incapaz de hacer nada que te pudiera hacer daño. Pensaba que ya lo sabías.

Tengo que salir de aquí para no asfixiarme. Recojo mi bolsa de viaje.

–Amy, espera. –Jack se levanta y se apoya contra la puerta para impedirme salir–. Lo siento. ¿Vale? No quiero que te vayas.

Trato de impedir que me tiemble la barbilla mientras Jack me ofrece una explicación, pero no lo consigo. Es lo que yo sospechaba: Jack se quedó dormido. ¡Esta mañana me pasé dos horas exprimiéndome con un exprimidor emocional y, entre tanto, él estaba durmiendo!

A veces, odio en serio a los hombres.

–¿Te quieres ir?

Sacudo la cabeza y dejo la bolsa en el suelo.

–¡No! Yo sólo quiero que hoy todo vuelva a empezar desde el principio –digo impulsivamente.

–Lo siento, lo siento muchísimo –dice Jack, dándome un abrazo.

Me besa el cabello mientras me acuna. Al cabo de un rato, tira de mí hacia la cama y, cuando ambos estamos tendidos, me cubre y se cubre a sí mismo con la manta.

–Cierra los ojos –murmura con voz de hipnotizador–. Dentro de un momento sonará el despertador. Cuando lo haga, te despertarás y no recordarás nada de lo ocurrido en las últimas horas. Experimentarás una sensación de ligereza, de calma y tranquilidad. Tu novio habrá dejado de ser un idiota, tus vacaciones se iniciarán con risas y alegría y recuperarás el sentido del humor. ¡Rrrrrrrrrrrrrrring!

–¡Vale, vale! –digo entre risas, apartando la manta para aspirar una bocanada de oxígeno. Me arrodillo y me sitúo a horcajadas encima de él.

–Lo siento –repito.

Parece que ha vuelto a la normalidad. Parece mi Jack.

–Yo también.

–¿Amigos?

–Amigos –contesto, asintiendo con la cabeza. Me echo hacia atrás y después me inclino para besarle el estómago. Percibo la contracción de sus músculos cuando vuelvo el rostro y apoyo la mejilla sobre su piel. Aspiro su olor mientras experimento una profunda sensación de alivio–. ¿Qué es eso? –pregunto al ver una señal roja muy cerca del cinturón. Le paso el dedo por encima.

–¿Qué? –pregunta Jack, incorporándose de golpe.

Se horroriza mientras estira la piel de su estómago y contempla la señal.

–No te preocupes –le digo, burlándome de su vanidad–. No te estropeará el bronceado. Probablemente es una marca que te han dejado las bolsas.

Lo empujo de nuevo hacia atrás y le beso la roncha roja antes de volver a apoyar la cabeza. Noto que Jack se ha puesto en tensión y adivino que está mirando al techo.

–¿Estás pensando lo mismo que yo? –pregunto.

–No lo sé. ¿Qué estás pensando?

–Que ésta es la peor habitación de hotel en la que jamás me he alojado.

–No, no es eso lo que estaba pensando.

–Pues ¿qué, entonces?

Jack se incorpora y baja los pies de la cama.

–Comida. Me muero de hambre.

Las dotes de hipnotizador de Jack dan resultado. Después de un copioso desayuno, recuperamos plenamente el buen humor. Jack me anuncia una política de vacaciones de máxima diversión y mínimo tiempo en la habitación del hotel. Al principio, me muestro reacia y le suplico que cambiemos de hotel. En Isla Fantasía nos hubiéramos pasado todas las tardes en la cama, disfrutando de la dicha del aire acondicionado antes de bajar al anochecer a tomarnos unos martinis en nuestra playa privada. Pero Jack no está familiarizado con Isla Fantasía. No quiere ni oír hablar de un cambio de hotel. No sé qué le ocurre, pero no quiere oír hablar de nada. Jack es... una Cotorra.

–Que se vaya a la mierda el hotel. Ya sé que es algo fundamental, pero no se trata de eso, lo utilizaremos como base. Haremos exploraciones. Será divertido –dice, rebosante de entusiasmo.

–Pero...

–Oh, no. Por favor, no me digas que eres una de esas chicas que se quieren pasar todo el día en la playa leyendo estúpidas novelas de amor. Por favor, por favor, por favor. Dime que eres mucho más refinada que eso.

–Yo...

–Pues entonces, todo arreglado. Alquilaremos una moto e iremos a ver lo que hay que ver. Porque aquí tiene que haber lugares de interés, digo yo. Estamos en Grecia. La cuna del arte. Aquí está todo lleno de mitos, templos y cosas por el estilo.

Extiende el brazo como para abarcarlo todo y sonríe con cara de desquiciado.

–Pero Jack...

–Y no tienes que temer que yo conduzca. Todo irá bien. Porque yo sé que, a veces, la seguridad es un motivo de preocupación, pero yo soy muy seguro. Te lo prometo.

–Yo no estaba...

–Estupendo. Vamos –dice, levantándose y tendiéndome la mano.

Le miro con expresión inquisitiva.

–¿Te encuentras bien?

–Totalmente. Jamás en mi vida me he encontrado mejor. Estoy deseando salir. –Me toma la mano y mis dedos se entrelazan automáticamente con los suyos. Cierra los ojos un instante y me besa los nudillos–. Ya verás. Serán las mejores vacaciones que hayas tenido, te lo prometo.

Al cabo de un rato, la Cotorra se calma un poco, pero yo sigo pensando que hay algo distinto en él. No es que se comporte conmigo de una manera extraña –su actitud no podría ser más halagadora o afectuosa–, pero nos pasamos tres días enteros sin mantener relaciones sexuales. Me trata como si yo fuera su compañera de juegos, no su amante. Puede que ello se deba a que cada noche regresamos al hotel muertos de cansancio. Las camas individuales y las quemaduras de sol tampoco contribuyen a facilitar las cosas.

Pero subsiste la inquietante duda de que él no cree lo que yo le he contado acerca de mi noche con Nathan.

Decido seguir adelante como si tal cosa y no plantear la cuestión. Jack es un hombre. Y por lo que sé de él, estoy segura de que sus hormonas no tardarán en ganarle la partida a cualquier cosa que en estos momentos lo pueda molestar. Además, este período de abstinencia lleva aparejadas unas ventajas complementarias. Porque Jack y yo hablamos. Hablamos en serio. Y nos lo pasamos bien. El espacio que hubiera ocupado el sexo lo llena la exploración. No sólo la de la isla, con todos sus perfumados olivares y sus polvorientos caminos, sino también la del uno acerca del otro. Jack no me da su cuerpo en estos primeros días, pero me da algo mucho más valioso. Mientras nos tomamos unas sangrías en las pequeñas tabernas que encontramos, me habla de las ideas que tiene para sus cuadros y me cuenta lo mucho que aborrece tener que pintar lienzos por encargo para mantenerse económicamente a flote. Cada noche cuando regresamos al hotel, me siento un poco más enamorada de él.

Pero al llegar el cuarto día, todo cambia. Porque, al llegar el cuarto día, termina nuestra búsqueda de la playa ideal. Desde la carretera del litoral, ambos descubrimos simultáneamente la pequeña cueva y tardamos siglos en encontrar la forma de acercarnos a ella. Al final, abandonamos la moto y bajamos entre las rocas hasta que encontramos unos rudimentarios peldaños cortados en el acantilado.

Cuando llegamos abajo, me quedo sin respiración.

Isla Fantasía, ya te puedes ir al carajo. Esto es un paraíso.

En pocos segundos nos desnudamos y nos perseguimos hasta sumergirnos en el agua. Un agua azul turquesa tan transparente que me puedo ver las uñas de los dedos de los pies. Jack se zambulle y me agarra por la espalda al emerger a la superficie. Es la primera vez en varios días que nuestros cuerpos mantienen un contacto tan íntimo. Entrelazo las piernas alrededor de su cintura. Tiene las pestañas pegadas y sus ojos centellean con el reflejo del agua. Le miro sonriendo.

–Esto es precioso –digo, lanzando un suspiro mientras vuelvo la cabeza hacia la playa.

No hay ni un alma.

–Tú sí que eres preciosa –me contesta.

Le paso la mano por el cabello y lo beso suavemente. Ya no puedo resistirlo más. La abstinencia me está matando. Además, puede ser peligrosa. No puedes andar por ahí, sintiéndote permanentemente tan cachonda.

–Ven conmigo –le digo en un susurro, tirando de él a través del agua.

–¿Adónde vamos? –pregunta Jack.

He visto *10, la mujer perfecta*. He visto *Contra todo riesgo*. Estoy empeñada en hacer el amor en los bajíos. Aunque tenga que violar para ello.

Pero no es una violación. Es lo más contrario a eso que imaginar se pueda. Cuando empezamos a besarnos y las olas nos acarician las piernas, percibo un cambio en Jack. Es como si se liberara la pasión que ha estado almacenando durante varios días. No sé cuántas veces habremos hecho el amor desde que estamos juntos, pero todas ellas palidecen hasta resultar insignificantes en comparación con lo de ahora.

Jack me hace el amor. Como si fuera un compendio de todos mis ídolos. Y a pesar de la arena y del calor, cuando experimentamos simultáneamente el orgasmo, nuestra unión sale catapultada al primer lugar de la lista.

Es el mejor polvo QUE JAMÁS ME HAYA ECHADO.

–¡Ah! –jadea Jack cuando nuestros sentidos regresan finalmente a la tierra.

Me besa los párpados, la nariz y las mejillas como si yo fuera lo más valioso del mundo para él. Le acaricio el rostro y abre los ojos. Y es aquí cuando siento que un torrente me recorre el cuerpo cual si fuera una descarga de adrenalina.

Jack frunce el entrecejo. Parece que está a punto de echarse a llorar cuando me aparta del rostro un mechón de cabello rebozado en arena.

–Amy, yo... –empieza.

–Ssss. –Sonrío y le cubro los labios con mis dedos. Porque, por una vez, no es necesario que me lo diga. Lo sé.

Pasamos los dos días siguientes rebosantes de felicidad en la playa. Una tarde, cuando regresamos a última hora a la habitación del hotel, Jack me aplica crema hidratante por todo el cuerpo. Estoy tan relajada que, sin darme cuenta, me quedo dormida, desnuda en la cama.

Al despertar, oigo una especie de suave crujido, como de una pluma raspeando sobre una superficie.

–No te muevas –me dice Jack.

Me pongo en tensión.

–¡Por favor, no me digas que es una araña!

Jack suelta una carcajada.

–No, pero quédate quieta, ya estoy terminando.

–Terminando, ¿qué?

–Espera y lo verás.

El sonido se prolonga un buen rato y después oigo que Jack se acerca a la cama y se sienta a mi lado.

–¿Ahora ya me puedo mover?

–Sí –contesta y yo me vuelvo hacia él–. Aquí tienes –dice, entregándome una hoja de papel.

Contemplo el dibujo a lápiz que ha hecho de mí. Es maravilloso.

–¿Te gusta? –me pregunta.

Me inclino hacia él y lo beso.

–Me encanta. ¿Cuánto has tardado en hacerlo?

–No lo sé. Llevas una media hora dormida.

Contemplo de nuevo el dibujo. ¿De veras ofrezco un aspecto tan apacible cuando estoy dormida?

Jack me estudia el rostro.

–No te he hecho demasiada justicia. Estabas tan guapa.

Alarga la mano y me acaricia la mejilla.

Pasa por mi mente su imagen pintado a Sally y no puedo evitar preguntarme si se comportaba con tanta intimidad con ella.

–Apuesto a que eso se lo dices a todas las chicas –digo en tono burlón, pero no consigo disimular el cortante filo de mi voz.

–No hay ninguna otra chica. Ya no. Sólo tú.

Deposito el dibujo sobre la mesa, lo atraigo hacia mí y ambos permanecemos tendidos en la cama. Le creo. Totalmente. Creo que es mío y, mientras respiro, siento que jamás en mi vida había experimentado una dicha semejante.

Nos besamos y yo le acaricio el cabello.

–Gracias –le digo en un susurro–. Vamos, te invito a cenar.

Jack sonríe y se sienta en el borde de la cama. Le observo mientras se pone la camisa. Vuelvo a coger el dibujo. No sé si besar el dibujo o besarlo a él, pues ambos tienen un significado muy importante para mí.

Una semana de vacaciones nunca es suficiente. Eso lo sabe todo el mundo. Pero yo sólo lo recuerdo cuando faltan unos cinco minutos para el viernes. Ahora que me estaba relajando y se me acaba de poner un bronceado precioso, tenemos que regresar a casa. No es justo.

En nuestra última noche en la isla, nos vestimos como Dios manda y nos vamos a cenar a nuestra taberna preferida.

–No pongas esta cara –me dice Jack en tono burlón mientras me escancia un poco de retsina.

–No quiero volver –digo en tono quejumbroso.

Estamos sentados en la terraza que domina la bahía. La única luz procede de la vela que hay sobre el mantel a cuadros y de la luna llena que pende por encima de nosotros cual si fuera una linterna.

–Sí, quieres –dice él entre risas–. Te espera un nuevo trabajo y tienes un bronceado precioso del que presumir. En cuanto regreses, estarás encantada.

Se acerca el camarero y nos pasamos un rato charlando con él. Nos pregunta por nuestras vacaciones y le contestamos que han sido asombrosas. Da grandes muestras de decepción cuando le decimos que nos vamos mañana.

Cuando se retira, ambos nos apoyamos en la balaustrada de madera y contemplamos la bóveda estrellada.

–Tienes razón –dice Jack al final, lanzando un suspiro–. Recojámoslo todo y quedémonos aquí para siempre.

–Ahora ya vas mejor encaminado –le digo, incorporándome y volviéndome a mirarle.

–Nos buscaremos un chalet en la montaña. Y tú te podrás pasar todo el día criando verrugas y un bigote –dice en plan de guasa– y yo podré hacer esculturas con cagarrutas de cabra.

–¿Y si nos cansamos el uno del otro?

–Pues si nos cansamos, yo siempre podré echar mano de las cabras. Y estoy seguro de que habrá montones de jóvenes pescadores encantados de poder atender tus necesidades.

–Estupendo. Quedémonos.

Me inclino hacia él para darle un beso.

–No daría resultado. Me vería obligado a mantenerte encerrada sólo para mí –dice en un susurro.

Me acerco su mano a la mejilla.

–Gracias por cumplir tu promesa.

–¿De qué promesa hablas?

–De ofrecerme las mejores vacaciones. –Le beso la palma de la mano–. Lo han sido.

Jack me acaricia la nariz con un dedo y me sonríe.

–Bueno, pero ahora no te me vayas a poner demasiado sentimental, aún tenemos que comernos un festín.

Nos bebemos dos jarras de vino antes de darnos cuenta de que ya son más de las doce de la noche. Me siento tan atiborrada como las hojas de parra rellenas que me acabo de comer.

–Tendríamos que regresar –dice Jack al final, cuando el camarero nos entrega la cuenta. Como de costumbre, somos los últimos en irnos.

–No me apetece.

–Pero ¿qué dices? No podemos perdernos la discoteca FunSun. Además, quiero probar el karaoke.

–No me digas –replico riéndome.

–¿No lo sabías? Estás en presencia del Rey del Karaoke.

–¿Qué quieres cantar? –pregunto.

–*Noches estivales...* naturalmente.

Durante el trayecto de vuelta a la ciudad, tarareo una canción con la mejilla apoyada en la espalda de Jack. Soy tan feliz mientras la cálida brisa me despeina el cabello que tardo un poco en darme cuenta de que nos hemos equivocado de camino.

–¿Adónde vamos? –pregunto, incorporándome al ver que Jack se desvía para bajar por un sendero.

–Ya lo verás –me contesta, deteniendo la moto pisando el pedal de freno.

Me acompaña a través de unas rocas hasta que llegamos a lo alto del acantilado.

–Tenía que echarle un último vistazo –dice.

A nuestros pies, flanqueada por dos olivos, está nuestra playa. Jamás la había visto desde aquel ángulo. Me quedo allí como hipnotizada por la luna y el plateado brillo del agua. Jack se sitúa a mi espalda y me rodea la cintura con sus brazos. Aspiro una bocanada del perfumado aire, lleno del canto de las cigarras.

Todo es perfecto.

Al final, he encontrado lo que andaba buscando.

–¿Jack? –digo en un susurro.

–Mmm –contesta. Le siento hundir la nariz en mi cabello.

–¿Tú también lo presientes? –pregunto.

–¿Qué?

Percibo los fuertes latidos de mi corazón.

–¿Que eso es lo que nos conviene, que tenemos que seguir juntos y que la cosa va en serio?

Casi no puedo creer que esté diciendo una cosa tan importante, pero lo digo de verdad. Más que cualquier otra cosa que jamás haya dicho.

Jack me estrecha con más fuerza y apoya la cabeza en mi cuello. Alargo la mano y le acaricio el cabello, pero él me sujeta la muñeca para que me detenga. Me vuelvo a mirarle y contemplo sus facciones y la forma en que la luz de la luna le ilumina el pómulo. Sé que está a punto de decirlo. Eso es mucho mejor que cualquiera de los momentos cinematográficos que yo había imaginado. Me tiemblan las rodillas y contengo la respiración.

–Creo que tenemos que irnos –dice sin mirarme.

–¿Cómo?

Me suelta la muñeca. Sigue sin mirarme.

–Ya es tarde. Será mejor que nos vayamos.

Permanezco sentada detrás de Jack en la moto, sin apenas atreverme a sujetarme a él.

La verdad es que no lo entiendo.

¿Por qué? Eso es lo que yo quiero saber.

¿Qué tengo de malo?

Yo creía que todo era estupendo. Nos entendemos de maravilla, nos hacemos reír, nuestras relaciones sexuales son fabulosas, pero nada de eso basta todavía para que me diga que le intereso.

A lo mejor lo he presionado demasiado. A lo mejor, la idea de los dos juntos lo asusta. A lo mejor no está preparado. O a lo mejor no cree que yo sea la mujer más apropiada para él. A lo mejor no lo he sabido interpretar. A lo mejor quiere algo más. Pero ¿qué otra cosa puedo darle? Le he dado todo lo que podía de mí. Ya no me queda nada más.

¿Qué hago entonces? ¿Lo abandono? ¿Me quito esta idea de la cabeza y mantengo con él una relación sin propósitos serios? ¿Intento cambiar?

No logro comprender cómo hemos llegado a esta situación de crisis. ¿Cómo es posible que todo sea perfecto en determinado momento y se estropee al siguiente? No lo entiendo. ¿Qué he hecho?

Tengo un aluvión tan grande de preguntas en la cabeza que no me doy cuenta de que Jack ha estado acelerado progresivamente.

–¡Aminora la marcha! –le grito, agarrándome fuertemente a él mientras toma la última curva antes de bajar a la ciudad.

Entramos derrapando en la carretera, pero el ángulo de la curva es demasiado cerrado. Noto que Jack se tensa mientras acciona los frenos.

–¡Cuidado! –grito con un jadeo, pero ya es demasiado tarde.

Sin tiempo para darme cuenta, me encuentro tendida en el suelo con los brazos estirados delante de él. El suelo es arenoso. Me duelen los codos. Todo está oscuro y en silencio.

–¿Amy? –Oigo el grito entrecortado de Jack, pero estoy muy desorientada–. ¿Amy? ¿Cómo estás?

No puedo hablar. Jack se agacha a mi lado. Parece aterrorizado.

–Rodéame el cuello con los brazos –me dice en un susurró, levantándome los brazos y rodeándose con ellos. Me levanta hasta que me incorporo. Es entonces cuando observo que está llorando y que soy yo la que lo sostiene a él.

–¿Jack? –pregunto con un graznido–. ¿Qué te ocurre?

–Creía que te había matado –contesta entre sollozos–. Creía que te había matado.

–Ssss –digo, sujetándole los hombros para que me vea–. Mira, estoy bien. –Sacude violentamente la cabeza y yo empiezo a asustarme–. Cálmate, Jack. Todo va bien. Nos hemos caído, pero no ha pasado nada. Estoy bien.

Jack jadea como si tuviera dificultades para respirar. Se acerca la mano a la cabeza y se tira del cabello.

–No lo entiendes. Tengo que decirte una cosa. Desde que me preguntaste qué sentía... Si me parecía acertado... Quería decírtelo... quería decírtelo... pero no podía...

Alargo las manos hacia él y experimento una profunda sensación de alivio. Todo irá bien a pesar de todo. Me quiere. Lo sabía. Aunque haya sido necesario un accidente de carretera para hacerle entrar en razón, al final lo ha comprendido.

Se aparta de mí y sacude la cabeza.

–Dímelo –lo apremio.

Al verlo sollozar con tanto desconsuelo, me siento invadida por una profunda emoción. Jamás había visto a nadie tan trastornado.

–Lo he estropeado. Lo he estropeado todo.

–No, no es cierto –lo tranquilizo–. Todo va bien. No debes temer decírmelo. –Jack jadea como un niño–. Cálmate –le digo en tono apremiante.

Sacude la cabeza.

–McCullen. Sally McCullen –dice–. La chica del cuadro... la que estaba en la fiesta de Chloe.

Hace una pausa para recuperar el resuello. Me mira mientras las lágrimas resbalan por sus mejillas. Está a punto de venirse abajo, pero es curioso que el instinto pueda tener tanta fuerza. Me aparto de él.

–¿Qué le ocurre? –pregunto.

Aunque no lo ha dicho, yo ya lo sé todo.

Jack resuella ruidosamente.

–Ocurrió algo. El viernes pasado. Pensé que estabas con Nathan y te llamé varias veces. Pero tú no estabas en casa. Me emborraché. –Traga saliva–. Y apareció ella. Lo siento... Lo siento en el alma.

Ni siquiera le escucho. Todo empieza a encajar: su retraso en el aeropuerto; su extraño comportamiento al llegar; el hecho de que no quisiera hacer el amor; la señal que tenía en el estómago...

El *mordisco de amor* que tenía en el estómago.

Noto que Jack se inclina hacia mí.

–Yo no tuve la culpa. Te lo iba a decir.

Ahora comprendo la expresión «sacar de quicio». No oigo lo que dice Jack a continuación porque mis nudillos se han hundido profundamente en su rostro.

Grita de dolor y se tambalea hacia atrás, pero yo echo a correr. Echo a correr a la mayor velocidad que puedo. Encuentro la moto en el suelo, un poco más abajo. El motor aún está en marcha. Tengo que hacer acopio de toda mi fuerza para enderezarla. Me siento en el sillín en el momento en que Jack consigue darme alcance.

–¡Amy! –me implora, alargando las manos para sujetarme.

–¡Vete a la mierda! –le grito, propinándole un fuerte puñetazo en la ingle antes de alejarme.

El instinto de conservación es algo increíble. A pesar de tener la sensación de que todo mi mundo ha sido bombardeado, consigo llegar entera a Villa Stephano. Aparco la moto fuera, tranquilamente. Vasos, el propietario del bar, está presentando el espectáculo de karaoke y todo el mundo parece de muy buen humor. La madre de Darren está ofreciendo una versión malísima de *Karma Chamaleon* mientras interpreta un achispado can-can con uno de sus compañeros. Nadie repara en mí cuando cruzo el bar para dirigirme a la escalera. ¿Por qué iba a hacerlo? No muestro ninguna señal externa de mi peligrosísima salud mental.

Pero en cuanto entro en la habitación, pierdo los estribos. Primero, me limito a llorar, pero después me desmando en serio. Arrojo toda la ropa de Jack por la ventana y grito palabrotas hasta quedar exhausta.

Estaba claro que algo no marchaba cuando nos reunimos en el aeropuerto. Hubiera tenido que comprenderlo.

Pero ¿cómo pudo hacer eso?

¿Cómo me pudo hacer eso a mí?

Me dejo caer en la cama y me acerco las manos al pecho. Experimento una sensación dolorosa. A lo mejor está a punto de rompérseme literalmente el corazón.

Al cabo de un rato, mis sollozos se convierten en un gimoteo y puedo oír el karaoke de abajo. Pero lo único que puedo pensar es:

¿Cómo?

¿Qué?

¿Dónde?

¿Por qué?

¿Cuándo?

No sé cuánto rato permanezco sentada en la oscuridad contemplando la pared mientras me invento respuestas a cada una de estas preguntas, pero al final oigo una llamada con los nudillos.

–¿Amy? –Es Jack, al otro lado de la puerta–. Déjame entrar.

Cierro fuertemente los ojos.

–No pienso irme. Me tendrás que dejar entrar –dice, llamando con más insistencia.

Me tapo los oídos.

–Vamos. –Esta vez, más fuerte–. Tenemos que hablar. Sé que estás dentro.

–Vete –digo entre sollozos.

Me quiero morir. Me tiendo hecha un ovillo en la cama. No quiero que me vea.

–Amy. Por favor –me suplica Jack.

Ahora aporrea la puerta.

No le presto atención y pienso que ojalá estuviera en casa. En mi cama. A salvo. Pienso que ojalá no hubiera sido tan estúpida como para entablar una relación con Jack. Y que ojalá hubiera tenido suficiente sentido común para no fiarme de él. Y no me hubiera puesto en una situación tan vulnerable. Pienso que ojalá fuera otra persona, en otro lugar y otro tiempo.

Más tarde –no sé cuánto rato después–, me doy cuenta de que ha cesado el aporreo.

Sé que Jack no se ha ido. Sé que está ahí, como si lo viera. Y eso es lo malo. Que lo veo.

Lo veo mentalmente.

Lo veo besándome en nuestra playa. Lo veo mirándome bajo la luz de la luna. Lo veo riéndose mientras el viento le despeina el cabello.

Veo todas estas cosas.

Pero sigo sin poder verle con Sally.

Abro violentamente la puerta. Jack está tumbado en la escalera, sosteniéndose la cabeza con las manos. Cuando levanta la cabeza y me mira, tiene el rostro muy magullado y los ojos inyectados en sangre.

–¿Qué quieres decir con eso de que ocurrió *algo*?

Me mira con semblante inexpresivo.

–Dímelo ahora. ¿Qué ocurrió?

Jack permanece inmóvil.

–Yo no me la tiré –dice en un susurro.

Estoy temblando.

–¿Qué es lo que hiciste entonces?

–No hice nada. Fue ella. Lo hizo todo ella.

–¡DÍMELO!

Jack vuelve a hundir el rostro entre sus manos.

–Yo estaba dormido. Cuando me desperté, ella me estaba haciendo una mamada. Te lo juro, eso fue lo único que ocurrió.

–¡Ah! ¡Ella sólo te hizo una mamada! –grito–. Pobrecito mío.

Jack se levanta.

–No fue así.

–Ah, ¿no? ¿Cómo fue? *¿Cómo acabó ella exactamente con la boca alrededor de tu polla?*

No puede decir nada. Le miro con la misma clase de repugnancia que me inspira una cloaca desbordada.

Porque ahora lo puedo ver. Veo su rostro contraído en una mueca de placer. Un placer que le está proporcionando otra.

–No quiero volverte a ver –digo entre jadeos.

Doy un portazo y me arrojo en la cama. Me cubro la cabeza con la almohada mientras Jack aporrea la puerta. Grita mi nombre tan fuerte que debe de haber interrumpido la juerga discotequera FunSun. Oigo las voces de los que le dicen que se calle.

Después todo se calma. No sé si se han llevado a Jack o si éste todavía sigue fuera. No me importa.

Cojo el *walkman* que hay en la mesa y me pongo los auriculares. Pulso *play* y subo el volumen para ahogar el sonido de mis lágrimas. Es *Come together,* de los Beatles.

Jodidamente típico.

9

Jack

El abandono

–¿Que te hizo qué? –pregunta Matt en tono de incredulidad mientras contempla mi magullado rostro.

–Me abandonó –repito y entonces, por si él no estuviera familiarizado con la expresión, añado–: Me dejó tirado, me soltó; se deshizo de mí; me descargó.

En este momento, se me ocurre pensar que todo y cada uno de estos términos se podría igualmente aplicar a la basura. Y no es pura coincidencia. Pues soy una basura, eso es lo que soy. Me siento una basura. Si en estos momentos entrara una cucaracha en el salón de Matt, no tengo la menor duda de que se dirigiría en línea recta a mi persona y, al llegar, se consideraría en su casa.

Pero Matt lo pasa mal, asimilando la información. Se deja caer a mi lado en el sofá.

–Pero eso es imposible.

Su afirmación, combinada con su expresión de consternación, me recuerda momentáneamente a Spock, enfrentándose con una aberración científica a bordo de la nave *Enterprise*. Comprendo su reacción. Lo ocurrido es efectivamente ilógico y contrario a la vida tal y como yo la conozco.

Por supuesto que me encantaría poder estar de acuerdo con Matt a este respecto. Vaya si me encantaría. Me encantaría permanecer sentado aquí y poder asegurarle que, según todas las reglas conocidas del universo, es imposible que una buena chica como Amy haya decidido mandar a hacer puñetas a un buen chico como yo. Me gustaría poder decirle que, siendo tal cosa tan evidentemente imposible, me debo de encontrar bajo los efectos de una alucinación, de la cual no tardaré en despertar y entonces descubriré que todo marcha bien en mi mundo. Pero nunca se me han dado muy bien los desmentidos, por lo que, en su lugar, le digo:

–La mierda ocurre.

Porque ocurre.

Si lo sabré yo.

Me acaba de ocurrir a mí.

–Pero si todo iba tan bien –dice Matt en tono quejumbroso–. Los dos estabais muy bien compenetrados.

–Iba y estábamos.

Me mira unos segundos, antes de preguntar:

–¿Y bien?

–Y bien, ¿qué?

–¿Quién le hizo la guarrada a quién?

–¿Qué...?

–Uno de los dos la tiene que haber hecho –aclara–. Es por eso por lo que la gente rompe sus relaciones. La mayoría de las veces, por lo menos.

–Eso no es cierto –protesto–. La gente rompe sus relaciones por un millón de motivos distintos. –Espera a que se lo aclare y yo lo hago–. Una de ellas podría roncar y la otra podría no aguantarlo. Puede que ambas sean hinchas de distintos equipos de fútbol. No sé... cualquier cosa. También se les pueden acabar los temas de conversación.

–Eso quiere decir que fuiste tú –deduce Matt.

Es inútil tratar de convencerle de lo contrario; me conoce demasiado bien. Necesito una caja de resonancia. Necesito a alguien que me diga que no tengo por qué cerrar todavía la tapa de mi vida.

–Sí.

Asiente con la cabeza.

–Me lo figuraba. ¿Me lo quieres contar?

Y lo hago. Se lo describo paso a paso. Empiezo cuando Amy y yo nos intercambiamos confidencias delante de Zack's y lo agradable que fue no tener que seguir cargando con aquel peso. Lo llevo a la fiesta de Max, a mi ataque de celos, a mi ultimátum y a la postura de Amy. Le describo el Viernes Negro, la cita de Amy y mi constante paranoia. Le cuento los pormenores de la posterior aparición de McCullen aquella noche y de mi grosero despertar de la mañana siguiente. Le explico de qué forma acompañé a McCullen a la puerta y le dije que no quería volver a verla nunca más. Y finalmente, le hablo de las vacaciones, del accidente de carretera, de lo que le dije a Amy y de lo que ella me dijo a mí.

Cuando termino de contarle mis desgracias, lo primero que dice Matt es:

–Este Nathan debe de ser un cabrón de mucho cuidado.

Le agradezco a Matt su intento de animarme, pero no da resultado. Pero más por costumbre que por un vestigio de mi aborrecimiento, asiento con la cabeza y apunto que en la lista de Cosas Más Agradables que Nathan he de añadir a las personas que se tragan sus pesadillas.

Lo segundo que dice Matt, ante mi ausencia de reacción a lo primero es:

–¿Por qué demonios le hablaste a Amy de sadomaso?

La pregunta no me sorprende. Es la misma pregunta que se me ocurrió a mí tras sufrir el accidente de carretera, en el breve pero sorprendentemente desagradable intervalo que transcurrió entre el momento en que Amy me soltó un puñetazo en el rostro y el momento en que me propinó una patada en los cojones. Y es la misma pregunta que me he estado haciendo desde entonces.

A fin de cuentas, no había ninguna necesidad de que le hablara de ella. Cierto que siempre hubiera temido que Amy se enterara por otros medios. Puede que yo hablara en sueños. Puede que McCullen empezara a irse de la lengua. O puede que yo me adhiriera a alguna extremista secta religiosa que me obligara a confesar la verdad a todas las personas a las que alguna vez hubiera mentido en mi vida. Pero con toda franqueza, todas estas posibilidades se me antojaban entonces y se me siguen antojando ahora altamente improbables. Sin embargo, sigue subsistiendo el hecho de que, si yo hubiera mantenido la maldita boca cerrada, habría podido salir bien librado de la situación.

Tal como he salido a lo largo de toda mi vida.

Las consecuencias en tal caso hubieran sido evidentes y uniformemente beneficiosas. No se hubiera producido ningún accidente de moto, por ejemplo. Y tampoco hubiera habido un triste viaje de regreso a casa en avión, en cuyo transcurso ella se negó a hablar conmigo. En su lugar, ambos hubiéramos permanecido en lo alto de aquel acantilado tomados del brazo, contemplando la playa de abajo iluminada por la luna. Pero no una playa cualquiera. Nuestra playa, el lugar donde habíamos hecho el amor. Ella, yo y el mar. La escena más poética que cupiera imaginar.

Pero de eso ni hablar, tratándose de Jack Rossiter. Jack Rossiter tenía otros planes. Por ejemplo, no contestar cuando ella le preguntó en lo alto del acantilado si él también sentía lo mismo. A pesar de que lo sentía. Por primera vez en muchos años. A pesar de que, por primera vez en muchos años, estaba viviendo con una persona una situación que parecía un sueño convertido en realidad. Porque era tan extraordinaria que parecía increíble.

–Por sinceridad –le sugiero a Matt–. Porque quería ser sincero con ella.

–¿Sinceridad? –pregunta Matt, mirándome como si me acabara de tirar un pedo.

–Sí, sinceridad. Quería decir la verdad.

–Ya sé lo que significa esta palabra, Jack.

–Entonces, ¿cuál es tu problema?

–Mi problema es que no acierto a comprender qué tiene esto que ver con las relaciones.

–Lo tiene que ver todo –contesto, irritado.

Me mira con cara de palo.

–Con la mía, no. Y con la de la mayoría de las personas, tampoco. –Su mirada se vuelve recelosa–. No habrás estado leyendo mi ejemplar de *Diez pasos para alcanzar el amor eterno*, ¿verdad?

–¿Tu qué?

Matt se levanta y se acerca a la ventana.

–Nada.

–No quería engañarla –añado–. No me parecía bien. Ella confiaba en mí, yo le había mentido y, cuanto más tardaba en decirle la verdad, tanto peor me sentía.

Matt se vuelve y me mira con los ojos entornados.

–¿Por un remordimiento de conciencia tal vez? –pregunta–. ¿Porque sentías que una implacable sensación de traición te recorría las venas, cual si fuera un veneno, cada vez que la mirabas? ¿Y tenías la sensación de que la volvías a traicionar cada vez que la besabas o hacías el amor con ella? ¿Casi como si cada nueva intimidad que compartías con ella ya no significara nada por el hecho de estar basada en el engaño?

–Sí –contesto, comprendiendo que Matt acaba de poner el dedo en la llaga y que era eso exactamente lo que ocurría. Me siento invadido por una oleada de alivio. Parece que alguien lo comprende.

Pero resulta que este alguien no es Matt.

–En otras palabras, lo hiciste para sentirte mejor. ¿No te hubiera parecido más lógico que te enfrentaras tú solo con tu culpa, aprendiendo la lección y te propusieras no volver a hacerlo nunca más? –pregunta, regresando al sofá y volviendo a sentarse.

Tardo unos segundo en recuperarme de la decepción que me ha producido el hecho de que Matt y yo no vayamos a someternos a un trascendental momento de compenetración masculina. Pero consigo superarlo muy bien. En primer lugar, el fanatismo medioambiental jamás ha sido la idea que yo tengo de la diversión... para empezar, hay demasiado moho y mierda de ardilla. Y en cuanto a los cazadores-recolectores... debo decir que me expulsaron de la sección infantil de los niños exploradores por fumar a los nueve años y jamás he vuelto la vista atrás; por consiguiente, mejor que también me mantenga al margen de todo eso. Pero lo supero, sobre todo, porque no estoy furioso con Matt. Sino más bien conmigo mismo.

Quiero decir con eso que no es que su reacción a mi comportamiento sea anormal. Muy al contrario. Si, por ejemplo, yo llevara a cabo una rápida encuesta en la calle delante de la casa de Matt e hiciera las siguientes preguntas a la personas que estuvieran manteniendo relaciones estables:

a) Si usted se emborrachase y jodiera con una desconocida a la que jamás tuviera que volver a ver, ¿se lo diría a su pareja?
b) Si usted entablara unas relaciones con alguien y se diera cuenta de que de quien en realidad está enamorado es de su pareja actual, ¿le confesaría a ésta la existencia de dichas relaciones?
c) Si pudiera usted echarse impunemente un casquete con alguien (sí, sí, incluidas las estrellas de Hollywood), ¿renunciaría a hacerlo?

No me cabe la menor duda de que las respuestas serían unánimemente negativas. Quiero decir que hoy en día la gente no confiesa sus infidelidades, ¿verdad? Se lo puedes contar a los amigos, claro pero no a tu amante. ¿De qué serviría? De nada. A no ser que quieras romper.

O por lo menos, eso era lo que yo pensaba. Incluso con Zoe. A pesar de que jamás le fui infiel, creo que, si lo hubiera sido, no le habría dicho nada. De lo contrario, habría sido demasiado doloroso. Sin embargo, cuando lo intenté con Amy, no dio resultado. De ahí mi papel estelar en el clásico de la cinematografía griega *Las confesiones de un motorista.* Parece ser que la sinceridad es más fuerte que yo. Pero, al igual que Matt, yo tampoco me trago lo de la sinceridad en sí misma. Demasiado simple. Demasiado fácil. Cierto que la sinceridad es importante, pero sólo en el sentido de que es un síntoma de otra cosa. La sinceridad no es más que una cabeza de turco. Tiene que haber estado trabajando por cuenta de otra persona. Pero no de otra persona cualquiera, comprendo ahora, sino del mismísimo Señor Importante. Y en cuestión de sentimientos, sólo existe un Señor Importante. Me sorprende que haya tardado tanto tiempo en identificarlo. Miro a Matt directamente a los ojos.

–La amo –le digo–. Le hablé de McCullen porque la amo.

Matt levanta la mano.

–Déjala ahí, hermano.

–¿Qué?

–Lo sabes muy bien. La palabra que empieza por A. La acabas de pronunciar. –Agita el dedo–. Lo has hecho. Lo has hecho. Sabes muy bien que sí. No intentes disimularlo.

–No pienso hacerlo.

Matt ladea la cabeza.

–¿De veras que no?

–No. Lo he dicho y hablo en serio. La amo. –Presto atención al sonido de las palabras que brotan de mi boca. Es un buen sonido. Es la clase de sonido que no me importaría volver a oír–. Yo, Jack Rossiter –le digo a Matt–, en pleno uso de mis facultades mentales...

–Es cuestión de opiniones –murmura Matt.

–... amo a Amy Crosbie.

Matt me mira largo rato y con dureza.

–En tal caso, eso lo explicaría todo –termina diciendo.

–Explicaría, ¿qué?

–Por qué te has estado comportando como un imbécil total. –Nos miramos en silencio unos minutos–. Supongo que será mejor que busquemos la manera de sacarte de este embrollo –dice finalmente.

En su calidad de abogado, Matt aborda el problema como un abogado: parte de los hechos. Tras analizarlos uno a uno conmigo, guarda silencio. Su rostro se transforma en una máscara de concentración. Me imagino su cerebro implacablemente lógico en acción, retorciendo, tirando y jugueteando con el problema. Me invade una sensación de confianza. Si alguien puede encontrar el camino para salir de esta horrible guarida de Minotauro, es Matt.

–Felación accidental –dice finalmente–. La cosa es bastante complicada. –Se rasca la barbilla y frunce el entrecejo–. Una auténtica lata, en realidad.

No es la solución que yo esperaba.

–No, Matt –lo corrijo–. Eso no es una lata. Perder el billetero sería una lata. Conseguir un tique de aparcamiento sería una lata. Esto, en cambio, es un maldito desastre total.

Matt espera pacientemente a que termine mi estallido.

–El quid de la cuestión –dice en tono pensativo– es establecer si tú has sido o no has sido infiel. Técnicamente, supongo que la respuesta tiene que ser que sí. Te hicieron efectivamente una mamada. La punta de su lengua rozó efectivamente la punta de tu instrumento. Eso nos lleva al propósito. Aunque, a los ojos de la ley, la ignorancia no es una excusa, se puede argumentar que, en tu estado de semiinconsciencia, no tuviste el menor conocimiento de que la lengua en cuestión pertenecía a otra persona que no era tu amada Amy. De ahí que el hecho de que tú experimentaras placer como consecuencia de los movimientos de esta lengua no constituya una infidelidad emocional.

–Estupendo, amigo –lo interrumpo, exasperado–, prueba a decirle eso a Amy. Un simple caso de confusión de identidad, cariño. Ocurre muy a menudo. No tienes por qué tomártelo de esta manera. Sí, Matt, le va a encantar.

Matt me mira de soslayo.

–Mira, tienes que aprender a canalizar esta agresividad. No es bueno para ti.

–¿Cómo?

–Respira hondo –dice Matt.

–¿Cómo?

–Relájate. Cálmate. Déjate llevar un rato por la corriente.

No estoy de humor para este tipo de mierdas hippies... y menos aún por parte de un abogado de la City que no sabría distinguir la diferencia entre una lenteja y una esponja vegetal.

–¿Que me relaje? –replico en tono cortante–. ¿Y cómo coño quieres que me relaje? Me acaban de pegar la patada, hombre.

Me da unos segundos para que me calme antes de decir:

–Mira, amigo, nunca nada es tan malo como parece.

–¿Te importa explicarme a qué te refieres exactamente?

Frunce los labios con expresión pensativa y después me contesta:

–A la objetividad. Tienes que ser objetivo en todo este asunto.

–¿La objetividad? –balbuceo.

–Sí, verás –dice–, como cuando estás en lo alto de un cerro y contemplas la ciudad de abajo y ésta te parece totalmente distinta porque has interpuesto una cierta distancia entre ella y tu persona.

–Matt –le digo–, dudo que el hecho de estar en lo alto de un maldito cerro me sirva de algo.

Pone los ojos en blanco.

–Tú escúchame, ¿vale?

–Te estoy escuchando.

Matt enciende un cigarrillo y le da un par de caladas.

–El punto de vista objetivo es el siguiente –dice–. El amor de tu vida ya no te quiere. Ha descubierto que tú has metido la polla en la boca de otra mujer a espaldas suyas. Como consecuencia de ello y del hecho de que no se lo dijeras de inmediato, ella cree ahora que eres un inútil y miserable pedazo de mierda que merece arder en el fuego del infierno por toda la eternidad. Baste decir que no quiere volver a verte nunca más.

–Gracias, Matt –le digo, empezando a abrigar serias dudas acerca de sus aptitudes como abogado–. ¿Por qué no me das una cuchilla de afeitar y me preparas el baño?

–Bueno –dice Matt–, olvídate de la objetividad. Tienes razón; objetivamente, estás jodido. No obstante –añade tras una pausa–, la situación podría ser mucho peor.

Por primera vez, ha dicho algo que tiene sentido.

–Sí –convengo con él–, podría encontrarme en pleno desierto del Sahara sin una gota de agua. Me podrían estar comiendo vivo los gusanos. Incluso me podrían obligar a ver todos los espisodios de *Dinastía* que jamás se hayan hecho. Pero, aparte de eso, creo sinceramente que son muy pocas las cosas peores que me podrían ocurrir.

Matt ignora deliberadamente mi andanada de sarcasmos.

–Pues yo te digo muy en serio que las hay. Sigues estando vivo. Y ella también. La mierda existe. Nos ocurre a todos de vez en cuando, ¿verdad?

–No, Matt –lo interrumpo–, yo no lo creo. No creo, por ejemplo, que te ocurra a ti. ¿Te ocurre alguna vez, Matt? ¿Y bien? ¿Te ocurre? No tengas el menor reparo en corregirme si crees que me equivoco, pero contéstame a esta pregunta: ¿has sido abandonado alguna vez por alguien de quien tú estuvieras enamorado?

–No.

–Muy bien, lo cual significa que no nos ocurre a todos. Les ocurre a algunas personas. Y eso lo admito. No tengo el menor problema en reconocerlo.

–Pues entonces, ¿cuál es tu problema?

–Mi problema es que no me hubiera tenido que ocurrir a mí –contesto bruscamente.

–¿Y por qué no?

Me sostengo la cabeza con las manos.

–Porque yo confié en ella, Matt. Eso es lo que me está matando. Me he pasado toda la vida mintiendo a las mujeres y ocultándoles cosas. Pero a ella, no. Yo confié en ella y le dije la verdad. Le dije la verdad porque la amo. ¿Y qué conseguí con eso? Que ella me dejara plantado. Ni siquiera me dio la oportunidad de explicárselo.

–¿Tú crees de veras que eso hubiera cambiado las cosas –pregunta Matt–, si ella hubiera podido escuchar tu versión de lo ocurrido?

–Sí –musito–. Lo creo sinceramente. Pero ¿qué más da? Me he pasado todo el día llamándola y ella ni siquiera contesta.

Matt me apoya una mano en el hombro.

–A lo mejor necesita un poco de tiempo para calmarse –apunta–. Dale un poco de espacio. Créeme –me asegura–, no es posible que te odie por siempre jamás. –Su mirada se pierde en la distancia inmediata–. Dicen –añade– que, si quieres algo, tienes que dejarlo en libertad. Si regresa, será tuyo para siempre. Y si no, es que jamás lo fue.

Para proceder de Matt, el comentario es muy profundo. Sólo me resta llegar a la conclusión de que necesitaré un rasgo de ingenio para salir de ésta.

El juego de la espera

–Ya sé que me estás oyendo –digo–. Sí, tú, Amy Crosbie, te estoy hablando a ti.

Espero unos cuantos segundos la respuesta, pero no la hay. Pese a lo cual, no me doy por vencido. Estoy cumpliendo una misión. Soy un Guerrillero del Corazón. Y los Guerrilleros del Corazón no andan por ahí acobardándose a la menor señal de resistencia. Somos intrépidos y arrojados. Nos encantan los desafíos, sabiendo que la victoria, cuando se produzca, será dos veces más dulce.

–Muy bien –digo, levantando la voz–, puedes esconderte todo lo que quieras. No pienso retirarme. ¿Me oyes, Amy? Yo no me muevo de aquí. Ni un solo centímetro. Me quedaré hasta que bajes y me ofrezcas la oportunidad de darte una explicación.

De repente, mi determinación experimenta un dramático giro que agrava la situación. Pego los labios al interfono y digo en un susurro.

–Por favor, Amy. Te quiero. Te quiero y esto me está matando.

Vuelvo a esperar, pero la única respuesta es el silencio.

Un viejo sentado en un banco de la acera de enfrente me mira poniendo los ojos en blanco y toma un trago de su botella de Thunderbird. Pone cara de haberlo visto todo otras veces. Pero me da igual. Lo que digo, lo digo en serio: la amo. Y me importa un bledo quién lo sepa. Ella es la chica de mi vida. La Supernena. Es la que he estado buscando durante todo este tiempo.

Desde que anoche le dije a Matt que estaba enamorado de ella, sólo he estado pensando en ella... casi como si el hecho de decírselo en voz alta lo convirtiera en realidad para mí. Quiero que lo sepa todo el mundo, pero por encima de todo, Amy.

Por eso estoy aquí.

Acaban de dar las diez y media del domingo por la mañana y estoy en los peldaños de la entrada de su casa. Llevo aquí desde las nueve. Aparte del viejo, la calle está desierta. Puesto que las aceras de ambos lados están cerradas con unos conos por obras, ni siquiera hay automóviles. Por encima de mi cabeza y haciendo juego con mi estado de ánimo, el cielo está encapotado por primera vez en varias semanas. Retrocedo un par de pasos, estiro el cuello y levanto los ojos hacia el último piso del edificio donde vive Amy.

No hay ninguna señal de agresión exterior. No están echando aceite hirviendo desde las almenas. No hay arqueros preparados para disparar. Pero tampoco se observa la menor señal de inminente reunión. No hay ningún pañuelo blanco ondeando en medio de la brisa. No hay ninguna mano saludando ni haciéndome señas de que suba, no veo la cabellera de Rapónchigo derramándose hacia abajo. Ni siquiera hay una ventana abierta. Pero no importa. Estoy seguro de que ella está en casa. Estoy dispuesto a esperar. Si ella quiere que le ponga sitio, eso es justamente lo que voy a hacer. Si quiere una prueba de que la amo, aquí la tiene. Y si no la quiere... se la voy a dar de todos modos.

Me acerco de nuevo a la puerta y pulso el timbre del interfono. Hace un ruido semejante al de una avispa enfurecida. Lo mantengo apretado y me imagino a Amy dentro, escuchando. La debe de estar volviendo loca. Por lo menos, eso espero. Suena desagradable, lo sé, pero me da igual. A mí lo único que ahora me importa es tener la oportunidad de darle mi versión de los hechos. No olvidemos que eso es una democracia. A la gente no se la condena sin un juicio. La justicia dice que ella me tiene que escuchar. Lo estropeé todo. Lo sé. Pero todo el mundo comete errores, ¿verdad? Y yo he aprendido de los míos. Jamás permitiré que vuelva a producirse una situación como la que viví con McCullen. Jamás le volveré a mentir a Amy ni la volveré a engañar de la forma en que lo hice. Lo único que necesito es una oportunidad –sólo una– para que ella sepa que la amo y soy suyo y no quiero estar con nadie más. Nunca.

Sigue sin haber ninguna respuesta.

Tengo que animarme. Estoy mejor preparado que ella para afrontar esta situación. Para empezar, tenemos la cuestión de la comida. ¿Qué va a comer ella? Conozco a Amy. Los armarios bien abastecidos no son su punto fuerte. Los dos briks de leche de Larga Duración y el paquete de paté de garbanzos con la fecha de caducidad pasada que hay en el frigorífico no le permitirán subsistir durante mucho tiempo. Y después tenemos la cuestión de su nuevo trabajo. No lo va arrojar por la borda sólo para evitar enfrentarse conmigo. Significa demasiado para ella. No, no podrá permanecer escondida mucho tiempo. No tendrá más remedio que acabar cansándose y entonces me abrirá o, por lo menos, bajará y escuchará lo que tengo que decirle. La lógica dice que las probabilidades en este caso están decididamente de mi parte. En mi calidad de Especialista Provisional en Asedios y Nosotros, llevo el último grito en equipos de Supervivencia de Relaciones:

a) Doce rosas de color de rosa (confieso que se están marchitando, pero conservan intacto todo su potencial romántico).
b) Comida: un paquete de tamaño familiar de Pollo-Rico Marca Registrada (lo único que quedaba en el frigorífico del garaje abierto las veinticuatro horas del día); Pastel de Menta Kendal (fabricación reglamentaria estándar para el Ejército) y dos bolsas de cacahuetes tostados (ricos en proteínas).
c) Bebidas: dos latas de Toxoshock (bebida energética isotónica con cafeína, taurina y guaraná) más una caja de Nutroshake (con sabor a fresa).

d) Prendas de vestir: pantalones tejanos y camiseta FCUK (ambos de Matt); botines de ante (ideales para terrenos accidentados).
e) Otros artículos: dos cajetillas de Marlboro (Light); un encendedor (gas) a prueba de viento.

Dejando aparte la ropa que he elegido (levanto los ojos al cielo; se está encapotando por momentos), creo que puedo durar aquí afuera varias horas si no días. En otras palabras, a no ser que se construya un ala delta con las sábanas de su cama y otros objetos domésticos y se lance desde el tejado, Amy tiene muy pocas posibilidades de escapar. Tanto si le gusta como si no, yo conseguiré decir lo que tenga que decir.

Con un «Todavía estoy aquí» de despedida, suelto el timbre y me tumbo en los peldaños. Noto algo en el rostro y, cuando levanto la vista, observo que ha empezado a llover. Pegándome a la puerta, saco la caja de Pollo-Rico de mi mochila y mordisqueo un trozo sin entusiasmo antes de desecharlo y encender un cigarrillo en su lugar. Calle abajo empiezan a tocar las campanas de la iglesia, convocando a la gente a la función religiosa matutina.

Recen un poco por mí.

Anoche no dormí. No pegué el ojo ni un momento. Permanecí tendido, contemplando cómo pasaban los minutos en *Perro Gordo.* Huelga decir que fue Amy la que me mantuvo en vela. O más bien su ausencia. Porque es evidente que no estaba allí. Y no estaba porque me odiaba. Pensaba que yo era una escoria. ¿Por qué no? Yo, en su lugar, hubiera hecho exactamente lo mismo. Psicología a la inversa. ¿Qué sentiría yo si ella me dijera que un tío se le había bajado al pilón? ¿Rabia? ¿Celos? ¿Repugnancia? Sí, todos estas cosas. Pero sobre todo me sentiría traicionado. Sólo que yo no traicioné a Amy. No quise hacerle daño a propósito. Simplemente la cagué. Muy mal, lo reconozco. Y no es que eso me hiciera sentir mejor. No lo hizo. Mientras permanecía tendido allí sin poder abrazar ni siquiera la almohada para consolarme (porque todavía apestaba a McCullen), me sentí hecho polvo. Destrozado. Era como si alguien me hubiera partido el corazón por la mitad.

Hasta mi polla estaba de acuerdo. Y eso no era propio en ella. Por regla general (exceptuando el episodio con Ella Trent), tanto si llueve como si luce el sol, la constitución de mi polla es inexpugnable. No la creía capaz de defraudarme de aquella manera. Sin embargo, allí estaba, hundida entre mis piernas como una criatura en estado de hibernación. Si hubiera podido hablar, sospecho que nuestra conversación se habría desarrollado más o menos de la manera siguiente:

Jack: ¿Qué te pasa?

Polla: No me pasa nada. Ahí está lo malo.

Jack: ¿Lo malo?

Polla: Exactamente.

Jack: ¿Te sientes con ánimos para hablar de ello?

Polla: Yo no me siento con ánimos para nada. Sólo me siento entumecida.

Jack: Supongo que estás hablando de Amy, ¿no?

Polla: Bueno, no querrás que esté hablando de McCullen, ¿verdad? Sólo faltaría que lo hiciera después de la birria de mamada que me hizo.

Jack: Ni siquiera lo recuerdo. ¿Tan mala fue?

Polla: Digámoslo así, Jack: como mamada, fue una mierda... y me quedo muy corto. Allí estaba yo, preparándome psíquicamente para una polución nocturna sensacional. Tenía todas las características de un clásico. Tú y yo en medio de aquella sauna, rodeados de vapor por todas partes, y entra Amy vestida con su uniforme de colegiala...

Jack: ¿Su uniforme de colegiala? Ni siquiera sé cómo es su uniforme de colegiala.

Polla: Es una licencia literaria, Jack. Dame una oportunidad.

Jack: Comprendo. ¿Qué ocurrió a continuación?

Polla: Aparece la maldita McCullen. Entra con paso decidido y, sin pedir permiso siquiera, aparta a Amy y asume todo el protagonismo.

Jack: No suena tan malo. Como fantasía, quiero decir.

Polla: Ya, bien se ve todo lo que sabes. Créeme, Jack, soy una profesional, y no tiene demasiada gracia conducir un Mini cuando estás acostumbrado a un Rolls-Royce. Pero a pesar de todo me las arreglé bastante bien. «Bueno –me dije–, procuremos sacar de lo malo lo mejor.» Pero ni hablar, tú tampoco estabas dispuesto a eso. No estabas preparado para permitir que yo hiciera el primo con la chica equivocada. Tú querías otra cosa mejor. Justo cuando la situación estaba empezando a mejorar un poco, te retiraste. ¡Te retiraste, Jack! Y eso es simplemente repugnante. Eso es propio de... un aficionado.

Jack: Lo siento, Polla. No permitiré que vuelva a ocurrir. ¿Podemos ser simplemente buenos amigos como en los viejos tiempos?

Polla: Los viejos tiempos. Ah, sí, ya lo recuerdo. Tú, yo, el frasco de aceite infantil y un ejemplar del *Hustler.* Sin olvidar, naturalmente, las ocasionales aventuras de una noche con que me solías obsequiar. Una rápida zambullida en un paraíso en tres dimensiones, que a la mañana siguiente me era arrebatado una vez más. Unos días efectivamente sensacionales. Pero aun así, perdóname que no empiece a brincar arriba y abajo ante semejante perspectiva.

Jack: Ya te he dicho que lo siento.

Polla: Lo sé, lo sé. Lo que ocurre es que la echo de menos, Jack. Encajaba muy bien, ¿sabes? Notaba que era apropiada.

Por una vez en mi vida tuve que reconocer que mi polla me había ganado decididamente la partida.

Me puse a pensar en el consejo de Matt... en todas aquellas memeces sobre la conveniencia de dejarle un poco de espacio a Amy. Puede que el espacio sea la frontera final, pero por lo que a mí respectaba, eso era sólo para los pusilánimes. Yo no quería darle espacio; yo quería compartir su espacio. Y en cuanto a la bobada de si-quieres-algo-tienes-que-dejarlo-en-libertad, Matt también se la puede guardar donde le quepa. ¿Para qué quiero yo hacer eso? De acuerdo, eso de dejarla en libertad es un concepto que está muy bien y que yo podría admitir a nivel puramente teórico. E incluso a nivel práctico... si estuviera hablando de jilgueros o de tigres domesticados. Pero no estaba hablando de eso, sino de Amy. Estaba hablando de la mujer a la que ahora comprendía que amaba. Y a mi modo de ver, en caso de que yo la dejara en libertad, lo menos que podía hacer era darle a conocer los hechos. La decisión que ella había tomado había sido de carácter unilateral. Lo que yo tenía que hacer era restaurar la democracia. Sería absurdo que la dejara volar para que recuperara la libertad si ella no supiera que yo deseaba su regreso. Porque puede que siguiera volando y entonces, ¿qué ocurriría? Ella se quedaría sin casa y yo me quedaría solo en casa. Sufrimiento por partida doble. No quería dejarla en libertad. Quería recuperarla. Y si ello me exigiera luchar por ella, lo haría. Los diez asaltos del combate. Muhammad Alí. Como una mariposa. Como un colibrí.

O, en su defecto, limitándome a permanecer sentado delante de su puerta.

Bajo la lluvia.

Muerto de sueño y de frío.

Me acurruco más cerca de la piedra y cierro los ojos.

Son las tres y cuarto cuando me despierto. Me noto la boca como si la tuviera forrada de engrudo de empapelar. Tras haber visto los ingredientes que contenía cuando trabajaba en Pro-Pixel, deduzco que se trata de un efecto secundario del Pollo-Rico que antes me he comido.

Me levanto con gran esfuerzo y doblo las piernas durante unos cuantos segundos para librarlas de los calambres: ahora el cielo está despejado. Al parecer, las negras nubes se han refugiado en el interior de mi cabeza.

Me vuelvo y pruebo a pulsar de nuevo el timbre. Una vez más, Amy no contesta. Miro al otro lado de la calle. Nada ha cambiado. El viejo sigue allí, lo mismo que los conos y las herramientas de los obreros. Una sonrisa nostálgica me ilumina el rostro al recordar las vacaciones estivales que pasé trabajando en una brigada de obreros de construcción de carreteras en mis tiempos de estudiante. Estábamos tendiendo un cable para la televisión, lo mismo que se ha estado haciendo aquí, destripando la carretera, instalando y empalmando los cables y, una vez puestos, pintando otra vez las rayas en el asfalto. Mi sonrisa se ensancha cuando, de pronto, se me ocurre una idea.

–Muy bien, Amy –grito contra la rejilla del portero electrónico–, ¿quieres pelear duro? Fíjate en eso.

Cruzo la calle. El viejo, al ver que un compañero de vagancia entra en acción, posa la botella y me saluda con la mano. Yo le devuelvo el saludo porque se trata de una actividad de carácter masculino. Algo con lo que todos los hombres del mundo se identificarán. En efecto, estoy a punto de hacer una impresionante declaración. Será una cosa romántica. Una cosa estupenda. La clase de gesto que otros hombres desearán haber tenido los cojones de hacer.

No tardo mucho en romper la cerradura de la máquina de pintar rayas que hay a un lado de la calle. Un par de hábiles golpes con la palanca que encuentro en la caseta de los obreros, es suficiente. ¡Después, la libertad! El cacharro es mío. Empujo la manivela hacia abajo y hago avanzar la máquina un par de pasos. Como era de esperar, está cargada: una raya blanca de sesenta centímetros de longitud marca la superficie de la calzada a mi espalda. Suelto la manivela y dirijo la máquina hacia el centro de la calzada. Y allí es donde empiezo el verdadero trabajo: la escritura del mensaje que quiero que Amy lea la próxima vez que mire a través de su ventana. Se me ocurren varias alternativas:

a) Amy, Jack te ama (demasiado infantil).
b) Te quiero (demasiado obvio).
c) Vuelve a mí (demasiado cursi).

En su lugar, me decido por un clásico, el tipo de frase capaz de dejar sin habla al mismísimo Cyrano de Bergerac. Recorro la calzada con la máquina y la escribo. La tarea no es fácil, por supuesto. La máquina está hecha para trazar líneas rectas. Tengo que irla girando poco a poco para describir cada uno de los trazos de cada letra. Pero es un esfuerzo que me gusta. No sé lo que es el cansancio. A los veinte minutos de haber empezado, el mensaje ya está listo. Y por un pelo. La pintura se termina justo cuando estoy haciendo el último trazo de la última letra. Pero ¿qué importa? Por lo menos, resulta legible. ¿Quién podría pedir más?

Devuelvo la máquina al lugar donde estaba. Cruzo la calle y, una vez en la acera de Amy, contemplo la enormidad de lo que acabo de hacer. Tiene muy buena pinta. Tiene una pinta fabulosa. Aunque me esté mal decirlo, resulta artístico. Y no soy yo el único que se impresiona. Al viejo le ocurre lo mismo. Por el rabillo del ojo, observo que se levanta del banco por primera vez. Se adelanta un par de pasos y mueve lentamente la cabeza de izquierda a derecha para estudiar mi obra. Después, se acerca a mí. Como una abeja a una flor. Contempla la belleza de lo que he creado. Quiere inspeccionar la obra. Para no parecer presumido, permanezco donde estoy y adopto una expresión impasible. Mi público espera.

–Muy bien, tío –dice, tendiéndome la mano–. Me llamo Clifford.

–Hola, Clifford. –Cojo su mano y se la estrecho–. ¿Qué le parece?

Clifford contempla un momento la calzada y se queda sin habla. Lo comprendo; no es fácil aceptar un gesto de semejante alcance. Abre la boca para hablar y yo me permito el lujo de ceder por un instante a la tentación del orgullo. ¿Cómo lo expresará exactamente? ¿Cómo conseguirá manifestar con palabras la conmoción emocional que ha experimentado como consecuencia de la lectura de mis pocas y sencillas palabras?

De la siguiente manera:

–Entonces, ¿es que trabajas para la compañía eléctrica, hijo?

Le miro. Después contemplo la botella semivacía de Thunderbird que sostiene en la mano. Le vuelvo a mirar a él. Al final, sonrío para darle a entender que comparto su visión del mundo... cosa que sinceramente dudo.

–¿La compañía eléctrica? –repito–. No, Clifford, no.

Me mira de arriba abajo antes de hacer otra conjetura:

–¿El gas entonces?

–¿Por qué lo dice? –le pregunto.

–Porque lo que has escrito –contesta– suena como un anuncio, ¿no te parece, hijo? –Toma un trago de la botella–. Un anuncio de una calefacción. Si no es de electricidad, tiene que ser de gas, ¿no crees?

–Pues sí –contesto en tono jovial porque reconozcamos que, en momentos como éste, el hecho de seguirle la corriente a alguien no cuesta nada en realidad.

–Está muy bien, hijo. Francamente ingenioso –añade en tono pensativo, antes de señalar su banco con la cabeza–. Tiene mucho mérito –añade–. Si yo tuviera calefacción central eléctrica y leyera un anuncio como éste, seguro que me pasaba al gas.

Pero todo tiene un límite. Y el límite ya ha llegado.

–Pero ¿de qué demonios está usted hablando? –le pregunto.

Me mira como si estuviera loco.

–Léelo –dice, señalando la calzada–. Allí mismo.

Sigo la dirección de la mano de Clifford y hago lo que éste me dice.

–La verdad es que no le entiendo –digo.

Clifford sacude la cabeza.

–Eso tiene que ser un anuncio, ¿no? –dice–. De lo contrario, no tendría sentido.

Hasta este momento, he estado hablando, dando por sentado

que Clifford padece una discapacidad de lectura. Pero cuanto más contemplo las letras que he escrito en la calzada, tanto más cuenta me doy de que no es así. Todo lo contrario. No es Clifford el que padece una discapacidad de lectura sino yo. O más bien una discapacidad de escritura. Porque, cuando contemplo lo que he escrito, esto es lo que veo:

MI CALOR TE PERTENECE

NO MI CORAZÓN TE PERTENECE. No el impresionante gesto que yo me proponía realizar. Es algo que no tiene ni pies ni cabeza. Mi primera reacción es echarme a reír. No es posible. No es posible que lo haya escrito tan mal, que me haya confundido de palabra. Pero mi segunda reacción es tomármelo a broma. Porque Clifford tiene razón: lo que he escrito parece efectivamente el anuncio de una compañía eléctrica. Corro hacia la ofensiva palabra y le paso el pie por encima; nada. Lo vuelvo a intentar; no consigo producir el menor daño en su inmaculada y suave perfección. Me pongo a gatas y la froto con la mano; no alcanzo el menor resultado. Y la máquina se ha quedado sin pintura. Ni siquiera la puedo tachar.

Me quedo absolutamente inmóvil por espacio de un minuto, tratando de asimilar el monumental lío que me he armado. Después me vuelvo hacia Clifford y le pregunto:

–¿Le importa que tome un trago?

Sin darle tiempo para contestarme, le arrebato de la mano la botella de Thunderbird y apuro su contenido.

La conclusión

El lunes transcurre en un borroso agotamiento físico y mental provocado por los acontecimientos del fin de semana. Me paso casi todo el rato en la cama, durmiendo o tendido boca arriba mirando el techo mientras escucho CDs. No me afeito. No me lavo. No me cambio de ropa. Procuro no pensar en nada. En su lugar, me pudro en silencio y, excepto mearme encima, voy dejando sucesivamente atrás todos los vestigios de la civilización. Con Matt ausente por asuntos de trabajo, mi contacto con el mundo exterior es nulo. Y no me importa. Yo sólo quiero que pasen los días y que se forme un amortiguador entre Amy y yo porque será la única manera de que me resulte más fácil soportar el dolor que siento.

El martes por la tarde el estómago me obliga a emerger a la superficie de este avanzado estado de nihilismo. Descuelgo el teléfono y pido una pizza. Mientras mastico, se me ocurre pensar que a lo mejor lo estoy haciendo todo mal. Al fin y al cabo, el abatimiento no me va a llevar a ninguna parte. El simple hecho de que la pintada en la calzada delante de la casa de Amy se convirtiera en un fracaso no significa que cualquier otro plan que se me pueda ocurrir tenga que acabar en un fracaso similar. Estuve muy cerca, maldita sea. Tremendamente cerca. Me equivoqué de palabra. Eso es lo que tengo que recordar. No mi fracaso sino lo cerca que estuve del éxito. Lo único que necesito es otro plan. Una nueva perspectiva. Cojo una botella de vodka y regreso a mi habitación para estudiarlo.

Llega la noche del martes y sigo en mi dormitorio... o en mi colmena creativa, tal como ahora la llamo. He optado por un plan. Es tan sencillo que me parece increíble que no se me haya ocurrido antes. Sobre todo, teniendo en cuenta que es algo que me ha estado mirando todo el rato.

Mi guitarra.

Allí estaba, apoyada contra el armario, sin que yo la hubiera vuelto a tocar desde las cinco lecciones que tomé el verano pasado. Una canción. Claro. Para hacerle una serenata. ¿Qué mejor manera de obligarla a levantarse y ver lo mucho que la quiero? Todo me está saliendo muy bien. Mucho mejor de lo que yo imaginaba. Al principio, la letra me costó un poco, pero no tardó en adquirir vida propia. Y la música también es estupenda... sobre todo, teniendo en cuenta que sólo conozco tres cuerdas. Todo parece perfecto. Los pebetes están encendidos. Tengo a Elvis tarareándome melodías desde el estéreo para inspirarme. Y el toque final: un pañuelo anudado alrededor de la cabeza a lo Springsteen.

A las once, ya estoy preparado para la primera actuación. Dejo la botella de vodka semivacía en el suelo para que no estorbe, me cuelgo la guitarra del cuello y anuncio desde la puerta:

–Y ahora, directamente en vivo desde Hollywood Bowl, tenemos el orgullo de presentar al único y singular Jaaa-ckieee Rossiter.

Cruzo la estancia y ocupo el escenario central en medio de la cama.

–Es una pequeña composición –digo, echando mano de mi mejor acento sureño– que escribí para una damita que conozco. Una damita llamada Amy. Una damita a la que quiero mucho. –Me paso la mano por la frente para enjugarme el sudor–. Se titula *No creas que ya no lo puedo resistir.*

Rasgueo las primeras cuerdas y me lanzo:

> No creas que ya no lo puedo resistir.
> Mi vida sin tu amor es un morir.
> Tanto de menos te echo
> y me siento tan deshecho
> que el corazón se me va a partir.

A continuación, el coro destinado a ser cantado por un trío de teloneras, contoneándose en vaqueros:

> No creas que ya no lo puede resistir,
> desde que de su casa te quisiste ir.
> Vuelve de nuevo al hogar,
> donde te espera tu Jack,
> pues su vida es un tormento sin ti.

Y después, la segunda estrofa. Estoy empezando a cogerle el tranquillo:

> No creas que ya no lo puedo resistir.
> Me hundo en un abismo sin fin.
> Sálvame, te lo ruego,
> de este oscuro mar tan negro.
> Vuelve y ten compasión, sólo pienso en ti.

Sin embargo, no consigo llegar al segundo estribillo del coro. En su lugar, oigo:

–Pero ¿qué coño crees que estás haciendo?

Levanto la vista y veo a Matt en la puerta con una expresión de absoluto asombro en el rostro.

–Cantando –contesto–. ¿Qué otra cosa parece?

Lo piensa un momento y contesta:

–Un tío en grave peligro de que lo encierren en el manicomio.

–Respeto tu opinión.

Mira lentamente a su alrededor.

–Deduzco de todo este número que ella aún no te ha perdonado.

–Exactamente.

–Pues entonces enfréntate a los hechos, Jack: ya no lo va a hacer. –Sacude la cabeza–. Ha terminado. Acéptalo.

–Nada ha terminado.

–Mañana terminará.

–¿Cómo?

–Mañana –me dice–. Esta mierda termina mañana. Ya basta de cantos fúnebres. Basta de aborrecerte a ti mismo. –Contempla la botella de vodka antes de volverme a mirar con desprecio–. Ya basta de emborracharte hasta perder el sentido. Ya basta, ¿lo has entendido?

No contesto.

–Será mejor que lo creas, hermano –me advierte–, porque así tendrá que ser.

Dicho lo cual, sale dando un portazo. Contemplo la puerta unos segundos antes de volver a rasguear la guitarra en gesto de desafío y de reanudar la canción en el punto en que la interrumpí.

No sé a qué hora caigo dormido, pero me despierto con una resaca tremenda y oigo la voz de Matt:

–Radiohead... Nick Cave y los Bad Seeds... Portishead... Bob Dylan... Nick Drake... ¿Veo a los Smurfs? No, no los veo. ¿Veo la Recopilación de Villancicos Navideños del St. George Church Choir? No, eso tampoco lo veo. –Abro brevemente un ojo y veo que la luz está encendida. Agachado en el suelo, Matt está examinando los CDs que he estado poniendo en los últimos días–. Aquí lo que tenemos –termina diciendo– son todas las señales de una juerga de autocompasión. –Da una fuerte palmada–. Bueno, aquí termina todo. Y ahora, levántate.

La clara luz del sol inunda la estancia cuando abro los ojos y veo a Matt junto a la ventana. Levanto la cabeza del colchón donde la tengo apoyada y miro a *Perro Gordo.* Son las 8 de la mañana del miércoles. Suelto un gruñido y me escondo de nuevo bajo la colcha.

–Hablo en serio –dice Matt, tomando la colcha y arrancándomela de encima–. Ya te lo dije anoche: esta mierda termina aquí.

Es ahora cuando reacciono. Agarro la fugitiva esquina de la colcha y trato de retenerla. Pero Matt gana la partida.

–Vete a la mierda –le digo, hundiendo el rostro en la almohada.

–Muy bonito. –Se produce una pausa de silencio y después Matt dice–: Lo podemos hacer de dos maneras: a las buenas o a las malas. O te levantas voluntariamente o yo te obligo a hacerlo. –Espera mi respuesta, pero yo no se la doy–. Muy bien pues –dice finalmente–, lo haremos a las malas.

Le oigo abandonar la habitación mientras una vaga sensación de inquietud se apodera de mí. Sé muy bien cómo es Matt cuando se le mete en la cabeza hacer algo. Lo hace y lo hace a la perfección. Pero como no me acerque una pistola a la cabeza, no habrá forma de conseguir que yo me mueva. Y eso Matt no lo haría. Es abogado. Tiene demasiado que perder. Puedo estar tranquilo. Se está echando un farol. Pero entonces recuerdo la cicatriz de mi frente, de la vez que él me pegó un disparo con una pistola de aire comprimido cuando éramos pequeños. Sin embargo, no puedo entretenerme demasiado pensándolo.

El agua, cuando me cae encima, no sólo está helada sino que, además, es muy copiosa. Quisiera gritar, pero el sobresalto que me ha producido el hecho de sentirla sobre el cuerpo me ha dejado los pulmones sin aire.

–Serás pedazo de mierda –le digo, soltando un gruñido–. Me has dejado empapado.

–Una situación no del todo inesperada –comenta Matt, haciendo oscilar indiferentemente en su mano el ya vacío cubo de plástico.

Me incorporo mientras el agua me resbala desde el cabello por la cara. La camiseta y los pantalones tejanos que no me he quitado desde el domingo están chorreando.

–Te debe de parecer muy gracioso, ¿verdad? –digo, mirándole enfurecido.

–Café –dice, señalándome con la cabeza la mesilla de noche.

Alargo a regañadientes la mano y tomo un sorbo.

–Ya está –digo–. ¿Contento?

–Aquí no se trata de que yo esté contento –señala. Me mira en silencio mientras yo me termino el café–. Ahora, levántate –me ordena.

–¿Cómo?

Entorna los ojos.

–Hazlo, Jack. No tengo todo el día que perder. Tengo que estar en el despacho dentro de una hora.

Resignado ante el hecho de que no parará hasta conseguir lo que se propone, me levanto.

–Mira qué pinta tienes –dice.

Contemplo mi imagen reflejada en el espejo que tengo detrás.

Reconozco que el espectáculo no es demasiado agradable. El cuello de la camiseta FCUK de Matt está cubierto de una grisácea mugre. Tengo las uñas tan negras como si hubiera estado cavando la tierra con las manos. Y llevo pegado a la frente lo que yo supongo que es un trozo de salchichón. Pero lo que de veras me asusta son mis ojos. Es como si un chiquillo hubiera tomado un lápiz rojo y hubiera llenado el blanco de garabatos. Aunque no es fácil que un chiquillo con dos dedos de frente se atreviera a acercarse a mí con la pinta que tengo. Avisaría a la policía, diciendo que un loco furioso andaba suelto por ahí.

–Eres la deshonra de esta casa –sentencia Matt, mirándome de arriba abajo con cara de asco–. Un estorbo. –Clava fijamente los ojos en mí–. Me avergüenza vivir bajo el mismo techo que tú. ¿Qué puedes decir en tu descargo?

Me miro los pies y murmuro:

–Es verdad, no ofrezco mi mejor aspecto en este momento.

–¿Que no ofreces tu mejor aspecto, dices? Es que ni siquiera ofreces el peor. Si tu peor aspecto pudiera verte, arrugaría la nariz.

–De acuerdo –replico secamente–. Estoy hecho un verdadero desastre.

–Muy bien –dice con visible complacencia–. El hecho de reconocer que tienes un problema es el primer paso hacia la recuperación. Ahora, repite conmigo. Me llamo Jack Rossiter.

–Pero ¿qué...? –empiezo a decir, pero la mirada de advertencia que me dirige me hace evocar el cubo de agua fría. Recuerdo que este hombre es un animal capaz de cualquier cosa–. Me llamo Jack Rossiter –repito según sus instrucciones, procurando utilizar el mayor tono de aburrimiento que puedo.

Pero él no me presta atención.

–Soy un hombre –añade.

Otra vez la voz de robot.

–Soy un hombre.

–Soy un hombre fuerte e independiente –dice.

–Soy un hombre fuerte e independiente.

–No necesito que me defina una mujer.

–No necesito que me defina una mujer.

–Puedo ser feliz por mi cuenta.

–Puedo ser feliz por mi cuenta.

–No sólo soy un hombre, sino que, además, soy un hombre muy guarro.

Sonrío por primera vez en varios días.

–No sólo soy un hombre sino que, además, soy un hombre muy guarro –consigo repetir.

–Y necesito un buen baño.

–Y necesito un buen baño.

–Y un cambio de ropa interior.

–Y un cambio de ropa interior.

–Porque huelo mal.

No logro terminar esta última frase porque estoy demasiado ocupado riéndome. Matt se saca una pastilla de jabón del bolsillo y la deposita en mi mano. Después me acompaña a la puerta y me señala el cuarto de baño al fondo del pasillo.

Más tarde, mientras me estoy secando, asoma la cabeza por la puerta.

–Volveré sobre las seis –me comunica–. Y como te sorprenda con otra mierda a lo Hijo-Bastardo-de-Bon-Jovi como la de anoche, te meto la guitarra por el trasero.

–No te preocupes –le digo–. El fantasma de Jimmi Hendrix ya no volverá a aparecer.

Asiente con la cabeza.

–Ah, sí. Y otra cosa.

–¿Qué?

–Anoche llamó Chloe. Te espera a cenar a las ocho. –Me guiña el ojo–. Como parte de tu programa de recuperación; así que no te retrases.

Dedico el resto de la mañana a ordenar mi habitación y por la tarde me entrego a la tarea de terminar *Estudio en amarillo.* Mi sesión de esta mañana con Matt ha sido tan terapéutica que consigo resistir el impulso de pintarlo de negro. Pero la terapia no ha terminado. Las imágenes de McCullen siguen cruzando a intervalos por mi cabeza. Probablemente ello se debe a su presencia aquí, en la habitación. Al final, llego a la conclusión de que ya está bien, cruzo la estancia y cojo el lienzo. Abro la puerta vidriera y salgo al jardín.

Fuera, la hoguera en la que arden el cuadro y la pintura despide un aroma sumamente satisfactorio. No me arrepiento. Encerraba demasiados recuerdos. Y no simplemente de lo que ocurrió entre McCullen y yo la víspera de mis vacaciones. Demasiados recuerdos de mí. De la persona que yo era. De toda aquella palabrería. De todas las intrigas y manipulaciones. No sirve de nada, y ahora sé que no sirve de nada porque todas aquellas chorradas de don Juan tomadas en su conjunto no me han ayudado a conseguir lo único que yo quiero: el perdón de Amy o, más concretamente, a Amy. Ella ha tomado una decisión y en caso de que sea definitiva, no hay nada que hacer. No la puedo obligar a pensar de otra manera. Fui un estúpido al pensar que podría conseguirlo. Contemplo cómo el lienzo se curva sobre sí mismo y se convierte en ceniza. Entonces doy media vuelta y vuelvo a entrar.

Llego a casa de Chloe a las ocho en punto.

–Matt no bromeaba –me dice ésta al abrir la puerta.

–¿Sobre qué?

–Sobre ti, mi pobre niño. Pareces una mierda.

Mira para qué me han servido la ducha y el afeitado de antes de venir. Esbozo una leve sonrisa.

–Gracias –digo, estudiándola–. Estás preciosa.

Es cierto. Más aún, sensacional, con su corto vestido negro. Aunque tal y como me encuentro en estos momentos, a mí apenas me hace efecto.

–Ven aquí –me dice, rodeándome con sus brazos y estrechándome con fuerza–. Deja que te abrace. –Me mantiene un minuto abrazado y después me toma de la mano y me acompaña al comedor–. Espero que tengas buen apetito –me dice, ofreciéndome una copa de vino–. He cocinado para diez.

Miro a mi alrededor mientras ella se retira a la cocina y pienso que lo que ha dicho no parece enteramente descabellado. Con el esfuerzo que ha hecho, aquello bien podría ser un banquete por todo lo alto. La mejor cubertería. Suave música desde el estéreo y una vela encendida. Me miro la arrugada camisa y los desteñidos vaqueros y me siento culpable. Pero después pienso: estoy en casa de Chloe. A ella le importaría un bledo que me pusiera una toca de monja y un sombrero de ala ancha. Y no me equivoco al pensarlo. A los pocos minutos, aparece con los entremeses y una sonrisa tan ancha como el Gran Cañón del Colorado. Empieza a hablar y no para. Consigue soslayar el tema de Amy durante toda la cena. Hasta yo consigo olvidarla momentáneamente. Pero después, cuando nos sentamos en el sofá a tomar el café, vuelven los perros negros y yo me hundo de nuevo en el silencio.

–Bueno, cuéntamelo –me dice–. ¿Qué le ocurrió a Jack, *El Juerguista*?

–Desapareció. Se fue. –Me encojo de hombros–. O, por lo menos, está en año sabático.

–¿Cuándo volverá?

–Ojalá lo supiera. –Busco las palabras más apropiadas–. Todo ha cambiado. Creo que mis reglas ya no son válidas.

–¿Qué quieres decir?

–No sé. Las mujeres. Creía conocerlas. Creía saber lo que les hacía tilín.

–¿Y ahora no lo sabes?

–No. No tengo ni la menor idea.

Le cuento que Amy no contestó a mis llamadas, el número del domingo y todo lo demás. Hasta le cuento lo que Matt me sorprendió haciendo anoche.

–Habrá otras –me asegura–. Eres atractivo. Encontrarás a alguien más.

Cierro los ojos por un instante, pero sólo veo a Amy al borde de aquella carretera con las lágrimas rodando por sus mejillas.

–No quiero a nadie más.

Chloe pone los ojos en blanco y me hunde suavemente un dedo en las costillas.

–Ahora te estás poniendo un poco melodramático. Así es la vida. Recibimos un golpe, nos levantamos y volvemos a empezar. Así son las cosas. –Apoya la mano en la mía–. Tendrás que aceptarlo, Jack –lanza un suspiro–. No va a ser fácil, pero tendrás que hacerlo más tarde o más temprano.

–Es muy duro, Chloe. Es tremendamente duro.

Me pasa la mano por el cuello.

–Ya lo sé, mi niño –me dice–. Sé que lo es. Pero lo superarás.

–Sí, lo malo es que no sé cómo.

Permanecemos cosa de un minuto en silencio y después ella dice:

–Yo te puedo ayudar, si quieres.

Me vuelvo a mirarla. Su rostro se encuentra a escasos centímetros del mío.

–¿Cómo?

Se acerca un poco más y me dice en un susurro:

–Así.

Siento sus labios sobre los míos.

–No –le digo, apartándola–. No es eso lo que yo quiero.

Debe de comprender por la expresión de mi rostro que hablo en serio. Veo que se reclina contra el respaldo del sillón, enciende un cigarrillo y mira hacia el otro lado de la estancia.

–Lo siento –dice, volviéndose de nuevo hacia mí. Su rostro está arrebolado.

–Somos amigos, Chloe –le digo con la mayor dulzura que puedo–. Muy buenos amigos. Pero nada más.

–Lo sé. He sido una estúpida. He bebido demasiado. –Como para demostrármelo, se levanta, coge su copa de vino y la llena hasta el borde–. Lo siento.

–No te preocupes –le digo con toda sinceridad–. No ha ocurrido nada.

–La quieres mucho, ¿verdad? –me pregunta, cuando termina de fumarse el cigarrillo.

–Sí, muchísimo.

–Pues escríbele. Explícale lo que sientes. Puede que eso dé resultado. Vale la pena probarlo. A fin de cuentas, ya has probado todo lo demás.

–Lo haré.

–¿Me lo prometes?

–Te lo prometo. Lo haré esta noche y mañana le dejaré la carta en su casa.

Chloe se acerca, se inclina hacia mí y me besa en la mejilla. Después se levanta y me sonríe, sacudiendo la cabeza.

–El Hijo Bastardo de Bon Jovi, verdaderamente. ¿Cómo eres, Jack Rossiter?

Cuando regreso a casa, Matt aún está levantado, leyendo una revista en la cocina.

–Has vuelto muy pronto –me comenta–. Pensaba que os ibais a pasar toda la noche charlando.

Me siento en el borde de la mesa. No pienso contarle lo que ha ocurrido con Chloe. Es un asunto cerrado. No tendría sentido.

–Estoy agotado.

–El rock and roll de anoche te dejó hecho polvo, ¿verdad?

Le miro sonriendo.

–Te pido perdón. Y te agradezco que me hayas despejado la cabeza esta mañana. Necesitaba que me pegaran un buen puntapié en el trasero.

–El gusto ha sido mío. –Me estudia el rostro–. Pero ahora ya estás bien, ¿verdad?

Asiento con la cabeza.

–Sí. Mejor dicho, no, pero así es la vida. Tardaré un poco.

–¿Y entretanto?

–¿Entretanto?

–Entretanto –me comunica Matt–, nos vamos a divertir.

–¿A divertir?

–Pues sí, a divertir. Toma nota. Saldremos. Nos reiremos. Echaremos polvos.

–Si quieres que te diga la verdad, Matt, echar un polvo es lo que menos me interesa.

–No estoy hablando de ti. Con esta cara, tienes tan pocas posibilidades de ligar como el Jorobado de Nôtre Dame. Estoy hablando de mí.

Me levanto y bostezo.

–Aun así, amigo mío, creo que lo evitaré durante algún tiempo.

–Como quieras –dice–. Tienes de plazo hasta el sábado. Porque entonces saldrás. Conmigo. Iremos a las discotecas y yo te haré recordar qué significa pasarlo bien.

Arriba, me siento junto a mi escritorio y cojo papel y pluma. *Querida Amy,* empiezo. Después, contemplo el papel. Me parece muy pequeño, comparado con todo lo que tengo que decir. Pero aun así lo intento. Lo intento y no lo consigo. Porque no sé cómo empezar a decirle cuánto la quiero y cuánto la echo de menos o cómo explicarle lo que ocurrió aquella noche con McCullen. Pero también porque no quiero que esto termine. Y aquí termina todo. De eso no me cabe la menor duda. Éste es el lugar donde yo doy por finalizada mi actuación. Lo que ocurra a partir de ahora dependerá de ella y sólo de ella.

10
Amy

–Si crees que voy a ir a las discotecas el sábado por la noche, te equivocas de medio a medio –digo por última vez.

H tiene los labios fruncidos alrededor de una botella de cerveza y me mira con desesperación desde el otro lado.

–No me divertiría, no estoy de humor –añado mientras echo la última porción de *korma* sobre una rebanada de pan *nan* y me la introduzco en la boca.

Estamos sentadas sobre la alfombra de mi salón, separadas por los restos de la comida india preparada. H insistió en traerla. Teme que todo el trauma de la semana pasada me haga adelgazar demasiado.

Qué más quisiera yo.

H suelta un eructo y se desabrocha el primer botón de los vaqueros.

–¿Qué hemos estado diciendo durante la hora que acaba de terminar? –pregunta sin aguardar la respuesta–. Que tienes que seguir adelante. Que no puedes pasarte la vida esperando.

–Y no pienso hacerlo –digo, presa de un profundo cansancio.

Me reclino contra el sofá y miro al techo.

–Lo estás haciendo. Te has pasado trabajando todas las horas que Dios...

–Pero si es mi nuevo trabajo –digo, interrumpiéndola.

–¡Y un cuerno! Lo haces para no pensar en Jack. Tienes que superarlo. Y la mejor manera de hacerlo es saliendo y divirtiéndote un poco. Mira, la entrada es libre. Han inaugurado un nuevo bar y habrá música y baile. Tenemos que ir, nos lo pasaremos bomba.

Doblo las rodillas y me las rodeo con los brazos mientras

H sigue parloteando. Estoy mareada. Puede que ello se deba a que he devorado suficiente cantidad de comida para alimentar a toda la población de Milton Keynes, pero también puede que se deba a la recurrente sensación de náuseas que experimento cada vez que oigo mencionar el nombre de Jack.

No puedo reprochar a H que quiera seguir el camino más práctico. Tampoco le puedo reprochar que me quiera convencer de que salga. Me he pasado una semana pudriéndome como la clase de sustancia incrustada que hay a veces en el fondo de una olla. Si fuera H la que se comportara como si estuviera a punto de llegar el fin del mundo, yo haría lo mismo por ella. Yo preferiría ahogar mis penas en el alcohol. Pero ¿ir a este nuevo bar del que ella me está hablando?

Antes preferiría comerme mi propia cabeza.

Sé que soy muy mal pensada, pero la mitad del motivo por el que H siente tantos deseos de salir obedece al hecho de que Gav se va y ella está firmemente empeñada en no permitir que él se divierta más que ella. Gav le anunció inesperadamente que se iba una semana a no sé qué viajecito de trabajo de su empresa. Es para consolidar la «cohesión» de su equipo de colaboradores, según H, la cual se muestra bastante escéptica al respecto. Cree que las competiciones de moto y de golf son cosas de gilipollas.

Pero yo creo que está celosa.

Como consecuencia de ello, desde que regresé de las VEEI (Vacaciones En El Infierno), H me ha estado machacando con toda la historia del Poder de las Mujeres. Y aunque la quiero muchísimo y le agradezco su apoyo, yo preferiría que se largara y me dejara en paz. No quiero que me saquen de mi mal humor. Me quiero morir. Y H no se entera.

No tiene ni idea.

Para empezar, ¿cómo puede dar por sentado que he estado evitando pensar en Jack? Me he pasado toda una semana sin hacer otra cosa que no fuera pensar en Jack. Me fastidia tanto tenerlo metido en la cabeza que he estado considerando la posibilidad de ingresar en un hospital para que me apliquen un tratamiento de electrochoques.

Jack ocupa todas mis horas de vigilia y bloquea todas las del sueño. Lo he intentado todo para conseguir que se vaya. Me he entregado en cuerpo y alma a mi nuevo trabajo con todo el entusiasmo de un torero en el ruedo, pero he tenido que hacer un sobrehumano esfuerzo de concentración para poder entender las más mínimas instrucciones. Porque, si dejo de concentrarme aunque sólo sea un segundo, vuelvo a pensar en él.

Tal como me está ocurriendo ahora.

–Vamos, mujer –dice H, lanzando un suspiro de desesperación. Alarga la mano y toma la mía–. Ya basta.

–Lo siento. No puedo evitarlo –digo, tragando saliva mientras procuro reprimir la oleada de lágrimas que pugna por asomar a mis ojos.

¿De dónde deben de salir? Eso es lo que yo quiero saber. No es posible que una persona pueda almacenar tanta agua en su interior.

–Mira, por eso precisamente tenemos que hacer planes. No puedes quedarte aquí sentada todo el fin de semana, lloriqueando.

–Vaya si puedo –digo, sin poder controlar mis sollozos.

–Pero si hasta has gastado *Winner Takes It All.*

Resuello ruidosamente y me sueno la nariz.

–Me gusta Abba.

H me mira, haciendo una mueca.

–Tendrías que salir un poco más.

–Cállate.

Lanza un profundo suspiro de preocupación.

–Mira, apuesto a que Jack no lo está pasando tan mal.

Vuelve a mirarme con expresión belicosa. Hasta tal punto se ha tomado el comportamiento de Jack como una ofensa personal que me alegro de que jamás lo haya conocido. Creo que, si se tropezara con él en un lugar público, sería capaz de estrangularlo. Ya me imagino el reportaje del *Evening Standard*:

HOMBRE ATACADO
EN LA COLA DE LA CAJA DEL SUPERMERCADO

«El tenorio de veintisiete años Jack Rossiter fue brutalmente agredido esta mañana con un paquete de guisantes congelados en Tesco. La atacante, Helen Marchmont de Brook Green, que no se arrepiente de sus actos, negó haber sufrido un ataque de enajenación transitorio. "Se lo merecía", les dijo a los atónitos compradores antes de ser conducida a la comisaría de policía de Shepherd's Bush. Rossiter fue posteriormente dado de alta del hospital tras haberse sometido a una intervención de dos horas de duración para eliminarle una mazorca congelada que había quedado alojada en su cuerpo. Los cirujanos declararon que sufriría una cojera permanente. Sin embargo, a raíz de una declaración de la señorita Marchmont, una enfurecida multitud, armada con todo tipo de hortalizas, se congregó delante del nido de amor de Rossiter y fue necesaria la intervención de las fuerzas de la policía antidisturbios...»

Asiento con la cabeza y me sueno la nariz para calmar a H. El hecho de secarme el rostro con un paño de cocina impedirá también que ella adivine lo que estoy pensando. Porque no quiero reconocerlo. No quiero decirle que apuesto a que Jack se siente tan afligido como yo. Cabe incluso la posibilidad de que se sienta diez veces peor. Y a pesar de que me ha hecho más daño de lo que yo jamás hubiera podido imaginar, la idea de que él esté sufriendo me entristece todavía más.

¿Mujer Liberada de los Años Noventa? No creo.

–No quiero hablar de Jack –digo–. Dejemos este asunto.

Pero H no ha terminado.

–No está aporreando tu puerta ni suplicando perdón –señala.

–No, pero...

–Te ha llamado un par de veces y después, ¿qué? Nada. Ha dejado de insistir. Te ha destrozado el corazón y le importa una mierda. En mi opinión, se trata de una simple cuestión de respeto y, francamente, aquí el respeto brilla totalmente por su ausencia.

Inclino la cabeza en silencio. H tiene razón. No puedo decir nada, pero muy a pesar mío estoy todavía a la defensiva.

H lo adivina.

–¿Oiga? ¿Está Amy? Te fue infiel.

–No se acostó con ella.

–Ah, y en tal caso no importa, ¿verdad? ¿Quieres que vuelva?

Me froto las sienes. ¿Cómo puedo responder a la pregunta? Porque mi corazón está gritando SÍ. Por supuesto que quiero que vuelva. Esta semana he pasado por todo tipo de sentimientos, desde la cólera asesina a la indignación y el desaliento más absoluto, pero lo cierto es que le echo de menos. Y le quiero.

Rectificación.

Le quería.

Sin embargo, quiero que vuelva a pesar de todo. Pero quiero que vuelva el Jack con quien hice el amor en la playa. Quiero que vuelva el Jack que me abraza toda la noche. El Jack que me hace reír y consigue que todo se arregle.

Pero no, no quiero que vuelva el Jack que fue capaz de acostarse con Sally McCullen y, peor todavía, de mentirme al respecto durante toda una semana.

Y aquí es donde me quedo atascada.

Porque ambos Jacks son la misma persona.

H frunce el entrecejo.

–Si lo ha hecho una vez, lo volverá a hacer –me advierte–. Los tíos así lo hacen siempre.

–Lo sé.

Adivino que está a punto de administrarme una dosis de cariño despiadado.

–Si quieres una relación en la que no te puedas fiar de él, adelante. Pero no me vengas llorando cuando todo salga mal.

–Yo no quiero eso y tú lo sabes.

–La confianza es lo más importante –sigue despotricando H–. Si no es eso lo que quieres, lo tienes clarísimo. Además, Jack lo ha estropeado todo, así de sencillo. Es muy duro de aceptar, pero a su debido tiempo te dejará de doler.

–¿Tú crees?

–Pues claro.

–Entonces, ¿por qué me siento tan confusa?

–Porque crees que lo estás echando de menos. Pero en realidad sólo echas de menos lo que él representaba... la seguridad y todas estas cosas.

–Ah –digo con un hililllo de voz, como si me acabara de explicar la solución de un problema de matemáticas y yo todavía no lo hubiera entendido.

Se pone pesadísima cuando asume el papel de terapeuta y, a juzgar por lo que veo, la cosa no ha hecho sino empezar.

H se levanta. Alarga la mano para cogerme la mía y me ayuda a levantarme.

–¿Qué haces? –protesto.

Me arrastra al cuarto de baño y enciende la luz.

–Bueno pues –dice, cruzando los brazos. Señala con la cabeza el espejo del botiquín–. ¿Qué es lo que ves?

Veo el reflejo de nuestras imágenes. Tengo los ojos hinchados y parece que me haya arrastrado de espaldas a través de un seto. Además tengo un grano del tamaño de Manchester en la barbilla.

–H, esto es una bobada –gimoteo.

–No, no lo es.

Pongo los ojos en blanco y la miro a través del espejo.

–¿Qué quieres que diga?

H no me hace caso. Me vuelve a mirar.

–Les presento a Amy Crosbie, la chica que soporta que se le caguen encima desde arriba porque es demasiado débil para actuar por su cuenta. Ésta es la chica capaz de salir con un mentiroso y farsante hijo de puta que no le dice que la quiere, que se la lleva de vacaciones y que por poco la mata antes que confesar la verdad...

–¡Ya basta! –la interrumpo, enfureciéndome por momentos–. Lo abandoné, ¿no?

H se muerde los labios.

–Exactamente.

Nos miramos la una a la otra un buen rato. Vuelvo a pensar en las vacaciones, pero Jack me ha robado todos los buenos recuerdos porque lo que hizo borra por entero la mejor semana de mi vida. ¿Y qué fue lo peor de todo? Que yo ni siquiera lo sospechaba. Estaba tan alelada que ni siquiera se me pasó por la cabeza que él pudiera llevar una granada que nos haría saltar por los aires. Al final, comprendo el argumento de H.

–Tienes razón –digo.

–No te merece.

Lanzo un suspiro y sacudo la cabeza.

–No, no me merece.

H me da un fuerte abrazo antes de apartarse. La sigo hasta el salón y la observo mientras retira las bandejas de cartón de la comida y las arroja a un rincón.

–Bueno, se acabó. Ya no quiero ver más caras largas, señora –me anuncia. Se acerca al estéreo y pone un CD–. Esto es para ti. –Sube el volumen–. Antes tenía miedo, estaba petrificada –canta, haciendo una mueca como si fuera Tom Jones.

Sabe que su medicina de cariño despiadado ha dado resultado, pero para mayor seguridad, hace lo de siempre. Me hace reír.

–No sabes cuántas noches me he pasado compadeciéndome de mí misma –añado, rebosante de afecto por ella.

Sube de un salto al sofá y me toma de la mano para que yo suba tras ella. Gritamos con Gloria Gaynor, dando unos ridículos pasos de baile en el reducido espacio.

–Y ahora, ¡vete! Sal por la puerta, no vuelvas la cabeza para mirar hacia atrás, aquí tu presencia ya no interesa.

Nos hacemos señales de advertencia con los dedos la una a la otra y yo me siento inmensamente reconfortada.

–¿No eres tú el que quería hacerme daño con sus mentiras? –Me palmoteo el pecho con las manos–. ¿Me vine yo abajo? ¿Me desplomé o morí?

Berreamos *I will survive,* con tal fuerza que tardo un rato en oír el timbre de la puerta.

Salto al suelo y bajo el volumen del estéreo. Estoy sudando.

–¿Has oído el timbre de la puerta? –le pregunto a H, corriendo hacia el interfono.

–No.

Me paso un rato contestando por el micrófono, pero nadie me responde. Bajo corriendo a la puerta de entrada. Estoy sin resuello cuando la abro. Miro hacia la calle, pero no veo a nadie. Cierro la puerta y, cuando vuelvo a pulsar la luz de la escalera, veo la carta sobre el felpudo.

El corazón me late fuertemente en el pecho cuando subo con ella al apartamento.

–¿Qué es? –me pregunta H cuando regreso al salón.

Está preocupada y quita el CD. El apartamento se queda súbitamente en silencio.

–Es una carta –contesto–. De Jack.

Miro la carta y la miro a ella.

Me tiemblan las manos.

Jack ha tenido que entrometerse justo cuando estaba empezando a recuperar las fuerzas.

–¿Te la ha entregado en mano? –me pregunta H.

–No. Estaba en el felpudo.

H se acerca y ambas contemplamos el sobre.

En la parte anterior dice A. CROSBIE, ÚLTIMO PISO, escrito de puño y letra de Jack con un bolígrafo de tinta verde.

A. Crosbie.

No Amy Crosbie.

Ni siquiera hay el dibujo de un sello.

A. Crosbie... podría ser cualquier Crosbie.

Hasta el director de mi sucursal bancaria tiene el detalle de dirigirse a mí como A. L. Crosbie. Amy Lauren. (Mi papá estaba un poco encaprichado de Lauren Bacall cuando yo nací.)

Contemplo la carta, tratando de adivinar su contenido. Ni siquiera hay un S C U B D A (Sellado Con Un Beso De Amor) escrito en la solapa posterior. Nada. Husmeo el sobre. Tampoco percibo ninguna reveladora vaharada de *aftershave*.

Mi correspondencia no huele a macho.

–¿La vas a leer? –me pregunta H.

–No lo sé.

Y es cierto. No sé qué hacer. No estoy segura de poder resistir lo que me tiene que decir Jack. Puede que eso me haga sentir peor. No sé si podré soportar que me diga que he adoptado la decisión más acertada. No quiero leer que él tiene intención de seguir viéndose con Sally. No quiero conocer los sórdidos y repugnantes detalles. No quiero enfrentarme con nada que me lo haga parecer real.

H me roza el brazo.

–Piénsalo bien. ¿Algo de lo que él te pudiera decir sería capaz de hacerte sentir mejor?

Sólo hay una cosa capaz de hacerme sentir mejor de entre las que Jack me podría decir, pero es totalmente improbable que me la diga: «Te mentí, Amy, cariño. No ocurrió nada con Sally... todo fue una broma de mal gusto».

Pero aunque lo retirara, me ha hecho sufrir demasiado. Creo que Jack se comportó como un estúpido gilipollas.

–No –contesto con firmeza–. Y en cualquier caso, si tiene algo que decir, que me lo diga en la cara.

Paso por alto el hecho de no haberle dado a Jack la oportunidad de verme la cara. Pero eso no es más que una minucia.

Lo importante es el principio.

–Muy bien pues –dice H, frotándose las manos–. Ya es hora de exorcizarle de una vez por todas. Vamos. Toma las cervezas. Necesito que me ayudes. –Me arrebata la carta de la mano y se encamina hacia la cocina. Se acerca al fregadero y se pone mis guantes de goma–. ¡Cacerola! –pide en tono perentorio cual si fuera un cirujano.

Alarga una mano y yo descuelgo una cacerola del gancho y se la entrego. Ni siquiera me mira.

–Gas de encendedor –añade. Empiezo a reírme mientras ella lo saca del especiero. Arroja la carta de Jack a la cacerola y me mira con un perverso brillo en los ojos.

Asiento con la cabeza.

H destapa el gas y lo vierte por encima de la carta.

–¡Cerillas!

Le doy la caja de cerillas como si ella y yo fuéramos Thelma y Louise. H enciende una cerilla y la arroja al interior de la cacerola con un dramático gesto. La carta de Jack estalla en llamas. Ambas nos tambaleamos hacia atrás y nos sujetamos la una a la otra.

–¡Me parece increíble que lo hayas hecho! –digo con la voz entrecortada por la emoción.

–Ahora ya está fuera de tu vida –dice H, tomando su cerveza y entrechocando su botella con la mía–. Hacia delante y hacia arriba.

–Hacia adelante y hacia arriba –repito, pero no estoy tan contenta como aparento porque, a pesar de nuestro gesto de magia blanca, mis pensamientos siguen debatiéndose entre Amy, la feminista plasta, y Amy, la heroína de culebrón:

Plasta: Soy una mujer liberada. Soy libre. No necesito a Jack Rossiter. Es agua pasada.

Heroína de culebrón: Él ha estado aquí esta noche. En la puerta de mi casa. *Respirando el mismo aire que yo respiro.*

Plasta: He estado sola otras veces. Puedo volver a estarlo. Yo tengo unos principios y Jack Rossiter no se ajusta a ellos.

Heroína de culebrón: Le echo de menos. ¿Me echa él de menos a mí también? ¿Qué decía en la carta?

Plasta: Dejó que la Muy Bruja de Sally McCullen le hiciera una mamada. ¿Qué otra cosa se puede decir? De eso no hay quien lo libre, aunque se convirtiera en el maldito Poeta Laureado del Reino Unido.

–Me alegro –digo.

Pero más tarde, cuando H ya se ha ido y yo me estoy cepillando los dientes, no me siento tan contenta. Me dirijo a la cocina y contemplo la cacerola. Me introduzco el cepillo cubierto de espuma de dentífrico en la boca y cojo la carbonizada carta. Unas negras laminillas flotan por el aire y se escapan a través de la ventana.

¿Por qué hemos sido tan temerarias? Quiero saber lo que ha escrito Jack. Quiero oír su voz llenando el silencio de mi apartamento, por muy duro que eso pueda ser para mí. Una parte de mí sabe que soy débil porque me siento sola, pero el instinto anula mi sentido común.

Por primera vez desde que dejé Grecia, hago lo que juré no hacer. Cojo el teléfono y llamo a la centralita. He descubierto que, si no quieres que alguien localice tu llamada, tienes que marcar el 141 antes del número. Lo hago y marco el número de Jack. No sé qué voy a decir. No sé cómo le voy a explicar que he quemado su carta. Sólo quiero oír su voz.

Contesta al primer timbrazo y, tal como suponía, el corazón me da un vuelco en el pecho al oír su voz.

–¿Diga? –contesta.

Su voz suena sospechosamente normal. No está atormentado por los sollozos, no está sufriendo un agotamiento nervioso. Y no está filtrando las llamadas. ¿Significa eso que está esperando que le llame alguien?

–¿Eres tú? –pregunta en un susurro tras una breve pausa.

¿Tú? ¿Quién coño es tú?

Experimento un sobresalto tan grande que tardo un momento en comprender que *tú* podría ser *yo*. Pero si *tú* soy *yo*, ¿cómo se atreve a hablar en semejante tono de suficiencia? ¿Qué se creía? ¿Que dejaría la carta en mi puerta y todo volvería a la normalidad? ¿Que lo llamaría y lo perdonaría, así, por las buenas? Recuerdo que tengo la boca llena de dentífrico y emito un gorgoteo antes de colgar violentamente el teléfono. Por lo menos, no sabrá que he sido yo quien le ha llamado.

Las ventajas de la tecnología.

¡El maquillaje no me sirve de nada!

¡Es un timo!

Es viernes por la mañana y me he puesto tantas capas de crema reparadora bajo los ojos y en la nariz que parezco la Hormiga Atómica, pero las bolsas de debajo de los ojos siguen descaradamente visibles. ¿Por qué ya no puedo dormir? No es justo. Yo antes era la chica Martini del sueño: podía dormir en cualquier momento y lugar. De todo tiene la culpa el maldito Jack. Como siga sin poder dormir, voy a tener que empezar a tomar Valium.

Me echo una bronca delante del espejo. No tiene sentido. Estoy empezando a parecerme a la chica del anuncio de la lucha antidroga.

Cojo las llaves y estoy a punto de salir hacia el trabajo cuando llama mamá.

–¿Cómo estás, cariño? –me pregunta.

Adivino que ya está preparada para el capítulo matinal de la serie *Hijas en apuros*, el culebrón de la vida real de la cadena W12.

A pesar de sus buenas intenciones, la imagen mental sólo sirve para irritarme. Me rasco la frente, pensando que he sido una tonta. Ya sabía lo que iba a ocurrir. La semana pasada no hubiera tenido que correr a casa directamente desde el aeropuerto como una niña de trece años a la que su novio acaba de dejar plantada. En aquellos momentos, semejante comportamiento me ayudó a sentirme mucho mejor. Después de dejar a Jack, era el único lugar donde me apetecía estar. No hay nadie en el mundo que te pueda consolar de los fracasos amorosos mejor que tu madre.

Y la mía afrontó el reto con todo el entusiasmo de una gallina clueca. Dejé que me preparara chocolate caliente, me arropara en mi antigua cama y me tranquilizara con un soporífero monólogo acerca de la maldad humana. El domingo me despertó muy tarde, me sirvió el desayuno en la cama, me lavó toda la ropa y se pasó el día tratando de animarme hasta que llegó un momento en que yo estaba deseando escapar. Cuando regresé a casa el domingo por la noche, ya estaba preparada para enfrentarme de nuevo con el mundo.

Aunque le agradezco todo lo que ha hecho por mí, pienso que ojalá no le hubiera dicho nada acerca de mi crisis emocional. Tengo veinticinco años. Edad suficiente para resolver sola mis problemas.

–Estoy bien –contesto–. En serio.

–¿Seguro? Puedes venir a pasar el fin de semana, si quieres.

–No, mamá, tengo cosas que hacer aquí.

No me escucha.

–¿Por qué no tomas el tren esta tarde después del trabajo y yo preparo una buena cena para las dos? –me pregunta.

Adivino que ya lo tiene todo planeado. Cierro los ojos y

hago un esfuerzo para ser amable. No necesito que me envuelva en la manta de su preocupación. No se me ocurre nada que pueda ser más claustrofóbico. Además, ya he superado el momento de la fusión del reactor, ¿verdad?

Sin embargo, no puedo ser desconsiderada con ella. La relación entre nosotras es buena en estos momentos y, desde que tengo un trabajo, ha dejado de darme la lata. No quiero estropear las cosas, mostrándome irritable.

Soy fuerte y lo puedo resistir.

–Lo siento, pero no puedo. Le prometí a H que saldría con ella mañana por la noche. Creo que me irá bien divertirme un poco.

Me escandaliza haberlo podido decir con semejante convicción. Pensaba que conseguiría escabullirme del plan de H, pero en comparación con el ofrecimiento de mamá, lo veo de pronto como una posibilidad absolutamente factible.

–¿Estás segura, cariño?

–Sí, pero gracias de todos modos. Eres un cielo –añado.

–¿Para qué son las madres si no? –dice, y yo adivino que me la he puesto en el bolsillo y cuelgo.

Uf.

Estoy cerrando la puerta de mi apartamento cuando me tropiezo en el relleno con mi vecina Peggy. Peggy tiene por lo menos ciento cincuenta años y es una fisgona compulsiva, que atisba desde detrás de las cortinas. Ha convertido la Vigilancia del Barrio en su profesión y yo intuyo que lleva varios días tratando de acorralarme.

–¿Has vuelto a ver a aquel bicho raro, cariño?

–¿Qué bicho raro?

–Aquel pobre vagabundo que estuvo aquí el domingo pasado.

–¿Qué vagabundo? –pregunto sin saber de qué me está hablando.

–¡Menuda pinta tenía! –dice, ahuecándose el cabello gris lavado con champú colorante azulado–. Estaba empapado y no paraba de gritar tu nombre por el interfono. Se lo dije a Alf. Le dije: «A ver si lo echas de aquí».

»Se pasó todo el día aquí. Pero Alf no se movió. Ni siquiera se asomó. Allí se quedó, sentado delante del televisor.

Ahora ya estoy al corriente de las costumbres televisivas de Alf.

Estupendo.

–No oí nada –digo, tratando de seguir adelante.

Pero Peggy no ha terminado.

–Se debió de equivocar de casa –añade–. Y después, todas las pintadas que hizo. Menos mal que se me ocurrió la idea de llamar al ayuntamiento. Antes esta zona era muy bonita.

Sonrío con benevolencia. Debe de estar hablando de aquella tontería que algún idiota pintó en la calzada.

–Cómo son los chicos de hoy en día, ¿verdad, Peggy? –comento antes de conseguir escapar.

Durante el camino al trabajo, reflexiono acerca de la nueva información.

¿Y si hubiera sido Jack el que gritaba a través del interfono? A pesar de mi determinación, empiezo a sentirme culpable. Recuerdo el puntapié en los cojones que le pegué. Recuerdo su magullado rostro en el avión y mi negativa a hablar con él. Recuerdo los mensajes del contestador que borré y (mi venganza definitiva) mi llamada a la compañía telefónica para que eliminara su número de mi Lista de Amigos y Familiares. Y después recuerdo la escena de anoche en mi cocina y la carta que quemamos.

Pero también recuerdo el tono de su voz a través del teléfono y lo que dijo H. No tengo que sentirme culpable. Aunque Jack me declarara amor eterno en su carta, ¿por qué tendría yo que creerle después de lo que ha hecho?

Ya es demasiado tarde.

Excesivamente tarde.

Sigo estando perpleja cuando subo por Charlotte Street y entro en el edificio. ¿Por qué tiene que ser todo tan desconcertante? ¿Por qué no puede ser sencilla la vida?

Porque en teoría es muy fácil.

En teoría, puedes dividir la vida en tres categorías: trabajo, vida amorosa y vida en general (incluyendo el hogar, los amigos, etc.). El mayor problema es que sólo puedes conseguir que den simultáneamente resultado dos de las tres categorías de la lista. Es como un malabarismo. Cuando estaba con Jack, la vida amorosa y la vida en general me iba de maravilla, pero el trabajo era una mierda. Ahora el trabajo es estupendo, la vida en general es satisfactoria, pero la vida amorosa es un desastre.

¡Qué asco!

¿Cuándo podré disfrutar de las tres cosas juntas?

Sólo empiezo a sentirme un poco mejor cuando me instalo en mi escritorio. Me encanta este trabajo. Jules lleva toda la semana fuera, lo cual ha sido un alivio. No se ha pasado el rato mirando por encima de mi hombro y me ha dado la oportunidad de acostumbrarme al ambiente. Esta misma mañana tengo una sesión de puesta al día con él. Me ha pedido que le confeccione una lista de mis ideas y ahora, mientras le doy los últimos toques, me siento satisfecha. Es mi primera colaboración como empleada fija y no eventual.

Al final. Soy fija.

Y pienso quedarme.

(Cruzo los dedos para que a Jules también le guste.)

Estoy tan enfrascada en mi tarea que no me doy cuenta de que Jenny se encuentra junto a mi escritorio. Este fin de semana asistirá a un baile de disfraces y lleva el modelo que le ha hecho Sam: una ridícula peluca de Cleopatra y un corsé de encaje muy sexy.

–¿Cómo estoy? –me pregunta, girando sobre sí misma mientras me río.

–¡Fabulosa! Seguro que ligas. –Veo mi cámara fotográfica encima del escritorio–. Quédate quieta.

Jenny posa mientras yo la fotografío. Al cabo de tres instantáneas, la cámara se queda sin carrete. Se quita la peluca y se ahueca el cabello mientras la cámara rebobina el carrete. Después se sienta en el borde del escritorio y se inclina hacia delante en gesto de complicidad.

–Le he echado el ojo a un chico de veintitrés años que es un encanto –me dice en un susurro–. Es el vivo retrato de este Leonardo Di como-se-llame. –Cruza los brazos y se muerde graciosamente los labios–. Creo que me lo voy a beneficiar a poco que pueda.

–Eres terrible –le digo entre risas.

–Siempre lo he sido y siempre lo seré –dice sonriendo. Me mira un instante–. ¿Qué tal te encuentras hoy? ¿Un poco mejor?

Jenny y Sam han estado muy brillantes esta semana. Creo que fue una considerable falta de profesionalidad por mi parte contarles lo de Jack en mi primer día en la casa, pero al parecer a ellas no les importó. En su lugar, permanecieron a mi lado y no permitieron que me pusiera demasiado triste. Andy nos llama el Aquelarre de las Brujas y, cada vez que regresamos de una pausa para fumar un pitillo, grita:

–¡Corred a poneros a salvo, muchachos! ¡Os van a cortar los cojones!

Nosotras nos reímos diabólicamente al oírlo, pero es una risa sana, puesto que a Sam le gusta Andy.

Saco el carrete de la cámara y le digo a Jenny:

–Anoche me dejó una carta.

Hace una mueca.

–¿Y qué?

–La quemé. Sin haberla leído.

–Así me gusta mi niña –dice, extendiendo la mano para chocarla conmigo–. Ya sabía yo que serías sensata. De nada sirve destrozarte el corazón a tu edad, teniendo tantas posibilidades de diversión a tu alcance.

–No te preocupes, imitaré tu ejemplo –digo–. Mañana por la noche saldré.

–Es lo mejor que puedes hacer –dice, asintiendo con la cabeza–, pero recuerda: antes la muerte que un compromiso.

Es por eso por lo que admiro a Jenny. Porque no acepta ningún tipo de mierda. Porque hace lo que le da la gana y se mantiene fiel a sus decisiones. A pesar de que tiene treinta y tantos años, no la oyes decir en tono quejumbroso que necesita un hombre ni hablar de su reloj biológico. Y si ella no está desesperada, ¿por qué iba a estarlo yo?

Yo también puedo ser como Jenny.

A lo bestia. Y con recochineo.

Se respira una buena atmósfera de viernes en el despacho. Participo en las bromas y, por primera vez desde que regresé de Grecia, me vuelvo a sentir la misma de antes.

A las once y media Jules me llama para nuestra reunión. Nos pasamos siglos repasando todo el trabajo que he hecho y él se muestra complacido. Me comenta los planes que tiene para Friers y yo experimento una oleada de confianza porque muchas de mis ideas coinciden con las suyas.

Las perspectivas son decididamente halagüeñas.

–Vamos a salir a tomar algo –me dice al final–. Me muero de hambre.

Estoy a punto de decir que sí cuando llama Ann, la mujer de Jules. Recojo mis cosas de la mesa.

–No puedo –dice Jules–. Voy a salir a comer con mi nueva secretaria. De acuerdo. Te veré luego. Te quiero.

¿Por qué no puedo encontrar a alguien como él? ¿Por qué no puedo encontrar a alguien que no tema sus propios sentimientos, que sea sincero y honrado? Tiene que estar en alguna parte. Jules es la prueba viviente de ello. Por consiguiente, ¿dónde están estos hombres?

Casados. Ahí es donde están.

Aún estoy reflexionando acerca de esta cuestión cuando nos sentamos en una *brasserie* de moda de Soho. El *maître* se desvive por servir a Jules.

–Ah, señor Geller. ¿Qué les puedo servir de beber? –pregunta.

Jules me mira sonriendo.

–Creo que nos tomaremos un par de copas de champán, Tom.

–¿Qué estamos celebrando? –pregunto.

–El hecho de haber sobrevivido a nuestra primera semana.

Cuando llega el champán, Jules se reclina en su asiento.

–Bueno, ¿qué tal ha ido? –pregunta.

–Estupendamente bien –contesto–. Lo estoy pasando de maravilla.

Jules se pone la servilleta en las rodillas.

–Corta el rollo, Amy. Me he pasado toda la semana observándote.

Le miro, boquiabierta de asombro.

–No ocurre nada –añade–, eso no es una crítica. Has hecho un trabajo brillante; estoy preocupado por ti, eso es todo.

Lo que está diciendo me parece increíble. En su presencia, he hecho un esfuerzo sobrehumano por mostrarme risueña.

–Llevo en el mundo el tiempo suficiente para saber cuándo alguien tiene el corazón roto. ¿Me quieres hablar de ello? –pregunta.

–¿Tanto se me nota?

–Me temo que sí. Nunca se sabe, a lo mejor yo te podría echar una mano, siendo como soy un ser humano como tú –dice, exagerando su acento americano.

Niego con la cabeza. Jules es mi jefe, no mi psiquiatra. Y en cualquier caso, es un hombre. ¿Qué sabrá él?

–No creo que le interese –digo.

–Prueba a ver.

Creo que se merece una explicación, dado su evidente interés. Respiro hondo y le miro a los ojos antes de empezar a contarle todo lo de Jack, nuestras vacaciones y los sentimientos que experimento desde entonces. Procuro quitarle importancia, pero cuando él me empieza a hacer preguntas, le revelo todo los espeluznantes detalles.

–¿Qué te fastidia más, el hecho de que lo hiciera o el hecho de que te lo ocultara? –pregunta Jules.

–No lo sé muy bien. Sólo sé que el hecho de que no me lo dijera hizo que todas las vacaciones (y nuestra relación) no significaran nada.

–Pero al final te lo dijo y, a mi modo de ver, hay que tener cojones para eso.

Hubiera tenido que comprenderlo. Su respuesta es típicamente masculina. Me importa un bledo que me digan que Jack tuvo cojones. A mi modo de ver, eso no significa ser valiente.

Nos sirven los entremeses.

–Yo tuve una aventura una vez –dice Jules al cabo de un rato.

Casi me atraganto con la comida. No es posible que Jules también lo haya hecho. No es posible que el sano hombre de familia Jules también. No es posible que Jules, el señor Declaración de Amor a su Mujer en el Despacho (¡antes del almuerzo!), también. No es posible que Jules también.

–Ann lo sabe.

–¿Se lo dijo usted? –pregunto con incredulidad.

–Pues claro.

–¿Cómo? Bueno. –Le miro y retiro lo dicho–. No tiene por qué contármelo.

–Mi aventura fue mucho peor que la de Jack –reconoce

Jules-. Me pasé seis semanas acostándome con otra mujer y tardé otras seis semanas en tener el valor de confesárselo a Ann.

–¿Por qué no se lo ocultó? –pregunto, procurando no parecer tan severa como me siento.

–Porque ella sospechaba algo. Porque me di cuenta de que, ocultando la verdad, la estaba faltando totalmente al respeto. Se merecía la verdad y tenía derecho a tomar la decisión que quisiera. Ella confiaba en mí y yo tenía que confiar en ella.

–¿Y ella no se disgustó enormemente?

–Por supuesto que sí, pero también comprendió que yo lo había arriesgado todo al decírselo. Ann sabía que yo podía perderla a ella, a los niños, nuestro hogar y todo lo demás. Y también sabía que yo no quería por nada del mundo que eso ocurriera.

–¿Cómo se sintió usted?

–Fatal. Me parecía increíble haberle causado tanto daño a mi mujer o haber sido tan estúpido como para tener una aventura.

–¿Y qué ocurrió entonces?

–Lo arreglamos. Tardamos un poco en conseguirlo, pero como consecuencia de ello, ahora nuestra relación es mucho más fuerte. Con la verdad no se puede discutir, eso es lo bueno. Y si confías en una persona lo bastante para revelarle la verdad acerca de cosas así, por muy duro que te resulte, significa que amas a esa persona.

Me gustaría preguntarle si cree que Jack me contó lo de Sally porque me ama, pero me abstengo de hacerlo. Jules no conoce a Jack. Tendría que hacer una conjetura.

Lo mismo que hago yo.

–Me parece que has sido muy dura con él.

Tuerzo la boca en una mueca y le miro.

–Por lo menos, hubieras tenido que leer la carta y averiguar lo que te decía en ella. Dudo que tuviera otra excusa que no fuera la de decir que es un hombre, pero hubieras tenido que conocer su versión.

–Pero ¿cómo puedo volver a confiar en él?

–¿Y por qué no? Te ha dicho lo peor.

–Pero si es tan «hombre», ¿no lo volverá a hacer?

Jules se ríe de mi comentario.

–Es posible que lo quiera hacer, pero el amor es algo más que simple sexo. Y la próxima vez es probable que lo piense un poco.

–Y eso, ¿qué quiere decir? ¿Volvería usted a tener otra aventura?

–No. –Hace una pausa–. Pero no lamento lo que hice. Me ayudó a aclarar mis sentimientos. Y también me hizo comprender que no puedes ser descuidado en tus relaciones. Que tienes que esforzarte en conservarlas.

Junto el cuchillo y el tenedor en mi plato. Estoy perpleja.

–Es muy fácil. ¿Tú le quieres? –pregunta Jules.

–Pero...

–Si le quieres, tienes que aceptar que es humano. Lo siento, Amy, pero eso no es una película.

Cuando vuelvo a casa, saco las compras que he hecho en Sainsbury's y me preparo para ver las fotografías de las vacaciones. Jenny las llevó a revelar a la hora del almuerzo y el sobre de las fotografías se ha estado burlando de mí toda la tarde. Necesito beberme un vaso de vino para tener el valor de contemplarlas. Sello un pacto conmigo misma: no voy a lloriquear.

Pero en cuanto abro el sobre, empiezo a tambalearme. Las contemplo con la sensación de estar viendo algo que pertenece a otro mundo. No parecen reales. Veo a Jack muy moreno con la moto, me veo a mí profundamente dormida en la playa. Contengo la respiración y hago un esfuerzo por seguir adelante. Pero cada fotografía me clava un poco más el puñal.

Estoy casi a punto de terminar y de felicitarme cuando llegan las fotografías en las que aparecemos los dos. Y aquí es cuando reacciono. Porque en las fotografías estamos juntos.

Juntos de verdad.

Estamos en la inmediaciones de la taberna, Jack me rodea con un brazo y sostiene la cámara en alto con la mano del otro. No pensaba que pudieran salir las fotografías, pero han salido. Mientras las contemplo, me empieza a doler el corazón porque aquí Jack me está mirando a los ojos y yo veo mis sentimientos suspendidos en el espacio entre nuestros rostros. Él sonríe y me roza la nariz con la suya, y yo no puedo seguir mirando. Porque siento su brazo que me rodea y aspiro el olor de su piel. E incumplo por entero el pacto que había hecho.

Las cataratas del Niágara se han trasladado a mi rostro. He debido de quedarme dormida llorando, porque es tarde cuando oigo sonar el teléfono. En mi confuso estado, pienso inmediatamente que es Jack. Pero no lo es. Es Nathan. Parece bebido.

Tras contarme su abandono de la española por una jugadora de polo argentina heredera de una gran fortuna y su simultánea relación con una chica de Glasgow, se da cuenta finalmente de que yo todavía no he abierto la boca. Lo toma evidentemente por una señal de enfado por mi parte y se deshace en disculpas por no haberme llevado a cenar la otra noche.

–No te preocupes –le digo.

–Muy bien. –Al parecer, se alegra de haber podido salir del apuro tan fácilmente. Le oigo dar una calada al cigarrillo–. ¿Qué tal fueron las vacaciones con tu amado?

–Hemos roto.

Se produce una pausa.

–¡Vaya! Qué lástima.

No digo nada. Está claro que la noticia le parte el corazón de pena.

–Intenta ver el lado bueno...

–¿Cuál es el lado bueno? –lo interrumpo secamente.

–No era exactamente tu tipo.

Se me ocurre pensar que Nathan no sabría cuál es mi tipo ni siquiera si mi tipo le propinara un puñetazo en los morros. En realidad, Nathan tampoco tendría ni la menor idea de lo que yo quiero. Y ni siquiera se le ocurriría preguntarlo. Porque, desde que se fue, ha cambiado. Bueno, no, siempre ha sido el mismo, siempre ha sido igual de arrogante. La que ha cambiado soy yo. Y por más que me duela reconocerlo, he cambiado por culpa de Jack.

–¿Cómo lo sabes? No hablaste con él –replico.

–No teníamos nada que decirnos –dice a la defensiva.

–Y eso, ¿quién lo decidió?

–¡Oye, un momento! No la tomes conmigo. Ya te he dicho que lo sentía, ¿no?

–Bueno, da igual.

Se pasa ruidosamente la lengua por los dientes.

–No es un buen momento. Mira, ya te llamaré.

Espera un poco antes de colgar. Me alegro de que lo haga primero; así me ahorra el esfuerzo.

–¡Serás gilipollas! –grito, colgando violentamente el teléfono.

Estoy furiosa.

¿Cómo se atreve Nathan a juzgar a Jack? ¿Qué sabe él? Además, toda la culpa es suya. Si no hubiera sido tan grosero, Jack no se habría puesto celoso y no se habría ido a la cama con Sally.

Pero tampoco es una excusa.

¡Los hombres!

¡Qué asco!

Son un hato de neanderthales. No han evolucionado en absoluto. Sólo piensan en su polla y en su amor propio, aunque en realidad no hay ninguna diferencia entre las dos cosas.

Sacudo la cabeza, sorprendiéndome de lo estúpida que he sido. A pesar de que puedo ver a Nathan desde el punto de vista de Jack, ello no absuelve a Jack de su culpa ni por un instante. Todos son exactamente iguales. Nathan, Jack... ni siquiera Jules pudo guardarse la polla.

¿Qué esperanza puede haber?

Cojo la botella de vino y doy un trago largo. Apoyo los codos en las rodillas y me cubro el rostro con las manos. En la alfombra hay una foto de Jack apoyado en la moto.

La cojo y la contemplo.

No me extraña que parezca tan asquerosamente feliz. La muy puta de Sally no fue la única que se llenó la boca; él también estaba disfrutando del pastel y se lo estuvo comiendo sin parar.

–¿Cuánto tiempo lo llevabas planeando, Jack? ¿Desde que pervertidamente la deseabas desnuda, fingiendo que todo era en nombre del arte? Lo más probable es que ya lo tuvieras todo previsto desde el principio, ¿verdad? –pregunto.

Otra vez la misma sonrisa.

Me bebo otro trago de vino.

–¿Qué ocurrió entonces? Cuéntamelo, estoy intrigada. La invitaste a ir a tu casa porque sabías que yo había salido con Nathan, ¿verdad? ¿Qué hiciste? ¿Cocinaste para ella? ¿Charlaste con ella? ¿La emborrachaste como una cuba? ¿Tomaste su mano sobre la mesa y la miraste a los ojos? ¿Qué le dijiste? No, no me lo digas, ya me lo imagino. –Bebo más vino–. «Eres guapísima, eres sensacional, tienes una sonrisa maravillosa.» ¿Lo hiciste? ¿Lo hiciste, Jack? Le dijiste las mismas cosas que me decías a mí porque estabas cachondo. ¿Fue eso? ¿Querías simplemente echar un polvo porque eres un hombre y necesitas sembrar tu semilla? ¿Fue eso?

Todavía la misma sonrisa.

–¿Y qué hizo ella? ¿Tropezar accidentalmente y acabar con tu polla en la boca?

La fotografía tiembla en mi mano. Estudio detenidamente los labios de Jack.

–¿Qué tal te supo besarla? Porque supongo que la besaste, ¿verdad? ¿Y qué hiciste? Mantener las manos atadas a la espalda, supongo. ¿No le bajaste, por casualidad, al pilón y le besaste las partes que habías pintado? No, tú no haces estas cosas, ¿verdad, Jack?, porque tú nunca has presumido por ahí, diciendo que el hecho de complacer a las mujeres es tan importante como complacerte a ti mismo. ¿A qué sabía? ¿Y cómo era la sensación de su piel contra la tuya?

Es como si tuviera el corazón en la garganta y me falta la respiración. Contemplo la fotografía y experimento una sensación de mareo.

–¿Nos comparaste, Jack? ¿Me abrazaste unas horas después, pensando en ella? ¿Lo hiciste?

Me asoman las lágrimas a los ojos y me las enjuago con rabia. Apuro el vino de un solo trago y me levanto. Apenas me tengo en pie.

–Pero yo no tendría que preocuparme por eso, ¿verdad? Porque eso no se considera una infidelidad. Tú no te la tiraste. Qué tonta he sido poniéndome tan nerviosa.

Todavía la misma sonrisa.

–¡SERÁS HIJO DE PUTA!

Rompo la fotografía y la arrojo al otro lado de la estancia. Después, recojo todas las demás y las echo al cubo de la basura antes de propinarle un puntapié.

Esta vez ya no lo aguanto. Me importa un bledo lo que diga Jules. Jules y todas sus chorradas psicoanalíticas acerca de la confianza. Jamás volveré a confiar en nadie. No merece la pena. A partir de ahora, haré lo que Jenny. Usaré a los hombres. Los usaré y me aprovecharé de ellos. Yo también tendré mi pastel y me lo comeré. Y si alguien cree alguna vez que está a punto de tenerme en el bote, ¡se puede ir al CARAJO!

El sábado por la mañana tengo una resaca descomunal, pero experimento una profunda sensación de calma. De hecho, me siento extrañamente aislada de todo el dolor que hasta ahora me había dominado. No ha desaparecido, pero ya no es tan inmediato. Creo que mi arrebato de anoche fue un punto decisivo.

Porque hoy se produce un nuevo comienzo.

Hoy vuelvo a ser Amy Crosbie. Se acabó la llorosa y sentimental heroína. Se acabó la feminista plasta. Se acabó la sufridora mental.

Simplemente yo.

Serena.

Tranquila.

Sosegada.

Hoy recuperaré el espacio de mi mente que hasta ahora había estado ocupado por Jack. A partir de ahora, sólo estará ocupado por pensamientos acerca de mí.

YO.

YO.

YO.

Saco la grabación de sonidos de ballena que compré en 1990 en mi breve fase de *New Age,* y me preparo un buen baño. Estoy cumpliendo la misión de aclararme las ideas. Soplo con aire distraído la espuma de jabón a mi alrededor, apoyo el dedo gordo del pie en el grifo y dejo vagar mis pensamientos. En cuanto tropiezo con algo remotamente relacionado con *él,* hago sonar la sirena de alarma y vuelvo sobre mis pasos.

Al principio, es bastante duro. Tardo siglos en recorrer de puntillas mi mente, procurando no abrir las puertas de ninguno de los bancos de recuerdos prohibidos. Pero al cabo de un rato descubro que tengo montones de cosas en que pensar. Por ejemplo, en la teleserie *EastEnders,* en el Festival de Eurovisión, en las grecas decorativas que podría pintar en las paredes y, finalmente, en las compras.

La clave es ir de compras.

Después del baño, me paso varias horas mimándome con vistas a la juerga de la todopoderosa Visa que me tengo preparada. Me depilo las piernas con cera, me depilo las cejas, me hago una limpieza de cutis, me limo y pinto las uñas, me paso una hora secándome el cabello con el secador de aire caliente y, cuando termino, me vuelvo a sentir humana.

Recupero mi aspecto humano.

No, mi aspecto es fabuloso.

Debe de serlo, pues los obreros que están borrando la pintada de la calle lanzan aullidos de admiración cuando salgo de casa para ir de compras. Pero a mí me da igual. Son hombres. Carecen de importancia.

–¡A tomar por culo! –les grito.

No soy buena compradora, tengo que reconocerlo. Siempre he sido un poco impulsiva y por eso prefiero dedicar las tardes del sábado a otras cosas. Bajar al bar o ir a dar un paseo por ahí con mi ex novio, por ejemplo. Pero desde hoy todo ha cambiado. Hoy es para mí. Hoy es para ir de compras. Hoy tengo que cumplir una misión.

Cinco tiendas más tarde, me he gastado con la tarjeta Visa más dinero del que jamás podré pagar, pero no me importa. Hoy nado en la abundancia.

¿Para qué necesitas a los hombres cuando tienes ingentes cantidades de estupendas bolsas de compra? Estoy en New Bond Street, plenamente inmersa en la duda a propósito de un vestido espectacularmente caro, cuando, de repente, todo falla estrepitosamente. Me estoy mirando en el espejo con el vestido apoyado sobre mi cuerpo cuando veo un rostro conocido examinando la ropa del perchero que tengo a mi espalda.

Me quedo paralizada.

Es Chloe.

No puedo retirarme sin que ella me vea. La miro fijamente sin atreverme a parpadear.

Pero como de costumbre, su sexto sentido está totalmente activado. Me ve enseguida.

–¡Hola! –exclama, acercándose a mí.

–Hola –consigo decir a pesar de que se me han pegado las muelas.

Admira el vestido.

–Oh, te quedará precioso.

Me quedo petrificada. Los músculos no me funcionan. Sostengo el vestido contra mi cuerpo como una idiota, pensando que ojalá me escondiera o me hiciera desaparecer, pero no lo hace.

–Te lo tienes que comprar –añade.

Está claro que ahora me corresponde a mí decir algo. Dejo caer el vestido al suelo.

–Quizá, mmm...

Me agacho para recoger el vestido. Me noto las manos pegajosas.

–¿Qué tal te ha ido últimamente? –pregunta mientras yo me incorporo y manoseo torpemente el vestido.

Es una pregunta con intención. Sabe lo de Jack. Lo sabe y sabe que yo lo sé y sabe que yo sé que lo sabe.

–Muy bien –contesto, tratando de ganar tiempo–. Tengo un nuevo trabajo.

Asiente muy despacio con la cabeza, estudiándome.

–¿Qué tal te va?

–Estupendamente. Mejor dicho, fantásticamente bien –contesto sin dar más explicaciones–. Y tú ¿cómo estás?

–Bien.

Se produce una prolongada pausa mientras yo la miro a los ojos.

–Ya me he enterado –dice en un susurro–. Lo lamento.

Asiento con la cabeza sin poder hablar. No lo lamenta.

No lo lamenta en absoluto. Aprieto los labios y me cuelgo cuidadosamente el vestido en el brazo. Sabe cómo es Jack. Conoce todas las respuestas a todas las preguntas que yo he estado tratando de olvidar con mi torbellino de compras. Y a pesar de lo mucho que deseo sonsacárselas, incluso pagando si es necesario, me dejo llevar por el orgullo.

Algo en su falsa expresión de preocupación me induce a contenerme. Va lista si cree que me verá apenada o sufriendo por culpa de Jack. Cuando le cuente que me ha visto, tal como estoy segura de que hará, lo único que podrá decirle es que yo estaba muy bien. Que estoy muy bien. Que he sobrevivido. Que he conseguido elevarme por encima de todo lo ocurrido.

Porque lo he conseguido.

–¿Sabes una cosa?, creo que me lo voy a comprar –digo, señalando el vestido.

Chloe experimenta un sobresalto. La he dejado planchada. La he dejado fuera y ella lo sabe.

–¿Cuál es la ocasión? –pregunta, observándome mientras recojo las bolsas.

–Tengo que salir esta noche –contesto.

Chúpate ésta, Jack. Tengo una vida. La ciudad me pertenece.

–¿A algún sitio que merezca la pena?

No consigo interpretar su expresión.

–Tengo invitaciones para la inauguración de un nuevo bar.

Soy la supertranquila Amy.

La que tú has perdido, mamón de mierda.

–¿Dónde exactamente?

Pero ¿que significa eso de «dónde exactamente»? No es asunto suyo.

–El Zanzibar –contesto con un hilillo de voz.

–¿El Zanzibar de Beak Street? –pregunta.

–Mmmm –contesto, asintiendo con la cabeza.

–Si merece la pena, te agradeceré que me lo digas.

–Pues claro.

–Tenemos que salir algún día a tomarnos unas copas –dice con una inquisitiva sonrisa en los labios.

–Muy bien –consigo contestar.

Se inclina hacia delante para darme un beso en la mejilla.

–Ya nos veremos –dice antes de retirarse.

El encuentro me trastorna. Pago el vestido medio aturdida y tomo un taxi.

Cuando llego a casa, estoy totalmente deprimida. Las nuevas compras no me sirven de consuelo; pienso que ojalá no hubiera comprado nada. Dejo las bolsas en el recibidor, sacudo los pies para quitarme los zapatos y me desplomo en la cama. Gracias a Chloe, ahora tengo toda una nueva serie de preguntas:

¿Le dirá a Jack que me ha visto?

¿Qué le dirá?

¿Y si se lo dice?

¿Y si él no se entera de lo supertranquila que estoy?

¿Y si eso es lo que ocurre?

¿Y si jamás vuelvo a ver a Jack?

¿Y si por culpa de Chloe he quemado todos los puentes?

¿Y si he cortado la última amarra?

Es demasiado. Tengo el karma hecho polvo. Estoy condenada a una vida de confusión y preguntas sin respuesta.

No es justo.

Cuando aparece H, me encuentro en estado catatónico delante de *Cita a ciegas*.

–Estoy guapa y me apetece la marcha –canturrea, entrando en el apartamento a ritmo de conga, con una botella de vodka en la mano–. Estoy guapa y me... ¿qué te pasa? –me pregunta.

Me hundo en el sillón.

–He visto a Chloe.

H frunce los labios y suelta un gruñido.

–¿Qué te ha dicho?

–Nada.

–¿Nada?

–No se lo he permitido.

H hace pucheros y pone los brazos en jarras.

Adivino que está dudando entre si seguir adelante con este tema de conversación o no. Me da igual. No le presto atención.

–Enséñame qué has comprado –me dice bruscamente.

–¿Qué?

–Que me enseñes lo que has comprado. Quiero verlo.

Señalo las bolsas con la cabeza.

–Todo es una basura. Me he gastado un dineral.

Se pasa la lengua por los dientes y toma las bolsas. Las vacía sobre la alfombra y suelta un silbido. Sigo sin prestarle atención. Examina toda la ropa, toma el vestido y se lo echa sobre el hombro. Después, se dirige a grandes zancadas a la cocina. Regresa con dos grandes vasos de vodka y empuja uno de ellos hacia mí.

–Bebe.

Hinca los carrillos.

–¡Bebe! –me dice en tono de advertencia.

Tomo un sorbo.

–Todo.

Me observa hasta que apuro el contenido del vaso. Noto que el vodka me empieza a calentar la garganta.

–Y ahora, escúchame bien. Es un sábado por la noche y no pienso aguantar ninguna de tus bobadas. ¿Me has entendido? Ni una sola. –Arroja el vestido en dirección a mí–. Tienes quince minutos.

El Zanzibar está lleno a rebosar de gente cuando llegamos. Estoy casi a punto de dar media vuelta y huir corriendo cuando lo veo, pero H me agarra por el brazo y tira de mí.

Nos tomamos unas copas y bailamos un rato, pero yo no estoy de humor. Mi corazón no participa y es como si tuviera dos pies izquierdos.

Aproximadamente una hora más tarde, cuando regreso del lavabo, me detengo junto a una columna y busco con la mirada a H. La pista de baile está llena de gente y temo haberla perdido. Me siento muy vulnerable. No puedo hablar con nadie, no tengo nada que decir.

–¡Amy! ¡Aquí!

Veo que H me hace señas con la mano y yo se las hago a ella, lanzando un profundo suspiro de alivio.

–He encontrado a unos chicos –me dice con un destello de emoción en los ojos.

–¡H! –protesto.

–Vamos –dice–. Me he puesto a hablar con un tío en la barra. Es simpatiquísimo. ¡Ha venido con un amigo que está muy triste!

–¡Gracias, mujer!

–Están arriba. Nos invitan a un trago –dice, sujetándome por el brazo, pero yo me libro de su presa.

–Como intentes emparejarme con un triste imbécil, te mato.

–¿Yo? Si ni siquiera lo conozco. El que yo quiero presentarte es el de la barra. Está para comérselo.

–¡No!

–Ven a saludarlo por lo menos. Hazlo por mí. Vamos, mujer, ¿qué mal hay en ello? Si no nos gustan, nos vamos.

Me muerdo el labio mientras me arrastra a través de la pista de baile hacia la escalera. Al llegar arriba, se me engancha un tacón en el peldaño. Me vuelvo para soltarlo. H me está haciendo señas.

–Están allí –me dice.

Me incorporo y la sigo hacia un reservado de la parte de atrás.

–¡Bueno! –dice satisfecha cuando le doy alcance–. Te presento a Matt. –Lo mira a él y le dice–: Te presento a Amy.

?!?

Casi no puedo respirar.

Y no puedo respirar porque no es un Matt cualquiera sino el Matt de Jack.

Pero más extraño todavía que su presencia en aquel lugar es el hecho de que él no se sorprenda.

Chloe.

Tiene que haber sido Chloe. Ella es la única razón de que Matt esté allí.

¿Qué pretende? ¿Ponerme en un aprieto? ¿Devolverme la moneda por lo de hoy?

¿Cómo se ha atrevido?

H es totalmente ajena a lo que está ocurriendo. Se acomoda en el asiento delante de Matt y da unas palmadas al almohadón de al lado. Me sacude por el brazo y me mira frunciendo el ceño antes de tirar de mí. Me desplomo en el asiento.

Todo se ha detenido.

El tiempo se ha detenido.

Porque allí donde está Matt suele estar Jack.

De pronto, lo veo.

Se está acercando desde la barra con cuatro cervezas. Las está mirando con intensa concentración.

–Ya viene nuestro Rossy –dice Matt, frotándose las manos.

Todo me grita «¡Corre!», pero yo no puedo moverme.

Es demasiado tarde.

Jack llega a la mesa y posa los vasos. Sólo entonces levanta la vista y me ve. Se vuelve rápidamente y mira enfurecido a Matt.

–¿Qué es lo que pasa aquí? –pregunta.

Adivino por la repentina palidez de su rostro que, si existe algún tipo de conspiración entre Chloe y Matt, H no es la única persona que no ha tenido la menor parte en ella.

Matt es la viva imagen de la inocencia.

–Nada, muchacho. Éstas son las chicas de quienes antes te he hablado.

–Hola, Rossy –gorjea alegremente H–. Me llamo Helen.

Jack contempla su mano tendida antes de cogerla.

–Encantado de conocerte –murmura.

–Y ésta es Amy –tercia Matt. Espera a que Jack diga algo pero Jack no dice nada–. ¿Es que no le vas a estrechar la mano? –lo apremia–. Pero ¿qué modales son ésos?

Jack se sienta y me mira por vez primera.

Directamente a mí.

–Hola, Amy –dice.

Pero su mano se queda donde está.

H mira a Jack y levanta su jarra de cerveza.

–Salud. Entonces tú debes de ser el que tiene el corazón roto. –Me da un codazo en las costillas–. O más probablemente el rompecorazones.

–No, lo primero –dice Jack.

–Amy es una experta en corazones rotos, ¿verdad, cariño? –H mete la pata sin percatarse de la glacial expresión del rostro de Jack–. Seguramente vosotros dos tenéis muchas cosas en común.

Matt escupe su cerveza, deja la jarra en la mesa y se pone a toser. Jack le da un golpe en la espalda, tan fuerte que temo que se le salga la dentadura.

Muy bien. O sea que Matt quiere jugar. Pues juguemos.

–¿Cuál es tu dramática historia? –pregunto, clavando los ojos en los de Jack.

–Me han abandonado –contesta Jack.

–Es una pena. Era una chica estupenda, ¿verdad? –dice Matt.

–Era sensacional. Jamás volveré a conocer a nadie como ella.

H lo reprende.

–Vaya por Dios, eres tan derrotista como Amy. No puedes consentir que eso te hunda, hombre. Con la de peces que hay en el mar.

–No hay ninguno como ella –dice Jack.

Aparto los ojos de su intensa mirada.

–¿Por qué te abandonó? –le pregunto.

–Me encanta esta pieza. ¿Bailamos? –dice Matt, mirando a H.

H sacude la cabeza.

–No nos podemos ir ahora que viene lo bueno.

–Quita, mujer –dice Matt–. Conociendo a éste, sé que se va pasar toda la noche hablando. Vamos, dejémosles que se diviertan.

H se levanta para seguir a Matt y se inclina hacia mí.

–No creo que ocurra nada. Reúnete conmigo si fuera un chalado.

Y nos quedamos solos.

–¿Y bien? –pregunta Jack.

–Creo que me debes una respuesta.

–¿Cómo? ¿Sobre el porqué ella me abandonó?

–Bastará con eso para empezar.

Jack respira hondo.

–Porque yo cometí una estupidez. Cometí un error.

–¿Sólo un error?

–No, fue mucho peor que eso. La defraudé. Le empecé a contar lo que había ocurrido, pero ella no me quiso escuchar.

–¿Se lo reprochas?

–Por supuesto que no. Hubiera sido un milagro que ella siguiera conmigo después de lo que le dije.

–Y entonces, ¿qué hiciste?

–La llamé sin descanso. Después fui a su casa y la esperé,

pero no me quiso abrir la puerta. Después le escribí una carta para contarle exactamente lo que había ocurrido, pero ella no contestó.

Siento que las lágrimas asoman a mis ojos.

–A lo mejor no la leyó –digo en un susurro–. A lo mejor estaba tan dolida y enfadada que dejó que su mejor amiga la quemara en una cacerola.

Jack me mira, horrorizado. Se frota muy despacio las mejillas.

–En tal caso, no debió de enterarse de lo que yo sentía y cómo estaba.

–Bueno, ¿qué ocurrió en realidad?

–Me quedé dormido al lado de otra chica. No habría tenido que hacerlo, pero estaba borracho y furioso. Cuando desperté, esta otra chica me estaba haciendo una mamada. Me llevé un susto. La aparté. La eché de casa.

–Y tú esperabas que tu novia se lo creyera, ¿verdad?

–Pues sí. Porque es la verdad. –Hace una pausa y entonces me doy cuenta de que nos estamos volviendo a mirar a los ojos–. Pero lo peor de todo fue que le mentí. Y eso me dejó hecho polvo porque me había dado cuenta de una cosa –añade Jack.

–¿De qué?

Sus dedos rozan los míos.

–De que estaba enamorado de ella. De que todavía lo estoy. Totalmente. De que deseo estar con ella por encima de cualquier otra cosa. Pero eso no se lo podía decir sin antes haberle contado la verdad, aunque ello me costara perderla.

Pienso en todo lo que he estado pensando a lo largo de la semana. Pienso en todos los consejos que me han dado y que no me sirvieron para librarme de mi confusión. Y ahora comprendo que todo fue porque no escuchaba la voz de mi corazón. Traté de dejar de creer en Jack y me fue imposible. Me fue imposible porque lo amo. Y ahora que él me ha dicho la verdad, todo tiene sentido. Mi corazón no se equivocó en ningún momento.

Sin embargo, antes de que pueda decir nada, Matt y H regresan a la mesa.

–¿Qué tal estás? –me pregunta H.

–Estupendamente bien –contesto, deslizando la mano en la de Jack–. Me acaban de invitar a bailar.

AGRADECIMIENTOS

Mil gracias a Vivienne Schuster y Johnny Geller, los mejores agentes de la ciudad. Y a todos los de Curtis Brown por su inestimable apoyo.

A todos los de Random House por su extraordinaria colaboración desde el principio. Nuestra gratitud especial a «El Equipo A»: Andy McKillop, nuestro editor, y a Lynne Drew, la revisora del texto, por su amistad y sus consejos profesionales, pero sobre todo por haber conseguido que todo fuera muy divertido. Gracias también a sus colaboradores (Thomas y Jo). A Susan y Rachel, Mark y Grainne, Glen, Ron y el equipo de ventas. Y en último lugar, pero no el menos importante, a Simon (¡tú ya sabes quién eres!) por ordenarnos las ideas y ayudarnos a vaciar el minibar...

A la única y exclusiva Dawn Fozard por ser tan absolutamente brillante.

Quisiéramos también dar las gracias a todos nuestros amigos por sus variadas confesiones, anécdotas y *feedback*. Especialmente a James y Helen, Paddy, Harriet y Matt, Lozza, Katy, Ruth, Lok, Tim y Danni, Mark y Charlie, Lucy, Emma, George, Daniel, «Barry» C-G, Kirsti, Henry y Alan, Mands y Chas, Anna, Phil y el Mollster, Kate, Carol, Vicks, Ali, Johnny P, Lorna, Chris y Paula, Rupert y Toni, Ray y Anna, Simon y Caroline, y Lizzie.

Gracias como siempre a nuestras familias, que jamás se han cansado de correr la voz. Por encima de todo, a nuestros maravillosos padres por prestarnos apoyo hasta el final.

Y a John Eminson y David Proudlock por ser los mejores profesores de inglés que ha habido en el mundo.

Título de la edición original: *Come Together*
Traducción del inglés: Mª Antonia Menini,
cedida por Emecé Editores, S. A.
Diseño: Eva Mutter

Círculo de Lectores, S. A. (Sociedad Unipersonal)
Travessera de Gràcia, 47-49, 08021 Barcelona
www.circulolectores.com
1 3 5 7 9 0 0 0 2 8 6 4 2

Licencia editorial para Círculo de Lectores
por cortesía de Emecé Editores, S. A.

Depósito legal: B. 624-2000
Fotocomposición: Fotoletra, S. A., Barcelona
Impresión y encuadernación: Printer industria gráfica, s. a.
N. II, Cuatro caminos s/n, 08620 Sant Vicenç dels Horts
Barcelona, 2000. Impreso en España
ISBN 84-226-8145-5
N.º 33266